DER LETZTE SPARGEL

Alexa Rudolph, geboren und aufgewachsen im wildromantischen Wehratal im Schwarzwald, war zwanzig Jahre als freischaffende Malerin tätig. Seit 2006 schreibt und publiziert sie. Sie hat zwei erwachsene Söhne und lebt mit ihrem Mann in Freiburg.

ALEXA RUDOLPH

DER LETZTE SPARGEL

Kriminalroman

emons:

Bibliografische Information der Deutschen Nationalbibliothek
Die Deutsche Nationalbibliothek verzeichnet diese Publikation in der Deutschen Nationalbibliografie; detaillierte bibliografische Daten sind im Internet über http://dnb.d-nb.de abrufbar.

FSC www.fsc.org
MIX
Papier aus verantwortungsvollen Quellen
FSC® C083411

Umschlagmotiv: Montage aus istockphoto.com/rgbdigital; shutterstock.com/goldnetz
Umschlaggestaltung: Nina Schäfer, nach einem Konzept von Leonardo Magrelli und Nina Schäfer
Umsetzung: Tobias Doetsch
Gestaltung Innenteil: César Satz & Grafik GmbH, Köln
Lektorat: Christine Derrer
Druck und Bindung: CPI – Clausen & Bosse, Leck
Printed in Germany 2018
ISBN 978-3-7408-0276-9
Originalausgabe

Mich haben immer nur die kriminellen Möglichkeiten des Normalmenschen beschäftigt, dabei ist mir die Aufklärung des Mordfalles gleichgültig. Gibt es etwas Langweiligeres und Gekünstelteres als Gerechtigkeit? Das Leben schert sich einen Deut darum, ob einem Gerechtigkeit widerfährt. Ich erzähle Geschichten; mein Ziel ist nicht, den Leser moralisch aufzurüsten, ich will unterhalten. Leute ohne Moral, wenn sie nicht sture, brutale Typen sind, amüsieren mich, sie sind phantasievoll, geistig beweglich und nicht bereit, sich der Gesellschaft zu beugen, und sie sind dramatisch nahrhaft.

Patricia Highsmith über Patricia Highsmith als Geschichtenerzählerin

Es ist das Leben, das uns umbringt, nicht der Tod …

… sagte mein Großvater

Prolog

Natürlich weiß sie, dass ihrem Schlafzimmerspiegel der Zauber des Widerscheins längst abhandengekommen ist. An einigen Stellen sammeln sich seit Jahren schwarze Punkte wie Fliegenschiss, an anderen ist das Glas vollkommen blind. Aber es macht ihr nichts aus. Wenn sie die Augen schließt, fühlt sie sich noch immer jung und schön.

Ihr Haar, das Stirn und Wangen wie eine Haube aus Schnee umrahmt und die Wachheit der eisblauen Augen unterstreicht, ist dicht wie früher und wird von ihr jeden Morgen über der Stirn zu einer Welle gelegt. Bürste, Stielkamm und Lockenstab haben ihren festen Platz auf der Frisierkommode, gleich neben dem leeren Parfümzerstäuber aus dunkelgrünem Muranoglas und der zierlichen Pistole im Samtfutteral.

Im Balkonzimmer ihrer herrschaftlichen Wohnung steht eine gedeckte Tafel – alles in Mauve, die Farbe der wilden Malve, als hätte sich ein Maler des 17. Jahrhunderts ein Stillleben ausgedacht, um es in einem Gemälde festzuhalten: Teller mit Goldrand, poliertes Besteck und Kristallgläser, ein Silberkännchen, Servietten mit Monogramm, Tulpen in einer Vase und eine Platte mit Spargeln – nature morte.

Asparagus

Auch wenn es nicht mehr so recht klappen will mit dem Mittagessen, so zwingt sie sich doch, täglich etwas auf den Tisch zu bringen. Meistens eine Kleinigkeit nur, denn ihr Magen ist kleiner geworden und protestiert bei jedem Gramm zu viel. Geht es aber Mitte April auf die Spargelsaison zu, fliegen ihre Erinnerungen zurück in die Vergangenheit, als ihr Mann noch lebte und sie gemeinsam den Gemüsemarkt am Fuße des Freiburger Münsters besuchten, um dort ihre ersten Spargeln einzukaufen.

Später, nach seinem Tod, ist sie noch fit genug und findet sich erstaunlich rasch ohne ihn zurecht. Sie konserviert und pflegt die Rituale ihres Alltags mit sicherer Hand. So kommt es, dass sie heute, hochbetagt und ein wenig müde, immer noch kindliche Freude empfindet, wenn auch sie wieder den Frühling begrüßen darf und nicht dem allgemeinen Novembersterben ihres Jahrgangs zum Opfer gefallen ist und sie aus den Spargelstangen ein sensationell leichtes, sanftes Menü zubereitet. Sie liebt das köstliche Essen, das den Aufbruch in die wärmere Jahreszeit ankündigt, ihren Stoffwechsel wieder auf Trab bringt und die Melancholie des Winters aus dem Gemüt schüttelt, als klopfe man einen schweren Mantel aus.

Seit sie Witwe ist und allein lebt, setzt sie sich für die Mahlzeiten an den kleinen Tisch in der Küche, mit abwaschbarer Decke und dem Fenster zum Hof. Sie macht sich keine Umstände mehr. Das Spargelessen jedoch muss perfekt zubereitet sein, darin lässt sie nicht nach. Am liebsten speist sie die alabasterfarbigen Stängel mit Badischen Kratzete, diesen in kleine Stücke gerissenen, dünnen Pfannkuchen, und mit brauner Butter, fachgerecht erhitzt, bernsteinfarbig und leicht nussig.

Unter wohligem Stöhnen beißt sie der Spargelstange den

Kopf ab, presst seine weiche Konsistenz gegen den Gaumen und löst damit eine Aroma-Explosion aus, die ihr erneut ein zufriedenes Glucksen entlockt. Während sie so vor sich hin schlotzt, sich ihr Mund mit weiteren zu Brei zerdrückten Spargelspitzen füllt und dieser langsam und portionsweise die Speiseröhre hinuntergleitet, legt sie die restlichen zwanzig Zentimeter zurück auf den Teller, schiebt sie Stück für Stück mit dem Messerrücken hin und her, bis die Stängel akkurat nebeneinanderliegen. Doch ihres exquisiten Kopfes beraubt, wirken sie nun fremd, unbedeutend und seelenlos. Darum bugsiert sie einige von den weniger geschätzten Teilen in den Mixbecher einer chromblitzenden Küchenmaschine, dreht den Knopf auf »Power« und schaut gebannt zu, wie die flinken Messerchen des Häckselwerks eine blubbernde Masse produzieren.

»Huch, jetzt seid ihr mausetot«, sagt sie, kichert und stellt den Mixbecher in den Kühlschrank. Am nächsten Tag will sie daraus eine Spargelmousse zubereiten.

Es fröstelt sie ein wenig an den mageren Armen, also geht sie von der Küche in den Flur, um sich eine leichte Jacke von der Garderobe zu holen. Sie sieht und hört schlecht, trotzdem weiß sie, dass plötzlich jemand hinter ihr steht, dass gleich etwas Furchtbares passieren wird. Sie riecht die Gegenwart des Ungeheuers. Eine Brühe aus kaltem Schweiß, warmem Atem und süßlichem Aftershave schlägt ihr entgegen. Obwohl ihr das Blut vor Angst gefriert und die Füße erschrocken stehen bleiben, will sie mutig sein und sich umdrehen. »Wer sind Sie und wie kommen Sie in meine Wohnung?«, will sie rufen, doch schon das erste Wort erstirbt in ihrem Mund. Als ihr Köpfchen unter dem brachialen Schlag zerbricht, kann sie das Splittern ihres Schädelknochens nicht mehr hören. Ohne Schrei und leicht wie ein kleiner Vogel fällt sie zu Boden. In ihren Ohren rauscht ein gigantischer Wasserfall, und ihre Augäpfel werden fest wie Glas.

Der Flurteppich mit den wolligen Fasern fängt sie auf und

trägt sie sanft davon. Problemlos fliegt sie durch den Raum, steigt auf und sieht von oben ihren sterbenden Körper. Sie sieht sich in einer glitzernden Pfütze liegen und staunt, wie viel Flüssigkeit aus ihr herausquillt, sich zu einem blutroten See sammelt, auf dem weiße Blumen schwimmen. Nur eine Handbreit daneben liegt ein Feuerhaken, herausgelöst aus dem Bouquet des messingglänzenden Kaminbestecks.

Ein Windhauch spielt mit der Spitzengardine in der halb geöffneten Balkontür. In den Blumenkästen blühen Maiglöckchen sowie die späten, zartrosa gefüllten Tulpen, die Ähnlichkeit mit Pfingstrosen haben und lautlos wippen. Im Garten duftet wie jedes Jahr wieder der Fliederbusch und verströmt sein Parfüm bis hinauf zu den Kerzen der mächtigen schattenspendenden Kastanie, in der Bienen taumeln. Nur wenige Meter unterhalb führt eine Straße vorbei, auf der sich das Grölen und Blöken einer Horde alkoholisierter Männer nähert; sie halten sich an ihren Bierflaschen fest und treten in die Pedalen eines raupenähnlichen Fahrzeugs mit luftigen Sitzplätzen und Überdachung.

»Vatertag«, hat jemand auf ein Pappschild gekritzelt.

Sonderurlaub

Kriminalhauptkommissar Hans-Josef Poensgen kann Geburtstage auf den Tod nicht leiden. »Geburtstag ist was für kleine Kinder, aber nichts für vernünftige Leute«, wehrt er spröde ab, wenn er gefragt wird. Doch in diesem Jahr überfällt ihn aus heiterem Himmel der Wunsch, diesen überflüssigen Tag zu feiern. Mit sechsundvierzig ist man über die Halbzeit hinaus und bewegt sich auf die fünfzig zu, denkt er, erstaunt über sich selbst, und wird prompt das Gefühl nicht los, als strecke die Fünfzig bereits lüstern die Hand nach ihm aus und säusle ihm albernes Zeug ins Ohr. »Fünfzig ist die neue Vierzig« zum Beispiel oder »in zwanzig Jahren wirst du dich danach sehnen, noch einmal fünfzig zu sein« oder »mit fünfzig bist du im besten Mannesalter«. Doch bis zur fiesen Zahl fehlen immerhin noch vier Jahre, das sind tausendvierhundertsechzig Tage.

Kurz entschlossen beantragt Poensgen Sonderurlaub, den Kurt Fessler, oberster Chef der Freiburger Kripo, mit säuerlicher Miene bewilligt.

»Na gut, von mir aus, ein Brückentag, wenn's unbedingt sein muss. Ich konnte wirklich nicht ahnen, dass Sie so eine sentimentale Haut geworden sind. Geburtstage waren doch bisher törichter Kram für Sie. Habe ich da was falsch verstanden?«

»Will mich mit einem Freund treffen, wir haben uns über ein Jahr nicht gesehen, jetzt hat es sich so ergeben. Mein Geburtstag ist absolut unbedeutend, also vergessen Sie den gleich wieder«, knurrt Poensgen und hat den Verdacht, dass Fessler neidisch auf ihn ist.

»Bin über fünfzig und habe noch drei Hosenscheißer zu versorgen – bis die ihr Abi machen, gehe ich in Pension und am Stock«, meint Fessler auch prompt.

Poensgen bestellt im Astoria in Wien ein Zimmer. Da ihn der Chef der Rezeption von früheren Aufenthalten her kennt, verspricht ihm der sympathische Mann mit dem grau melierten Schnauzbart in bester Wiener Mundart außerdem zwei Eintrittskarten für ein Konzert mit dem Pianisten Ivo Pogorelich, das offiziell seit Wochen ausverkauft ist.

»Sehr wohl, der werte Herr Oberkriminalrat aus Freiburg, schau an – aus Vorderösterreich, nicht wahr? –, bitte sehr, bitte schön, für Sie immer, machen wir doch gern und alles möglich, zu Ihren Diensten, eine Karte für einen bequemen Rollstuhlplatz und eine normale … gewiss, das passt schon, nichts ist unmöglich, werter Herr … alles wird von uns zu Ihrer vollsten Zufriedenheit geregelt. Bis dahin und guten Flug«, versichert der Mann am Telefon, und Poensgen fühlt sich schon beinahe wie in der österreichischen Metropole angekommen.

Donnerstag, 5. Mai. Abflug Basel, acht Uhr früh. Der Wetterbericht verspricht kühles, aber angenehmes Maiwetter. Poensgen wird zur Propellermaschine der Austria Airline gebracht und in seinen Sitzplatz gehievt, während sein Rollstuhl im Frachtraum mitfliegt.

Der Meister spielt Liszt

»Los, wir können rein«, ruft Hans-Josef Poensgen seinem Freund Andor Móricz zu, einem bekannten Kriminalschriftsteller aus Budapest.

»Jawohl, Herr Hauptkommissar Poensgen, auf in den Kampf«, meint Móricz auf Deutsch mit ungarischer Färbung. Er reicht der Kartenabreißerin des Wiener Konzerthauses die beiden Billetts, nicht ohne die junge Frau dabei charmant anzulächeln.

Die langbeinige Schönheit ist in einen strengen dunkelblauen Hosenanzug gekleidet und trägt die derzeit allgemein beliebte Pferdeschwanzfrisur. Hinreißend, wie ihre hellgrünen Augen leuchten und die Backengrübchen rechts und links in Bewegung sind. Móricz und Poensgen scheinen es gleichzeitig zu bemerken. Die Männer tauschen Blicke, suchen ihre Plätze. Nicht ganz einfach mit einem Rollstuhl. Die junge Frau eilt hinzu.

»Recht so. Bleiben Sie hier. Sie haben die Bühne direkt vor sich und hören perfekt.«

Poensgen stellt die Bremse fest. Móricz zwängt seine Rubensfigur in einen Klappstuhl zwei Plätze weiter. Immer mehr Menschen strömen herein und füllen rasch den Saal. Schick gekleidete ältere Damen, aber auch solche, die wie Zirkuspferdchen geschmückt sind, viele sanft gealterte Paare, die sich in ihrem Erscheinungsbild angepasst haben, eifrige junge Menschen in Alltagsgarderobe – alle drängen in die Sitzreihen, durchblättern das Programmheft oder wedeln mit Fächern. Freudige Erregung liegt in der Luft.

In einem Anfall gespielter oder echter Verzweiflung, er weiß es selbst nicht genau, richtet sich Poensgen auf, fährt sich durchs Haar, reibt sich die Augen und ruft zu Móricz hinüber: »He, ich muss verrückt sein, dass ich mir so etwas freiwillig antue. Wir sind garantiert falsch hier, was meinst du?«

Móricz grinst. »Wart nur ab, dir wird das Meckern gleich vergehen.«

»Wer ist der Typ auf der Bühne? Der Klavierstimmer?«

»Das ist der Meister selbst. Er spielt sich ein.«

Poensgen betrachtet stirnrunzelnd den schlanken schwarz glänzenden Flügel und feixt: »Ein Sarg, der sieht doch aus wie ein Sarg.«

Einige, die schon Platz genommen haben und Poensgens Bemerkung nicht überhören können, lachen.

Móricz erhebt sich noch einmal aus seinem Sessel, kniet neben Poensgens Rollstuhl und flüstert eindringlich: »Josef, das dort oben ist eine etwas teurere Ausführung. Der Steinway kostet garantiert hunderttausend Euro – vielleicht etwas zu viel für einen Sarg, meinst du nicht? Allerdings, darin beerdigt zu werden wäre durchaus auch mein Traum, ich muss dir recht geben, eine wunderbare Vorstellung.«

»Quatsch, wenn du eines Tages nicht mehr unter den Lebenden bist, werden sie deine Asche von der Elisabethbrücke in die Donau wehen lassen«, lästert Poensgen. »Ist aber letztendlich wirklich egal, wie und wo man seine Ruhe findet – mir persönlich soll's jedenfalls wurscht sein.«

»Mir nicht. In einem schwarzen Steinway und unbedingt eine weiße Marmortaube auf dem Grab, möglichst ganz nah bei der reizenden Alma auf dem Grinzinger Friedhof ... das wäre superbe.«

»Und bitte schön, wer ist diese Alma? Hattest du was mit der?«

»Oh, heiliger Josef, deine Ignoranz! Alma Mahler war das unglaublichste Weib ihrer Zeit, und sie trug nie ein Höschen, wenn sie zum Beichten ging. Den Rest kannst du dir ausmahlern.«

»Interessant, du willst also neben ihr im Grab liegen. Und was versprichst du dir davon?«

»Nichts. Aber es wäre doch wirklich netter, neben ihr zu liegen als neben unserem Premierminister.«

»Einverstanden, ich verstehe. Aber jener spezielle Herr wird auch nicht neben einem aufmüpfigen Schriftsteller liegen wollen. Ich glaube also nicht, dass ihr euch eines Tages unter Tage begegnen werdet.«

Móricz zieht ein gequältes Gesicht, Poensgen legt ihm beruhigend die Hand auf den Arm und flüstert mit leichtem Spott in der Stimme: »Schau doch, der Pogorelich wird fotografiert. Seine weiblichen Fans müssen ihm unbedingt auf die Pelle rücken. Und was macht er? Er lächelt, der Meister.«

Nachdenklich beobachten sie das immer wilder werdende Gedrängel vor der Bühne. Mehr und mehr Frauen schieben sich nach vorn.

»Und jetzt auch noch Selfies, mit einem Smartphone in der Hand ›werden Weiber zu Hyänen‹. Bis ich zum Tatort komme, stehen schon zwanzig von ihnen herum und fotografieren. Am liebsten würden sie ein Foto mit Leiche machen. Distanzloses Pack. Neuerdings können wir nur noch mit mobilen Schutzwänden arbeiten, alles wegen der Gaffer. Die Leute fotografieren mit Begeisterung Katastrophen und stellen das Zeug ins Internet.«

»›Pack‹ sagt man nicht.« Móricz verdreht tadelnd die Augen. Poensgen wickelt ein Hustenbonbon aus.

Ivo Pogorelich verabschiedet sich von seinen Fans und verschwindet hinter der Bühne, um sich umzukleiden. Es wird ein wenig stiller, nach und nach rutschen auch die Foto-Damen in ihre Stühle.

»Aufgeräumt wie in Schubladen, die alten Schachteln«, murmelt Poensgen.

In der Reihe vor ihm dreht sich plötzlich eine Konzertbesucherin um und starrt ihn an. Sie hat ein Plastikgesicht, in dem sich nichts mehr bewegt. Doch Poensgen erkennt sofort, welcher Geistesblitz ihr bei seinem Anblick durch den Kopf zischt. Es ist doch immer dasselbe.

»Sind Sie nicht ...?« Sie verzieht ihren Schlauchbootmund.

»Wer weiß, gnädige Frau, wer weiß ...«, brummt Poensgen.

Die Frau bekommt noch rötere Wangen, als sie ohnehin hat, und kichert verlegen. »Jo mei, ich dacht schon, aber es ist ja wirklich eine unglaubliche Duplizität. Ich wollt eben zu meinem Begleiter sagen, schauen S' nur, Herr Hofrat, hinter Ihnen sitzt dieser Erfinder von Wikileaks, der Julian Assange, den haben sie aus der Botschaft Ecuadors rausgelassen, und jetzt ist er in Wien, im Konzert. Hierher kommen sie doch alle, die Guten und die Bösen. Nichts für ungut, aber wirklich verblüffend ihre Ähnlichkeit, diese hellen Haare und der Blick und überhaupt alles.«

»Und überhaupt«, wiederholt Poensgen, spuckt das Bonbon wieder aus und packt es sorgfältig zurück ins Papier. Schräg hinter ihm steht die Kartenabreißerin und beobachtet ihn.

Móricz bleckt sein schneeweißes Gebiss. »Du machst vielleicht ein Bullengesicht, Josef. He, du bist nicht im Dienst. Relax endlich, es geht gleich los. Franz Liszts ›Dante Fantasie‹, das ist ein Hammerstück. Da fliegen dir die Ohren davon, und deine Seele geht auf wie Hefekuchen. Das war nach Beethoven so was wie Zukunftsmusik, verstehst du? Etwas ganz Neues, an das sich noch niemand herangewagt hatte ... wünsche dir göttliches Vergnügen, ich muss an meinen Platz, bis später. Hast du dein Telefon ausgemacht?«

Poensgen nestelt das Smartphone aus der Brusttasche seines Jacketts und wirft einen Blick darauf. Ein Anruf ist in der Mailbox gespeichert. Das ist Kramer, der ihn im Präsidium vertreten muss. Er hat es vor zehn Minuten versucht.

Das Licht im Saal wird gedimmt. Auf der Bühne erscheint unter tosendem Beifall Ivo Pogorelich: eleganter grauer Gehrock, kurze Verbeugung. Er schreitet zum Flügel.

Ein blonder männlicher Engel nimmt auf einem Hocker neben ihm Platz, um die Noten umzublättern. Das Publikum klatscht noch immer enthusiastisch, wird nur allmählich leiser. Endlich ist Ruhe.

Pogorelich konzentriert sich. Seine Finger lauern, fallen plötzlich wie Geier über die Tasten her. Der Steinway ächzt. Die Töne fetzen durch den Saal.

Warum hat Kramer angerufen? Er sollte doch nur bei einem absoluten Notfall ... aber Kramer ist ein Ehrgeizling, der will alles richtiger als richtig machen, denkt Poensgen. Nachher, in der Pause, wird er Kramer zurückrufen.

Poensgen blickt zu Móricz, der gebannt das Szenario auf der Bühne verfolgt. Poensgen ist irritiert. Ist das Liszt? Er ist sich nicht sicher. Er lehnt sich zurück und lauscht. Es kommt ihm vor, als zertrümmere ein Verrückter Musik. Hier schlägt jemand brutal zu, haut rücksichtslos in die Saiten, schuftet wie ein Berserker, rast in aberwitzigem Tempo über die Tastatur. Atemstillstand im Saal. Niemand raschelt, keiner hustet. Poensgen schwitzt. Er spürt seinen Hemdkragen. Vorsichtig lugt er wieder zu Móricz. Der scheint jetzt vollends in einer anderen Welt zu sein, hat die Augen weit aufgerissen, sieht aus wie ein erschrockenes Kind.

Mein Gott, dauert der Liszt lang, denkt Poensgen. Ein virtuoses Stück, aber irgendwie krank. Ist das schön? Aber schön ist vermutlich langweilig. Also nicht schön. Interessant. Aufregend. Hart, brutal, rauschhaft, wie ein Mörder, der immer wieder zusticht. Blut spritzt aus dem Steinway, rinnt die Bühne herunter, hinterlässt eine Spur, tropft und sammelt sich zu einer Pfütze. Warm und stickig ist die Luft, viel zu warm. Und Kramer wird es vielleicht noch einmal versuchen, vielleicht genau in diesem Moment.

Die Leute klatschen. Poensgen vergisst, dass auch er klatschen sollte. Móricz macht einen langen Hals, beugt sich zu ihm herüber und ruft enthusiastisch in die Klatschwand hinein, dass er ein glühender Ivo-Bewunderer sei, aber heute habe der Meister doch ein wenig übertrieben, nicht immer die richtigen Tasten getroffen, danebengespielt, aber egal, genial sei genial, und ob es ihm auch gefallen habe?

Poensgen nickt, ist abwesend, blickt auf die Uhr. Jetzt noch das Schumannstück. Ein deutscher Komponist, nicht so ein Verrückter wie dieser Liszt, dieser Ungar.

Poensgen versucht sich zu lockern. Irgendetwas brodelt in ihm. Wäre er nicht an den Rolli gefesselt, er würde davonrennen.

Und dann braust die Musik Schumanns über ihn hinweg, ohne auf seine Anspannung Rücksicht zu nehmen. In Pogorelich kämpft der Dämon, und auch Poensgen meint, etwas vom Höllenfeuer zu spüren. Teufel auch, sein Mund ist staubtrocken, er braucht dringend ein Bier. Das Publikum ist aus dem Häuschen und kann sich kaum beruhigen.

Der Saal wird heller. Pause. Gott sei Dank.

Die Menschen erheben sich. Auch Móricz steht auf. Alle gehen freundlich zur Seite, um Poensgen in seinem Rollstuhl Platz zu machen. Er will zuerst zur Toilette, er muss sich mit einem Katheter die Blase entleeren, die zum Platzen voll geworden ist.

Im Foyer begegnet er sich selbst in den Spiegeln, bemerkt, wie ihn die Leute anstarren. Und er sieht Andor, im selben Alter wie er, der auf kurzen, stämmigen Beinen neben ihm steht und stark und gesund wirkt. Eine pechschwarze, dichte Mähne wirbelt um seinen Kopf. Das Kinn ist weich und die Wangen von schönster Gutmütigkeit. Leider ist sein Bauch in den letzten Jahren etwas zu ausladend geworden, und Andors offen stehendes weinrotes Jackett ist mindestens zwanzig Jahre alt.

Er hält zwei Gläser Sekt in den Händen und möchte auf Poensgens Geburtstag anstoßen. Doch Poensgen tippt genervt auf dem Smartphone herum. Er hört die Mailbox ab, und seine Gesichtszüge rutschen in eine einzige Bestürzung.

Móricz beobachtet ihn und protestiert: »Josef, du bist nicht im Dienst, du musst jetzt wirklich keine Nachrichten checken.«

Poensgen versagt fast die Stimme, er kippt den Sekt in sich hinein. »Meine ehemalige Vermieterin – sie ist tot. Jemand hat dieses harmlose, brave Frauchen abgeschlachtet. Gut, dass mich Kramer angerufen hat, ich muss sofort nach Freiburg.«

Móricz schaut ihn irritiert an und holt Luft. »Einverstanden, Josef, morgen kannst du reisen, doch jetzt warten noch zwei besondere Fälle auf dich. Brahms und Strawinsky heißen die Täter. Und außerdem, Josef, alte Damen sind niemals harmlos.«

Poensgen hält ihm das leere Sektglas hin. »Gieß nach, verdammte Scheiße.«

Zwei Stunden später sitzen Poensgen und Móricz im Restaurant Führich in der Führichgasse, schräg gegenüber vom Hotel Astoria. Das Restaurant ist so gut wie leer, nur zwei Tische sind besetzt.

»Meine Herrn, die Küche hat schon geschlossen, wir können Ihnen höchstens noch eine Suppe servieren«, sagt der Kellner und zwinkert nervös.

»Was für eine Suppe haben Sie denn?«, will Poensgen wissen, während Móricz schon das Weizenbier in sich hineinlaufen lässt und das geleerte Glas lautstark auf den Bierdeckel und die Tischplatte setzt.

»Heute gibt's Spargelcremesuppe, die Herrn.«

»Gut, dann bringen Sie uns bitte zwei, Spargelcreme ist in Ordnung.«

Der Kellner geht, und Móricz und Poensgen sind für sich.

»Morgen ist kein Platz mehr im Flieger frei, ich habe eben bei der Airline angerufen. Ich kann erst übermorgen fliegen.«

»Vernünftig, sehr vernünftig. Ich kann dich aber auch im Auto mitnehmen, muss sowieso in Kürze nach Deutschland, das ließe sich problemlos arrangieren. Mein Lieber, deine alte Dame … wie heißt sie doch gleich?«

Móricz hebt fragend die rechte Braue, und Poensgen murmelt: »Henriette von Schubert, eine wohlhabende Witwe, fünfundachtzig Jahre, meine ehemalige Vermieterin in Freiburg, über ein Jahr habe ich bei ihr in der Talstraße gewohnt.

Sie ist noch eine vom ganz alten Schlag und zu ihren Mitmenschen immer hilfsbereit und nett.«

»Also gut, Henriette von Schubert rettest du jetzt auch nicht mehr. Wenn sie tot ist, ist sie auch übermorgen noch tot, und alles, was du für sie tun kannst, kannst du dann auch noch für sie tun.«

Móricz hebt bedauernd die Schultern. »Das ist jetzt eine ganz nüchterne Geschichte. Es sind schon Leute wegen zehn Euro oder einem Handy umgebracht worden. Josef, du bist nicht für jeden Mord zuständig, denke bitte auch mal an dich. Vielleicht auch an mich, schließlich bin ich extra mit dem Auto von Budapest hergefahren, um dich zu treffen und mit dir deinen Geburtstag zu feiern, auch wenn dir jetzt nicht nach Feiern zumute ist.«

»Erstens ist es mein Job, und zweitens geht es um den frischen Tatort, niemand kennt sich in ihrer Wohnung so gut aus wie ich. Ich kenne jedes ihrer komischen Häkeldeckchen und fast jedes Bild an der Wand, ich weiß sogar, wo die Schlüssel hängen und die Speiseeisvorräte im Kühlschrank liegen. Ich erkenne sofort, wenn etwas verschoben wurde, denn sie selbst hat garantiert nichts verändert. Sie könnte blind sein und würde sich dennoch zurechtfinden.«

Poensgen trinkt aus und fährt fort: »Andor, so einen seit Jahrzehnten aufgeräumten, gleichförmigen Haushalt hast du in deinem ganzen Leben noch nicht gesehen. Kramer meinte vorhin, sie sei mit dem Feuerhaken aus dem Kaminbesteck erschlagen worden. Ich bin sicher, dass wir wunderbares Material darauf finden werden.«

»Gut so. Jetzt komm mal wieder runter und beruhige dich. Deine Leute werden schon alles richtig machen. Reden wir bitte schön endlich von dir und welchem Umstand ich es verdanke, dass ich hier an deiner Seite sitze.«

»Umstand? Du sagst es, ein Geburtstag ist ein saudämlicher Umstand. Würde lieber einen Dreitausender besteigen, aber vielleicht ist es besser so …«

Poensgen blickt auf einmal verloren drein, wirkt beinahe melancholisch, und Móricz platzt laut heraus, als er Poensgens Dackelblick bemerkt. »Josef, dir fehlt ganz schlicht und einfach eine Maria.«

»Was fehlt mir?«

»Ein Weib, eine Frau an deiner Seite, nun stell dich nicht so dumm. Du weißt genau, was ich meine.«

»Eine Maria soll ich mir zulegen? Vergiss nicht, dass die Maria ihrem Josef einen kleinen Schreihals untergejubelt hat. Ich glaube nicht, dass ich zum windelwechselnden Vater tauge, und schon gar nicht, wenn es ein Ableger vom Erzengel ist. Dieser Gabriel war ein ganz schlimmer Finger.«

Móricz bestellt ein neues Bier. »Nein, zwei Biere, ein zweites für meinen wunderbaren Freund«, korrigiert er sich, ruft es übermütig dem Kellner zu, der an ihren Tisch gekommen ist und verlegen erklärt, dass es leider keine Suppe mehr gäbe. Die sei nämlich ausgegangen, es sei ja auch schon recht spät, und er wolle doch lieber gleich die Rechnung kassieren.

»Dreiundzwanzig Uhr dreißig, meine Herrn, Zeit für Feierabend, wir haben noch keine Saison. Kommen Sie im Sommer wieder.«

Nach ihrem Rausschmiss stehen Móricz und Poensgen auf dem Bürgersteig der Führichgasse und wissen nicht so recht, was sie jetzt machen sollen.

»Hunger«, mault Móricz und lässt seinen Blick unternehmungslustig schweifen, doch das Sträßchen schläft. Ein anderes Restaurant gibt es nicht in der Nähe, eine Musik-Bar allenfalls und einige teure Läden, die ihre Rollgitter heruntergelassen haben.

»Gehen wir in unser Hotel oder … oder vielleicht ein paar Meter weiter in die Kärntner«, muntert ihn Poensgen auf. »Dort gibt's zur Krugerstraße hin eine Würstelbude, die ist garantiert noch in Betrieb.«

Sie laufen im nächtlichen Schatten des Astorias die Führichgasse entlang, als in der Nähe ein Knall die Stille zerreißt.

Poensgen und Móricz bleiben erschrocken stehen und schauen sich an.

»War das ein Schuss?«, flüstert Móricz und drückt sich an die Hauswand.

»Still, warte, rühr dich nicht!«, zischt Poensgen und schaut auf seine Armbanduhr. Dreiundzwanzig Uhr vierzig.

Im selben Moment hasten Schritte auf sie zu, halten inne, entfernen sich wieder, und eine schmächtige, dunkel gekleidete Gestalt mit Sturmhaube schält sich aus dem Schwarz der Häuser, rennt ein Stück die Kärntner Straße entlang, verschwindet wie eine Mimikry im Eingangsbereich einer Passage mit Hutgeschäft und Boutique – und löst sich auf.

Móricz stampft empört los, doch Poensgen pfeift ihn zurück. »Bleib gefälligst stehen, bist du lebensmüde?«

Aber Móricz ist bereits weitergerannt, und nun hält auch Poensgen nichts mehr zurück. Er beeilt sich, mit seinem Rolli zur Kärntner Straße zu kommen.

Die bekannte Geschäftsstraße hat sich längst zur Ruhe begeben, ist menschenleer und blitzsauber. Kunstvolle Schaufensterbeleuchtungen und die Schlagschatten der Häuser verwandeln den Boulevard in eine Theaterkulisse. Und dort, wo die Krugerstraße in die Kärntner einmündet, erstrahlt unter zwei Straßenlaternen ein kleiner Platz, auf dem eine grünweiß angestrichene Bude steht, an der ein Schild klemmt. »Geöffnet«, ist mit Kreide darauf geschrieben und dahinter: »Wiener Würstl«. Auf dem Grillrost zischen Würstchen, liegen ordentlich nebeneinander und verströmen ihren fetttriefenden Duft, und in einer Aluminiumwanne stecken Fritten, goldgelb und fein geschnitten, davor zwei Behälter mit Senf und Ketchup zur Selbstbedienung. In einem rückwärtigen Regal funkeln Getränkedosen und Saftflaschen.

Móricz rennt schon auf die Wurstbude zu, während Poensgen hinter ihm irgendetwas fragt. Móricz scheint jedoch taub zu sein und nur noch die Würste im Sinn zu haben.

»Wo ist der Junge?«, ruft Poensgen laut.

»Wie? Welcher Junge?«, fragt Móricz ungehalten, weil er von Poensgen abgelenkt wird.

»Na, der Asiate, der hier normalerweise das Zeug grillt«, schimpft Poensgen. »Der muss doch den Schuss auch gehört haben, und wahrscheinlich hat er mehr gesehen als wir – er steht schließlich wie ein Leuchtturm mitten auf dem Platz.«

Móricz streckt sich und beugt sich, so gut es eben geht, über die Theke. »Josef, mein Gott, Josef, da liegt einer. Ich glaube, den hat's erwischt!«

Gemeinsam schleichen sie um die Bude und entdecken die schmale Eingangstür, die halb geöffnet ist, wodurch sie Hinterteil und Beine eines Mannes sehen können, der unnatürlich gekrümmt und vollkommen leblos in einer Blutlache auf dem Boden liegt.

Ein zweiter Blick genügt, und beiden ist klar, dass der Mann tot ist.

»Es klingt komisch, aber wir müssen die Polizei rufen«, sagt Poensgen steif und greift nach seinem Smartphone. Er sieht, wie Móricz in die Bude klettert und sich über den Körper beugt. »Komm sofort heraus, du bist total verrückt, du machst doch sämtliche Spuren kaputt!«

»Bitte, bleib ganz ruhig, Josef, ich muss mir alles genauestens anschauen, ich habe noch nie einen Ermordeten gesehen, verstehst du denn nicht? Ich habe ein fachliches Interesse. Man hat ihm in den Rücken geschossen.«

»Geh sofort da weg. Ich befehle es dir! Andor, du bekommst ein saumäßig lästiges Problem. Ich habe keine Lust, wegen dir in Wien festzusitzen, das kann uns nämlich blühen. Siehst du jemanden außer uns? He, nur wir Armleuchter treiben uns hier herum. Denk darüber mal nach.«

Móricz ignoriert Poensgens wütende Aufforderung und keucht: »Scheiße, hier liegt eine Pistole, und ich weiß ganz genau, was das für eine Waffe ist.«

Poensgen wendet sich ab und wählt die 133.

Móricz stolpert aus der Wurstbude, greift nach dem Rollstuhl, schiebt ihn ein Stück vor sich her und redet aufgeregt auf Poensgen ein. »Das ist ein richtig dickes Ding, da liegt eine Glock 17.«

»Alter, wage es niemals mehr, mich unaufgefordert irgendwohin zu schieben. Hast du gehört?«, faucht Poensgen.

»Mimose. Die Glock 17, ist das nicht die Dienstwaffe der Wiener Polizei?«

»Ja, natürlich, das weiß ich auch, aber halte endlich deine Klappe. Ich will nichts mehr hören, absolut nichts mehr, kapiert?«

Móricz seufzt resigniert. »Aus dir soll einer schlau werden, aber gut, ich sage nichts mehr. Meinst du, ich könnte mir … ich meine, ob ich mir eines von den Würstchen genehmigen … zu schade, sie verbrennen, wenn man sie nicht endlich vom Grill nimmt.«

Spuren und Affen

Pünktlich Montagmorgen um acht Uhr trifft Poensgen im Polizeipräsidium Freiburg in der Abteilung Mord I ein. Er parkt den Rolli vor seinem Schreibtisch und verschafft sich einen ersten Überblick. Post und Papierkram warten bereits in Brusthöhe.

Das ist alles stinknormal und nennt sich Arbeitsalltag, so what, tröstet sich Poensgen. Er nimmt sich vor, ruhig zu bleiben, doch es ist eine gespannte Ruhe, die sich da in seinem Gesicht ausdrückt.

Seine Sammlung von Affenminiaturen, die ihn seit einiger Zeit begleitet und ebenfalls auf dem Schreibtisch ihren Platz hat, kitzelt ihm heute kein Lächeln hervor, nicht einmal ein vages Verziehen der Lippen. Gelegentlich fragt er sich schon, was dieser Spleen, den er sich zugelegt hat, eigentlich soll, denn so innig liebt er die Äffchen gar nicht. Er kann sich sogar vorstellen, dass die Affenbande eines schönen Tages aus seinem Büro verschwindet. Noch während er über ihre mögliche Entsorgung spekuliert, kommt es ihm plötzlich niederträchtig vor, sich so mir nix, dir nix von der Sammlung verabschieden zu wollen. Die kleinen Viecher haben ihm schließlich schon viel Freude bereitet und so manchen verkorksten Tag wieder ins Lot gebracht.

Es ist ihm bewusst, dass er nach seinem Umzug von Köln nach Freiburg noch immer nicht hundertprozentig angekommen ist. Sein Herz mag irgendwie nicht im badischen Rhythmus schlagen, sosehr er sich auch anstrengt; der treue Herzmuskel arbeitet weiter im rheinischen Takt und kommt nicht davon los. Die hiesigen Kollegen sind doch anders, denkt er. Es fehlt ihnen vielleicht ein Quäntchen Leichtigkeit. Die Kollegen in Köln sind unkomplizierter. Jawohl, das ist es, die Rheinländer machen nicht so viel Gedöns um alles. Gedöns und Kriminalität gibt es inzwischen in Freiburg jede Menge, auch wenn hier niemand von Gedöns redet.

Poensgen zieht den ersten Aktenvorgang vom Stapel. »Soko Spargelesserin«, liest er halblaut und schnaubt. Sein Schnauben klingt böse und das Schrillen des Telefons ebenso.

Poensgen wirft einen Blick aufs Display, lässt fünfmal läuten, greift endlich missmutig zum Hörer.

»Kramer, was gibt's?«

»Soll ich Sie begleiten?«

»Wohin?«

»Talstraße Nummer …«, murmelt Kramer, als sei er Briefträger und suche ein Namensschild auf einem Briefkasten.

Poensgen starrt auf die Affen. Mittendrin hockt der Neuankömmling. Klein, aber oho. Das Geburtstagsgeschenk von Andor Móricz. Die verkleinerte Kopie eines Immendorffaffen mit Palette und Pinsel in der Hand. Der Winzling muss saumäßig teuer gewesen sein, überlegt Poensgen und greift nach dem Tierchen. Der Affe blinzelt ihn an. Poensgen fährt ihm mit dem Daumen übers Gesicht und wischt das Grinsen fort, das sowieso nur der irritierende Glanz polierter Bronze ist.

»Hallo?«, ruft Kramer ins Telefon und bringt sich wieder in Erinnerung.

»Nein, ich fahre – allein«, stößt Poensgen hervor, legt auf und sieht, wie Fessler hereingeschlurft kommt.

»Sorry, habe vergessen anzuklopfen«, tönt Fessler süffisant und baut sich vor Poensgen auf. »Und? Seit wann zurück?«

»Heute Nacht. Bin mit dem Auto …«

»Wie? Sie sind …?«

»Ein Freund … er hat mich gefahren, war 'ne Menge los auf der Autobahn, wir haben fast neun Stunden gebraucht. Stau an der Grenze und am Deggendorfer Kreuz.«

»Na, da wären Sie ja mit dem Rollstuhl schneller gewesen«, flachst Fessler.

»Ich fahre jetzt in die Talstraße.«

»Allein? Sie wissen, dass Sie das nicht sollen. Aber wollen

Sie mir nicht erst einmal berichten, was Sie für ein himmelschreiendes Drama in Wien erlebt haben? Worauf mussten Sie sich nur wieder einlassen? War das nötig, sich einzumischen? Verdammt noch mal, Sie sind behindert! Sie sind doch von einer Überheblichkeit, wie sie im Buche steht. Das wird einen Mordsärger geben, das sage ich Ihnen. An dieser Story werden Sie eine Weile Vergnügen haben.«

Poensgen wirft Fessler einen scharfen Blick zu. »Was soll das? Wieso gibt es eine Sonderkommission *Spargelesserin*, sind denn alle verrückt? Soll ich Ihre grandiose Bezeichnung aus dem Ökoladen etwa witzig finden?«

»Die Soko Spargelesserin haben wir gestern einstimmig gebildet, da waren Sie bekanntlich noch nicht aus Ihrem Sonderurlaub zurück.« Fesslers Kinn zuckt gekränkt. »Ich habe vorläufig sechseinhalb Kollegen für den Fall freigestellt. Sie wissen, es fehlen uns Leute. Besonders Kramer hat sich sehr sorgfältig eingearbeitet und alles für Sie vorbereitet. Sie können sofort in den Fall einsteigen. Die Männer und Frauen von der Spurensicherung waren achtundvierzig Stunden lang in der Wohnung des Opfers, die haben jeden elenden Quadratzentimeter umgepflügt. Bisher hat keiner eine Ahnung, warum man die alte Frau …« Er donnert mit der Faust auf Poensgens Schreibtisch, lächelt plötzlich verbindlicher.

»Mein lieber Poensgen, die Spurenlage ist kompliziert, bisher können wir noch nichts zuordnen und analysieren. Aber dazu ist es sowieso viel zu früh, wir brauchen Zeit. Insgesamt ist festzustellen, dass da einer richtig aufgeräumt und geputzt hat. Kommt mir ziemlich professionell vor. Alle Spuren wie weggezaubert.«

Poensgen verzieht den Mund. »Kompliziert ist es doch immer. Oder war's schon mal anders?«

Fessler deutet mit seinem Zeigefinger auf Poensgen. »Jaja, gehen Sie ruhig auch noch einmal hin. Aber nehmen Sie Kramer mit. Sie werden nichts finden, was wir nicht schon gefunden haben. Kramer hat einen verdammten Ehrgeiz, der will die Erfolgsleiter hochfallen, und außerdem will er's Ihnen zeigen. Ich finde das ganz in Ordnung, dann strengt er sich wenigstens an. Also bedanken Sie sich und seien Sie nett zu ihm, und nichts für ungut, ich muss jetzt los. Wir haben noch eine Kindstötung im Schwarzwald reingekriegt, aber davon habe ich Sie vorerst befreit. Sie dürfen sich ausschließlich dem Fall Spargelesserin widmen.«

»Wie großzügig.«

»Ihren Wiener Wurstbudenmord, den sollten Sie schleunigst von der Hacke kriegen, verstanden? So was können wir hier nicht gebrauchen. Also mal unter uns, ich kann die Kollegen aus Wien irgendwie nicht leiden.« Fessler tippt sich an die Stirn. »Das müssen Sie sich einmal vorstellen, die haben eine Frau an ihrer Spitze, eine Oberinspektorin, ein völlig unfähiges Weib. Die Frau ist ein Alptraum – sollte lieber Kinder kriegen, als Verbrecher zu jagen.«

»Eva-Maria Brettschneider?«

»Exakt die.« Fessler dreht sich um und schlurft zur Tür.

»Die hat aber ganz nett was auf dem Kasten«, ruft ihm Poensgen hinterher.

Die Tür fällt zu, Poensgen ist wieder mit seinen Affen allein.

»Also gut, ihr dürft bleiben«, sagt er leise.

Tatort Talstraße

Kurze Zeit später kurvt Poensgen über den Flur seiner Abteilung, rollt zum Aufzug und gleitet in die Tiefgarage. Mit leisem Fiepen öffnet sich die Autotür seines umgerüsteten BMW. Poensgen wirft den blauen Schnellhefter mit der Aufschrift »Soko Spargelesserin« auf die Instrumentenkonsole und stemmt sich kraftvoll wie ein Barrenturner aus dem Rolli. Als er bequem sitzt, verstaut er das zusammengefaltete Aluminium-Gefährt auf dem vom Beifahrersitz befreiten Platz. Er startet den Wagen und fährt aus der Tiefgarage. Auf Höhe des Portierhäuschens grüßt ihn Karl Obrist, der Mann mit der Boxernase und den Blumenkohlohren. Poensgen hebt die Hand, und Obrist freut sich übers ganze Gesicht. Poensgen ist schon vorbei, bremst plötzlich, setzt den Wagen ein Stück zurück und lässt die Seitenscheibe herunter. Obrist kommt an den Wagen.

»Wollen wir nicht demnächst ein Bier zusammen trinken?«, ruft Poensgen.

Obrist nickt eifrig. »Gern, Sie müssen mir unbedingt von Wien erzählen. Meine Frau möchte auch einmal nach Wien, und ich kann mir einfach nichts darunter vorstellen. Städtereisen und dieses ganze Kulturzeug sind mir zu anstrengend, aber was tut man nicht alles. Stellen Sie sich vor, wir haben demnächst Hochzeitstag, sind seit vierzig Jahren verheiratet und immer noch zusammen – wie zwei alte Graugänse.«

Poensgen wirft Obrist einen nachdenklichen Blick zu, bevor er ihn mit gesenkter Stimme fragt: »Karl, Sie wohnen in der Nähe der Talstraße. Haben Sie was gehört oder gesehen? Über was reden die Menschen? Die erzählen garantiert irgendwas, das ist doch meistens so.«

»Alle sind entsetzt, viele haben Angst. So ein heimtückischer Mord an einer alten Frau passt nicht in unser schönes Viertel. Dort gibt es keinen Mörder. Bis jetzt nicht. Aber«, er stockt, »seit an jeder Ecke Ausländer rumstehen, machen sich einige Leute halt so ihre Gedanken, verstehen Sie? Das Leben in unserer Stadt ist anders geworden, das sagen alle.«

Poensgen schüttelt den Kopf. Er klingt verärgert. »Blödsinn, das sind wirklich Scheißhausparolen, aber so dumm muss man heute daherquatschen. Ist ja auch toll, einen Buhmann zu haben. Na schön, ich muss jetzt los. Machen Sie's gut.« Er gibt Gas, und der BMW schießt davon.

Obrist geht zurück in sein Häuschen und beugt sich über ein Kreuzworträtselheft. Senkrecht, anderes Wort für »fremd«, fünfzehn Buchstaben: u n v e r s t a e n d l i c h. Passt! Er kritzelt es hin und lächelt zufrieden.

Zehn Minuten später stellt Poensgen seinen BMW exakt an die Stelle, wo er früher immer parkte, als auch er noch in der Talstraße wohnte. Er macht den Motor aus, schnappt sich die Akte und blättert darin. Zuerst schaut er sich die technisch perfekt gemachte Fotodokumentation vom Tatort an: der Kopf der Toten – bestialisch zugerichtet. Das weiße Haar – ein blutiges Knäuel.

»Jede Woche zum Friseur und bei Nebel ein leichtes Kopftuch, genau wie die Queen«, erinnert er sich an ihre Worte und wie sie sich dabei über die Haarwellen gestrichen hat, um sie zu richten, obwohl sie kein bisschen zerzaust waren.

Neben der Toten liegt eine zerrissene Perlenkette. Ihre Kette. Sie war nie ohne ihre Kette.

»Sie wissen doch, Kommissar Poensgen, Perlen schmeicheln dem Teint einer Frau.«

Stirnrunzelnd vertieft er sich in das Protokoll.

Also, wie war das?

Die Tote lag drei Stunden im Flur ihrer Wohnung, bevor sie am 5. Mai gegen Abend aufgefunden wurde, von einem Mann namens Romillo Renato Wolf, achtundsiebzig Jahre alt, Künstler, wohnhaft im selben Haus, parterre.

Aha, das ist also der Mann, der in meine ehemalige Wohnung eingezogen ist. Mein Nachmieter, den ich damals nicht mehr kennengelernt habe. Aber wieso entdeckt der die Tote? Hat er einen Schlüssel zur Wohnung?

Poensgen blättert hin und her. Er sucht, ob noch mehr Informationen über Wolf und die Situation im Haus notiert sind. Enttäuscht stellt er fest, dass es zu dem Mann bisher noch keine ausführlichere Befragung gibt, jedenfalls nicht in diesem Bericht.

Poensgen hebt langsam sein Gesicht, sieht vor seinem inneren Auge die alte Frau auf dem Boden liegen. Viel Blut ist um sie herum. Kein schöner Anblick, nichts für schwache Nerven. Poensgen schüttelt sich, fährt sich übers Kinn, beobachtet in Gedanken versunken die Straße.

Die Autos halten sich an die Geschwindigkeitsbegrenzung, praktizieren verkehrsberuhigtes Fahren. Auf dem Gehweg albern Schülerinnen von einer nahen Schule herum, einige dunkelhäutige Schönheiten und ein paar Mädchen mit Kopftüchern mittendrin. Die jungen Dinger kichern und halten allesamt Smartphones in ihren Händen. Sie achten nicht auf ihn, auch nicht auf den grauhaarigen Professoren-Typ mit Einkaufskorb am Lenkrad, der gemächlich an ihnen vorbeiradelt und zum Supermarkt an der Ecke steuert. Im selben Moment zwängen sich eine mit Tüten bepackte Frau und ein kleines Mädchen aus dem Geschäft. Die Frau ist hochschwanger, trägt ein buntes Kopftuch und ein dunkles Mantelkleid. Sie bewegt sich mit schwerem, schwankendem Schritt. Unerwartet hält sie inne und blickt zu Poensgen. Ihr Gesicht ist sehr jung, fast noch kindlich. Er schaut ihr nach, bis sie zwischen parkenden Autos vor einer Villa aus seinem Blickfeld verschwindet.

Ein VW-Pritschenwagen mit Freiburger-Umland-Kennzeichen fährt suchend an ihm vorbei und setzt sich unmittelbar vor seinen BMW. Zwei breitschultrige Gestalten in Arbeitsklamotten springen heraus, einer rechts, der andere links; sie beäugen die Häuser, diskutieren, wirken unschlüssig. Der ältere von ihnen zieht einen Fetzen Papier aus der Jackentasche und kommt an Poensgens Wagen.

Poensgen lässt die Seitenscheibe herunter, der Mann schiebt sein Gesicht ins Wageninnere. Sein Atem riecht nach Knoblauch und leerem Magen.

»Sprech nix Deutsch, wo ist Haus?« Er streckt Poensgen das Papier hin.

Poensgen versucht, die Schrift zu entziffern. »Schubert, Talstraße. Was wollen Sie dort?«

Der Mann zuckt hilflos die Achseln.

»Wieso wollen Sie zu dieser Adresse? Und woher kommen Sie?«, drängt Poensgen.

»Ich bin der Pavkovic aus Badenweiler«, murmelt er und blickt ihn treuherzig an. Mit seinen Händen imitiert er die Bewegungen eines Klavierspielers und nickt dabei heftig.

»Das Klavier?«, ruft Poensgen und kann seine Überraschung nicht unterdrücken.

»Richtig, Klavier. Wir holen Klavier, wir sind Transportfirma.«

Poensgen schüttelt verwundert den Kopf. Er zieht seinen Ausweis aus der Lederjacke. »Kriminalpolizei Freiburg, bleiben Sie hier, bis ich ausgestiegen bin.«

Pavkovic weicht zurück. Der zweite Mann kommt zögernd dazu. Nun stehen sie da wie Plisch und Plum, die zwei ungezogenen jungen Hunde, die ertränkt werden sollen, denkt Poensgen.

Er öffnet seine Wagentür, bugsiert den Rollstuhl auf die Straße und klappt ihn fahrbereit auf. Poensgen fällt mit Schwung in den Rolli-Sitz. Er schmeißt die Wagentür zu. Für einen Moment geht ein Ruck durch die Männer, und es sieht aus, als wollten sie weglaufen. Doch sie bleiben auf der Straße stehen, schauen ihm zu, wie er telefoniert. Er spricht nur wenige Sätze, steckt das Mobiltelefon wieder ein und rollt mit drei kräftigen Schüben zum Pritschenwagen. Die Männer folgen ihm. Sie halten Abstand, aber sie kommen ihm nach. Und dann verstehen sie. Sie können nicht mehr fortfahren.

Poensgen hat seinen Rollstuhl vor die Schnauze des Pritschenwagens gestellt und steckt sich in aller Ruhe ein Zigarillo zwischen die Lippen, ohne es anzuzünden. Sein Blick ruht auf den Männern, in deren Gesichtern jetzt Entrüstung steht. Er spürt ihren Ärger, sagt aber nichts. Es dauert endlose fünf Minuten, bis ein Streifenwagen angerast kommt und stoppt. Zwei Polizisten springen heraus.

»Nehmen Sie die Personalien von Plisch und Plum auf und den ganzen übrigen Kram, der dazugehört. Ich möchte die Herren befragen, nicht jetzt, aber später. Also lassen Sie sie danach nach Hause fahren, aber machen Sie ihnen klar, dass sie in den nächsten Tagen ins Präsidium kommen müssen«, weist Poensgen die Kollegen an und rollt davon.

Aus der Zeit gefallen

Als sei es erst gestern gewesen, dass er seinen Rolli mit ein paar Handgriffen die Rampe hinaufbewegt und sich einen Moment auf dem gekachelten Vorplatz ausgeruht hat, den Hausschlüssel aus der Tasche gezogen und die Eichentür … genauso kommt es ihm vor, als er jetzt nach seinem Schlüsselbund greift. Beim Auszug hatte er vergessen, den Schlüssel fürs Haus abzugeben, hatte ihn später vorbeibringen wollen, was auch eine Gelegenheit gewesen wäre, die alte Dame zu besuchen und mit ihr eine Tasse Tee zu trinken. Sie hätte sich gefreut, sehr gefreut sogar, das weiß er. Sie hätte sich mehr als gefreut, sie wäre glücklich gewesen, denkt er.

Schlagartig ist ihm alles wieder gegenwärtig. Wie sie ihn damals im Präsidium in seinem Arbeitszimmer besucht hat, mit einem Bild unter dem Arm, und dieses sogar selbst aufgehängt hatte. Wie sie das Freiburger Münster neben den Kölner Dom gerückt hat, um ihm, dem Kommissar aus Köln, eine Freude zu machen …

Er holt tief Luft, weil ihm die Erinnerung an die Begegnung unangenehm ist. Er hat die Frau damals schleunigst loswerden müssen, wegen eines dringenden Falls im Schwarzwald … wie enttäuscht sie war und den Tränen nahe. Ein seltsamer Morgen war das, draußen dieses garstige Novemberwetter, Schneeregen und Wind, und drinnen die greise, hochgewachsene Lady, todschick und mit geputzten Lackschuhen.

Gedanklich noch immer zwischen Lackschuhen und Kölner Dom verheddert, sticht Poensgen den Schlüssel ins Schlüsselloch. Die schwere geschnitzte Tür schwingt bis zum Anschlag auf und hakt sich in einem Riegel fest.

Der Riegel – auch eine nette Geste von ihr – sollte ihm das Hereinkommen erleichtern.

Sein Blick fällt auf die Briefkästen. Zwei Blechkisten hängen nebeneinander an der Wand. In jedem steckt ein Journal eines Bürgervereins. Er entzieht dem ersten Kasten das Heft. Die Klappe scheppert laut, ein Namensschildchen zeigt sich: »Schubert«.

Er rollt ganz dicht an den Kasten und entdeckt im Inneren einen Brief.

»Briefkastenschlüssel suchen«, murmelt er vor sich hin, während sich der Rolli wie selbstverständlich auf die weiß lackierte und bunt verglaste Wohnungstür der Parterrewohnung zubewegt. Der dicke Fußabstreifer, den er damals weggeräumt hatte, damit der Rollstuhl in die Wohnung gleiten konnte, liegt jetzt wieder ordentlich an dem dafür vorgesehenen Platz. Ein Visitenkärtchen klebt an der Tür, grau umrandet. Er selbst hatte dergleichen nie gebraucht, hatte sozusagen namenlos dort gewohnt.

»Studio Wolf«, liest Poensgen halblaut.

Studio? Was denn für ein Studio?, denkt er verärgert, weil er auch davon nichts weiß. Aber wie sollte er auch. Er ist nie mehr hier gewesen. Er fühlt sich unwohl. Eine Spur schlechtes Gewissen beschleicht ihn.

Er wendet seinen Rolli und hält vor dem altertümlichen Lift mit dem Scherengitter. Der Käfig steht oben. Poensgen drückt auf den Knopf. Unter lautem Ächzen und Klappern bequemt sich der Apparat, herunterzukommen.

Gleich darauf zuckelt der Kasten mit Poensgen wieder hinauf. Poensgen verlässt den engen Lift so geschickt wie früher, wenn er Frau von Schubert am Sonntagabend besucht hat und zusammen mit ihr den unvermeidlichen Tatortkrimi anschauen musste. Es war ihr Highlight der Woche, wenn er zu ihr kam. Zum Film gab es Wein und Gebäck oder Eiscreme mit Waffeln.

Jawohl, verdammte Kacke, so war das, denkt er und spürt seinen Groll.

Welches brutale Schwein hat die Frau umgebracht? Ich muss ihren Mörder finden. Ich muss, ich muss, das bin ich ihr schuldig. Er starrt auf die Wohnungstür, die einen Spalt offen steht.

Was für eine Frechheit. Wer wagt es, Schloss und Siegel zu öffnen? Er zögert und überlegt kurz, ob er Kramer anrufen soll. Kramer wartet darauf. Doch er hakt den Gedanken ab. Es muss ohne Kramer gehen.

Entschlossen zieht er sich Einmalhandschuhe über. Die Sinne geschärft, drückt er vorsichtig und doch energisch die Tür auf. Er hält einen Moment inne, ist jetzt ganz Ohr, atmet in die Stille.

Unmittelbar hinter dem Eingang muss er einige Klebebänder überrollen, die auf dem Flurteppich angebracht sind. Die dünnen Papierstreifen rascheln, und die Reifen seines Rollstuhls pressen sich in die Teppichwolle.

Hier hat sie gelegen, jämmerlich verblutet.

Aufmerksam lässt er seinen Blick wandern. Die Umgebung ist ihm vertraut, ein bisschen wie – der Gedanke kommt ihm falsch und doch auch irgendwie richtig vor – nach Hause kommen. Er erkennt sogar den Geruch wieder, der ihn abgestoßen hat. Gekochter Kohl, auch wenn weit und breit kein Kohl vorhanden war. Aber es roch danach. Vielleicht riechen alte Frauen nach Kohl, hat er jedes Mal gedacht.

Er ruft sich zur Ordnung: Idiot, bleib professionell, bleib neutral, bloß keine Rührseligkeiten, vor allem keine Abneigung. Gefühle führen auf die falsche Spur. Was bildest du dir eigentlich ein? Kanntest die Frau doch kaum. Was weißt du schon von ihr? Es waren doch nur ein paar unbedeutende Begegnungen. Ihr Leben, ihre Intimität, woher sie kam, mit wem sie verkehrte, ihre finanzielle Situation? Du hast keine Ahnung, also bleib auf dem Teppich!

Apropos Teppich. Davon liegen genügend herum; er weiß es, in jedem Zimmer liegen die zum Teil abgewetzten bunten Brücken und Galerien übereinander, quer und längs wie in einem orientalischen Basar.

Poensgen rollt weiter, betrachtet Stück für Stück der altbackenen Flureinrichtung: Garderobenständer, Ankleidespiegel, Hutablage, Telefontisch, Schirmständer, eine Bodenvase mit künstlichen Gräsern. Hausschuhe mit Pelzpuscheln vor einer Truhe. Darauf eine mit blauen Blumen bestickte Decke, oval und mit dicker geklöppelter Spitze außenrum.

Unter seinen Rädern knistern wieder die Klebebänder. Er rollt über den mit Kreide gemalten Körperumriss, fährt einfach darüber hinweg. Seine Hand zuckt. Er will das alles nicht, aber er kann nicht anders, der Rolli ist störrisch, hat seinen naturgemäß eingeschränkten Wendekreis.

Poensgen betrachtet die Klebebänder und fragt sich, warum die Kollegen von der Spurensicherung dieser Methode den Vorzug gegeben haben, wo doch die dreidimensionalen Fotografien absolut aussagekräftig sind und inzwischen bei der Mordkommission eingeführt. Er überrollt jetzt auch die lang gezogene braunrote Spur, die wie eine Riesenzunge über den Teppich leckt und die letzten Meter des Sterbewegs dokumentiert.

»Hier also«, murmelt Poensgen und starrt auf die Stelle, wo die Zunge in einen Fleck übergeht: trocken, ellipsenförmig und mit kleinen Ausstülpungen. Durchmesser circa sechzig Zentimeter, oval wie ein Ei, die Urform des Lebens, oder wie das Spitzendeckchen auf der Truhe.

Eigentlich eine hübsche Form, aber saumäßig traurig, denkt er. Er wartet, spricht ein paar Notizen in sein Smartphone und peilt vorsichtig die verglaste Tür zum Wohn- und Balkonzimmer an. Er schwitzt in den behandschuhten Händen, die die Räder vorwärtspullen. Und plötzlich ist da ein Geräusch. Poensgen hält den Atem an. Er dreht den Kopf und lauscht. Er glaubt, den verspielten Ton eines Glöckchens zu hören. Nein, nichts dergleichen. Still ist es. Kein Glöckchen.

Poensgen stößt die Tür auf und quetscht seinen Rolli hinein. Grelles Tageslicht springt ihn an und macht ihn halb blind. Nur langsam gewöhnen sich seine Augen, erkennen die Sitzmöbel mit den gemusterten, verschlissenen Stoffen wieder. Wie erstarrte Tiere sehen sie aus. Vor ihm stehen Elefant, Flusspferd, Puma, Tiger. Ausgestopft. Sie blicken freundlich zu ihm herüber. Vielleicht warten sie darauf, von einem Prinzen erlöst zu werden.

Da können sie lange warten, ich bin's jedenfalls nicht.

Sein Blick wandert weiter. Spitzengardinen wie Spinnennetze vor den hohen Fenstern, von der Stuckdecke baumelt ein Kronleuchter, sein Kristall längst müde und grau. Vor der Balkontür ein festlich gedeckter Tisch, alles darauf hübsch dekoriert und unbenutzt. Blumen in einer Vase, zwei Gedecke, zwei Gläser, zwei Bestecke. Ein zierlicher Totenkopf aus Porzellan, bemalt mit Herzchen und Vögelchen, liegt mittendrin. Und Poensgen fällt augenblicklich ein, wie freudig erregt ihm die alte Frau das Souvenir einmal gezeigt hatte. Sie hatte es aus einer Vitrine genommen und an ihr Herz gedrückt.

»Das Totenköpfchen ist überhaupt nicht wertvoll, ist nur ein Erinnerungsstück an unsere Mexikoreise, als ich noch mit meinem Mann reisen durfte. Und ein bunter Gockel aus Portugal, dem leider beim Transport im Koffer der Kamm gebrochen ist. Einen Parfümzerstäuber aus Muranoglas hat er mir in Venedig gekauft, jawohl, er hat mir immer etwas gekauft, und ich habe alles gehütet«, hatte sie ihm mit tränenerstickter Stimme erzählt.

Der Tisch ist eindeutig für zwei Personen gedeckt, rattert die Rechenmaschine hinter Poensgens Stirn; und wieder spricht er sich Notizen ins Smartphone.

Doch dann wird seine Aufmerksamkeit auf die Stirnseite des Zimmers gelenkt, wo sich der Wohnraum im Dunkeln versteckt.

Poensgen rollt näher. In der linken Ecke, zwischen zwei Schrankkolossen, die mit Geschirr und Wäsche vollgestopft sind und deren Türen und Schubladen offen stehen, glitzert und funkelt ein dunkelgrünes Etwas.

Es wird doch nicht?, denkt Poensgen. Doch, er hat sich nicht getäuscht, es ist ein künstlicher Nadelbaum, der auf einem runden Tisch steht und beim Näherkommen so echt und frisch aussieht, als stünde er im weihnachtlich geschmückten Schaufenster eines Kaufhauses. Lametta und dicke rote Kugeln hängen daran, und auf der Spitze steckt ein goldener Papierstern.

Poensgen schüttelt nachsichtig amüsiert den Kopf. Natürlich erinnert er sich an den schrecklichen Baum. Oh ja, das heiße Teil gab es zu seiner Zeit auch schon.

»Praktisch und schön«, hatte sie ihren Plastikbaum genannt.

Verdammt, es war ihm damals schon bescheuert vorgekommen, wenn sie ihren künstlichen Baum in den höchsten Tönen lobte, weil der kein Wasser brauche und sowieso niemals stürbe. Sie habe mit der Anschaffung der Tanne das Weihnachtsfest konserviert, hatte sie gekichert und gemeint, dass es doch wunderbar wäre, wenn man auch die Menschen konservieren könnte, natürlich nur die guten, nicht die bösen. Selbstverständlich sollten nur die besseren Menschen auf der Erde bleiben. Die Verbrecher und Betrüger sollten bitte schön tunlichst zur Hölle fahren, hatte sie gesagt und dabei unentwegt gekichert.

Herrschaftszeiten, jetzt ist Mai, und hier steht noch immer ein Weihnachtsbaum. Das ist nicht normal, denkt Poensgen, und es lässt ihn vermuten, dass auch für die alte Frau die Zeit stehen geblieben ist. Winter, Frühling, Sommer, Herbst – alles ein einziger Termin, vereint in diesen Räumen.

Vorsichtig schiebt er sich durch das Wohnzimmer, das einem Ausstellungsraum in einem Auktionshaus für antike Möbel gleicht. Auf fünfzig Quadratmetern Kram und ein halbes Jahrhundert Erinnerungen, schätzt er, während er sich am wuchtigen alten Klavier vorbei der Doppeltür nähert, die ins »geheime Zimmer« führt.

Es ist ihr Schlafzimmer, das am Kopfende des Wohnzimmers liegt und das sie nicht gern als Schlafzimmer bezeichnet hat. Das Wort klang in ihren Ohren zu banal, das mochte sie nicht.

»Geheimes Zimmer« wirkte nach ihrem Verständnis interessanter. Dabei schlief sie gar nicht dort, sie schlief auf der Couch im Wohnzimmer. Auch davon hat sie ihm einmal erzählt, aber er hatte ihr nur mit einem viertel Ohr zugehört, denn es hatte ihn abgestoßen. Sie war eine Witwe, eine alte, erschlaffte Frau, und er ein Mann im besten Alter. Er mochte nichts über ihre Gewohnheiten und Eigenarten erfahren. Im Handumdrehen roch er wieder den Kohl, dessen fauliges Gas aus der Diele bis ins Wohnzimmer zog und sich in allen Ecken breitmachte.

Doch jetzt kommt er nicht drum herum, er überwindet seine Abneigung und öffnet mit einem kräftigen Kick die Tür ins Schlafzimmer. Er stoppt. Er atmet so flach wie möglich, schaut hin und sieht alles ganz deutlich: Wie ein Schiff steht das Doppelbett in einem Meer aus Teppichen, die sich rollen und verwerfen und deren zopfartige Fransen sich wie Tentakel in alle Himmelsrichtungen recken. Auf dem Bett herrscht ein buntes Kissen- und Deckengewirr, ungeordnet, gebraucht und zerknüllt, zügelloses Durcheinander auf dicken Matratzen. Der Rahmen des Bettes ragt bis in die Mitte des Zimmers und steht vis-à-vis eines Spiegels, daneben eine Frisierkommode mit Kamm, Bürste, Lockenstab und Parfümflakon. Eine Dose Haarspray, ein Gläschen Nagellack, ein Wattebausch und ein Tiegel Gesichtscreme stehen darauf. Eine der Schubladen ist weit geöffnet, scheint vollkommen leer zu sein. Über der Kommode ein Negligé aus violetten, durchsichtigen Stoffbahnen, über einen Kleiderbügel drapiert und am Spiegelrahmen aufgehängt.

Poensgen verharrt noch immer in der Tür. Nur langsam, doch immer deutlicher versteht er die Bezeichnung »geheimes Zimmer«. Sein Blick fällt auf ein Gemälde, das von einem verschnörkelten Goldrahmen gehalten wird.

»Leda und der Schwan« sind in eindeutig lasziver Pose dargestellt. Poensgen stellt beruhigt fest, dass ihn die wollüstige, weißhäutige, fette Leda mit ihren gespreizten Schenkeln nun auch nicht mehr überraschen kann.

Was für eine grandiose Geschmacksverirrung! Wie kann man sich nur eine solche Scheußlichkeit aufhängen?

Poensgen wendet seinen Rolli. Zurück im Wohnzimmer erwartet ihn die nächste Überraschung.

Er täuscht sich nicht, da bimmelt es schon wieder. Und kratzig wie von einer alten Schallplatte krächzen plötzlich Töne aus dem Dickicht des Raums: »Hallo, alter Sack!«

Poensgen fährt erschrocken herum. Er sieht ihn nicht gleich, doch dann …

In einem hohen goldfarbenen Vogelbauer auf einer Kommode sitzt ein prächtiger grauer Papagei und äugt zu ihm herüber. An einem seiner Füße hängt ein silbernes Glöckchen. Das Tier hüpft auf seiner Holzstange hin und her und spreizt die Flügel.

Poensgen rollt zum Käfig. »He, woher kommst du denn?«

Der Papagei schaut ihn aufmerksam an. Sie halten beide eine Weile still und beobachten sich gegenseitig mit größtem Interesse.

»Sack«, wiederholt der Vogel freundlich.

Poensgen droht mit dem Finger und lacht. »Wer hat dir das beigebracht?«

Der Vogel schüttelt den Kopf, dass sich die Federn stellen, und ist zu keinem weiteren Gespräch bereit.

Neben dem Vogelbauer liegt eine Pappschachtel mit getrockneten Hirsekolben. Poensgen greift danach. Der Vogel rückt näher. Poensgen streckt ihm das Futter hin. Das Tier reißt und pickt eifrig an den Strünken, legt zwischendurch den Kopf schief, späht zu dem edlen Spender und meint ganz sanft und gurrend wie eine Taube: »Danke, alter Sack!«

Habe ich im Protokoll einen Hinweis auf einen Papagei übersehen?, grübelt Poensgen, zu meiner Zeit gab's hier keinen sprechenden Vogel und schon gar kein Individuum mit so einem Vokabular, das hätte sich die Lady verbeten.

Poensgen fühlt sich beobachtet. Ist da noch jemand? Er spürt es genau und rührt sich nicht.

»Was machen Sie hier? Verdammt, lassen Sie den Papagei in Ruhe!«, ruft es auch schon zu ihm herüber.

Alarmiert wendet sich Poensgen um, und der Hirsestrunk fällt herunter.

Unter der Tür steht ein schmächtiger Greis in cremefarbenem Anzug. Die Seidenkrawatte, das Einstecktuch und die schwarz-weißen Ganoven-Schuhe scheinen von Qualität zu sein, wirken aber auf den ersten Blick komisch.

Poensgens Fähigkeit zur blitzschnellen Wahrnehmung schlägt zu, und im Bruchteil einer Sekunde scannt er den Eindringling. Ein Geck. Ein Lackaffe. Ein Wichtigtuer. Doch seine riesige dunkelbraune Flinte sieht echt aus und gefällt Poensgen überhaupt nicht.

Die Miene des Lackaffen wirkt verdammt finster.

»Legen Sie sofort die Waffe weg!«, schleudert ihm Poensgen entgegen und versucht seinen Ausweis aus der Jacke zu ziehen. Der Alte mit seiner Flinte kommt näher. »Ich bin Polizist, und Sie haben nichts in dieser Wohnung verloren«, brüllt Poensgen ihn an.

Gleichmütig, als hielte er lediglich ein Spielzeug in der Hand, senkt der Alte den Lauf und fängt an zu lachen. »Ein Polizist im Rollstuhl? Sie glauben doch wohl nicht, dass ich Ihnen das abnehme. Macht die Freiburger Polizei neuerdings auf Inklusion? Ich könnte Sie ratzfatz über den Haufen schießen. Was sagen Sie dazu?«

»Wer hat Ihnen erlaubt, die Wohnung zu betreten? Die Räume sind von der Staatsanwaltschaft versiegelt worden. Wer sind Sie? Ausweis her, aber sofort!«

Und wieder lacht der Alte, als ginge ihn das alles nichts an. Doch er stellt die Flinte unterhalb des Vogelbauers ab und lehnt sich aufreizend lässig an die Kommode.

»Mal angenommen, ich glaube Ihnen, dass Sie einer von der Polizei sind, dann möchte ich verdammt noch mal wissen, was Sie hier noch zu schnüffeln haben? Ich, Romillo Renato Wolf, bin nämlich in der Talstraße der Oberaufpasser – kapiert! Es ist mir mitgeteilt worden, die Spurensicherung in der Wohnung sei abgeschlossen. Die werten Damen und Herrn in ihren Mondanzügen haben stundenlang nach der Nadel im Heuhaufen gesucht. Sie sahen ziemlich enttäuscht aus, wenn ich das mal so anmerken darf. Frustriert und hundemüde waren die Herrschaften. Und jetzt kommen Sie daher … meinen Sie vielleicht, wenn Sie mit Ihrem Superraumfahrzeug hier herumkurven, dass Sie noch irgendwas Bedeutendes finden werden? Glauben Sie das wirklich?«

Poensgens Miene ist undurchdringlich, seine Worte klirren wie Eiswürfel in einem Martiniglas, als er sagt: »Ich habe bereits mehr gefunden, als ich mir habe träumen lassen.«

Der Alte grinst gelangweilt und kratzt sich zwischen den Beinen; sein Blick verrät Schamlosigkeit.

Kultivierte Hölle

Als Andor Móricz die Lider aufschlägt, fühlt er sich ziemlich dumm.

Himmel, wo bin ich gelandet?, fragt sich Móricz und reibt die Augen, bis sie brennen. Niemand antwortet ihm auf seine stumme, aber durchaus existenziell gemeinte Frage. Auch ist sein Bett kein Bett, sondern eine überdimensionale Couch aus Leder, mindestens zwei Meter breit und drei Meter lang. So ein Monster hat er noch nie gesehen, fühlt sich darin ein bisschen verloren. Seine Füße sind in einer Wolldecke gefangen.

Móricz bettet seinen Kopf in ein weiches, pelzartiges Sofakissen und starrt hinauf in einen Giebel aus dicken Holzbalken. Allmählich fällt ihm wieder ein, wo er abgestiegen ist. Und peu à peu erinnert er sich auch an die Nacht, die er und Poensgen auf der Autobahn verbracht haben, die meiste Zeit mit überhöhter Geschwindigkeit und mit einer einzigen Rast. Schlussendlich ziemlich k.o. und übermüdet in einem unauffälligen kleinen Straßendorf nördlich von Freiburg angekommen und sich auf den letzten hundert Metern auch noch verfahren, weil eine Baustelle nicht ausgeschildert war oder weil sie vor Müdigkeit nicht mehr aus ihren Augen gucken konnten. Poensgen, vollkommen überanstrengt vom langen Sitzen, hatte kein Wort mehr gesagt. Sie waren mit dem Wagen über einen Feldweg gebrettert, rechts und links Grabkreuze wie auf einem Soldatenfriedhof. Dies seien lediglich junge Rebstöcke, so Poensgens Erklärungsversuch. Und dann, total unerwartet und in der Finsternis mehr als überraschend, vor einer verlassenen Industriehalle gestanden, und Poensgens erleichterter Ausruf: »Stopp, hier ist es!«

»Bist du sicher?«, hatte er gefragt, und Poensgen hatte mühsam gelacht.

»Aber ja! Das ist meine neue Behausung, nun mach schon,

dass wir ins Bett gehen, ich muss morgen früh um acht Uhr auf meiner Dienststelle sein.«

Móricz kommt langsam hoch. Das Monstersofa scheint nagelneu zu sein, hat jedenfalls eine harte Matratze. Er turnt ein bisschen hin und her, schaukelt seinen schwergewichtigen Körper aus der Horizontalen heraus, bis seine Beine über Bord hängen und Boden unter den Füßen spüren. Aha, Fliesen. Warme Fliesen. Eine Fußbodenheizung. Wie komfortabel.

Gedankenlahm, immer noch irgendwo zwischen wach und verschlafen, blickt er sich um.

Wenn die Dinge so sind, wie ich sie zu sehen glaube, dann ist dies ein einziger riesengroßer Raum, überlegt er staunend und entdeckt tatsächlich keine weiteren Zimmer, auch keine Türen, keine Flure, nichts, was eine normale Wohnung ausmacht. Die Innenverkleidung besteht aus Holzplanken, und die beiden Fenster sind groß wie Schaufenster. Mittendrin in der Halle steht das Sofa, auf dem er genächtigt hat, davor ein Couchtisch aus grauem Stein. Etwas weiter entfernt ein Flachbildschirm sowie eine schmale Liege, darüber ein weiß lackierter Bettgalgen mit Trapez: Poensgens Bett. Zwei Hanteln und ein Expander liegen auf einem Hocker daneben, außerdem verschiedene nützliche Geräte wie Schuhlöffel und Hosenanziehhilfe mit langem Stiel.

Inzwischen mächtig neugierig geworden, befreit sich Móricz von seinem Nachtlager und beginnt herumzulaufen. Er sucht ein WC, das er auch umgehend findet, denn es steht zwischen Dusche und Eckbadewanne im hinteren Teil der Halle. Ob man hier …? Und niemand beobachtet einen? Er guckt sich um. Durch die Fenster strahlen nur Landschaft und Himmel herein.

Der Weg zur Kücheneinrichtung ist weit, aber machbar. Mit mutigen Schritten geht Móricz hinüber und findet alles, was er braucht, um vollkommen wach zu werden: eine Kaffeemaschine. Der Kühlschrank ist komplett leer, und auch die Schränke überzeugen durch ihre Übersichtlichkeit. Außer einer Dose Kekse gibt es nichts Essbares. Doch der Kaffee entfaltet in kürzester Zeit sein Aroma. Die Maschine zischt und spuckt, die erste Tasse füllt sich.

Mit der heißen Kaffeetasse in der Hand steht Móricz am Fenster und schaut hinaus. Es dauert eine Weile, bis er begreift. Tatsächlich, nirgendwo steht ein Haus. So hatte ihm Poensgen seine neue Behausung schon in Wien geschildert. Keine Nachbarn, keine Straße und kein Supermarkt. Nur ein weites, akkurates Feld mit hellgrünen, jungen Maispflanzen breitet sich vor der ehemaligen Industriehalle aus. Hinter dem Maisfeld eine Armee Tannenbäume, die in strenger Formation dastehen wie zum Appell angetreten, aufrecht und schlank und die Reihen geschlossen. Abrupt hört das Tannenwäldchen an seinem westlichen Rand auf, und weicher, luftiger Mischwald erhebt sich wie die Kuppel eines Doms. Südlich davon Terrassen mit Rebstöcken, durch und durch ordentlich; geometrische Zeichen, in die Landschaft geritzt. Und als Móricz den Blick hebt und die Augen noch etwas mehr anstrengt, erkennt er dahinter die bläulich gefärbte Hügelkette eines Gebirges, die im Dunst liegt.

»Das muss der Schwarzwald sein«, seufzt er. »Oder sind es die Vogesen?« Er weiß es leider nicht, er findet die Landschaft jedoch schön, vielleicht ein bisschen unheimlich.

Eines ist sicher, verdammt einsam ist es hier. Typisch Josef, der kann sich keine normale Stadtwohnung nehmen, der muss in eine Halle auf dem Land ziehen, mitten in die kultivierte Hölle.

Móricz schlürft die heiße, stark gesüßte Brühe. Er schaut sich nach einem Stuhl um und entdeckt nur einen einzigen. Natürlich, der Kerl braucht keinen, hat ja einen mit Rädern, und Besuch empfängt er wohl auch nie, denkt er und inspiziert das gewaltige Fernrohr, das in der Nähe des Fensters steht. Er zieht sich den Stuhl ran, nimmt Platz und stellt das armdicke grüne Spektiv auf seine Augen ein. Er ist begeistert, als Acker und Wald näher rücken und auch die Hügel sich als das herausstellen, was er zuerst vermutet hat. Der Höhenzug des Schwarzwaldes.

Móricz, noch immer in Unterhose und T-Shirt, verbringt einige Stunden damit, Kaffee zu trinken und durch das Fernrohr zu gucken. Aus dem Tannenwald wagen sich zwei Rehe und schauen zu ihm herüber. Natürlich sieht es nur so aus, als würden sie sich extra für ihn präsentieren, aber allein die Vorstellung macht ihn glücklich. Und als eine Hasenfamilie im Maisfeld ihre Haken schlägt, ist er so aufgeregt wie schon lang nicht mehr in seinem Leben. Beinahe hätte er den Roten Milan verpasst, der mit seinem Jungvogel kunstvolle Bahnen zieht.

Er ist begeistert und stöhnt auf. »A kutyafáját, milyen szép«, was »Donnerwetter, wie schön« heißt.

Erst um die Mittagszeit stellt sich Móricz unter die Dusche und kleidet sich an. Allmählich hat er Hunger bekommen; die Kekse sind längst verschlungen. Er beschließt, in die Stadt zu fahren.

Im selben Moment brummt sein Handy, und Poensgens Nummer erscheint auf dem Display.

»He, Alter, ausgeschlafen?«

»Ich muss unbedingt etwas essen«, knurrt Móricz.

Sie verabreden sich in der Innenstadt von Freiburg.

Poensgen und Móricz treffen sich in der Kaiser-Joseph-Straße beim Vietnamesen. Sie bestellen Wan-Tan-Suppe und knusprige Ente. Das Lokal ist gut besucht, trotzdem finden sie einen Platz in einer Nische, wo auch Poensgens Rollstuhl bequem reinpasst.

Beide haben ordentlich Hunger und reden erst einmal wenig. Móricz trinkt ein Bier und Poensgen, der noch keinen Feierabend hat, einen Jasmintee.

»Ganz schön verrückt, deine neue Wohnung«, beginnt Móricz endlich. »Hab doch tatsächlich vor dem Wald Rehe entdeckt und Hasen und allerlei seltene Vögel. Menschenskind, Josef, du lebst mittendrin im Grünzeug. Gottverlassen dein Loft – so kommt es mir vor. Bist du nicht leichtsinnig? Du bist immerhin ein Mensch mit Handicap.«

Poensgen nickt und kaut. Er hört nicht recht zu, denkt vielmehr an Wolf, diesen absonderlichen Greis im cremefarbenen Anzug, der sich mit Hingabe zwischen den Beinen kratzen musste. Schon viele schräge Vögel sind ihm in seinem Job über den Weg gelaufen, aber Romillo Renato Wolf ist offensichtlich ein besonderes Exemplar.

Poensgen schluckt den letzten Happen Ente und legt los: »Ich war in der Talstraße in der Wohnung meiner Vermieterin – du weißt. Drinnen krächzt mich ein Papagei an, und plötzlich baut sich so ein verknitterter Alter mit seidenem Einstecktüchlein vor mir auf und geht ran wie Blücher. War doch tatsächlich er, der das Türsiegel wie selbstverständlich entfernt hat. Und der verrückte Kerl hält sich an einer doppelläufigen, schweren Flinte fest und zielt auf mich. Zum Glück war's nur eine auf echt gemachte Theaterwaffe. Angeblich ist der Typ Künstler, also Schauspieler. Er sei ein guter Freund von der Ermordeten, sagt er und behauptet, er habe ihr den Papagei geschenkt und den müsse er jetzt in der Wohnung versorgen, der Vogel sei sensibel und vertrüge keinen Ortswechsel.«

»Klingt spannend. Wie heißt der Schauspieler? Kennt man ihn? Ist er glaubwürdig?«

»Romillo Renato Wolf. Nie von ihm gehört. Es gibt da etwas, was ich nicht verstehe. Unsere Leute haben den Tatort gründlich gefilzt, haben auch mit Wolf gesprochen, das hat er mir erzählt, trotzdem steht kaum was zu ihm im Bericht. Über einen Papagei auch kein Wort.«

»Ist das denn so besonders?«

»Kramer verfasst einen wichtigen Anfangsrapport, beschreibt darin jede einzelne Perle, die irgendwohin gerollt ist, stellt die mutmaßliche Tatwaffe, also den Feuerhaken, sicher, auf dem bisher keine täterrelevanten Spuren zu finden sind. Er lässt sogar den Tisch fotografieren, der für ein Essen für zwei Personen gedeckt ist, über einen Romillo Renato Wolf erfahre ich jedoch nichts. Will mir Kramer Informationen unterschlagen? Was glaubst du?«

»Hattest du denn schon genügend Zeit, alles zu lesen? Ich kenne deinen Kollegen Kramer nicht, aber so etwas kann sich doch niemand erlauben. Komm, Josef, gib dem jungen Mann eine Chance, rede ihn dir nicht schlecht. Dieser Schauspieler ist vielleicht aus Kramers Sicht eine unbedeutende Randfigur.«

Móricz lädt sich einen Berg Reis auf den Teller. Er hält Poensgen die Schüssel hin. »Auch noch? Oder bist du schon wieder fertig?« Poensgen winkt ab, und Móricz redet mit vollem Mund weiter. »Und, na ja, ein gedeckter Tisch für zwei Personen, was heißt das schon? Die Witwe wird einen Gast erwartet haben, nehme ich an. Vielleicht den Schauspieler. Was irgendwie naheliegt. Sie ist einsam und lädt ihn ein. Du hast sie doch damals auch hin und wieder besucht. Das wäre also nicht verwerflich, nicht wahr? Vielleicht haben die beiden Methusalems sogar eine intime Beziehung?«

Poensgen platzt heraus: »Wie kommst du darauf?« Er wirft Andor Móricz einen grimmigen Blick zu.

Doch Móricz lacht übermütig. »Also, nun mal ehrlich, es ist doch so, Tragödien beginnen mit der großen Liebe und enden erst dann, wenn alle umgebracht sind. Meine Nase sagt mir, die Lady und der Schauspieler, die hatten was miteinander – und dann wollte er mehr. Er wollte ihr Geld.« Móricz hält inne. »Sie ist doch reich, sagtest du das nicht?«

Poensgen nickt. Er trinkt seinen Tee aus. »Und dann, Andor?«

»Na, das Testament.« Poensgen runzelt verärgert die Stirn. Andor fährt eindringlich fort: »Josef, ich bin Dramaturg, ich verstehe mein Handwerk, das Testament muss her.«

»Natürlich, das Testament. Wir sind doch nicht blöd, wir

denken an beinahe alles, auch daran. Dazu brauchen wir keinen Dramaturgen.« Poensgen ist genervt. »Bitte zahlen.«

Auch Móricz wirkt etwas verstimmt. »Ich möchte morgen abreisen, muss einen für mich wichtigen Verlag in Hamburg besuchen, kommst du rechtzeitig? Ich organisiere uns etwas zu essen und trinken. – Wein oder Bier, was ist dir lieber?«

»Ein paar Flaschen von einem sehr guten Grauburgunder müssten noch in meinem Abstellraum liegen, bin spätestens um acht da, und dann reden wir weiter«, knurrt Poensgen und versucht, seinen Rollstuhl aus dem Lokal herauszufädeln.

Sie verabschieden sich draußen. Móricz will noch die Stadt besichtigen, und Poensgen rät ihm, unbedingt auch ins Münster zu gehen und vielleicht auch ins Augustinermuseum.

»Gleich gegenüber findest du eine der schönsten Buchhandlungen Deutschlands, für den Fall, dass es dir langweilig wird.«

»Jawohl, zu Befehl!«, ruft Móricz und taucht in einem Tatzelwurm aus Menschenleibern unter, der sich geduldig unter dem Martinstor hindurchschiebt. Eine Straßenbahn bimmelt unwirsch drauflos, und Poensgen fühlt sich an den Papagei und das Fußglöckchen erinnert.

Zwanzig Minuten später ist er wieder im Präsidium, sitzt am Schreibtisch und fährt den Rechner hoch. Einer der kleinen Affen scheint ihn zu beobachten, es ist Fritz Lang in seinem gläsernen Regiestuhl, den Lissy ihm einmal geschenkt hat. Ihr Abschiedsgeschenk, bevor sie von ihrem Job bei der Polizei eine Weile Pause machen wollte.

»Weil ich mal etwas anderes erleben will«, hatte sie gesagt.

Verdammte Kacke, Lissy, die beste Polizistin und Assistentin der Welt, ist jetzt für Kinder unterwegs. Von mir aus. Soll sie halt in Gottesnamen bei UNICEF arbeiten und Flüchtlingskinder in Jordanien betreuen. Einer muss es schließlich tun.

Leider hält sie mich für einen guten Kriminaler, aber nicht für einen guten Mann, denkt er, als er auf dem Flur Gerd

Kramers wieherndes Lachen vor dem Kaffeeautomaten hört. Lissy hatte ihm immer von sich aus einen Pappbecher mit Kaffee vorbeigebracht und manchmal auch ein Hörnchen dazu. Einige Kardinalfehler im Dienst waren ihr passiert, okay, aber sie hatte stets menschlich gedacht, immer eine Spur Nächstenliebe im Blick. Nächstenliebe, komisches Wort. Poensgen räuspert sich. Wie zufällig öffnet er Lissys Seite auf Facebook, und schon lächelt sie ihn an.

Ihr lächelnder Mund sagt: »Die Kinder brauchen mich.« Nein, ihr Mund fragt: »Capitano, hätten Sie nicht ein einziges Mal zugeben können, dass auch Sie mich brauchen?«

Poensgen kratzt sich das unrasierte Kinn und versenkt sich noch eine Weile in Lissys Katzenaugen, die ihn aus dem Monitor anblitzen. Endlich klickt er sich durch ein paar Passwörter durch, bis er auf die verschlüsselte polizeiinterne Seite der Soko Spargelesserin kommt. Er studiert aufmerksam die aktuellen Aufklärungsergebnisse und persönlichen Anordnungen Fesslers.

»Sondersitzung der Soko Spargelesserin um neunzehn Uhr«, liest Poensgen, befragt reflexartig seine Armbanduhr, überlegt kurz und erklärt seinen Affen flüsternd: »Vier Uhr, muss noch mal los, verratet mich nicht.«

Er fährt den Computer herunter und verlässt sein Zimmer. Er beeilt sich. Die Luft im Flur riecht nach Alltagsgrau und Arbeit, auch eine winzige Spur Kaffeeduft geistert noch herum.

Poensgen rollt los und stoppt. Ihm ist klar, dass er Kramer mitnehmen muss.

»Keine Alleingänge bitte schön!«, hat ihm Fessler hundert Mal ins Gewissen geredet.

Der Aufzug kommt, Poensgen drückt auf »Garage« und verschwindet klammheimlich.

Spielraum

Als die Mannschaft um neunzehn Uhr im Besprechungszimmer zusammenrückt, fehlt der Leiter der Soko Spargelesserin, Kriminalhauptkommissar Hans-Josef Poensgen. Also warten sie auf ihn und prüfen abwechselnd, ob sie sein Mobiltelefon erreichen, doch das Ding bleibt stumm.

Irgendwann schreit Fessler Kramer an, dass er sich gefälligst um Poensgen kümmern soll.

»Kümmern?«, schreit Kramer zurück. »Ich soll mich kümmern? Bullshit! Wie soll das denn gehen? Der will mich ja nicht einmal sehen. Seit er wieder hier ist, hat er noch keinen einzigen vernünftigen Satz mit mir geredet. Poensgen macht doch sowieso, was er will.«

»Ja, macht er, aber er hat immer einen Plan, und der ist meistens ziemlich gut. Er erlaubt sich mehr als andere, das räume ich ein. Aber das ist eine Sache unseres gegenseitigen Vertrauens, auch wenn ich nicht jeden seiner Schritte verstehe. Ermittler wie Poensgen sind für den Polizeidienst wertvoll. Man muss ihm einen gewissen Spielraum lassen«, verteidigt Fessler Poensgen. »Der Fall Schubert setzt ihm natürlich zu, weil er die Frau kannte. Also, Kollegen, wir probieren jetzt, ob wir ihn über sein Smartphone orten können. Kramer, gehen Sie zu den Jungs im Keller, die sollen sich mal ins Zeug legen.«

Kramer verlässt das Besprechungszimmer und schlägt die Tür zu. Fessler seufzt: »Ich hoffe, Poensgen treibt es nicht allzu bunt. Mit Lissy als Begleitung hat er keinen Unfug gemacht. Also, Leute, ich gebe ihm noch eine Viertelstunde. Wenn er sich bis dahin nicht meldet, müssen wir ihn systematisch suchen, das ist ein Befehl.«

Fesslers Sekretärin steckt ihren Kopf herein und meldet einen Anruf. »Ich habe einen in der Leitung, der behauptet, er sei ein Freund von Poensgen und wohne zurzeit bei ihm. Er habe sich mit ihm in der Stadt zum Mittagessen getroffen, danach wieder getrennt, er sei nun allein auf dem Weg zur Wohnung. Der Anrufer behauptet, er habe sich verfahren und finde den Weg nach Hause nicht. Er versuche seit einer Stunde, Poensgen per Handy ausfindig zu machen. Der Mann scheint Ausländer zu sein, spricht einen komischen Akzent.« Sie schnappt nach Luft, blickt Fessler an und zuckt unschlüssig die Schultern. »Boss, was soll ich ihm sagen?«

»Stellen Sie ihn durch«, knurrt Fessler und nimmt den Telefonhörer. »Kripo Freiburg, Fessler.«

Fesslers Miene hellt sich während des Telefonats auf. »Verstehe. Sie sind also dieser Freund aus Wien, Stichwort Wurstbudenmord. Aha, soso, und jetzt sind Sie hier und haben sich in unserer reizenden Schwarzwaldmetropole verirrt …«

Dann wird es still. Während Fesslers Aufmerksamkeit in den Telefonhörer kriecht, der Hörer von einem Ohr zum anderen wechselt, Fessler zwischendurch Grimassen schneidet und dabei heftig nickt, wirkt er von Minute zu Minute nervöser.

»Können Sie nicht bei uns vorbeikommen, Herr Móricz? Ich muss mich auch erst schlaumachen«, sagt er endlich und dehnt das o. Gleich darauf erklärt er in aller Umständlichkeit den Weg ins Präsidium.

Dann beendet er das Gespräch und blickt mürrisch in die Runde. »Jetzt kommt gleich einer, der anscheinend der Freund von Poensgen ist. Da bin ich ja mal gespannt.«

Kramer kommt zurück und schüttelt schon in der Tür den Kopf. »Bullshit, nix zu machen, die können ihn nicht finden. Wir müssen abwarten. Die Kollegen bleiben aber dran. Sobald sich etwas tut, geben sie Bescheid. Die haben das auch schon mit ihrem Bereitschaftsdienst geregelt, damit immer jemand aufpasst.«

Fessler schaut auf seine goldene Omega, die er von seinem Vater geerbt hat. Er müsste schon längst zu Hause bei seiner Familie sein, denn heute ist er dran mit dem Vorlesen der Gute-Nacht-Geschichte. Die Kinder warten auf ihn, und Bernadette wird mal wieder stinksauer sein, wenn er seinen Vaterpflichten nicht nachkommt.

»Die Jahre vergehen rasend, und später weißt du nicht, wie deine Kinder groß geworden sind. Du bist ihr Vater, verstanden!«, wird sie zischen.

Dass er der Vater seiner Kinder ist, hat er noch nie bezweifelt. Dass ihm Bernadette das beinahe jeden Tag aufs Brot schmiert, findet er unnötig. Er tut, was er kann, schließlich hat er einen anspruchsvollen Job und kann nicht den Krempel hinwerfen und nach Lust und Laune Feierabend machen. Aber Bernadette, die nur die Kinder hat und dies als ihre wichtigste und vornehmste Aufgabe ansieht, übertreibt die Kindererziehung, findet Fessler. Also heute keine Gute-Nacht-Geschichte. Sowieso zum hundertsten Mal dieselbe Geschichte, denkt Fessler, fliegt mit dem Zeigefinger über die Tastatur und ruft seine private Nummer auf.

Fesslers jüngster Spross Joe hat sich das Telefon geschnappt und kräht: »Hallo, Papi, wann kommst du?«

»Joe, sag bitte der Mami, dass der Papi heute später kommt. Und jetzt geh schön ins Bett, schlaf gut.«

Joe lässt den Hörer fallen und beendet das Gespräch. Es bleibt Fessler nichts anderes übrig, als zu hoffen, dass der Kleine daran denkt, Bernadette auszurichten, dass er angerufen hat.

Fessler presst seine Fingerknöchel in die Augen. »Also gut, kommen wir endlich zur Sache«, seufzt er und wendet sich seinen Leuten zu. »Kramer, nehmen Sie Berthold und Ismael mit und fahren Sie umgehend in die Talstraße. Dieser Schauspieler, der bei unserem Opfer im Haus wohnt, ist leider ein alter Bekannter, nur unter anderem Namen. Wir haben ihn in der bundesweiten DNA-Analyse-Datei gespeichert. Die Kollegen von der Kriminaltechnik haben seine Daten dort entdeckt. Wir sollten uns unbedingt mit ihm unterhalten. Wenn das mal keiner von diesen berühmten Zufällen ist, dass unser Herr Wolf ausgerechnet Untermieter bei Frau von Schubert ist. Dort muss also etwas sein, was ihn interessiert. Leute wie Wolf riechen das.« Alle sind einverstanden, und Fessler grunzt zufrieden. »Na, geht doch, mit Wolf haben wir garantiert einen heißen Kandidaten an Bord.«

Kramer, Berthold und Ismael schnappen sich ihre Lederjacken, und Fessler schaut wehmütig auf die sich schließende Tür. »So wie die Kerle war ich auch einmal, doch dann legt man sich Familie zu, und schon verliert man seine Haare, bekommt einen Bauch und ist ständig erkältet«, brummt er vor sich hin.

Kommissaranwärterin Miriam Müller und Kommissar Kieling, die noch bei ihm sitzen, wechseln vielsagende Blicke. Kieling ist Familienvater und sieht aus wie Arnold Schwarzenegger in seinen besten Jahren, muskelbepackt und ein wenig leer im Gesicht. Miriam Müller, von allen nur MM genannt, echtes Schwedenblond, blaue Augen und Cowboystiefel, hat sich trotz ihrer Situation als alleinerziehende Mutter von Zwillingen ein hübsches Sixpack antrainiert und arbeitet zurzeit im Freiburger Polizeipräsidium.

»Zurück zu unserem Schauspieler«, sagt Fessler. »Meiner Meinung nach muss Wolf mit der Toten eine engere Beziehung gehabt haben. Das kann sich unsereiner schwer vorstellen, aber möglich ist bekanntlich alles. Wir haben das im Augenblick nicht zu bewerten, nicht wahr? Es sei denn, er hätte die Frau vergewaltigt.«

MM schaut Fessler herausfordernd an. »Unsereiner? Damit meinen Sie aber nicht mich. He, verdammt, wieso können Sie sich das nicht vorstellen? Ich habe damit kein Problem. Ich kann mir das sehr gut vorstellen. Nur weil die Frau alt ist? Chef, nicht alle denken brav bürgerlich.«

Fessler hebt die Hände, betrachtet seine Fingernägel und räsoniert: »Spuren von Gewalt sind im Genitalbereich und am Körper keine festgestellt worden. Lediglich die Schädelfraktur durch den Schlag mit dem Schürhaken – und der war tödlich.«

Kieling grinst frech. »Mein Opa, der war schon über neunzig als er mir ins Ohr flüsterte: ›Mein Junge, merke dir eines, das Ding mit dem Sex hört nie auf.‹«

MM verzieht gelangweilt ihren Mund, flüstert: »Männergeschwätz!«

Fessler deutet auf Kieling. »Und Sie machen sich an die Arbeit und versuchen rauszukriegen, ob das Opfer ein Testament hinterlassen hat. Es wird für uns aufschlussreich sein, wer den ganzen Schlamassel erbt, ja? Irgendeine männliche oder weibliche Person muss es geben, die mit dem Opfer in familiärer Beziehung steht.«

»Und was ist mit der Tatwaffe, diesem Schürhaken? Gibt es darauf tatsächlich keine relevanten Spuren? Das kann doch nicht sein. Poensgen behauptet, dass man immer was findet«, sagt MM mit fester Stimme.

Doch Fessler ist schon halbwegs aus der Tür, ruft ihr lediglich zu: »Clean, absolut clean der Schürhaken. Völlig unergiebig. Sauber gemacht. Vielleicht auch Handschuhe getragen. Außer Restspuren vom Opferblut keine einzige Hinterlassenschaft.«

Damit ist Fessler, der eine Verabredung hat, schon wieder im Haus unterwegs.

MM nimmt sich vor, noch einmal mit dem kriminaltechnischen Institut in Stuttgart Kontakt aufzunehmen. Sie weiß, was ihr Poensgen mit auf den Weg gegeben hat.

»Passen Sie auf, was die anderen auch sagen, Sie dürfen nicht zu früh aufgeben, eine Kleinigkeit findet man immer. Wir sind heute technisch nahezu perfekt, man muss nur gründlich sein und stur dranbleiben. Ein Täter besteht nicht aus Luft. Und wir von der Kripo haben Zeit. Auch wenn man uns ständig unter Druck setzt, das muss uns schlicht und ergreifend am Arsch vorbeigehen.«

Und MM weiß auch, die Datenbank in Stuttgart umfasst laut Angaben des Bundeskriminalamts 1,16 Millionen Datensätze, davon sind 862.000 Personensätze. Das sind Daten, die Personen identifizieren, sowie 300.000 Spurendatensätze, die an Tatorten in ganz Deutschland sichergestellt wurden. Seit Einführung der Datei 1998 wurden 229.430 Treffer erzielt. MM liebt Zahlen, und diese hier gefallen ihr sehr.

Sie löscht die Halogendeckenlampe. Auf dem Weg zu ihrem Schreibtisch, unter dem sie die Sporttasche abgestellt hat, die sie gleich fürs Fitness-Studio brauchen wird, liegt auch Poensgens Büro. Nach flüchtigem Anklopfen streckt sie ihren Kopf hinein. Die Tischlampe brennt und strahlt wie ein Suchscheinwerfer in die Affenbande. Auch wenn Poensgen nicht anwesend ist, spürt sie seine Präsenz im Raum und stellt sich vor, wie er ihr aufmunternd zunickt. Sie knipst die vergessene Arbeitsleuchte aus und schließt leise die Tür.

Kurze Zeit später trifft Andor Móricz im Polizeipräsidium ein. Fessler ist inzwischen zurück in seinem Büro und drückt Móricz derart fest die Hand, als wolle er ihm sein Beileid für irgendwas bekunden. Ächzend nimmt Móricz in Fesslers grünledrigem Besucherstuhl Platz. Zwei Männer, wie sie unterschiedlicher nicht sein könnten, sitzen sich nun gegenüber und mustern sich.

»Sie sind also Schriftsteller, schreiben Kriminalromane …«, sagt Fessler.

Móricz legt den Kopf schief und lächelt höflich. »Na ja, ich schreibe unter anderem auch Kriminalromane, diese aber ausschließlich auf Englisch, nicht in meiner Muttersprache.« Er fügt hinzu: »Unter Pseudonym.«

»Ich muss mir keine Krimis reinziehen, wir haben hier Mord und Totschlag genug. Aber meine Frau, die liest. Bernadette kennt sich aus.«

Es entsteht eine Pause; unsicher, wie das Gespräch weitergehen soll, halten sich beide zurück. Móricz' Augen glänzen wie schwarze Oliven, sind neugierig auf sein Gegenüber gerichtet.

Fessler wirkt müde und matt.

»Ich möchte Ihre Zeit nicht unangemessen in Anspruch nehmen«, sagt Móricz höflich. »Ich wollte eigentlich nur wissen, wie ich dieses komische Kaff finde, in dem mein Freund wohnt und wo er mich letzte Nacht abgeladen hat. Außerdem interessiert mich, ob ich damit rechnen kann, dass er bald nach Hause kommt. Ich möchte sehr früh auf die Autobahn. Ein geschäftlicher Termin. Habe schon x-mal sein Mobiltelefon angewählt – er hat das Ding abgestellt.«

»Jaja, Kriminalhauptkommissar Poensgen ist noch unterwegs. Im Augenblick haben wir ein kleines Problem, wir wissen leider nicht, wo er steckt.«

»Und das beunruhigt Sie?«

»Einerseits nein, andererseits ...«

»Bitte? Wie soll ich das verstehen?«

»Er ist wie meistens allein und ohne Waffe unterwegs, was im Prinzip nicht falsch ist, wenn er sich konsequent aus kritischen Situationen heraushält und rechtzeitig Verstärkung anfordert. Sein Einsatz im Außendienst ist nur bedingt möglich. Wir nehmen darauf Rücksicht, und ich koordiniere das, so gut es geht.« Fessler lässt resigniert die Mundwinkel hängen. »Nun ja, das sind Probleme, die uns betreffen, dabei können Sie mir leider nicht helfen.«

Andor Móricz wirkt betroffen.

»Also gut«, stöhnt Fessler und schaut zum wiederholten Mal auf die Uhr. Kramer, Berthold und Ismael sollten doch längst mit Wolf hier sein, wo bleiben die nur?

»Ich geh dann mal wieder. Wenn Sie mir bitte noch sagen, wie das Dorf heißt, damit ich nicht länger in der Gegend herumirre«, meldet sich Móricz und stemmt seinen schweren Körper aus dem Sessel. Auch Fessler steht auf und kommt hinter seinem Schreibtisch hervor.

Händereibend geht er auf Andor Móricz zu. »Ich habe mir

überlegt, ob es sinnvoll wäre, wenn Ihr Freund künftig bei uns im Innendienst arbeiten würde. Da gibt es wichtige Positionen zu besetzen. Aber ich wage es nicht, ihm eine solche Stelle anzubieten. Vielleicht könnten Sie mal vorfühlen?«

Doch Andor Móricz winkt entschieden ab und schüttelt seine Mähne. »Nein, ganz sicher nicht, das ist nicht meine Aufgabe, das will ich unserer Freundschaft nicht zumuten. Wie Sie selbst schon sagten, das ist nun wirklich Ihre polizeiinterne Angelegenheit.«

Fesslers Mundwinkel hängen wieder herunter. »Sie haben recht, oh ja. Ich muss mich entschuldigen, dass ich Sie damit belästigt habe. Das ging zu weit. Ich wollte damit lediglich ausdrücken, wie sehr mir Poensgen am Herzen liegt. Ich möchte alles tun, damit ihm nichts passiert. Ich habe von Anfang an mein Vertrauen in ihn gesetzt, und wir kommen sehr gut miteinander aus, wenn wir auch völlig verschieden sind. Ich bewundere ihn und wie er mit seiner Situation umgeht. Ich glaube, ich selbst hätte die Stärke nicht, die er hat. Irgendwie ist er ja für uns alle, vor allem für die jüngeren Kollegen, ein Vorbild.«

»Ich habe zum Abschluss nun doch noch eine Frage«, schneidet Móricz Fesslers Rede ab. »Ich meine, als Autor ist man berufsbedingt immer schrecklich neugierig, Sie sind doch Fachmann, gibt es nun den perfekten Mord oder nicht? Sicherlich ist er der Traum aller Mörder?«

Jetzt muss Fessler lachen, wird aber gleich wieder ernst und neigt sich zu Móricz. »Eine leidige Frage, die immer wieder gestellt wird. Sie werden es nicht glauben, der sogenannte perfekte Mord ist gar nicht so selten. Jedes Jahr bleiben weit über tausend Tötungsdelikte in Deutschland unentdeckt. Viel zu schnell wird auf den amtlichen Leichenschauscheinen attestiert, dass der Verstorbene auf eine natürliche Weise von uns gegangen ist. Das ist wirklich ein Problem. Aber wir sind sehr achtsam.«

»Ach ja?«

»Aber ja, gerade Ihr Freund Poensgen und einige andere Kollegen arbeiten eng mit den niedergelassenen Ärzten zusammen, machen sie immer wieder darauf aufmerksam, wie wichtig zum Beispiel eine sorgfältige Leichenschau vor Ort ist. Auch wenn es sich nur um den Großvater zu Hause in seinem Bett handelt. Da könnte ich Ihnen Sachen erzählen ...«

Móricz winkt freundlich ab und streckt Fessler die Hand hin. Sie verabschieden sich. Als Móricz Fesslers Zimmer verlässt, läuft er beinahe in Kramer hinein.

»Kramer, zum Teufel, was ist los? Wo haben Sie den Dings ... äh, den Wolf gelassen?«, schimpft Fessler.

»Ausgeflogen«, antwortet Kramer ebenso wütend.

»Und Poensgen?«

»Nicht da.«

»Wo haben Sie gesucht?«

»In der Wohnung des Opfers und in der Wohnung von Wolf. Dort ist Poensgen jedenfalls nicht, wer weiß, wo der schon wieder rumkurvt, uns sagt er ja nix. Der meint wohl, weil er behindert ist, könne er sich alles erlauben.«

»Nein, Kramer, so ist das nicht. Poensgen ist noch immer unser bester Mann. Er kniet sich mal wieder mit Leib und Seele in unseren Fall rein, was nicht heißen soll, dass ich ganz ruhig bin.«

»Wir haben stattdessen etwas anderes mitgebracht, wollen Sie es sehen?«, blafft Kramer.

Fesslers Hand legt sich beschwichtigend auf Kramers Schulter. »Gerd, jetzt seien Sie um Gottes willen nicht eingeschnappt, wir sind aufeinander angewiesen, und ich möchte, dass unser kleines Team keinen Schaden nimmt. Nun machen Sie's nicht so spannend, was haben Sie Schönes mitgebracht?«

Kramer verlässt das Zimmer und bleibt einen Augenblick lang verschwunden. Er kommt zurück und trägt einen Vogelkäfig herein. »Hier, bitte, den haben wir in der Wohnung von Frau von Schubert gefunden. Der war vor zwei Tagen noch nicht dort. An der Wohnungstür ist das Siegel aufgebrochen, und drinnen steht ein Vogelbauer mit Papagei. Lustig, gell?«

Doch Fessler findet die Sache mit dem aufgebrochenen Siegel und die Tatsache, dass in seinem Büro jetzt ein Vogelbauer steht, gar nicht lustig. Er blickt dem Papagei feindselig ins Auge.

Im Keller brennt Licht

Aus seinem Magen schießt dicke, saure Flüssigkeit, schwappt die Speiseröhre hoch und füllt seinen ausgetrockneten Mund. Ekelhaft. Er mag den Schleim nicht wieder runterschlucken, spuckt ihn aus, hört das Pflatschen auf dem Boden. Er zwingt sich zur Ruhe, er versucht, seine Gedanken zu ordnen. Dass sich sein Magen meldet, ist ein gutes Zeichen. Er lebt.

Er ist sich allerdings nicht sicher, wie weit er das, was ihm geblieben ist, Leben nennen darf.

Schon einmal hätte man ihn um Haaresbreite ausgelöscht. Erinnerungen daran hocken fest in seinem Gedächtnis.

Gott sei Dank, der Schädel ist okay, der scheint zu funktionieren. Der Kopf ist der wichtigste Körperteil. Auf Beine kann ich verzichten, denkt Poensgen und spürt das Beißen seines Zynismus auf der Zunge wie zuvor den sauren Schleim.

Aber bitte der Reihe nach. Was ist passiert? Erinnere dich wieder, alter Junge! Ich habe bei Wolf geklingelt, wurde von ihm hereingelassen. Wolf zunächst ziemlich wortkarg, aber noch freundlich. Dann kurzer, heftiger Wortwechsel, bei der Bezeichnung »krimineller Witwentröster« rastet Wolf aus, das Gespräch nimmt eine unerfreuliche Wendung. Plötzlich draußen die Klingel, Wolf wartet ab, das Ding schrillt mehrmals hintereinander, Wolf geht schimpfend raus, um zu öffnen – draußen eine Männerstimme, laut, gereizt, eine aufgebrachte Unterhaltung, auch Wolf klingt wütend, dann einlenkend, zum Schluss ängstlich. Kurz darauf knallt die Tür. Wolf kommt zurück, steuert wie in Trance auf die Steinfigur auf dem Fensterbrett zu, schielt aus seinem Faltengesicht zu mir, zuckt die Schulter und faselt: »Tut mir leid, ich muss das tun.«

Ich denke noch, er macht einen Witz, da reckt er sich, reißt die Figur mit beiden Händen hoch, holt aus. Ich ducke mich.

Ich spüre den Schlag seitlich. Dann alles schwarz. Und weiter? Nichts. Verdammt, das gibt's doch nicht, ich erinnere mich nicht. Aber es war noch was. Eine Frage. Der Kerl hat mich etwas gefragt. Was hat er mich bloß gefragt?

Poensgen dreht seinen Kopf in die Richtung, die ihm ohne Schmerz möglich ist. Er weiß es noch nicht genau, aber es könnte die rechte Seite sein, zu der er sich wendet. Ja, rechts.

Recht so, das geht doch leidlich, stellt er fest und atmet ein bisschen lauter ein und aus, damit er sich besser wahrnehmen kann. Das Schnaufen hört sich schon ganz nett an, beinahe wie der Motor eines Autos, dem man die leere Batterie neu startet.

Start! Feines Wort. Klingt richtig gut, denkt er und schiebt seine größte Sorge beiseite: bloß keine Verletzung an den Halswirbeln, bloß das nicht auch noch.

Himmel, Arsch und Zwirn, das Glas ist doch halb voll, es ist noch lange nicht leer, ich muss es nur nehmen ... und nur keine Panik.

Gib Gas, Junge, noch eine Drehung, schön brav den Halswirbel dehnen, hin und her, rüber und zurück, langsam, sehr langsam bewegen, aber stetig. Nicht aufhören! Übung macht den Meister. Doch jetzt kommt die Mega-Frage, die sich aufdrängt und hinter der Stirn klopft: Wer bin ich?

Es dauert nur kurz, da fällt ihm auch das wieder ein. Wie von einer Leuchtrakete getroffen, erwachen seine Gehirnhälften, machen ihn wieder zum Homo sapiens, zum hellen Köpfchen. Holprige Worte von ausgetrockneten Lippen, wie störrische Austern: »Ich bin.«

Erleichterung. Endlich fließt der Satz. »Ich bin Kriminalhauptkommissar Hans-Josef Poensgen aus Freiburg, Leiter der Soko Spargelesserin, sechsundvierzig Jahre alt und im Dienst. Es ist mir nichts passiert, außer dass mich dieser Idiot, dieser schwachsinnige Zwerg, dieser Wahnsinnige, k.o. geschlagen hat. So what. Ich lebe. Aber was wollte der Kerl von mir wissen? Oder bilde ich mir das ein?«

Weil seine Hände am Rollstuhl festgezurrt und seine Augen

verbunden sind, kann er nicht weg. Er kann nirgendwohin rollen, und die Orientierung ist sowieso im Eimer. Also muss er seine Ohren anstrengen.

Wo verdammt könnte ich sein?, fragt er sich. Und weiter: Wie komme ich hierher, und welche Uhrzeit und warum und wieso?

Beschissen still ist der Ort, den er nicht kennt und an dem er sich wie ein lausiger Maulwurf unter Tage fühlt.

Der Geruch erinnert ihn an früher, an sehr viel früher, an einen Erdkeller im Haus der Großeltern, der mit Kartoffeln, Eingekochtem und Wintergemüse gefüllt war.

»Kombiniere, ein Keller ist es, ein Keller ... ich bin mir fast sicher.« Er lacht übermütig und fühlt sich fast schon wieder gut. Doch die Freude ist nicht von Dauer. Kurz darauf überrollt ihn eine neue, bleierne, bisher nicht gekannte Müdigkeit. Sein Kopf sinkt auf die Brust, sein Wille geht auf Stand-by.

Gute Nacht, mein Junge, morgen ist der 10. Mai, das ist der hundertdreißigste Tag des gregorianischen Kalenders, der hunderteinunddreißigste im Schaltjahr, also bleiben dir noch zweihundertfünfunddreißig Tage bis zum Jahresende. Müde bin ich, geh zur Ruh. Es wird schon gut gehen. Ich weiß, das Leben ist nicht unendlich, aber ich werde jetzt nicht darüber nachdenken. Alles ist möglich, alles. Hélas! Ich sag es doch immer: Es ist das Leben, das dich umbringt, nicht der Tod.

Wie aus dem Nichts nähern sich Schritte. Schuhe mit Ledersohlen, gute, stabile Ledersohlen. Sie steigen die Kellertreppe abwärts. Eine Hand fingert und fummelt, knipst am Lichtschalter herum. Jemand kommt, baut sich vor ihm auf, leckt sich schmatzend über die Lippen, fährt ihm beinahe liebevoll übers Haar. Darunter wächst die Beule. Dick und heiß, ein Knubbel wie ein Ei.

Aus Poensgens Mund flieht ein lang gezogenes »Aua«. Und er ist sich so gut wie sicher, dass es Wolf ist, der unmittelbar vor ihm steht.

Poensgen zerrt an den Armlehnen, will seine Hände aus den Schnüren befreien. Aber was für eine Anstrengung. Schon wieder taumelt er in ein watteweiches Nirgendwo. Nacht wird's. But black is not beautiful.

Als er wieder bei sich ist, spürt er einen neuen Schmerz. Ja, es ist Wolf, der ihm rechts und links eine runterhaut. Dann wieder und noch einmal. Poensgen kann sogar hören, wie Wolf dabei hin und her tänzelt. Wie ein Boxer im Ring, denkt er, und dann hört er sogar, wie sich Wolf zwischen den Schenkeln kratzt und sich endlich, sehr zu Poensgens Erleichterung, ein paar Meter von ihm entfernt. Doch mit einem Mal herrscht Ruhe, nur das Geräusch von raschelndem Stoff liegt noch in der Luft, bis eine Flüssigkeit leise und stotternd zu plätschern beginnt.

Poensgen riecht warmen Urin und raunt: »Pisser!«

Er hört, wie Wolf wieder näher kommt, ihm erneut auf die Pelle rückt. Poensgen hält den Atem an. Und tatsächlich, jetzt knotet ihm Wolf schnaufend und mit kalten, zittrigen Fingern die Augenbinde auf.

»Und meine Hände machen Sie bitte schön auch los«, schnappt Poensgen, was Wolf ebenfalls tut und dabei blöde kichert.

»Vielmals Verzeihung, musste Sie ein bisschen verpacken, damit Sie kein dummes Zeug machen. Einen Beruhigungscocktail haben Sie auch bekommen, für den Fall, dass Sie vorhaben, zu randalieren. Nichts Schlimmes, nur eine Kleinigkeit zur Entspannung von einem guten Freund. Wollte Sie extra nicht knebeln, dachte mir, Schlafen sei besser. Am Ende gehen Sie mir noch hops«, erklärt Wolf freundlich.

»Soso, Beruhigungscocktails haben Sie auch im Haus«, sagt Poensgen gelassen, als würde er um ein Glas Wasser bitten, denn er ist sich jetzt sicher, dass er es mit einem Irren zu tun hat.

Wolf nickt. »Natürlich. Ein paar Drogen gehören in jede Notfallapotheke.«

»Von einem guten Freund?«, hakt Poensgen nach.

»Von Lars. Aber den kennen Sie nicht. Nein, das habe ich nicht gesagt, das haben Sie geträumt.« Wolf winkt ab.

»Und was haben Sie mit meiner Uhr gemacht?«

Wolf greift in seine Jackentasche. »Bitte schön, Sie können sie zurückhaben, bin nicht daran interessiert. Das nette kleine Telefon behalte ich allerdings.«

»Die Uhr ist Ihnen wohl zu billig, wie?« Er kriegt keine Antwort, nur einen mitleidigen Blick. Poensgen hält die Uhr ans Ohr. Er guckt auf das Zifferblatt und seufzt.

Armer Andor, wirst längst auf mich warten, denkt er und schaut sich im Keller um. Er ist zwar noch nie hier unten gewesen, aber er weiß davon. Der Erdkeller gehört zum Haus in der Talstraße, er liegt unter seiner ehemaligen Wohnung. Das alte Gewölbe ist über eine Wendeltreppe und mit dem Lift zu erreichen.

Wolf schleppt einen Küchenstuhl ran, hockt sich darauf, scheint alle Zeit der Welt zu haben.

Poensgen wägt ab, wie seine Chancen stehen, aus dem Keller herauszukommen. Wolf hat ihn im Rollstuhl in den Aufzug geschoben und runtergefahren, eine andere Möglichkeit gibt es nicht. Folglich muss das auch rückwärts abzuwickeln sein. Wenn Wolf ihn als seinen Gefangenen betrachtet und ihn nicht zurück in den Aufzug schiebt, dann hat er Pech.

Ich kann nur hoffen, dass Fessler einen guten Tag hat und auf die grandiose Idee kommt, das Haus erneut durchsuchen zu lassen, denkt Poensgen, während er Wolf unauffällig mustert.

Wolf kichert, als sei er Rumpelstilzchen persönlich, rutscht auf dem Küchenstuhl hin und her. Seine behosten O-Beine sind so kurz, dass die Füße den Boden nicht erreichen und in der Luft baumeln. In dem Maße, wie sich die seltsamen Extremitäten beruhigen, verändert sich Wolfs Mienenspiel. Augen und Lippen werden steif wie sein Hemdkragen. Wolf hört auf zu kichern.

Er beugt sich zu Poensgen. Mit verstellter Stimme redet er auf Poensgen ein. »Lieber Onkel Polizist, wir spielen jetzt ein Kriminalstück, wobei du eine unheimlich wichtige Rolle zugeteilt bekommst. Für das Spiel, wenn wir es richtig spielen, brauchen wir natürlich ein Opfer.« Wolf lauert, fährt sich mit der Hand über den Mund und drückt an seinen Zähnen herum. »Das verstehst du doch, oder? Ich meine, jeder gute Bulle sollte einmal in seinem Leben das Opfer sein. Ist nur ein kleines Lehrstückchen, nicht mehr und nicht weniger, gell.«

Poensgen lauscht dem Klang von Wolfs Kinderstimmchen. »Aha, und Sie sind der ...?«, fragt er ruhig.

Wolf freut sich über Poensgens Reaktion. »Natürlich. Ich bin der Täter. Ich bin Schauspieler und kann in viele Rollen schlüpfen.«

Poensgen nickt. »Interessant. Bulle und Opfer war ich schon ... aber einverstanden, spielen wir.«

Wolf rückt näher. Poensgen weicht zurück. Wolf lächelt schief. »Deine Kollegen waren vorhin im Haus, nette Jungs, aber ein bisschen kurzsichtig.« Er kichert wieder. »Sie haben dich gesucht. Ich musste mich ein wenig verstecken, versteht sich. Auf den Keller sind sie natürlich nicht gekommen. Wie sollten sie auch? Sind halt noch jung und unerfahren. Keller? Pah, wer sucht schon in einem Keller? Ich, wenn ich Bulle wäre, ich würde dort immer zuerst suchen.«

Er zappelt mit den Armen, gleich darauf verzieht sich sein Mund schmerzlich. »Ach ja, stell dir vor, den Papagei haben sie mitgehen lassen. Diese Idioten. Schade, der arme Vogel wird eingehen. Andererseits war der Vogel ein geniales Ablenkungsmanöver. Die Jungs haben nur noch den Käfig gesehen. Für alles andere waren sie blind. Sie hatten es plötzlich saumäßig eilig, wegzukommen, haben ihn nicht einmal zugedeckt. Wenn der Ärmste im Durchzug steht ... Der Vogel ist heikel, ist ein seltenes, wertvolles Tier.«

Poensgen zieht die Augenbraue hoch.

Wolf flüstert: »Gell, so viel Mitgefühl mit der Kreatur hast du mir nicht zugetraut?« Er hält Poensgen Kramers Visitenkarte vor die Augen. »Guck, das haben sie in meiner Küche hinterlassen, deine Superhelden. Sind einfach bei mir in die Wohnung eingedrungen. Was haben sie sich nur dabei gedacht?«

Poensgen schaut auf das Stückchen Papier mit Kramers Namen. Eine Weile geschieht nichts, außer dass er Durst verspürt. Er braucht dringend etwas zu trinken, auch wegen der Nieren.

»Du glaubst also, ich habe meine Freundin umgebracht und sie vielleicht ein bisschen ausgeraubt, nicht wahr?«, beginnt Wolf endlich.

»Was ich glaube, tut nichts zur Sache. In meinem Job zählen nur Fakten und Beweise«, antwortet Poensgen.

Er mustert Wolf. Vor ihm hockt ein geschrumpfter alter Mann, der auf die achtzig zugeht. Stirnglatze und kleine dunkelbraune Augen, der Hals so faltig wie die Hautlappen eines Truthahns. Jetzt klopft er sich reflexartig die Hosenbeine sauber, entfernt mit spitzen Fingern einen dünnen weißen Faden, der am Aufschlag hängen geblieben ist. Schuhgröße? – höchstens neununddreißig. Schuhe? – Marke Al Capone mit weißen Schnürbändeln, drunter schwarze Seidensocken. Poensgen betrachtet Jacke, Weste und Hose: Firma Strellson oder Walbusch – Ziertuch und Krawatte feinste italienische Seide, hellblaues Paisley-Motiv auf weinrotem Grund, Retrolook.

Wolf rückt den Krawattenknoten zurecht. Es scheint ihm nichts auszumachen, dass Poensgen ihn regelrecht auszieht.

In einer Mischung aus Stolz und Naivität flüstert er: »Krawatte und Tuch hat meine liebe Freundin ausgesucht und mir neulich zum Geburtstag geschenkt. Oh ja, und Socken und Wäsche hat sie mir auch –«

»Aha.« Poensgen entdeckt einen Zipfel Traurigkeit in Wolfs faltigem Gesicht. »Und was haben Sie sonst noch alles von ihr geschenkt bekommen, außer Klamotten?«

In Wolfs Augen flackert Misstrauen. »Geht dich nichts an.«

»Und was waren Sie für Frau von Schubert? Ich meine, da Sie ein begnadeter Schauspieler sind, spielten Sie gewiss im Charakterfach.«

Wolf lächelt selbstbewusst. »Immer ein anderer Typ. Verstehst du?«

»Nicht wirklich.«

»Ihr großer Junge, ihr Liebhaber, ihr Zuhörer ... wie es ihr gerade passte.«

»Und wer hat Frau von Schubert mit dem Schürhaken erschlagen? Der große Junge, der Liebhaber, der Zuhörer? Einer muss es doch gewesen sein, Herr Wolf.«

»Schlaukopf, verhör mich nicht, du hast das Spiel falsch verstanden. Du bist das Opfer. Halte dich verdammt noch mal an die Regeln. Ich bin der Chef, und ich bestimme, wie es weitergeht.«

»Gut, Sie bestimmen, wie es weitergeht«, lenkt Poensgen ein.

Wolf schweigt, wirkt verärgert, hat anscheinend die Lust verloren. Zorn flammt auf seiner Stirn. Er dreht sich um, geht.

Als er an der Kellertreppe steht, brüllt Poensgen: »Bleiben Sie hier!«

Tatsächlich hält Wolf inne. Seine linke Hand liegt auf dem Eisengeländer, mit der rechten macht er eine übertrieben theatralische Geste. Er verbeugt sich, reckt stolz das Kinn und beginnt mit volltönender Stimme zu rezitieren. »Sterben, schlafen – schlafen, vielleicht träumen. Ja, da hakt es. Denn was in jenem Todesschlaf für Träume kommen mögen, wenn wir dies sterbliche Geschlinge losgeworden sind, das muss uns zögern machen – die Erwägung ist es, die dem Elend so zu langem Leben hilft: Denn wer ertrüge wohl die Peitschenhiebe und Schmähungen der Mitwelt, des Unterdrückers Unrecht, des Überheblichen Hohn, die Schmerzen gering geschätzter Liebe, die Zögerlichkeit der Justiz, die Unverschämtheit der Behörden und die Fußtritte, die geduldiges Verdienst vom Unwürdigen hinnimmt, wenn man sich selber seine Quittung geben könnte mit einem bloßen Dolch? Wer trüge Lasten, um unter einem mühevollen Leben zu ächzen und zu schwitzen, wenn nicht die Furcht vor etwas nach dem Tod ...«

Er spitzt die Lippen, blickt verlegen drein. »Na ja, bis dahin, genug, genug, ich bin nicht mehr im Text drin, aber jetzt hast du wenigstens eine Kostprobe meines Könnens. Das war nämlich Shakespeare, falls dich das überhaupt interessiert. Sein oder nicht sein, das ist die Frage – ob's im Geiste edler ist, die Geschosse und Pfeile des wütenden Geschickes zu erdulden ... und so weiter. Aber ich sehe schon, du hast andere Probleme. Darum gehe ich. Bis später.«

Wieder verbeugt er sich vor einem imaginären Publikum, wirft einen letzten Blick auf Poensgen und hebt die Hand zum Gruß.

Und Poensgen ruft ihm hinterher: »Oh, ich sterbe, Horatio!«

Wolf stutzt. Er lacht. Sein Lachen verklingt, als er die letzten Stufen nimmt und das Licht ausknipst. Es wird wieder Nacht im Keller.

Unter dem Sternenhimmel lauert das Böse

Als Móricz den Schalter der Beleuchtungsanlage von Poensgens Loft vorsichtig aufdreht und unzählige LED-Lämpchen nach und nach Helligkeit versprühen und die Halle zu einem einzigartigen Spielplatz für Licht und Schatten wird, glaubt er zu verstehen, warum sich sein Freund in das merkwürdige Gebäude auf dem Land verguckt hat.

Móricz beginnt auf und ab zu wandern, durchschreitet immer wieder die großzügige Wohnhalle, die von keinem einzigen überflüssigen Möbelstück zugestellt ist. Er streift die Schuhe ab, spürt die Wohltat der angewärmten Fliesen und kriegt Lust, seinen Körper mit ein paar Tanzschritten im Kreis zu bewegen. Er muss über sich und seine unbeholfene Art lachen, denn er taumelt und kann sich kaum aufrecht halten. Draußen funkelt der frühsommerliche Sternenhimmel, funkelt mit den Deckenlämpchen um die Wette.

Neugierig tanzt Móricz zum Fenster und nimmt vor dem Fernrohr Platz. Noch ganz außer Atem vom Herumwirbeln, lugt er durch das Spektiv und stößt ein entzücktes »Valóban isteni, ez a mennybolt!« aus. Wirklich göttlich, dieser Himmel!

Móricz gerät vollkommen aus dem Häuschen, denn den Sternen gehört schon seit Jahrzehnten seine Leidenschaft.

Dort, oh ja dort, tatsächlich, der gute Jupiter, der Gigant unter den Planeten der Sonne! Jawohl, der dicke Jupiter, tausendmal so dick wie die Erde ist er, und siebenundsechzig bekannte Monde hat er, vier davon hat schon Galileo Galilei 1610 gesehen. Was für ein Augenblick des Glücks.

Das Fernrohr ist ganz passabel, Móricz presst seine Augäpfel hinein. Rechts von Jupiter stehen Europa und Ganymed, links von ihm, in größerer Entfernung, Kallisto … Hoch im Süden funkelt Arktur, der Hauptstern des Sternbildes Bärenhüter. Neben dem Bärenhüter, etwas weiter östlich, leuchtet das unscheinbarere Sternbild Nördliche Krone. Und zusammen mit Spica, dem Hauptstern des Sternenbildes Jungfrau, die gerade tiefer als der Bärenhüter im Süden steht, und Regulus, dem Hauptstern des Sternenbildes Löwe, bildet Arktur das Frühlingsdreieck.

Ein begeistertes Stöhnen nach dem anderen verlässt Móricz' Brust. »Fantasztikus, nagyszerü!« Sein Herz schwimmt in unerwarteter Glückseligkeit und treibt ihm das Wasser in die Augen. Móricz schnäuzt sich laut wie ein Pferd und wischt eine Träne weg.

Doch plötzlich, von einem Augenblick zum anderen, wird er von einer tiefen, hässlichen Traurigkeit überfallen, die nach ihm greift und ihn schüttelt. Unter diesem köstlichen Sternenhimmel lauert eben auch das Böse. Überall toben Kriege, gibt es Mord, Totschlag und Diebstahl, Korruption, Wahlbetrug, Schändung, Profitgier, ersticht eine Mutter ihr Kind, ertränkt ein Mann seine Frau, lügen Politiker, vergehen sich Priester an Knaben und Zuhälter an Mädchen … und irgendwo dort drüben, wo sich die Autobahn Karlsruhe Richtung Basel schlängelt, wo dahinter die Vogesen abfallen und sich der Jura aufbäumt, ungefähr dort muss Freiburg liegen.

Und dieser Idiot, der einzig wahre Freund, den ich habe, der ausgerechnet Polizist sein muss, ist vielleicht in Gefahr. Wo mag er nur sein?

Und Móricz, der schon als Kind durch Prophezeiungen und Vorahnungen seine Familie in Angst und Schrecken versetzt hat, glaubt zu wissen, dass sich Poensgen in einer lebensgefährlichen Situation befindet.

Es ist kurz vor dreiundzwanzig Uhr. Móricz spürt einen Kloß im Hals, der wie aufsteigendes Fieber zu einer dicken Angstkröte anschwillt und ihm Atemnot und Schweiß beschert.

Bei Gott, wenn ich doch nur mit jemandem sprechen könnte. Ich habe Sorge, dass ihm etwas passiert ist. Ich hätte aufmerksamer sein müssen, der Kerl ist in Lebensgefahr, hämmert es in seinem Kopf.

Mit fahrigen Fingern wählt er die Nummer der Polizei und verlangt Fessler. Doch Kripochef Kurt Fessler ist nicht mehr im Haus.

Ziellos rennt Móricz hin und her. Er mag kein Tänzchen und keinen Sternenhimmel mehr. Und Jupiter goodbye! Móricz hat auch keine Freude mehr an angewärmten Füßen. Er stellt sich Poensgen vor, der wahrscheinlich bis auf die Knochen friert. Es ist Nacht geworden, und der Wetterbericht hat niedere Temperaturen und die Tage der Eisheiligen angekündigt.

»Was kann ich tun? Ich weiß nicht einmal, wo ich ihn suchen soll«, ruft er wütend. »Und Hunger habe ich auch.«

Verzweifelt kramt er in einer der fast leeren Küchenschubladen. Er findet ein Messer. Er prüft die Klinge. Ob sie was taugt? Er hat noch nie mit einem Messer Spargeln geschält, aber etwas anderes gibt's in Poensgens Singlehaushalt nicht.

Seine Beschäftigung lenkt ab und lässt ihn ruhiger werden. Er legt das Küchenmesser wieder zur Seite und beginnt seine Einkäufe, die er tagsüber getätigt hat, auszupacken. Im Nu rekeln sich die herrlichsten Spargelstangen auf dem Küchentisch, und ihre unverschämte Frische lacht ihn an.

Ich werde eine delikate Soße zubereiten, die Spargeln und den Schinken auf eine Platte legen – danach werde ich den Tisch decken. Josef wird zum Essen kommen; natürlich wird er, auch wenn es längst Nacht ist. Ganz selbstverständlich wird sich der Schlüssel im Schloss drehen, und er wird dastehen. Einfach so. Die Sterne stehen doch heute günstig. Es wird schon alles gut gehen, denkt er und stürzt sich in die Arbeit.

Poensgen sticht zu

Wann er in der Nacht eingeschlafen ist, weiß er nicht, aber nun ist er wach, und der neue Tag bedrückt ihn schon jetzt. Am ganzen Körper steif und ungelenk, krabbelt Móricz aus dem Sofa-Bett. Er streckt sich. Sein Mobiltelefon meldet sich.

Wo nur? Der Klingelton? Aha, auf dem Küchentisch. Jetzt aber Tempo, denkt er und stolpert los.

»Hallo?«, schreit er hinein und kurz darauf noch einmal: »Hallo bitte, wer ist …?«

»Na endlich.« Aus Fesslers Stimme klingt Verdruss.

»Was ist passiert?«

»Ich möchte Ihnen nur sagen, dass Kriminalhauptkommissar Hans-Josef Poensgen auf dem Weg nach Hause ist. In Begleitung. Wir haben ihn heute Morgen befreit.«

»Befreit?«

»Ja, haben wir. Mussten wir. Er hat sich in eine Situation gebracht, die für ihn sehr schlimm hätte ausgehen können. Er hatte mehr Glück als Verstand. Davon soll er Ihnen selbst erzählen.«

»Natürlich, bitte, können Sie mir nicht –«

»Ich wiederhole: Kollege Poensgen wird in etwa einer halben Stunde zu Hause eintreffen. Vielleicht sorgen Sie dafür, dass er zwei oder drei Tage Bettruhe hält. Wir würden ihn lieber zur Überwachung in ein Krankenhaus bringen, aber er lehnt strikt ab. Kann ihn leider nicht zwingen, hat einfach einen Dickschädel – ein elend sturer …«

Fessler verstummt, und Móricz überlegt, welches Wort Fessler verschluckt haben könnte.

»Herr Fessler, was ist nun?«, drängt er. »Ich kann ihn doch nicht festbinden, wenn er das Haus verlassen will. Ich helfe, wenn ich kann, aber ich befürchte, dass meine Hilfe nicht gewünscht wird. Außerdem muss ich bald abreisen.«

»Ich komme heute Nachmittag vorbei, dann reden wir.«

Andor Móricz stellt die Kaffeemaschine an, stakst zur Toilette, putzt die Zähne und steigt umständlich in seine Hose. Dann öffnet er eines der Fenster und lässt frische Luft herein. Die erste Tasse Kaffee ist fertig. Leise vor sich hin schlürfend, betrachtet er den noch immer liebevoll gedeckten Tisch.

Die Sauce hollandaise steht im Eisschrank, die Spargeln sind in ein feuchtes Handtuch gepackt. Die Scheiben des Schwarzwälder Schinkens liegen noch auf dem Tisch und sehen erschöpft aus, und er fühlt sich auch nicht viel besser.

Er hört ein Auto vorfahren und eilt zum Fenster.

Was sage ich ihm nur?, überlegt er, während er mit ansehen muss, wie sich Poensgen aus dem Wagen herausquält, die Hilfe des Mannes, der ihn begleitet, harsch zurückweisend.

Ich werde nicht abreisen können, ich muss meinen Termin verschieben, für ihn, er braucht mich, verordnet sich Andor Móricz und hechtet zur Tür, um sie zu öffnen.

Er will seinen Freund begrüßen, doch der wehrt ab. »Ich muss mich in Ordnung bringen, geh mal an die Luft«, sagt Poensgen mit brüchiger Stimme, und es klingt dennoch wie ein Befehl.

Als Móricz von seinem Ausflug durch den benachbarten Weinberg zurück ist, geht er gleich an den Herd und beginnt, das Spargelessen vorzubereiten.

Poensgen hat geduscht, er duftet nach Frische und Vanille. Mit grimmigem Gesicht bewegt er seinen Rolli zum gedeckten Tisch. Er wirkt überanstrengt, und Móricz bemerkt, dass er sich nur mühsam aufrecht hält. Noch bevor er etwas zu Poensgen sagen kann, legt dieser in gereiztem Ton los.

»Es sieht anders aus, als es ist, verstehst du? Nichts ist so, wie du meinst, dass es sei. Alles ein Irrtum. Solltest du eine Tragödie wittern, dann hast du dich getäuscht. Lass dich nicht von der Blässe meiner Visage und einer schlecht sitzenden Frisur beeindrucken. Ich bin in Ordnung, Alter!«

Móricz schweigt, ist noch mit Kochen beschäftigt. Also

lässt er Poensgen reden, und dieser klingt zunehmend misslauniger.

»Ich kann mir schon denken, wie du und Fessler und auch die anderen, wie ihr die tollsten Hirnverrenkungen macht, wie man mich aus dem Verkehr ziehen könnte, weil es für mich besser wäre, in den Innendienst zu gehen, oder noch besser, wenn ich mich gleich ganz aus allem heraushalten würde. Aber schlagt euch das aus euren schlauen Köpfen. Ich lasse mich nicht an die Kette legen. Ich bin kein halber Mensch, nur weil meine Beine nicht laufen, sondern gefahren werden.«

Móricz, den Bauch hinter einer gestreiften Kochschürze versteckt und mit Schweißperlen auf der Stirn, hat inzwischen am Tisch Platz genommen. Er übergeht Poensgens Tirade, fragt stattdessen mit sanfter Stimme, die klingt, als würde Ulrich Wickert französische Gänsestopfleber anpreisen: »Darf ich dir etwas von dieser köstlichen Soße darübergießen?«

Poensgen schüttelt verärgert den Kopf. »Du komischer Literat, ich finde dich auf eine ganz bestimmte Art unerträglich bürgerlich, das muss ich dir einfach mal sagen. Odysseus kommt nach Hause und wird von einem alten Weib bekocht. Was soll das? Oder hat man dich zu meiner Betreuung angeheuert? Du kannst es ruhig zugeben. Wundere dich bloß nicht, wenn wir uns danach verabschieden müssen. Ich kann dieses Bemuttern nicht länger ertragen, das nimmt mir die Luft zum Atmen.«

»Nur zehn Minuten Kochzeit für die Spargeln. Man muss daneben stehen bleiben und darf sie nicht aus den Augen lassen, etwa wegen anderer, niederer Küchenverrichtungen wie Spülen oder Salatputzen. Schwupp, schon sind die königlichen Stangen beleidigt und machen schlapp. Ich habe selten Gelegenheit, Spargeln zu kochen, deshalb habe ich im Internet nachgeschaut, und ich sage dir, da quatscht die Community wild durcheinander –«

»Sag mal, hast du mir eigentlich zugehört?«

»Ich hoffe, dass er dir schmeckt, wie ich ihn zubereitet

habe. Einen Schuss Olivenöl ins Wasser, etwas Salz und ein Lorbeerblatt. Übrigens, nicht einmal einen vernünftigen Spargelschäler hast du im Haus, musste mit einem Messer hantieren, mit dem man bestenfalls einen Mord begehen kann … Nimm dir noch ein paar von den Stängelchen, dann kommst du auf andere Gedanken«, erklärt Móricz mit vollem Mund, aus dem rechts und links Soße läuft.

Poensgen schiebt seine Portion auf dem Teller hin und her. »Ja, alles Behagliche liegt mir fern. Ich erkenne die Dinge an ihren Schwächen, ihren Eitelkeiten und Lügen. Dafür kann ich nichts, es ist mir angeboren und gehört sozusagen zu meiner DNA. Aber du, Andor, du alter Sternengucker, du kannst dich jederzeit in eine Parallelwelt beamen, kannst der miesen, harten Realität aus dem Weg gehen und so tun, als gäbe es sie nicht. Zumindest, wenn du schreibst.«

Seine Gabel sticht zu, zirkelt die Stange zum Mund, wo sie verschwindet. »Hm, sehr gut, aber was ich sagen wollte, du kannst dir dein Personal ausdenken, wie es gerade in die Story passt. Ich hingegen muss vorliebnehmen mit dem, was mir der Herrgott vor die Füße wirft.«

Und wieder sticht er in einen der Stängel, saugt ihn geräuschvoll auf. »Ich muss mit jedem krausen Menschenallerlei arbeiten. Aber genau das reizt mich an meinem Beruf. Kapiert? Das, was ich tue, ist nur was für harte Jungs, nichts für Weicheier, die sich am Computer Krimigeschichten ausdenken.«

Er schluckt und schmatzt und schiebt die nächste Stange nach, die er dick in Soße ertränkt hat. »Der neunmalkluge Autor, der alles weiß, weil er ja so etwas wie der liebe Gott ist. Der Schöpfer seines Personals ist immer schlauer, nicht wahr?«

Es ist unverkennbar, es schmeckt Poensgen, und Móricz freut sich, langt nun auch noch mal tüchtig zu und antwortet mit vollem Mund: »Sicherlich, vielleicht ist es so. Aber für die Beschreibung von Glück sind Schriftsteller nun mal nicht zuständig. Aber ich, der einzige Freund, den du vermutlich hast, ich sehe nicht nur mit meinem Verstand, ich sehe auch mit dem Herzen. Auch wenn dir das nicht passt und du mich ein kochwütiges altes Weib nennst.«

Móricz betupft sich mit einer Papierserviette die Lippen und nimmt einen kräftigen Schluck von Poensgens Grauburgunder Kabinett. »Kalkbödele aus Merdingen, wirklich sehr gut. Passt ausgezeichnet zum Spargel, hast du noch mehr davon?« Er lacht und klingt trotzdem ein klein wenig bitter.

»Ich muss dir etwas gestehen«, lenkt Poensgen ein, »ich bin nicht sehr viel weitergekommen, bin aber trotzdem zuversichtlich, dass nichts umsonst war. Es war einen Versuch wert. Vielleicht habe ich einen Fehler gemacht. Ich weiß es selbst noch nicht. Verstehst du?«

Móricz schüttelt den Kopf. »Du wirst es mir erklären müssen. Wie soll ich dich verstehen, wenn mir die Zutaten fehlen. Bisher hast du dich ausgeschwiegen. Ich kann nur raten, was passiert ist. Fessler hat nichts rausgelassen.«

Über Poensgens Gesicht huscht ein Lächeln. »Ist alles nicht so wichtig. Vergiss es. Aber«, er greift in die Brusttasche seiner Jacke und senkt gleichzeitig die Stimme, »kurz bevor mich dieser Idiot ausgeknockt hat, habe ich die Post aus dem Schubert'schen Briefkasten herausgeholt. Und die ganze Zeit hatte ich Sorge, dass Wolf das Kuvert bei mir entdecken würde. Hat er zum Glück nicht.«

»Wie ist er denn so, dieser Wolf?«

»Wolf ist ein instinktloser und primitiver Mensch. Er taugt zu gar nichts. Wenn er richtig gut wäre, hätte ich Achtung vor ihm. Schließlich möchte man an seinem Gegner wachsen und sich die Zähne ausbeißen und nicht nur eine faulige Pflaume verspeisen. Aber Wolf ist kein Gegenspieler, er ist nur ein kleiner, boshafter Halunke, ein alternder Casanova und Lügner, herausgeputzt wie ein Pfingstochse. Ich werde ihn Kramer großzügig zum Fraß vorwerfen, Kramer wird sich auf ihn stürzen und stolz auf seinen Fang sein. Nur – weißt du, Herr Dramaturg, diese Fährte wird im Nichts verlaufen ...«

Poensgens Lachen klingt frostig, und es glimmt etwas Dämonisches in seinen Augen.

Was ist nur mit ihm los?, denkt Móricz, füllt erneut die Gläser. »Komm, wir trinken noch ein Glas vom Kalkbödele.«

Poensgen bedankt sich, er scheint mit dem Verlauf des Essens und des Gesprächs zufrieden zu sein.

Móricz versteht, Poensgen hat zur Jagd geblasen. Poensgen will den Mörder haben. Unter allen Umständen, ohne Rücksicht auf Verluste.

»Aha, und jetzt kommt die psychologische Feinarbeit, sehe ich das richtig?«, hakt Móricz mit leisem Spott in der Stimme nach und wickelt sich zwei Scheiben Schinken gleichzeitig um die Gabel.

»Von mir aus, nenn es, wie du willst, ich lasse mich jedenfalls nicht von Fessler, und schon gar nicht von Kramer, aufhalten. Als Behinderter bin ich a priori ein Einzelgänger, daran lässt sich nun mal nichts ändern. Ich werde das Ding allein durchziehen.«

»Josef, sie werden dich rausschmeißen, dich aus der Sonderkommission entfernen, einen wie dich können sie nicht in ihren Reihen dulden. Du legst dich doch ständig quer. Du musst dich an die Regeln halten. Du kannst nicht machen, auf was du gerade Lust hast.«

»Darum geht es nicht. Ich weiß, auf was ich mich einlasse. Ich suche nach einem kaltblütigen Mörder. Und ich sage dir, ich kriege ihn. Erst dann reden wir weiter.«

Poensgen legt den Briefumschlag, den er in eine Schutzhülle geschoben und mit der er gerade noch herumgefuchtelt hat, neben seinen Teller und stellt sein Weinglas darauf.

Für einen Moment sieht es aus, als fielen ihm gleich die Augen zu. »Wenn du mich jetzt fragen würdest, ob ich ein wenig Ruhe haben und mich vielleicht eine kleine Stunde hinlegen möchte, wenn du mir diese Frage stellen tätest, mein Alter, dann würde ich unter einer gewissen Voraussetzung einwilligen und dich bitten, dein Bettzeug vom Sofa zu entfernen.«

Andor Móricz lacht erleichtert. »Welche Voraussetzung, bitte?«

»Dass du mich pünktlich in sechzig Minuten weckst, sollte ich eingeschlafen sein. Und dass du mich in die Talstraße begleitest. Ich muss heute noch einmal dorthin, unbedingt. Wolf hat mich etwas gefragt, erinnere mich nicht mehr, was, aber ich muss der Sache nachgehen. Irgendetwas ist noch in der Wohnung.«

»In Ordnung, ich begleite dich. Zuerst essen wir fertig, dann räume ich den Tisch ab, und danach wirst du mein Dessert kosten: eingelegte Pflaumen mit Sahne. Du musst, sonst bin ich dir für alle Zeiten böse.«

»Andor, vorläufig kein Sterbenswort zu Fessler, hast du kapiert?«

»Ach, da fällt mir etwas ein. Fessler meinte, er wolle im Laufe des Nachmittags hier vorbeikommen und nach dir schauen. Was machen wir mit ihm?«

»Nichts. Fessler wird nicht kommen. Sollen wir wetten?«

»Oh heiliger Josef«, stöhnt Móricz. »Es ist ziemlich aufregend mit dir.«

»He, Alter, bitte keine anzüglichen Komplimente. Hast du vielleicht noch das eine oder andere Stängelchen von diesem schrecklichen Spargel übrig? Das Zeug schmeckt wirklich nicht schlecht.«

»Hm, dachte ich mir. Der Gemüsehändler erklärte mir, das sei eine alte Sorte, heiße ›Meisterschuss‹«, meint Móricz und macht ein scheinheiliges Gesicht.

Mit seidenen Socken

Während Poensgen und Móricz ihren Nachtisch löffeln und die Kaffeemaschine ein drittes Mal dampft, sitzt Romillo Renato Wolf auf dem Freiburger Polizeirevier im Verhörraum. Er soll in wenigen Minuten von Kramer in die Mangel genommen werden. Fessler wartet im Nebenzimmer, um die Vernehmung durch eine abgedunkelte Scheibe zu verfolgen.

Wolfs Erscheinungsbild, overdressed und gockelhaft, wirkt auf ihn in der nüchternen Umgebung noch seltsamer. Fessler sieht, dass Kramer gerade hereinkommt und wie Wolf seine Krawatte zurechtrückt und nicht vorhandenes Haar glatt streicht. In Wolfs Augen liegt eine Mischung aus Kränkung und Ringen um Würde. Er schlägt die Beine übereinander. Fessler registriert Wolfs seidene Socken und weiß, dass Kramer sie auch bemerkt hat. Wolf faltet die Hände mit den manikürten Nägeln wie zum Gebet, verzieht die Lippen zu einem breiten, etwas hilflosen Lächeln. Fessler erblickt die perfekten Zähne. Ein teures Gebiss, bestimmt keine Leistung der Künstlersozialkasse, denkt er. Kurz darauf beginnt Kramer mit der Befragung.

»Frau von Schubert ist also Ihre Gönnerin gewesen, habe ich recht?«

Wolf schaut Kramer unverwandt in die Augen, senkt den Blick und sagt nichts.

Kramer trommelt mit Zeige- und Mittelfinger auf dem Tisch herum. »Sie hat Sie eine Weile verwöhnt, und irgendwann hat sie gesagt: Schluss, mein liebes Wölfchen, jetzt gibt es nichts mehr! Und da haben Sie Panik bekommen und haben gedacht, na ja, die Witwe ist alt genug geworden, die könnte doch jetzt eigentlich einen Abflug machen. Oder so ähnlich?«

Wolf krampft die Finger ineinander, bis sie an den Knöcheln weiß werden. Er versucht seine Körperhaltung zu ändern, indem er sich aufrechter setzt und die Schultern strafft.

Kramer trommelt schneller. »Sie haben Ihre Freundin mit dem Feuerhaken erschlagen. Sie haben Schränke und Kommoden nach Geld und Wertsachen durchwühlt. Vermutlich haben Sie etwas ganz Bestimmtes gesucht. Alte Frauen sind oft mitteilsam, vielleicht hat sie Ihnen ein Geheimnis anvertraut. Wo sie ihr Sparschwein versteckt hat, zum Beispiel. Wir haben natürlich tausend Fingerabdrücke von Ihnen gefunden. Vielleicht haben Sie auch nach einem Schriftstück gesucht, von dessen Existenz Sie Kenntnis haben und das Sie gern an sich gebracht hätten. Ist das so?«

Wolf schüttelt trotzig den Kopf.

»Wie, nicht so?«, fährt ihn Kramer an. »Wie denn dann? Erzählen Sie ein bisschen von sich und Ihrer großen Liebe. Ist ja nicht ganz alltäglich, wenn zwei alte Leute ein Verhältnis beginnen. Und ich meine damit eine vornehme, wohlhabende Dame und einen merkwürdigen Playboy. Da kann man doch als Außenstehender ins Grübeln kommen. Oder? Vermutlich hatte die Lady ganz andere Reize, auf die Sie aus waren.«

Fessler, mit den Händen in den Hosentaschen und den Blick ins Vernehmungszimmer gerichtet, wendet sich für einen Moment ab, flucht leise. »Kramer, das wird nichts. Der Alte will ernst genommen werden. Der läuft in einem piekfeinen Anzug rum und will nicht wie einer von der Straße behandelt werden.«

Prompt nistet sich in Wolfs Gesicht Trotz ein. Er verschränkt die Arme über der Brust und gähnt demonstrativ. Kramer hört auf zu trommeln, steht auf, lehnt sich gegen die Wand. Wolfs Blick wandert zu Kramer, ein Lächeln steigt aus seinen tausend Falten. Dann hüstelt er und tippt sich mit dem Finger gegen die Stirn.

»Ich bin doch nicht verrückt! Die Hand, die dich füttert, erschlägst du nicht.«

»Sagt man so?«

Wolf nickt heftig. Er beugt sich leicht vor und legt wie zum Schwur seine rechte Hand aufs Herz, dann redet er drauflos, doch die Sätze klingen heruntergeleiert und wie auswendig gelernt.

»Erstens: Sie hat mich zum Spargelessen eingeladen. Zweitens: Wir wollten uns einen schönen Vatertag machen. Drittens: Ich bin noch mal kurz nach unten in meine Wohnung gegangen, um etwas zu holen. Viertens: Es hat ungefähr zehn Minuten gedauert. Fünftens: Sie wollte in der Zeit die Spargeln ins Wasser geben. Sechstens: Spargel braucht zehn Minuten.«

Kramers Lachen klingt böse. »Erstens: Einen schönen Vatertag. Zweitens: Ein nettes Spargelessen. Drittens: Zum Dessert einen kleinen Mord? Und viertens: Ach, rutschen Sie mir doch den Buckel runter!«

»Wir haben alle Feiertage zum Anlass genommen, um es uns gut gehen zu lassen. Das war ihre Idee. Sie wollte das so. Und ich bin ihr gern gefolgt. Sie war eine Frau mit Geschmack und Sinn für Pathos.«

Aus Kramers Kehle rutscht ein genervter Krächzer. »Pathos? Und dann haben Sie ihr ganz unpathetisch von hinten den Schädel eingeschlagen.«

»Nein, habe ich nicht. Als ich zurückkam, lag sie tot im Flur. Toter geht nicht.«

»Aha, und dann?«

»Ich habe in der Küche den Herd ausgemacht und den Spargeltopf zur Seite gestellt, habe mir den Papagei geschnappt und bin abgehauen.«

»Ziemlich abgebrüht, finden Sie nicht auch?«, sagt Kramer gefährlich leise.

»Ich habe das mal in einem richtig guten Film gesehen und dachte, das mache ich jetzt auch so.«

Kramer starrt Wolf an, der entspannt lächelt. Jedes Wort einzeln dehnend konstatiert Kramer: »Ich bin mir ja so was von sicher, dass Sie lügen.«

Wolf grinst noch immer. »Warum?«

»Weil Sie bei der ersten Vernehmung behauptet haben, dass Sie die Tote erst gegen Abend gefunden hätten.«

»Stimmt, das habe ich gesagt. Ich habe mir halt gedacht, das sei besser so. Aber ich habe sie in Wirklichkeit früher gefunden. Und danach brauchte ich Zeit. Ich hatte einen Schock. Ich war völlig fertig.«

Im Nebenraum ballt Fessler die Faust und haut damit in die Luft. MM kommt herein, reicht Fessler eine Nachricht. Sie wechseln ein paar Worte, dann konzentriert sich Fessler wieder auf die Vernehmung.

»Die Tote lag dicht vor der Tür. Wie sind Sie hereingekommen?«, fragt Kramer gerade.

»Das weiß ich nicht mehr genau. Ich glaube, ich habe die Tür aufgedrückt und sie ein wenig weggeschoben, bin dann wohl über sie gestiegen. Zuerst dachte ich, dass sie noch lebt und unglücklich gestürzt sei, es ist mir nur langsam klar geworden, dass sie tatsächlich hinüber ist. Bin schließlich kein Arzt.«

»Und in der Wohnung – war da jemand?«

»Nein, natürlich nicht. Habe niemanden gesehen. Gottlob nicht. Vielleicht wäre auch ich umgebracht worden, meinen Sie nicht?«

»Sehr schlau gedacht, lassen wir das vorläufig mal so stehen«, ruft Kramer. »Kommen wir zu unserem nächsten Problem.«

Wieder rutscht Wolf auf dem Stuhl herum und weiß nicht, wohin mit seinen Extremitäten. Endlich entscheidet er sich für seine vorherige Haltung. Beine übereinander, Hände gefaltet, den Kopf gesenkt.

Kramer blökt ihn an: »Haben Sie das auch mal irgendwo in einem richtig guten Film gesehen? Ich meine, dass man so dahockt, als könne man kein Wässerchen trüben, obwohl man eine falsche Ratte ist?«

Wolf bleibt ruhig. »Das ganze Leben ist ein Rollenspiel. Ich richte mich nach einer höheren Regie.«

Wütend zieht sich Kramer seinen Stuhl heran, setzt sich rücklings drauf. »Wir haben heute Morgen unseren geschätzten Kollegen Hauptkommissar Poensgen aus Ihrem Keller befreit. Sie haben ihn gekidnappt. Wieso, warum und weshalb? Raus mit der Sprache!«

»Kurzschlusshandlung. Ich wollte das nicht. Hat sich so ergeben. Tut mir leid. Aber ich war –«

Kramer wird krebsrot. Wütend zieht er seinen Pullover aus, schleudert ihn auf den Tisch und geht weiter auf Wolf los. »Herr Wolf, Hauptkommissar Poensgen sitzt im Rollstuhl. Sie haben sich an einem Behinderten vergriffen. Geht das in Ihre Birne? Und Sie sprechen von Kurzschlusshandlung. Wie entzückend. Zufällig haben sie auch ihm mit einem Gegenstand auf den Kopf geschlagen. Sie können von Glück reden, dass der Kollege Poensgen einen verdammt harten Schädel hat und nicht tot ist wie die Schubert.«

Wolf blickt erschrocken auf und murmelt: »Ihr Kollege im Rollstuhl, der kommt mir überhaupt nicht behindert vor. Das ist einer von der gefährlichen Sorte, einer mit Killerinstinkt.«

»Killerinstinkt? Das müssen Sie mir jetzt aber erklären.«

»Das ist reine Psychologie, zum Beispiel, wenn ein Fußballspieler mit Stresssituationen umzugehen weiß, die Nerven behält und trotz des Weltmeisterschaftsdrucks ein Tor schießt. Beim Elfmeterschießen etwa, wenn der ganze Globus auf ihn schaut«, quatscht Wolf drauflos. »Glauben Sie mir, dieser Poensgen ist ein knallharter Bulle, der Instinkt und Ausdauer hat, der seinen Gegner psychisch ausknocken kann. Ich muss nur in seine Augen schauen, eiskalt sind die, da weiß ich doch gleich, was geschlagen hat. So einen muss man sich tunlichst vom Halse halten.«

»Elfmeterschießen«, schreit Kramer. »Sind Sie denn von allen guten Geistern verlassen? Wir sind nicht auf dem Fußballplatz, es geht um Mord und um die Entführung eines Polizeibeamten. Nun kommen Sie mir doch nicht mit so einem Hirnschleim daher. Sie sind ein ganz ausgekochtes Bürschchen. Wir haben Ihre DNA im Zusammenhang mit einem Mordfall von vor zehn Jahren entdeckt. Damals wohnten Sie in Karlsruhe. Zufällig gab es auch da eine wohlhabende Witwe, der Sie den Hof gemacht haben und die urplötzlich auf dem Friedhof lag. Die Treppe runtergestürzt, die arme Frau. Damals hat man Sie verdächtigt, aber Sie konnten sich mit einem zweifelhaften Alibi herauslügen. Dieses Mal wird Ihnen das nicht gelingen, das verspreche ich Ihnen.« Kramer holt Luft. »Elfmeterschießen, Killerinstinkt, Opa Wolfs Märchenstunde oder die Muppet Show, ja was denn noch?«

»Das mit dem Keller war unüberlegt, hatte ich nicht richtig zu Ende gedacht. Ich wollte diesem Poensgen nichts antun, aber dann war ich in meiner Rolle drin und kam da nicht mehr raus. Habe in einem Kriminalfall mitgespielt und musste laut höherer Regie, also Regieanweisung von oben, etwas ganz Spektakuläres tun. Sogar von ›beseitigen‹ war die Rede. Glauben Sie mir, ich bekomme auch nur meine Befehle, und wehe, ich halte mich nicht daran.«

»Ach so, beseitigen sollten Sie ihn. Ist aber nett, dass Sie sich das noch mal überlegt haben. Von welcher höheren Macht quatschen Sie eigentlich? Nun kommen Sie schon, ich brenne darauf, dass Sie mich einweihen. Höhere Mächte interessieren mich.«

»Regie, nicht Macht«, korrigiert ihn Wolf breit lächelnd und zeigt wieder seine schneeweißen Zahnreihen.

»Klaro, Sie sind ja Schauspieler und warten auf Regieanweisungen von oben.«

»Richtig«, murmelt Wolf, schließt mit einem dramatischen Seufzer die Augen und fährt fort: »Übrigens, wenn ich das vielleicht noch sagen darf, Ihr Kollege Poensgen hat mir sehr aufmerksam zugehört. Ich habe aus ›Hamlet‹ zitiert, eine kleine Vorstellung nur für ihn, ohne Eintrittsgeld und ohne Gage. Ich war überrascht, ich hatte den Eindruck, dass er sich auskennt. Er hat mich verstanden.«

Kramer starrt ihn minutenlang an. Im Vernehmungszimmer und auch bei Fessler ist es jetzt so still, dass man sogar das herabstürzende Wasser in einem Abwasserrohr hören kann, das hinter einer Betonwand liegt. Im Stockwerk darüber ist anscheinend jemand auf der Toilette.

Wolf hat es offensichtlich auch gehört und flüstert mit schmalen Augen: »Muss mal austreten.«

»Später«, zischt Kramer. »Bevor Sie mir nicht verraten, wie der geheimnisvolle Regisseur heißt, der garantiert einen bedeutenden Namen hat, werden Sie dieses Zimmer nicht verlassen.«

Doch Wolf schweigt. In Kramers Gesicht steht hilflose Wut.

Das war's, denkt Fessler und verlässt seinen Beobachtungsposten.

Ausbruch aus dem Gefängnis

Mittwochmorgen. In Fesslers Büro ist Fütterungszeit. Zwei junge Polizeimeisterinnen sowie Kramer, Berthold, MM und Ismael stehen vor dem Vogelkäfig. Der Papagei dreht ruckartig seinen Kopf, äugt nach rechts und links und balanciert geschickt auf seiner Sitzstange, wobei er einen Fuß schont, während der andere das Holz umklammert, dann abwechselt, nicht ohne vorher an seinen Krallen zu picken und sie von Vogelsand und Körnchen zu befreien. Den gereinigten Fuß streckt er elegant von sich, bimmelt mit dem Glöckchen und stößt einen neckischen Ton aus.

»Los, sag mal was«, sagt eine der Polizistinnen.

»So geht das nicht«, meint Berthold. »Du musst ihm vorsagen, was er sagen soll. Er spricht dir nach.«

Die Polizistinnen kichern drauflos. Berthold füllt Trinkflasche und Papageienfutter auf.

MM steckt ihren Finger durch die Stäbe, an dem der Vogel zu knabbern beginnt. »Wir können ihn doch nicht gefangen halten, er hat nichts verbrochen. Freiheitsberaubung nennt man das«, sagt sie.

»Fessler ist sauer, wenn wir den Papagei rauslassen. Er will ihn mit nach Hause zu den Kindern nehmen«, meint Berthold, doch da steht das Käfigtörchen bereits offen.

Noch etwas zögerlich macht sich der Vogel startklar.

»In den USA gibt es einen Papagei, der war Zuhörer bei einem Verbrechen, hatte exakt die Stimme des Mörders drauf und wurde vor Gericht als Zeuge zugelassen. Vielleicht kann unserer das auch?«, sagt MM.

Alle lachen; der Vogel flattert bereits krächzend durch Fesslers Zimmer, kriegt die Kurve nicht rechtzeitig und knallt frontal gegen den Aktenschrank.

»Der ist zu blöd«, schimpft Kramer.

Der Papagei rappelt sich auf, setzt zur nächsten Runde an. Alle ziehen die Köpfe ein, der Vogel kommt im Tiefflug. Federflaum wirbelt. Diesmal rauscht er gegen die Fensterscheibe, stürzt ab wie ein Stein.

»Gehirnerschütterung«, murmelt Ismael. »Der arme Kerl ist desorientiert; er hat die Freiheit verlernt, wir müssen ihn retten. Los, MM, das war deine Idee, fang ihn umgehend wieder ein! Wir müssen ihn zurück in seinen Käfig sperren. Hast du verstanden?«

Doch MM rührt sich nicht, und der Papagei taumelt durch Fesslers Zimmer, bis er völlig zerzaust unter dem Schreibtisch hockt. Schrittchen für Schrittchen torkelt er unter dem Fußtunnel hervor, hüpft mit letzter Kraft auf den Rand des Papierkorbs und plumpst kopfüber hinein.

In diesem Moment kommt Fessler durch die Tür. Er traut seinen Augen nicht. Der Vogelkäfig ist leer, und die Kollegen stehen im Halbkreis um seinen Papierkorb.

»Der verdammte Vogel«, flucht Fessler.

Dann blickt auch er in die Tiefe des Papierkorbs und sieht, wie ein letztes Zucken durch den Papagei zieht, wie sich die Flügel sanft zur Seite legen und das Auge, das sich gerade noch bewegt hat, stehen bleibt.

»Entschuldigung, das wollte ich nicht, aber ich bin dagegen, dass man ein Tier einsperrt«, sagt MM zerknirscht.

»Ausgerechnet Sie? Von Ihnen hatte ich etwas mehr Verstand erwartet«, schimpft Fessler.

Schwarzwald Transporte Pavkovic

Badenweiler ist eine Gemeinde im Markgräflerland, ungefähr dreißig Kilometer südlich von Freiburg in den westlichen Ausläufern des Südschwarzwaldes am Fuße des Blauen. Der Blauen ist 1.165 Meter hoch und somit einer der höchsten Berge des Markgräflerlandes, heißt es in einem Prospekt, das für die Touristen im Rathaus ausliegt.

Neben der steil ansteigenden Straße, die zum Blauen führt, hängt ein Hinweisschild, darauf eine Schwarzwälderin mit Bollenhut. Darunter: *Schwarzwald Transporte Firma Pavkovic, nach hundert Metern rechts abbiegen.*

Der Eingang zur Firma Pavkovic versteckt sich hinter einem gemauerten Torbogen. Im Hof kicken um die Mittagszeit des 12. Mai Kinder mit einem verbeulten Ölkanister. Die Gören schreien so laut, dass man sie bis zur Straße hört. In der Mitte des Platzes steht eine prächtige Schwarzwaldtanne, die mit ihren Ästen die kreuz und quer fliegenden Treffer abwehrt. Eine Frau mit Haarknoten, die Leibesfülle fest in einen Strickmantel gepresst, fegt die Treppenstufen vor einem baufälligen Wohnhaus. Zwei Männer basteln im Motorraum eines Toyotas herum; exotische Musik quillt aus dem Autoradio.

Ein Mann, zu Fuß von der Straße kommend, schaut den Kindern zu. Er nähert sich, lässt sich Zeit. Die Frau stellt den Besen zur Seite. Sie blinzelt gegen die Helligkeit und versucht, den Mann zu identifizieren. Die beiden Männer unter der Motorhaube bemerken ihn nicht. Der Blechkanister scheppert gegen die Radkappen. Die Kinder halten still und warten drauf, dass sie Ärger bekommen. Aber es schimpft niemand mit ihnen. Also spielen sie weiter. Der Mann im schlanken hellen Regenmantel mit Reverskragen und doppelreihig geknöpft, an den Füßen hellbraune Slipper, auf dem Kopf ein

Stetson aus Harris-Tweed, im Gesicht einen gepflegten silbergrauen Bart wie George Clooney in der Werbung, steht im Schatten der Tanne. Überhaupt, man könnte glauben, Clooney selbst stünde dort: Jahrgang 1961 und einfach nur sexy. Der Mann bewegt sich auf das baufällige Anwesen zu, tritt aus dem Schatten der Tanne und ruft ganz und gar einfallslos: »Hallo!«

Kurz darauf ruft er noch einmal, jetzt aber lauter und fragender. »Hallo?«

Die Frau verschwindet auf ihren runden, flinken Füßen im Haus. Lautlos schließt sich die Tür. Die Kinder rennen um das Haus herum in den Gemüsegarten, die Männer im Schutze der Motorhaube basteln seelenruhig weiter. Der Mann steht unmittelbar neben ihnen.

Danilo und German Pavkovic drehen ihre Köpfe und tauchen langsam aus der Versenkung auf, sie reiben die öligen Hände an einem Lappen sauber und stellen das Radio ab. Verlegen starren sie den Mann an.

»Und?«, fragt der Mann. »Habt ihr das Klavier?«

Sie schütteln die Köpfe und zucken die Schultern. »Nein«, sagt Danilo, der wegen seiner grauen Haarsträhnen aussieht, als sei er der ältere Bruder. »Dort war Polizei.«

Der Mann streicht sich über den Bart. »Was habt ihr der Polizei gesagt?«

»Nichts. Nur dass wir sollen Klavier abholen. War alles. Nix gered mit Polizei.«

»Und haben die nach Personalien gefragt?«

Die Brüder nicken vorsichtig.

»Dann gebt mir den Hausschlüssel zurück und auch das Geld.«

Danilo Pavkovic atmet erleichtert auf. Er geht rasch ins Haus und kommt mit einem Schlüssel zurück, den er dem Mann hinstreckt. Außerdem zieht er ein paar zusammengerollte Euroscheine aus der Hosentasche und gibt sie ebenfalls ab.

Ohne Eile zählt der Mann die Scheine durch, nimmt einen Zwanziger heraus und streckt ihn Danilo Pavkovic hin. »Für die Unkosten und bitte, haltet die Klappe.«

Die Brüder bedanken sich. Wortlos blicken sie dem Mann nach, der ihren Hof verlässt. Danilo und German Pavkovic zwängen sich wieder unter die Motorhaube, und auch die Kinder kommen aus dem Gemüsegarten zurück.

Marginalien

Die Soko trifft sich auch am nächsten Tag in Fesslers Arbeitszimmer im Freiburger Polizeipräsidium, die Männer und Frauen klappen ihre Laptops auf.

»Scheiße, Freitag, der 13., in zwei Tagen ist Pfingsten und wieder mal null Aussichten auf warmes Wetter und ein paar anständige Grillwürste«, schimpft Berthold.

Die anderen nicken. Die Devise lautet: Keiner macht frei, alle sind jederzeit zum Einsatz bereit, die Soko arbeitet auch während der Feiertage. Endlich kehrt Ruhe ein. Sie informieren sich auf der Seite ihres Mordfalls und warten auf Fessler, der schon im Haus ist und irgendwo aufgehalten wird.

Auf Fesslers Schreibtisch steht noch immer der Vogelkäfig, und keiner mag hinschauen. Alle tun so, als sei der Käfig nicht vorhanden. Den toten Papagei haben sie in die Gerichtsmedizin gebracht, weil sie nicht recht wussten, wohin damit. Dort liegt er nun tiefgefroren in einem Fach, in dem auch menschliche Organe aufbewahrt werden. Eine eigene Nummer hat er ebenfalls bekommen. »Ordnung muss sein«, hat der hyperschlanke Gerichtsmediziner mit dem knochigen Schädel und den tief liegenden Augen gesagt und das Plastikbeutelchen zugeklemmt.

Als sich die Tür öffnet, glauben alle, dass es Kripochef Fessler ist, der gleich hereinkommen wird; doch nicht Fessler, vielmehr Poensgen ist es, der sich umständlich, aber mit frischem Schwung ins Zimmer schiebt.

»Guten Morgen«, ruft Poensgen geradezu überschäumend und blickt in überraschte Gesichter.

Sofort rücken alle herum und machen ihm Platz, auch Kramer, der dort sitzt, wo Poensgen im Allgemeinen seinen Rollstuhl parkt. »Bleiben Sie nur, Kramer«, sagt Poensgen, »ich kann mich auch neben MM einrichten, es kommt nicht darauf an.« Doch Kramer hat längst einen roten Kopf und sich ein Stück rumgesetzt.

MM lächelt wie ein Schulmädchen und meint: »Huch, bloß keine Umstände, Jungs.«

»Fessler noch nicht im Haus?«, will Poensgen wissen.

Wie auf Kommando quatschen alle durcheinander und wollen wissen, ob es ihm wieder gut gehe.

Poensgen grinst, wie er immer grinst, wenn ihm wohl ist. Die junge Polizeimeisterin Angela Bürklin scheint sich besonders zu freuen. Poensgen blinzelt ihr zu. Sie fährt sich verlegen durch die Ponyfrisur. MM rollt gekonnt mit den Augen.

»MM, was denken Sie gerade?«, raunt Poensgen.

»Oh, nichts, gar nichts«, lügt MM.

»Und wo ist der alte Sack?«, will Poensgen wissen.

Sie schauen ihn verständnislos an. »Welcher alte Sack?«, will Berthold wissen. Die anderen lachen, in der Annahme, Poensgen habe einen Scherz auf Kosten Fesslers gemacht.

»Na, der Papagei, den Sie mitgenommen haben. Dort steht doch sein Käfig – leer.«

»Tödlich verunglückt. War mein Fehler, habe ihn fliegen lassen, sorry«, gesteht MM.

Poensgen schüttelt den Kopf. »MM, ich kenne Ihre humane Einstellung, aber bitte alles zu seiner Zeit. Der Vogel hätte uns vielleicht noch irgendeinen nützlichen Hinweis geben können.«

In dem Moment donnert die Tür mitsamt Fessler ins Zimmer. Fessler, Laugenbrezel in der linken, Mappe und Regenschirm in der rechten Hand, gibt der Tür einen Tritt.

Fessler umklammert die Brezel mit den Zähnen, schmeißt Mappe und Schirm auf einen Beistelltisch und plumpst in seinen Chefsessel. Als Erstes fällt ihm Poensgen auf, der sich mit dem Rücken zum Eingang platziert hat.

In Richtung Poensgen zielend, meint er: »Schön, dass Sie wieder da ...« Beim letzten Wort fällt ihm die Brezel herunter. Brezel und Salzkrümel zusammensuchend richtet er sich auf, betrachtet mürrisch die überschaubare Runde. »Vielleicht müssen wir aufstocken. Wir sind zu wenig Leute. Aber woher nehmen und nicht stehlen?«

In Poensgens Gesicht zuckt Ungeduld. »Fangen wir doch bitte an. Was hat eigentlich die Zeugenbefragung im Viertel erbracht? Ich meine Talstraße und Umgebung, gibt es etwas, was ich noch nicht weiß? Müssen wir vielleicht den Befragungskreis erweitern?«

»Sie haben recht, wir sollten in die Hufe kommen«, springt ihm Fessler bei, packt den Vogelkäfig und stellt ihn mit Nachdruck auf den Boden.

»Ich war selbst bei den Befragungen dabei. Die Leute waren in Ordnung, keiner hat gemauert, meistens ältere Nachbarn, auch 'ne Menge Studenten und so, wollten zwar helfen, haben aber nichts mitgekriegt. Kollege Kramer hat den äußeren Bereich im Viertel übernommen, da war's dann etwas schwieriger, wie ich gehört habe«, berichtet MM.

»Fast fünfhundert Befragungen haben wir durchgeführt. Steht alles in den Protokollen«, sagt Kramer und grinst schief zu Poensgen. »Wie gut ist es doch, wenn man lesen kann.«

»Kramer, Sie haben recht. Aber kein Ergebnis ist eben auch ein Ergebnis. Außer dem üblichen Betroffenheitsgerede und einiger Marginalien war da anscheinend nichts. Ich werde mir die einzelnen Protokolle nochmals gewissenhaft vornehmen. Ich weiß, die Befragungstour ist anstrengend und man möchte manchmal den ganzen Kram hinschmeißen. Aber es geht nur so. Wir sind auf die Beobachtungen unserer Mitmenschen angewiesen. Es hängt nicht an jedem Baum eine Videokamera. Also, ich danke Ihnen. Ich glaube nicht, dass wir den Befragungskreis erweitern müssen, notfalls ziehe ich selbst los. MM – würden Sie mich eventuell begleiten?«

MM schaut ihn überrascht an. »Klar, mach ich. Das hatten wir jetzt auch noch nicht.«

Fessler stutzt. So freundlich hat Poensgen schon lange nicht mehr geklungen. Auch die übrigen Teilnehmer sind aufgewacht; etwas ist anders als sonst.

»Na, dann gehe ich mal eben 'ne Runde Kaffee für alle holen«, ruft Ismael. »Wer kommt mit?«

»Beeilung bitte schön«, drängelt Fessler. »Für mich mit Milch und Zucker und für den Kollegen Poensgen wie immer schwarz. Ist doch richtig so? Oder hat sich was geändert?«

»Danke«, ruft Poensgen und greift sich die Plastiktüte, die an seinem Rolli hängt, »ich habe etwas mitgebracht.«

Er sucht in der Tüte herum, legt eine hellviolette Tulpe auf den Tisch, packt eine zweite und eine dritte daneben. Die Blüten sehen frisch aus, erst bei genauerem Hinsehen entpuppen sie sich als Kunstblumen.

»Dies ist die künstliche Tulpe Viola, mauve, vierundvierzig Zentimeter, im Sechserpack für vierzehn Euro neunundneunzig in Fachgeschäften zu erhalten, zum Beispiel in Freiburg in der Salzstraße«, erklärt Poensgen.

Die Tulpen gehen von Hand zu Hand, werden freundlich und kommentarlos begutachtet.

»Ich habe sie vom Esstisch in der Talstraße mitgebracht. Bitte schauen Sie sich nochmals die Fotografien der Wohnung an. Darauf sieht man unter anderem die festlich gedeckte Tafel, die offensichtlich für ein Spargelessen vorbereitet worden ist«, fährt Poensgen fort.

Sie suchen sich in ihren Laptops die passenden Fotos heraus und klicken sie an. Angela Bürklin ruft aufgeregt: »Halt, ich sehe noch etwas!«

Poensgen lobt sie. »Sehr schön, Sie haben es entdeckt.«

»Die Spargelstangen sehen aus wie aus Plastik«, platzt sie heraus.

»Richtig – die Blumen, der Spargel, der sorgfältig gedeckte Tisch, alles künstlich«, konstatiert Poensgen. »Frau von Schubert hat den Tisch nicht für Wolf und ein gemütliches gemeinsames Vatertagsessen gedeckt, sie hat den Tisch zur Erinnerung an ihren verstorbenen Mann vorbereitet. Tischdecke, Serviette, Geschirr, Blumen, Spargel und so weiter sehen wie ein Kunstwerk aus, sind als Installation in ihrem Balkonzimmer aufgebaut. So hat sie es auch mit ihrem Weihnachtsbaum gemacht. Bei ihr war nicht nur ständig Spargelzeit, bei ihr war auch jeden Tag Weihnachten.«

Aus Kramers Kehle dringt ein gekränktes Lachen. Wütend haut er mit der flachen Hand auf den Tisch, dass die braune Kaffeebrühe aus den Pappbechern schwappt.

»Moment mal! Das hieße doch, dieser seltsame Pygmäe, dieser Lustgreis hat uns einen granatenmäßigen Bären aufgebunden? Wolf war überhaupt nicht zum Spargelessen eingeladen, wenn ich das jetzt richtig verstehe?«

»Ja, vielleicht«, seufzt Poensgen.

Fessler hebt den Finger und meint: »Kollege Poensgen, die Obduktion hat eindeutig bewiesen, dass im Magen des Opfers Spargelreste waren, also hat die Frau Spargeln gegessen. Auch im Abfalleimer unter dem Spültisch hat die Spurensicherung Spargelabfall sichergestellt.«

»Richtig, aber ihren Spargel hat sie vermutlich in der Küche an dem kleinen Tisch gegessen, wahrscheinlich nur sehr wenig und für sich allein. Die Analyse ihres Mageninhalts hat ergeben, dass es nur Spargelköpfe gewesen sein können. Der Rest wurde zerkleinert und im Kühlschrank aufbewahrt. Wenn Sie bitte die Fotos anschauen, die unsere Fotografin vom Innenleben des Kühlschranks aufgenommen hat, dann erkennen Sie eindeutig den mit einer seltsamen Masse gefüllten Mixbecher; die dazu passende Küchenmaschine steht auf dem Küchentisch. Ich weiß, dass man daraus eine Spargelmousse zubereiten kann. Vielleicht hatte sie das vor.«

»Wir haben kein schmutziges Geschirr gefunden, auch kein Besteck oder andere Utensilien, die auf ein Essen in der Küche deuten«, gibt Kramer zu bedenken.

»Der Täter hat gründlich sauber gemacht. Den Mixbecher im Kühlschrank mit der grässlichen Spargelpampe sowie den Haufen Schalen im Mülleimer hat er allerdings übersehen. Er war vielleicht nicht besonders intelligent, aber ein Putzteufel«, sagt MM und fährt fort: »Vielleicht haben wir es sogar mit einer Frau zu tun, mir geht das schon die ganze Zeit durch den Kopf.«

»Oder mit einem schwulen Mann«, flüstert Angela Bürklin und wird rot.

»Blödsinn«, sagt Kramer.

»Wieso Blödsinn? Vielleicht hat sie recht«, sagt MM.

Poensgen räuspert sich. »Natürlich. Alles ist möglich. Wir haben noch kein wirkliches Täterprofil. Wir stochern bislang im Nebel. Trotzdem gehe ich von einem männlichen Täter aus.«

Fessler zwinkert nervös. »Wir haben diesen Wolf im Schafspelz vorläufig auf freien Fuß gesetzt, wir konnten nicht anders, auch in Anbetracht seines hohen Alters. Außerdem hat er einen uralten neurologischen Befund aus der Tasche gezogen. Zwanzig Jahre alt das Ding, den trägt er immer bei sich. Und da steht drin, dass er mal einen Unfall hatte und seither unter Konzentrationsstörungen leidet und hin und wieder Stimmen hört. Wir müssen das prüfen lassen, ob das noch relevant ist. Wir sollten die neue Situation umgehend mit der Staatsanwältin besprechen. Wolf hat kein Alibi für den Zeitraum. Wolf ist ein unberechenbarer Spinner, eigentlich ist er ein Fall für die Psychiatrie. Auch die Körperverletzung und das Kidnapping von Poensgen sind komplett idiotisch und rätselhaft, dafür kommt er sowieso vor Gericht.«

»Ich frage mich auch, wieso er so verrückt war, Sie in den Keller zu sperren und an Leib und Leben zu bedrohen. Das muss einen Grund haben, vielleicht hat er wirklich einen Dachschaden«, sagt MM zu Poensgen.

»Oder eine Altersverwirrtheit, wer weiß das schon? Die alten Leute können dann ziemlich aggressiv werden und schlagen um sich. Habe ich selbst erlebt. In meinem Heimatdorf, da hat ein Großvater seinen Enkel umgebracht und wollte das gar nicht«, meint Berthold.

»Altersverwirrt ist er ganz bestimmt auch, wahrscheinlich nimmt er auch Tabletten oder Drogen, weiß der Teufel. Egal.

In meinen Augen ist der Mann kriminell und durchaus in der Lage, eine Tat zu planen«, sagt Kramer.

»Apropos Drogen – im Keller in der Talstraße, da hat Wolf einen Namen genannt. Ich erinnere mich wieder. Seine Beruhigungscocktails für die Hausapotheke bekomme er von einem guten Freund, einem Lars. Können wir mit dem Namen etwas anfangen?«, fragt Poensgen.

»Okay, ich werde mich drum kümmern. Ich gehe mal unsere Drogenjungs durch, vielleicht gibt es einen Lars. Der Name ist nicht so häufig, müsste eigentlich klappen«, sagt MM und macht sich eine Notiz.

»Danke, MM. Ich hatte den Namen vergessen, aber jetzt ist er wieder da. Wolf hat ja doch ganz schön zugeschlagen«, sagt Poensgen und fasst sich verlegen an die misshandelte Stelle.

»Bisher lehnt es der Kerl großspurig ab, sich von einem Anwalt beraten zu lassen, das gehört zu seinem merkwürdigen Spielchen dazu. Er selbst behauptet, er spiele eine unbedeutende Rolle und ein Unbekannter führe Regie. Ich dachte, vielleicht führt er uns wirklich zu seinem ominösen Regisseur. Also lassen wir ihn beobachten«, sagt Fessler.

Während die Diskussion hin und her brandet, greift Poensgen wieder in die Plastiktüte und legt eine abgegriffene, mit Rosen bestickte Stofftasche auf den Tisch. »Wie nennt man so ein Ding? Ist das ein Kulturbeutel?«

»Oh, heilige Muttergottes, so eine Scheußlichkeit besitzt meine Oma auch. Was ist denn drin in der Tasche?«, ruft Berthold. Gespannt schauen alle auf Poensgen und sein Mitbringsel.

Fesslers Sekretärin kommt herein. »Chef, ein Telefonat aus Wien. Soll ich durchstellen, oder wollen Sie an meinem Apparat sprechen?«

»Wieso für mich? Der Anruf geht doch bestimmt den Kollegen Poensgen was an«, wehrt Fessler ab und bleibt sitzen. »Die sollen später wieder anrufen. Wir sind in einer wichtigen Besprechung.«

»Wer ist es denn?«, will Poensgen wissen.

»Die Kripochefin persönlich, Frau Brettschneider.«

»Gut, ich komme«, ruft Poensgen.

»Beeilen Sie sich möglichst, ich will jetzt auch wissen, was in dem komischen Kulturbeutel drin ist«, flachst Fessler.

Kramer kontert: »Kultur, was denn sonst? Heut ist doch alles Kultur.«

Poensgen rollt aus dem Zimmer und nimmt nebenan den Anruf aus Wien entgegen.

»Kripo Freiburg, Poensgen, ja bitte?«

»Hallo, Josef, ich bin's, die Eva-Maria aus Wien, ebenfalls Kripo. Wie schön, dass ich dich gleich erwisch. Wie geht's denn?«

»Sehr gut, wenn ich dich höre. Du klingst wirklich gut«, freut sich Poensgen.

»Was du net sagst. Hab die letzten Tage versucht, dich zu erreichen, aber nix war. Hatte einfach Pech. Wo hast denn gesteckt?«

»Mein Job hält mich auf Trab. Die Tage werden zu Nächten und umgekehrt.«

»Schau, Josef, ich will halt wissen, wie's dir persönlich geht.«

»Hast du eine schlechte Nachricht?«, bohrt Poensgen.

»Na, gewiss net. Du, ich hab da was ganz andres im Sinn. Ich hab über die Pfingsttage frei und überleg grad, ob das was wär, wenn ich den Flieger nehm und nach Basel … für kurze zwei Tage nur, aber du müsstest halt auch ein bissel Zeit haben.«

»Einverstanden, lass mich deine Ankunftszeit wissen, damit ich dich abholen kann. Die Idee ist nicht schlecht. Ich glaube, ich freue mich«, lacht Poensgen leise.

»Und du hast wirklich Zeit?«

»Nein, eigentlich nicht, aber das macht nichts, wir kriegen das schon gedreht. Bring einen Schirm mit und einen dicken Pullover, es soll angeblich kalt und nass werden.«

»In Wien ist's grad auch schaurig. In der Donau ist heut

einer ertrunken, der dacht, er könnt schon mit seinem Ruderboot los, dann ist er gekentert, und weg war er. Weißt, Josef, das war ein ganz netter Kolleg, der Fritz ... der Fritz ist doch der Sohn vom alten Swoboda. Na, du kennst ihn net, aber macht nix, ich erzähl's dir später, ist halt auch einer von uns, von der Polizei, drum.«

»Ja, schon recht, erzähl mir die Geschichte vom Swoboda Fritz später. Du weißt, dass mein Freund Andor Móricz zurzeit in Freiburg ist ... du hast ihn kennengelernt. Andor müsste dringend einen geschäftlichen Termin wahrnehmen und nach Hamburg weiterreisen ... also, wenn ich darüber nachdenke, dann ist es ein guter Einfall von dir, nach Freiburg zu kommen – sage ich jetzt einfach mal so.«

»Jaja, den Schriftsteller, den lieben Andor Móricz, den ich hab kennenlernen dürfen, weil er unbedingt an der Leich hat rumfummeln müssen. Charmant is er ja, aber net von dieser Welt. Trotzdem schad, dass er weg is, bis ich komm. Hätt ihn gern wiedergesehen.«

»Wie geht es denn in Wien so? Kommt ihr vorwärts mit den Ermittlungen im Wurstbudenmord?«

»Es sieht aus, als sei der Mord vom Würstelstand eine Fremdenhassgeschichte. Aber es gibt auch andere Aspekte. Wir reden drüber, wenn ich in Freiburg bin.«

»In Ordnung. Ich muss jetzt gleich zu einer Besprechung, die Kollegen warten auf mich. Mail mir, und dann treffen wir uns im Flughafen auf der deutschen Seite. Ich bin dort.«

»Schon recht. Servus, Josef, mach's gut und bis Sonntag. Baba!«

Gleich darauf zirpt die Leitung im Leerlauf.

Poensgen schüttelt kaum merklich den Kopf und wirkt irgendwie verstört. Er rollt zurück in Fesslers Büro, wo man ihn ungeduldig erwartet.

Hitze ist ihm in den Kopf gestiegen, und er wünscht sich, dass es die anderen nicht bemerken. Doch Fessler macht prompt eine zweideutige Bemerkung. »Schwieriger Fall, gell?«, lästert er, als Poensgen wieder hereinkommt.

Poensgen geht nicht darauf ein, mit unbewegter Miene wiegt er den prallen Kulturbeutel in den Händen, damit alle sehen können, wie schwer er ist. Vorsichtig entnimmt er ein mehrfach gefaltetes Blatt Papier, breitet es aus und fährt mit der Handfläche darüber, um es zu glätten. »Soll ich vorlesen? Oder will ein anderer lesen?«

»Spannen Sie uns nicht auf die Folter, legen Sie endlich los!«, knurrt Fessler.

»Also gut. Es ist lediglich eine unvollständige handschriftliche Aufstellung der Dinge, die sich in diesem Beutel befinden. Keine Ahnung, wer die Aufstellung gemacht hat, aber Papier und Schrift sind alt, kaum jemand schreibt heute noch so.« Poensgen beginnt vorzulesen: »Eine goldene Herrenarmbanduhr der Marke Rolex, fünfundzwanzig Goldmünzen, ein Smaragdarmband mit passendem Ohrgehänge, eine goldene Gliederkette, ein Ring mit einem Saphir, ein Wappenring, eine Krawattennadel mit einem Herz aus Rubin, eine goldene Armspange mit drei Opalen, drei Eheringe, eine Kette mit schwarzen und weißen Perlen, ein Anhänger in Gold mit einer seltenen Muschelgemme und«, er legt die Liste zur Seite, mustert dabei aufmerksam die Runde, »ein Tütchen, gefüllt mit kleinen Glitzersteinen, jeder einzeln nochmals extra eingepackt.«

Es gefällt ihm, die Verblüffung in den Gesichtern der Kollegen zu sehen. »Könnten Diamanten sein«, fügt er leise hinzu. »Ich habe natürlich keine Ahnung von Echtheit, Herkunft, Wert, Karat, Brillantschliff und so weiter. Das ist etwas für unsere Spezialisten. Die Diamanten, ich nenne sie jetzt mal so, die werden auf der Liste nicht vermerkt, sie liegen ohne jede Beschreibung und ohne Zertifikat in dem Tütchen. Wir sollten sie vielleicht zählen. Bitte, Angela, seien Sie doch so nett.«

Fessler fasst sich als Erster. »Und«, zischt er angespannt und kommt ins Stottern, »und … und diesen sogenannten Kulturbeutel – zum Teufel mit der Kultur – diese Tasche, knallvoll mit Klunkern, hat unser Kollege Poensgen in einer ... hat er doch wahrhaft in einer einbruchsicheren Plastiktüte mit sich herumgeschleppt.« Er spießt Poensgen mit seinem Zeigefinger auf. »Menschenskind, Poensgen, das können Sie doch nicht machen, wenn Sie jemand beobachtet hat.«

»Ach was, wer achtet schon auf mich. Eine Plastiktüte vom Supermarkt, die an meinem Rollstuhl baumelt, ist die beste Tarnung der Welt. Wäre ich Terrorist, würde ich meinen Sprengstoff genauso transportieren.«

Fessler greift sich an die Nase. »Wenn ich vielleicht fragen darf, wo Sie die Juwelen gefunden haben?«

»Natürlich. Ich bin noch einmal in die Talstraße gefahren. Andor Móricz hat mich begleitet.«

Fessler hüstelt, schaut vielsagend zu Kramer.

Poensgen fährt unbeirrt fort: »Wir haben unsere Aufmerksamkeit dem Klavier gewidmet. Móricz hat das Instrument von der Wand gehievt und ist dabei fast zusammengebrochen. Ich bin ihm sehr dankbar, dass er seine ganze Kraft der Deutschen Polizei zur Verfügung gestellt hat.« Poensgen hält inne, keiner sagt was. »Mir fiel nämlich ein, dass zwei zarte Typen mit geringen Deutschkenntnissen, gebaut wie germanische Kleiderschränke und Betreiber einer Transportfirma in Badenweiler, in der Talstraße ein Klavier abholen wollten und dass ich sie wieder weggeschickt hatte. Also dachte ich, dass ich mir dieses Instrument einmal genauer anschauen sollte. Übrigens ein wirklich feiner alter Blüthner. Bestimmt sehr wertvoll.«

»Ah ja, ein alter Klimperkasten«, stöhnt Fessler.

Poensgen bleibt gelassen. »Und siehe da, befestigt am rückwärtigen Deckel des alten Klimperkastens entdeckten wir den Schmuck. Dieses ausgeklügelte Versteck ist für die alte Frau bestimmt keine einfache Aktion gewesen. Vielleicht hat sie beim Verstecken Hilfe gehabt. Ihr Mörder hat wahrscheinlich genau nach diesen Juwelen gesucht.«

Kramer winkt müde ab und meint: »Das erleben wir doch immer wieder. Die Leute besitzen jede Menge teures Zeug und heben es zu Hause auf. Meistens unter der Matratze. Man kann ja schon froh sein, wenn sie ihre Klunker nicht in der Küchenschublade verstecken. So ein sauschweres Klavier ist gar keine schlechte Idee. Ich möchte in dem Zusammenhang an den Fall mit der unter einer Badewanne eingemauerten Briefmarkensammlung erinnern. Die Erben hatten ein Schweineglück, dass die Marken ihres Großonkels in all den Jahren nicht nass geworden sind.«

»Kramer, bitte schön, ich erinnere mich an keine Briefmarken, Sie schweifen ab. Sicherlich, die alte Frau scheint ziemlich gaga gewesen zu sein. So besehen passen sie und Wolf bestens zusammen.« Und Fessler fügt leise hinzu: »Mich beunruhigt allerdings der Gedanke, dass wir eines Tages vielleicht auch so dusselig werden.«

»Die Juwelen hinter dem Klavier zu verstecken ist überhaupt nicht dusselig, darin teile ich Kramers Meinung«, entgegnet Poensgen.

In Fesslers mittelgroßem, unaufgeräumtem Arbeitszimmer ist es eine Weile ruhig.

»Dem Täter ging es also um die Klunker. Kann man das so sagen? Ich meine, dann hätten wir ja jetzt das Motiv«, meldet sich Kramer.

»Aber es muss nicht unbedingt Wolf gewesen sein, der scharf auf das Zeug war. Dass da ein Fremder Regie führt, klingt irgendwie plausibel, finde ich«, sagt Berthold. »Wir haben die Adresse der Klavier-Transporteure aufgeschrieben. Morgen wollten wir nach Badenweiler fahren und uns die Kerle zur Brust nehmen. Machen wir es doch gleich. Ich melde mich freiwillig, wer geht mit? Kramer? MM?«

»Nein, Sie machen das wie besprochen. Sie fahren erst morgen, heute werden Sie hier gebraucht«, bremst Fessler ihn aus.

»Leute, da wird doch der Hund in der Pfanne verrückt«, lamentiert Kramer.

Fessler meint: »Verflixt, Poensgen, nun packen Sie den Kram endlich aus, damit wir sehen, worüber wir reden.«

»Vielleicht könnten wir vorher ein Tuch auf den Tisch legen?«

Vorsichtig leert Poensgen den Kulturbeutel auf das rasch ausgebreitete, schmuddelige Handtuch von Fesslers Handwaschbecken aus.

Atemlose Stille. Das Glänzen der Schmuckstücke und Goldmünzen, das Funkeln der in zartweißes Seidenpapier gekleideten Diamanten beeindruckt sie offensichtlich alle. Gold, Ketten und Steine befinden sich in gutem Zustand, sehen einerseits neureich aus, andererseits schrecklich altmodisch.

Ein nettes Vermögen. Teures, aufdringliches Zeug aus einer anderen Zeit, denkt Poensgen. Durch wie viele Hände mögen die Sachen schon gegangen sein? Immer wieder ängstlich versteckt? Bestimmt haben sie eine Geschichte.

MM, die für ihre Theaterbegeisterung bekannt ist und trotz ihrer knappen Freizeit auf einer Freiburger Impro-Bühne mitspielt, hält es plötzlich nicht mehr auf ihrem Stuhl aus, sie schnellt hoch, zieht ihr Blondhaar tief ins Gesicht und ruft mit verstellter Stimme: »Gestatten, dass ich mich vorstelle: Ich bin Dagobert Duck. Großbankier, Großindustrieller, Großhändler. Kurz, bei mir können Sie mit Geld und Gold alles kaufen, was Ihr Herz begehrt. Und eines Tages werde ich Präsident, Sie werden schon sehen!«

»Ja, los, MM, zeig's uns, eines Tages landest du sowieso beim Film«, ruft Berthold und klatscht Beifall.

MM legt noch einen Zahn zu und quakt: »Ich bin reich geworden, weil ich zäher war als die Zähen und schlauer als die Schlauen. Ich bin dabei ein ehrlicher Mann geblieben, und die Frauen liegen mir zu Füßen, ich kann jede haben.« MM watschelt im Entengang auf und ab, schnattert und plärrt: »Seht her, ich bin der Onkel Dagobert, ich bin nur ein armer alter Mann, aber die reichste Ente der Welt!«

Wildes Gelächter, sie können sich kaum beruhigen, während MM mit verrutschter Frisur immer alberner durchs Zimmer zuckelt, aufgeregt mit den Armen schlägt, als hätte sie Flügel, und dazu gekonnt mit ihrem Hinterteil wackelt.

»Schluss!«, ruft Fessler, »lasst den Quatsch. Wir haben einen Mord aufzuklären, wir sind nicht in Disneyland. Packt das Brilli-Zeug wieder ein und bringt es vorläufig zu Georg Fetze in unseren Hochsicherheitssafe.«

Endlich die Hauptrolle

Zwölf Uhr dreißig. Poensgen und Móricz verbringen die Mittagspause im Schlosscafé auf dem Lorettoberg. Das Restaurant ist gut besucht, trotzdem finden sie einen ruhigen Platz. Sie bestellen Flammkuchen mit Speck und Zwiebeln, der ihnen auf einem tennisschlägergroßen Holzbrett gebracht wird.

Móricz beobachtet Poensgen, der noch blasser als sonst ist und dessen Augenlider überanstrengt zucken. Poensgen fühlt sich ertappt, richtet sich auf und kommt ins Erzählen. »Ich kannte mal einen, der bekam an seinem fünfzigsten Geburtstag einen Schlaganfall. Statt zu seiner Geburtstagsfeier gingen die Freunde zu seiner Beerdigung. Am Grab stand ein eifriger Pfarrer, der betete und sang, damit er nicht reden musste, und dann segnete er den Sarg, das Grab, die Familie und die ganze Trauergemeinde. Endlich fiel dem Pfarrer doch noch etwas ein, und er rief: ›Und jetzt segne ich auch die Person, die als Nächstes sterben wird. Möge sie mit leichtem, getröstetem Herzen Abschied nehmen. Der Himmel ist für alle da.‹«

»Na, das findest du schlimm? Was stört dich daran?«

»Nichts. Es hat mich lediglich gestört, dass der Geistliche exakt zu mir blickte, als er die Person segnete, die als nächste sterben würde. Woher diese Anmaßung? Weil ich Polizist bin und somit gefährdet, weil ich als Mensch mit Handicap ein etwas anderes Leben führe? Weil er meinte, wer so nah am Grab steht, der hat es nicht mehr weit? In der Tat stand mein Rollstuhl nur einen halben Schritt neben der Grube.«

»Zufall«, meint Móricz.

»Natürlich war es Zufall, dass er zu mir geschaut hat. Der heilige Mann hatte einen Sehfehler. Tatsächlich traf es den Typen hinter mir, dessen Todesanzeige eine Woche später in der Zeitung stand. Zufall, Alter? Zufall?«

»Klar bist du gefährdet. Ich sehe das auch so«, murmelt

Móricz. »Aber wir sind inzwischen alle gefährdet. Jederzeit und überall. Wenn sich einer von den größenwahnsinnigen Vollidioten mit Minderwertigkeitskomplexen und sexuellem Notstand unbedingt zum Massenmörder machen will, eine Bombe zündet und sich selbst in die Luft jagt und du das Pech hast, gerade am falschen Ort zu stehen, dann hast du keine Chance. Und ich verspreche dir, auch auf dich wartet niemand im Himmel.«

Poensgen schiebt das Holzbrett zur Seite. Er hat kaum etwas gegessen. »Weißt du, mir vergeht der Appetit. Was ist nur mit den Menschen los? Die alte Frau von Schubert, warum musste sie sterben? Ihr Mörder? Auch ein Größenwahnsinniger? Sind wir nicht alle längst größenwahnsinnig geworden? Ich soll ermitteln, soll den Mörder finden und weiß manchmal nicht, ob ich das überhaupt noch kann. Ob ich mich noch unter Kontrolle habe, wenn er vor mir steht.«

»Es ist leider so, dass wir auf unsere Zeit nicht zornig sein können, ohne selbst Schaden zu nehmen«, gibt Móricz zu bedenken.

In Poensgens Jackentasche summt das Telefon. »Ja, Kripo Freiburg, Poensgen … Nein, kein Problem, bin unterwegs, ich komme«, antwortet er kurz.

Zehn Minuten später trifft Poensgen in der Talstraße ein. Rettungs- und Notarztwagen, der dicke VW-Bus der Spurensicherung, Kramers Dienstwagen und zwei Einsatzfahrzeuge mit weiteren Leuten der Soko, das ganze Equipment eines polizeilichen und ärztlichen Aufgebots rennt schon herum. Absperrband flattert, Metallkoffer stehen im Weg, ein Leichenwagen wartet, ein Pulk Gaffer glotzt. Die Talstraße hat akute Verstopfung. Menschenauflauf hüben und drüben. In zig Händen und Fingern klemmen Smartphones. Dabei gibt es absolut nichts zu fotografieren. Der Tote liegt noch im Haus.

Poensgen parkt in einer Lücke auf dem Bürgersteig. Er beginnt auszusteigen: zuerst der leichte Aluminium-Rollstuhl, dann er. Jetzt schießen die Kameras in seine Richtung. Einen Polizisten im Rollstuhl gibt es nicht alle Tage zu sehen. So ein Foto kriegt viele Klicks im Internet.

Poensgen – schwarzes T-Shirt, Lederblouson und leichter roter Wollschal, Jeans und Timberlands – pullt kraftvoll den Rolli vorwärts. Seine weißblonde Igelfrisur leuchtet wie eine Krone.

Kramer und MM kommen ihm entgegen. Kramer hat die Ärmel des Kapuzenpullis hochgekrempelt und zeigt tätowierte Unterarme, seine Füße stecken in pechschwarzen, auf Hochglanz geputzten Einsatzstiefeln. Unverschämt präsent wirkt Kramer, und Poensgen sieht es. MM trägt wie immer ihre Cowboystiefel, hellblaue Jeans und ein weites kariertes Männerhemd. Die Kameras schießen Poensgen, MM und Kramer im Dreierpack ab, halten fest, wie sie sich besprechen, wie Kramer sich herunterbeugt, wie Poensgen sich verlegen durchs Haar fährt. Kramer und Poensgen hören die Knipser wispern, hören sie sagen: »Dort drüben ist er, der Kommissar im Rolli. Cool sieht er aus, gar nicht wie ein Bulle.«

Frauen drängeln unterm Absperrband durch, fotografieren wie um ihr Leben. Es ist ihm unerträglich. »Los, gehen wir«, sagt er.

»Ja, hauen wir ab, bevor die Presse kommt, die wissen es nämlich auch schon«, sagt MM.

»Das geht heute schneller, als dass man sich nach dem Pinkeln die Hose zuknöpft«, schimpft Kramer.

»Wer hat ihn gefunden?«

»Wir. Der Paketmann von DHL war im Nachbarhaus und hat hier im Haus einen Schuss gehört. Um elf Uhr dreißig. Er hat uns angerufen, und wir sind rein.«

»Fessler hatte doch Observierung angeordnet. Wer sollte das machen?«

»Kieling und Ismael. Aber die haben nichts gesehen.«

»Gar nichts?«

»Kieling war nur schnell beim Bäcker, er hatte Hunger, und

Ismael hat sich mit einem jungen Spaßvogel abgeben müssen, der ihm den Stinkefinger gezeigt hat.«

»Wenn in Freiburg die Welt untergeht, rennen bestimmt alle zuerst zum Bäcker anstatt in den Keller. Kieling ist ein Idiot. Und der Stinkefinger? War das vielleicht ein geplantes Ablenkungsmanöver?«

»Keine Ahnung. Der Bursche hockt im Auto, die Kollegen nehmen ihn nachher mit aufs Revier.«

»Also los«, knurrt Poensgen und treibt seinen Rollstuhl die Rampe hoch.

Der Eingang der Gründerzeitvilla lässt ihn problemlos herein, weil sowieso alles sperrangelweit offen steht. Im Treppenhaus begrüßt ihn Ameisengewimmel – eine Truppe Kriminaltechniker, ein Dutzend Männer und Frauen, Einmalhandschuhe in Himmelblau und Mundschutzmasken mit Gummibändern, weiße Schuhüberzieher.

Poensgen hält nach Georg Fetze Ausschau, dem ehrgeizigsten und Dienstältesten der Freiburger Spurenleser. Doch Fetze hockt auch heute im Labor hinter Mikroskop und Computer versteckt, schickt nur seine Leute raus ins feindliche Leben. Der alte Fetze hat keine Frau und keine Kinder, ist überzeugter Single und leidenschaftlicher Erforscher der bösen Tat. Wenn seine Analysen dringend gebraucht werden, verbringt er schon mal die Nacht im Labor. Erfolg steckt er leise lächelnd weg, bei Misserfolg wird er unausstehlich. Die Auswahl seiner Flüche kann sich sehen lassen.

Die Beamten der Spurensicherung arbeiten aufmerksam, sie pinseln, fegen, kleben und tragen sorgfältig jeden Krümel und Fingerabdruck zusammen. In Wolfs Wohnung geht's zu wie in einem Fotostudio. Klick und klick macht es, das Klicken klingt irgendwie hübsch und rhythmisch. Wie ein Pulsschlag. Als es nicht mehr klick macht, weil die Fotografin eine Pause braucht, löst für einen kurzen Moment Stille das Spektakel ab.

Und Romillo Renato Wolf? Der hat die Hauptrolle, liegt

mittendrin, hingestreckt auf seinem rot schillernden Barocksofa, wie für den perfekten Theatertod inszeniert. Offensichtlich hat er sich mit letzter Kraft hierhergeschleppt, um auf dem Sofa zu sterben. Scheinwerferlicht ist auf ihn gerichtet. Das würde ihm gefallen. Klick, klick, macht es wieder. Doch Wolf hat ausgespielt.

Vorhang zu und alle Fragen offen, denkt Poensgen und schüttelt ungläubig den Kopf. Er steht mit dem Rolli unter dem Türsturz, betrachtet seltsam berührt das wild durchwühlte Interieur seiner ehemaligen Wohnung, wo zu Boden geschleuderte Stühle, Sessel, Tische und Regale in fahles Licht gehüllt sind. Unklarheit durch Weichzeichner. Mattscheibe. Die Schärfe des Todes ausgeblendet.

Poensgen setzt die Brille auf, was selten vorkommt. Sein Herz pocht. Wo Wolfs laszives Kanapee steht, stand damals sein Bett. Dort, wo Wolf den erstarrten Blick zur Decke richtet, hat auch er einmal gelegen, hat gegrübelt und über die Zukunft nachgedacht, hat die Veränderung der Risse im Stuck beobachtet und an manchen Tagen oder Nächten Stimmen hinter den Kringeln und Rosetten gehört.

»Hallo, Hans-Josef, hast auch schon mal besser ausgesehen«, tönt es plötzlich aus dem Mund des Doktors.

»Blödsinn. Bin in Ordnung. Was ist passiert?« Poensgen nimmt die Brille wieder ab und steckt sie ein.

Der Doktor stößt ihn sofort in die eiskalte Flut. »Erschossen, aus allernächster Nähe, mitten in die Brust.«

»Danke«, antwortet Poensgen tonlos. »Du bekommst ihn also gleich auf den Tisch, wegen Kaliber und so. Bitte schnell.«

»Am besten gestern, ich weiß; aber so geht das nicht. Ich bin auch nur ein Mensch.«

Kramer kommt dahergetrampelt und hockt sich neben Poensgen. »Wir haben eine heiße Spur«, raunt er.

Poensgen zieht die Augenbraue hoch. »Ah ja, jetzt schon?«

Kramer nickt. »Badenweiler. Visitenkarte. Transportfirma. Unbedingt anschauen.«

Poensgens Schultern heben und senken sich, angestrengt freundlich entgegnet er: »Fahren Sie ruhig hin, Kollege.«

Kramer tippt etwas ins Smartphone. »MM und Berthold müssen sowieso nachher nach Badenweiler fahren. Ich fahre mit, wenn ich hier nicht mehr gebraucht werde. Spricht was dagegen?«

»Nein, machen Sie das.«

»Erzählst du mir etwas über den Fall?«, mischt sich der Doktor ein. »Ich kriege beinahe jeden Tag einen neuen Toten vor die Schnauze. Wenn ich nicht ein paar persönliche Details dazu erfahre, werde ich zum Abdecker; das gefällt mir nicht. Ich brauche einen Bezug, verstehst du? Es genügt schon eine Kleinigkeit, und der tote Körper kriegt eine andere Farbe, ein Gesicht und eine Vita. Auch meine Neugier sollte hin und wieder befriedigt werden.«

»Zum Kuckuck, was soll ich sagen? Wer war dieser Romillo Renato Wolf? Wenn ich das nur selbst wüsste.« Poensgen stöhnt. »Ich kann mir das Leben dieses komischen Zwergs nicht wirklich vorstellen. Sehr wahrscheinlich ist er seit Jahren als Schurke unterwegs, es gibt dafür Hinweise. Oder aber er hatte eine krankhaft gespaltene Persönlichkeit, angeblich hat er die Stimme eines Regisseurs gehört, der ihm Anweisungen gab. Ich weiß nicht, was an der Geschichte dran ist und was er phantasiert hat. Er selbst hat sich als Schauspieler bezeichnet und behauptet, er spiele eine Rolle.«

»Sapperlot, mein lieber Hans-Josef, die eine oder andere Rolle spielen wir doch alle, oder vielleicht nicht? In Europa leiden laut Statistik gerade mal eben null Komma fünf bis ein Prozent der Menschen an einer ausgemachten Schizophrenie. Geh einfach davon aus, dass Wolf kein Schizophrener war, dass er lediglich bis zum Rand voll mit schlechter Energie steckte und der Topf hin und wieder überkochen musste. Ein Filou, ein Spitzbube, von mir aus ein Gangster, wer weiß es. Verrätst du mir, was er angestellt hat?«

»Da kommt schon allerhand zusammen. Um sich zu bereichern, könnte er die Vermieterin seiner Wohnung heimtückisch erschlagen haben. Er hatte kein Alibi für die Zeit.«

»Natürlich, ich erinnere mich, ist ja erst ein paar Tage her, dass ich hier im Haus zu tun hatte. Diese alte Lady, äußerst brutal mit einem Schürhaken … Ziemlich übler Fall. Ihr Kopf okzipital aufgeplatzt wie eine reife Feige.«

»Erspar mir die Details«, sagt Poensgen mit müder Stimme.

»Weißt du, Hans-Josef, ich bin nur ein einfacher Arzt, aber unser Toter dort drüben auf dem Sofa ist meines Erachtens viel zu klein, zu alt und zu schwach, um einer groß gewachsenen Frau den Schädel einzuschlagen. Ich habe bei der Obduktion die Frau vermessen müssen. Ja, sie war natürlich im Greisenalter und im Rücken gebeugt. Trotzdem war sie noch über einen Meter siebzig groß.«

»Was willst du damit sagen?«

»Geh mal davon aus, dass das rein proportional nicht funktioniert. Der Täter muss deutlich größer als Wolf gewesen sein. Unser Toter ist zu klein. Wolf trägt zwar Anzug und Schuhe wie Al Capone, aber er ist ein Leichtgewicht.«

»Und du glaubst, dass die Sache mit dem Regisseur nicht einer kranken Phantasie entspringt?«

»Im Leben ist alles möglich. Also, ich schätze mal, der alte Mann ist benutzt worden. Bestimmt ist für ihn etwas abgefallen, so ist das doch oft. Aber er selbst? Als Kopf von irgendwas? Keine Ahnung, glaube ich nicht. Nein, eher nicht … er hat jedenfalls mit seinem Leben bezahlt. Ein zu hoher Preis, wenn du mich fragst. Und ihr armen Schweine steht wieder am Anfang der Ermittlungen, oder?«

»Ja, Pech.« Poensgen hebt bedauernd die Hände. »Der Fall wird dadurch nicht leichter für uns. Wolf ist uns zu früh abhandengekommen. Er hätte uns noch sehr viel erzählen können.«

Der Doktor lacht. »Wer bei mir liegt, redet sowieso nix mehr.«

»So ist es«, sagt Poensgen. »Es ist immer schade, wenn die

interessanten Typen sterben. Wolf war ein auffälliger Kerl. Hätte nie gedacht, dass ich das einmal sagen würde, aber er fehlt mir jetzt schon, auch wenn er mich beinahe umgebracht hat. Vielleicht war es ein Fehler, ihn nach Hause zu schicken. Wir hätten ihn in U-Haft nehmen müssen, dann würde er noch leben. Fessler hat ein uraltes neurologisches Gutachten bei ihm gefunden und hat wahrscheinlich die Muffe gekriegt.«

Der Doktor legt Poensgen die Hand auf die Schulter, als wolle er ihn trösten. »Wo es einen Wolf gibt, da gibt es noch weitere Wölfe. Bis bald, Hans-Josef. Pass auf dich auf, du solltest mal ausspannen, hast Ringe unter den Augen.«

»Wie immer. Ist mir nicht neu. Das sind lediglich meine ausgelaugten Nieren, aber die müssen noch eine Weile durchhalten.«

»Hans-Josef, du spielst mit deiner Gesundheit. Lass dir das von einem alten Medizinmann sagen und mach bitte kein so desinteressiertes Gesicht.«

Miese Stimmung

Poensgen sitzt an seinem Schreibtisch, auf dem sich schon wieder Post, Berichte, Magazine und allerhand Kurzmitteilungen angesammelt haben. Mittendrin im Papierdschungel versteckt wartet die Affenbande, ist seit Tagen alleingelassen und die Stimmung im Eimer. Die Strahlkraft des gelb-grünen Wonnemonats Mai dringt nicht bis ins Büro. Die putzigen kleinen Kerle zeigen ihre schlechte Laune.

Schnell schiebt Poensgen zwei, drei Aktendeckel zur Seite und pustet vorsichtig den Staub fort. »Ihr habt ja recht«, räumt er ein, »manchmal ist das Leben schwierig. Aber auf dieser Basis unterhalten wir uns nicht. Der Betrieb geht weiter, schlappmachen gilt nicht. He, zeigt mal, dass ihr Humor und ein paar charmante Visionen habt.«

Genüsslich sucht er die Affenkolonie ab, packt sich endlich einen und hält ihn ins Licht. »Gell, Sigi, es ist das Unbewusste, das verantwortlich für einen Großteil menschlicher Handlungen ist – diese Erkenntnis soll doch angeblich von dir stammen?«, redet er auf den spitzbärtigen Affen ein. Dieser ist gut erkennbar in fortgeschrittenem Alter, trägt einen Gehstock und hält eine Zigarre in der Hand; es sieht aus, als wolle er gleich daran ziehen.

»Na? Nun rede schon, flüstere mir ein paar deiner Weisheiten ins Ohr«, drängt Poensgen ungeduldig und wendet ihn hin und her. Doch es dauert, bis Poensgen eine Antwort zu hören glaubt. Nachdenklich stellt er den Affen zurück.

Er legt seinen Schal zur Seite und zieht die Lederjacke aus. Ihm ist warm geworden. Das schwarze T-Shirt zeigt die muskulösen, trainierten Oberarme und seine breite Brust.

In der Seitentasche der Lederjacke steckt die Schutzhülle mit dem Briefumschlag, den er seit Tagen hütet. Er streift sich Einmalhandschuhe über, entnimmt dem Briefumschlag ein

Schreibblatt mit Flecken und Eselsohren und breitet es aus. Eine YouTube-Adresse und eine Zahlenreihe, die wie eine Telefonnummer aussieht, kommen zum Vorschein. Es sind eilig ausgeschnittene und schief aufgeklebte Schnipsel. Allesamt aus vergilbtem Zeitungspapier.

Poensgen studiert das Buchstaben- und Zahlenmosaik, gleichzeitig nimmt er ein neues Mobiltelefon aus der Schreibtischschublade. Er legt eine frische SIM-Karte ein und baut das Gerät wieder zusammen. In Erwartung, dass es sich um eine Telefonnummer handelt, tippt er die Zahlenreihe ein. Es läutet durch.

»Ja«, meldet sich nach einer Weile eine metallene Stimme, die nichts darüber aussagt, ob sie einer Frau oder einem Mann gehört.

Er lauscht. Leise, undefinierbare Geräusche fließen durch die Leitung, und er weiß einen Augenblick lang nicht, ob es nicht das Echo seines eigenen Atems ist. Er hält das Telefon ein Stückchen vom Ohr entfernt, hört ein leises Knacken. Ende. Gut, war nur ein Versuch. Vielleicht kommt ein Rückruf, denkt er.

Und wieder wählt er. Die Nummer von Georg Fetzes Handy kennt er auswendig. Nach dem vierten Läuten geht Fetze ran. Natürlich ist er an seinem Arbeitsplatz.

»Poensgen, was willst du?«, keucht Fetze kurz angebunden.

Poensgen antwortet ebenso kurz: »Vertraulich. Komme nachher vorbei.«

Poensgen summt vor sich hin, pustet noch etwas Staub aus der Affenkolonie, der hochwirbelt, davontanzt und sich ein Stückchen weiter wieder absetzt.

Er nimmt den nächsten Schnellhefter und schlägt ihn auf. Fessler kommt hereingestürzt, ohne zu sagen, was er will. Er ist sichtlich gestresst, rennt hin und her. Eines der Kinder sei krank, und seine Frau habe den armen Wurm in die Kinderklinik gebracht, erfährt Poensgen endlich, ohne ihn gefragt zu haben.

»Dreitagefieber«, jammert Fessler. »Wusste nicht, dass es so alberne Kinderkrankheiten gibt.«

Poensgen blickt nicht auf. »War ein Fehler, dass Sie Wolf nach Hause geschickt haben. Sein Tod passt uns überhaupt nicht in den Kram. Das hätte nicht passieren dürfen.«

Fessler schweigt, und Poensgen wünscht sich, dass Fessler wieder abhaut, für den Fall, dass sich der oder die Angerufene meldet. Er hat einen Köder ausgelegt und will nicht, dass Fessler etwas davon mitbekommt.

Doch Fessler stampft wie ein bockiges Kind wütend mit dem Fuß auf und kramt in der Jacke nach seinem Asthmaspray. Sprayend und japsend verteidigt Fessler seine Entscheidung. Er habe schließlich zu Wolfs Überwachung zwei Männer in die Talstraße geschickt. Es sei gar nicht so einfach gewesen, die Leute dafür freizustellen, zu wenig Personal, das wisse er schließlich auch.

Poensgen verzieht keine Miene, liest weiter im Schnellhefter. »Kramer, Berthold und MM sind übrigens in Badenweiler, aber das wissen Sie ja«, sagt er wie nebenbei und blättert um.

»Von mir aus«, zetert Fessler. »Hier macht sowieso jeder, was er will.« Er rennt raus, die Tür fällt ins Schloss, und einer der Affen kippt um.

Das Handy bleibt stumm. Poensgen schaut auf die Uhr.

Fesslers Sekretärin huscht herein und sucht Fessler. »Nicht da?«, will sie wissen.

»Nicht mehr da«, sagt Poensgen.

»Übrigens«, sagt die Sekretärin, die das Gesicht voll von Sommersprossen hat, »ich habe eine interessante Ansichtskarte bekommen.«

»Wie schön.«

»Raten Sie mal, von wem!«

Er hebt die Augenbrauen, zuckt mit der Schulter.

»Werden Sie nicht drauf kommen, niemals im Leben.« Ihre Sommersprossen lachen.

»Von Lissy Güdemann«, sagt Poensgen locker flockig und

stellt im selben Moment fest, dass er noch nie in seinem Leben so viele Sommersprossen gesehen hat. Überall diese hellbraunen Tupfen, wie Schokoladenstreusel.

»Wieso wissen Sie?«, stottert sie.

»Weil ich auch eine bekommen habe.«

»Und was hat sie Ihnen geschrieben?«

»Dass sie nach Freiburg kommt, auf Heimaturlaub.«

»Ja, das hat sie mir auch geschrieben. Lissy ist meine beste Freundin. Na, dann ist ja gut. Ich muss wieder los, muss Fessler finden.«

»Soll ich Ihnen sagen, wo er ist?«

»Ja, wo?«

»Er wollte in die Kinderklinik, weil eines seiner Kinder dort liegt.«

»Schlimm?«

»Dreitagefieber.«

»Drei …? Ich mach jetzt Feierabend«, ruft sie. »Bis morgen, ade.«

Er winkt kurz, spielt noch mit dem Handy. Er legt die Aktennotiz wieder zur Seite und fährt den Rechner seines Computers hoch.

Sie kommt noch einmal zurück, steht mit unschuldigem Lächeln unter der Tür und schaut zu ihm.

»Soll ich Ihnen einen Kaffee bringen?«, sagt sie endlich.

»Kann ich mir selbst holen«, wehrt er ab.

Sie schüttelt ihre Locken. »Wenn Sie nur nicht immer so stur wären, dann wären Sie ja eigentlich richtig nett.«

»Ich wäre jetzt gern ein Weilchen ungestört.«

Die Tür fällt zu, ein weiterer Affe kippt um.

Sein Festnetztelefon klingelt.

»Kripo Freiburg, Poensgen.«

»Andor Móricz hier.«

»Ach du dicker Vater.«

»Ich möchte wissen, ob und wann Hauptkommissar Poensgen geneigt ist, heute nach Hause zu kommen?«

»Bald.«

Poensgen berichtet Móricz von Wolfs Tod. Móricz antwortet schroff, dass ihn das nicht wundere, denn wer einen Polizisten in den Keller sperre und ihn fast umbringe, der spiele entschieden mit dem Feuer und müsse sich nicht wundern, wenn er darin umkomme; er habe kein Mitleid mit dem Alten.

»Nein, so kann man nicht argumentieren«, sagt Poensgen ruhig. Wolf sei vermutlich ein wichtiger Zeuge gewesen, er bedaure dessen Tod sehr.

»Und wann bist du fertig und kommst nach Hause?«, will Móricz wissen.

Er wolle noch abwarten, bis die Kollegen aus Badenweiler zurück seien, sagt Poensgen. Das könne aber nicht mehr lange dauern. Anschließend habe er noch eine andere Kleinigkeit zu erledigen, er wolle noch kurz zu Fetze.

Poensgen legt auf, und für einen Augenblick wird es schläfrig im Büro, sodass Poensgen dem Bedürfnis nachgibt, kurz die Augen zu schließen.

Eine Minute nur, dann ist er wieder wach. Er gibt die aus Schnipseln gebastelte YouTube-Adresse in seinen Computer ein.

Er wartet – der Rechner spuckt das Ergebnis aus, und Poensgen staunt. Dass er bei Leonard Cohen und dem Video seiner Dublin Live Performance von »Halleluja« gelandet ist, verblüfft ihn. Überwältigt hört er dem alten Sänger mit der rauchigen Stimme zu, bis das Video zu Ende ist. Halleluja – was für ein grandioser Heuler, denkt er und klickt das Video erneut an. Es kommt ihm vor, als habe er nie zuvor ein »Halleluja« so einfühlsam und klug gehört.

Himmeldonnerwetter, der Song geht ja ganz nett ans Herz, aber was soll er bezwecken? Lass dich nicht verarschen, denkt er wütend und spürt den Ärger über seine momentane Ratlosigkeit wie einen kratzigen Pullover auf nackter Haut. Worin liegt der Sinn der Aktion?

Der Brief im Kasten von Frau von Schubert, eindeutig an Romillo Renato Wolf adressiert, aber ohne Marke. Eine Verwechslung? Was sollte die Nachricht bei Wolf oder der Schubert bewirken? Sollten die sich tatsächlich Leonard Cohens »Halleluja« anhören und die angegebene Telefonnummer anrufen? Wie passt das zusammen? Das »Halleluja« als Erkennungsmelodie?

Er kratzt sich das Kinn. Quatsch. Eine alberne Inszenierung. Das Werk eines Spielers oder eines Spinners? Unschlüssig betrachtet er seine Affen.

Alle dösen, nur Fritz Lang fletscht die Zähne und flüstert: »Hans-Josef, wenn du richtig fett Glück hast, dann stammt der Brief von dem Typen, den Wolf seinen Regisseur genannt hat. Oder das ganze Ding ist von hinten bis vorne eine falsch gelegte Spur. Du musst lediglich herausfinden, wieso und von wem.«

»Na Bravo«, schimpft Poensgen, »womit wir beim Kaffeesatzlesen angelangt sind.«

Wo der Apfeltee duftet

Während Poensgen den Nachmittag und frühen Abend im Büro verbringt, sind Kramer, Berthold und MM in Badenweiler unterwegs, um das Transportunternehmen der Brüder Pavkovic aufzusuchen.

Es ist sechzehn Uhr. Danilo und German Pavkovic sind noch nicht zu Hause, nur die Tante der Brüder ist da, die die drei Polizisten nach kurzem Zögern, dann aber ohne weitere Umstände hereinbittet und sogleich den Wasserkessel auf den Herd stellt, um Tee zu kochen. Kramer und Berthold wehren dankend ab, auch MM mag keinen Tee, aber es hilft nichts, die Frau besteht auf ihrer Einladung. Einige Minuten später zieht der Duft von würzigem Apfeltee durch die Küche.

Kramer, MM und Berthold sitzen vor ihren bunten Teegläsern und warten, dass die Brüder Danilo und German Pavkovic – früher Einwohner von Mostar, heute Bürger von Badenweiler – nach Hause kommen.

»Danilo und German machen Umzug für Leute, kommen bald zurück, haben immer großen Hunger, essen nur hier bei mir«, erklärt ihnen die übergewichtige Frau und lächelt mit scheuem Stolz. »Ich bin Tante.«

Das wiederholt sie noch zwei Mal und fügt leise hinzu: »Mutter tot. Damals Krieg. Kinder noch klein, und ich Mutter für alle und ab nach Deutschland.«

Die Polizisten nicken, reden kein Wort. Dass sie sich in ihrer Haut unwohl fühlen, ist offenkundig. Sie seufzen und stöhnen abwechselnd, scharren mit den Füßen. Misstrauisch mustern sie die Frau, die sie anlächelt. MM läuft ein bisschen auf und ab, schaut sich um.

Die Kücheneinrichtung ist bunt zusammengewürfelt, der Boden alt, aber frisch geputzt. Neben dem Spültisch steht ein orangeroter Plastikeimer mit einem Putzlumpen. Der Schrubber lehnt an der Wand, seine Borsten sind abgearbeitet bis aufs Holz. Auf dem Küchentisch aus schwerem hellgelben Holz klebt ein runder, dicker Teigklumpen. Die Frau packt ihn mit beiden Händen, klatscht ihn ein paarmal auf den Tisch, beginnt zu kneten und wird gleich darauf von einer Fliege gestört. Sie versucht, den schwarzen Brummer zu verscheuchen, der auf ihrem Arm landen will. Die Fliege ist eine Gefangene der Küche, hebt ab, summt aufgeregt davon, stößt gegen Wand und Fenster, kommt zurück und entscheidet sich diesmal für den Tisch. Sie tupft mit ihren Beinen in den Mehlresten herum. Die Frau wirft den Teigklumpen nach ihr. Die Fliege schwirrt zur Decke.

»Wo genau sind sie hingefahren?«, will Kramer wissen, dabei brüllt er so laut, als gehe er davon aus, dass die Frau schwerhörig sei.

»München. Kommen wieder. Schon heute früh im Dunkeln gefahren. Bald zurück. Ja. München«, antwortet sie ruhig, fährt sich mit dem Armrücken über die Stirn und knetet drauflos.

Der Teig ist zäh, aber auch zart und drückt sich zwischen ihren Fingern durch. MM mischt sich ein, will wissen, was das für ein Teig ist.

»Normal. Mehl, Wasser, Salz, wird Taschen mit Fleisch«, erklärt ihr die Frau.

»Taschen mit Fleisch«, wiederholt Berthold versonnen. »Lass uns gehen, wir kommen morgen wieder«, flüstert er Kramer zu, der empört den Kopf schüttelt.

»Spinnst du, wir tun hier unsere verdammte Pflicht.«

Die Frau schenkt ihnen heißen Tee nach.

»Die Brüder waren neulich in Freiburg und wollten ein Klavier abholen, wissen Sie etwas darüber«, schreit Kramer wieder los.

Sie blickt ihn traurig an und hebt die Hände, um zu zeigen, dass sie seine Frage nicht verstanden hat. Kramer glaubt ihr nicht, zieht demonstrativ die Nase hoch. Berthold starrt auf die Teigreste zwischen ihren Fingern. Die Absätze von MMs Cowboystiefeln klappern über den Küchenboden. Sie betrachtet einige Fotos und Stickbildchen an den Wänden.

»Klavier«, ruft Kramer. »Du nix verstehen, was Klavier ist?«

Die Frau gibt sich ihrem Teigklumpen hin, sie würdigt Kramer keines Blickes mehr.

»Idiot«, schimpft MM leise. »Jetzt hast du sie vergrault. Die hätte doch locker ausgepackt, wenn du es nicht mit deinem Gebrüll vergeigt hättest.«

Die Frau schneidet den Teigkloß in vier Teile und beginnt, das erste Stück mit einem abgeschnittenen Metallrohr, das sie zuvor sorgfältig mit Mehl bestäubt, auszurollen.

MM nimmt eines der Stickbildchen von der Wand. »Schön, gefällt mir. Haben Sie das gestickt?«

Die Frau wird rot. »Ist Muttergottes mit Kind.«

»Sie sind katholisch?«, will MM wissen.

»Katholisch, natürlich, immer. Ganze Familie immer katholisch.«

»Ich bin auch katholisch«, sagt MM und lächelt.

Kramer und Berthold glotzen sie an.

»Spinnst du?«, flüstert Kramer. »Was soll das denn werden, wenn's fertig ist?«

Doch die Frau schenkt MM ein warmes Lächeln und lässt sich auf einem Schemel nieder. »Du kennst Medjugorje?«

»Nee, keine Ahnung, nie gehört.«

»Musst gehen zu Wallfahrt nach Bosnien-Herzegowina. Sechs Kinderchen haben wunderschöne Mutter von Jesus dort gesehen. 1981 an 24. Juni ist gewesen.« Sie nimmt das Bildchen und hängt es wieder an den Nagel.

Kramer stöhnt auf.

»Ich kenne nur Lourdes«, fährt MM unbeirrt fort. »Lourdes ist wegen seiner Grotte und Heilquelle berühmt.«

»Ja, Medjugorje, dort auch heiliges Wasser, sehr berühmt.« Die Frau steht auf, nimmt eine Postkarte aus dem Küchenschrank und streckt sie MM entgegen. »Da, guck!«

Selig sind die, die nicht sehen und doch glauben, steht in goldenen Lettern unter dem Antlitz Marias.

»Lies vor!«, befiehlt Berthold.

Langsam entziffert MM die verschnörkelten Buchstaben; sie wirkt dabei beinahe ehrfürchtig.

Kramer und Berthold hauen sich auf die Schenkel. »Vielleicht sollten wir Poensgen zu den heiligen Quellen schicken«, prustet Kramer los. MM entgegnet mit ernster Miene, dass sie ihm das auch schon mal geraten habe. »Und, was hat er gesagt?«, will Kramer wissen.

MM zuckt die Schulter. »Poensgen hat gemeint, er sei Atheist und bade ausschließlich in Bad Krozingen.«

Die Frau wellt noch immer den Teig aus, es entsteht ein elastischer Lappen, der rasch größer und dünner wird und wie ein Fensterleder aussieht.

Auf einmal stemmt die Frau ihre Fäuste in die Hüften und zieht die Stirn kraus. Sie wischt die Mehlhände an der Schürze über ihrem Bauch ab, dann geht sie wieder zum Küchenschrank, reißt eine Schublade auf und kramt konfus darin herum. Als sie endlich findet, was sie sucht, reicht sie MM einen kleinen Zettel.

»Bitte. Ist Adresse von Mann mit Klavier«, sagt sie und macht sich weiter ans Teigausrollen.

Kramer und Berthold stürzen sich auf den Zettel, lesen im Kanon. »Grand Hotel Römerbad Badenweiler.«

»Wer soll das sein?«, brüllt Kramer.

»Auftragsmann«, sagt die Frau mit Widerwillen in der Stimme.

»Also, wenn ich das jetzt richtig verstehe, dann gibt es eine Person, die etwas mit dem Hotel zu tun hat und die den Klaviertransport in Auftrag gegeben hat, oder?«, drängt Kramer.

Die Frau formt mit ihren Lippen ein stummes »Ja«, legt die Teigrolle zur Seite und beginnt mit einem Messer Dreiecke aus dem Teig zu schneiden.

Vorsichtig fragt MM: »Kennen Sie den Namen von dem Mann? Das würde uns sehr helfen.«

»Nix Namen. Chopin.«

Und Kramer explodiert: »Bullshit! Das Hotel ist seit einem Jahr geschlossen, die letzten Pächter sind sang- und klanglos untergegangen, da spielt keine Musik mehr und schon gar kein Chopin. Was soll das also?«

Die Teigrolle fällt schallend zu Boden, die Augen der Frau funkeln Kramer böse an. Sie hält das Messer in der Hand, öffnet den Mund und zeigt ihre zuckende Zunge. Ihr fehlen offensichtlich die Worte. Sie sucht, sie schnappt nach Luft. Endlich kreischt sie los: »Mann spielt Klavier, ist …«, sie fuchtelt mit den Armen herum und malt mit dem Messer einen Kreis.

»Sie wollen sagen, dass der Mann groß ist?«, fragt MM freundlich.

»Ja, groß.«

»Los, wir gehen«, ruft Kramer. »Den schauen wir uns an.«

»Vielleicht meint sie ja, dass der Mann ein bekannter Pianist ist«, versucht Berthold eine Erklärung.

»Natürlich meint sie das. Oder irgendeinen anderen Scheiß«, knirscht Kramer.

Ein paar Stunden später. Kramer, MM und Berthold sind noch immer nicht aus Badenweiler in Freiburg zurück. Poensgen ist in seine Schreibtischarbeit vertieft, schaut irgendwann auf die Uhr. Er greift zum Telefon und ruft Móricz an.

»Entschuldige bitte, es dauert nun doch etwas länger, bis ich nach Hause komme. Ich möchte die Kollegen abwarten. Du könntest vielleicht inzwischen eine kleine Runde Sport treiben.«

»Sport?« Móricz' Stimme überschlägt sich. »Josef, ich bin doch nicht lebensmüde.«

»Du darfst gern meine Hanteln und den Expander benutzen. Vertraue mir, es macht Spaß.«

»Ich weiß nicht, was du unter Spaß verstehst, aber für mich ist Spaß etwas anderes. Wenn es Nacht wird, werde ich wieder in die Sterne schauen. Das ist Spaß, Sport und Vergnügen gleichzeitig. Ich beneide dich um diesen Logenplatz. Schaust du eigentlich oft in den Himmel?«

»Hin und wieder. Mir bleibt kaum Zeit. Außerdem bist du der Hobby-Astronom, nicht ich. Mich interessieren andere Dinge in der Natur. Wenn ich nach Hause komme, bin ich meistens zu nichts mehr zu gebrauchen.«

»Ich muss morgen unbedingt los, die Leute vom Verlag fahnden schon nach mir. Beeile dich, damit wir noch ein Glas zusammen trinken können.«

»Jaja, übertreib nicht so. Bis nachher also.«

Im Präsidium ist inzwischen Feierabend, nur im Treppenhaus klettert noch ein Knäuel Stimmen aufwärts und wandert die Gänge entlang; doch allmählich beruhigt sich der Betrieb. Kurze Zeit später hämmert es gegen Poensgens Bürotür. Kramer platzt herein, ohne hinter sich zu schließen. In seinem Gesicht steht sogar der Dreitagebart auf Sturm.

Poensgen räumt gerade seinen Schreibtisch auf, murmelt einen Gruß und fragt betont freundlich: »Na, wie war's in Badenweiler? Erfolgreich gewesen? Wo sind Berthold und MM?«

»Machen Feierabend. MM musste unbedingt zu ihren Kindern, ihre Mutter kann die Babys nicht länger hüten.«

»Toll, wie sie Kinder und Job unter einen Hut kriegt. Sie ist noch so jung, würde vielleicht auch gern mal ausgehen. Disco oder so. Vielleicht müssen wir etwas mehr Rücksicht darauf nehmen«, sagt Poensgen.

Kramer blickt ihn misstrauisch an. »Na ja, wollt nur sagen, die Pavkovic-Brüder haben wir nicht angetroffen, wir sind aber ins Parkhotel gefahren und haben dort ihren Auftraggeber … also einen Barpianisten, einen Herrn Galuppi, kennengelernt. Er ist ein Neffe von der Schubert. Behauptet er jedenfalls. Und er hat einen Schlüssel zu ihrer Wohnung. Ihm gehört das Klavier, er soll das Klavier bekommen, wenn …«

Poensgen schaut Kramer durchdringend an. »Ein Neffe? Sehr schön. Ein neues Puzzleteil. Damit können wir vielleicht ein Stück weiterkommen. Vielen Dank, wirklich gut gemacht, Kramer. Wissen Sie, ich bin mit einem Mal schrecklich müde, der Tag war lang. Viel passiert heute. Der Mord an Wolf – tragisch – auch wenn ich dem Kerl eine schreckliche Nacht im Keller zu verdanken habe … Kollege Kramer, es wäre mir eine große Hilfe, wenn Sie jetzt gleich den Bericht schreiben könnten. Ginge das? Dokumentieren Sie bitte alles genau, was für uns wichtig ist, und«, er nickt aufmunternd, »ob Sie ihn mir nachher noch per E-Mail schicken könnten? Ich schaue heute Nacht auf jeden Fall noch in den Computer.« Poensgen löscht das Licht seiner Schreibtischlampe. »Ich fahre nach Hause. Morgen früh ist Meeting – neun Uhr – mit allen – Fessler wird auch dabei sein. Dann sprechen wir ausführlich über den heutigen Tag, über alles. Ich glaube, jetzt Feierabend zu machen, das können wir uns leisten, heute Abend passiert hoffentlich nichts mehr. Gute Nacht, Kramer.«

»Na gut, dann mache ich halt noch den Bericht fertig. Gute Nacht«, sagt Kramer.

Die Rollstuhlreifen quietschen. Poensgen gleitet hinaus, summt leise »Halleluja« und hebt kurz die Hand. Mit Schwung rollt er durch den langen Flur bis zum Aufzug. Der Lift wartet schon.

Kramer bleibt noch einen Augenblick vor Poensgens Büro stehen. Er ist sauwütend.

Ein halbe Stunde später ist Poensgen zu Hause.

»Fessler hat angerufen, er will dich umgehend sprechen, höchst privat und bitte nicht übers Handy«, ruft Móricz Poensgen als Begrüßung entgegen.

»Himmel, was will der denn schon wieder? Wir sehen uns doch in wenigen Stunden beim Meeting, kann er nicht warten? Kann er mich nicht wenigstens zu Hause in Ruhe lassen?«

Genervt wirft Poensgen Jacke und Schal aufs Sofa, rollt zum kleinen Handwaschbecken und lässt Wasser über seine Hände laufen. Er spritzt sich das Gesicht nass und schließt die Augen. Die Frische tut gut.

Móricz reicht ihm ein Glas Apfelsaftschorle und erntet einen spöttischen Blick.

Móricz hat ein leichtes Nachtmahl vorbereitet, er hat ein Stück Ziegenbrie, frische, zarte Radieschen und ein dunkelbraunes Wurzelbrot eingekauft, dazu ein Gläschen Feigenmarmelade.

Poensgen klappt seinen Laptop auf, rückt ihn neben den Teller und beginnt zu surfen.

»Mach endlich die Kiste zu«, schimpft Móricz.

»Ich kann Fessler erst dann zurückrufen, wenn ich den Bericht von Kramer gelesen habe. Ich gehe davon aus, dass sich Kramer beeilt, der Kerl will schließlich auch Feierabend machen, also wird er sich kurzfassen. Aber ich kenne seine Umstandskrämerei, es ist nicht sein Ding, einen Bericht zu schreiben. Ich hoffe, dass er sich anstrengt.«

»Euer Kripochef hat es aber richtig, richtig dringend gemacht. Als ob etwas passiert sei.«

»He, unser Kripochef Kurt Fessler, Vater von drei Kleinkindern und Ehemann einer hyperängstlichen Helikopterfrau, ist immerzu ein Krawallmacher. Auch im Dienst. Er kann seine Untergebenen manchmal nicht von seinen Kindern unterscheiden. Wir kennen uns inzwischen. Oh Mann, er soll sich gedulden! Ich rufe ihn an, wenn ich weiß, was in Badenweiler los war.«

Poensgen surft jetzt im Intranet der Polizei. Er loggt sich bei »Soko Spargelesserin« ein und ruft erleichtert: »Er hat's geschafft!«

»Das ist doch erfreulich«, sagt Móricz mit vollem Mund, »übrigens, sehr gut dieser Käse.«

Doch Poensgen ist schon mit dem Lesen des Berichtes beschäftigt.

Freitag, 13. Mai, die Polizeikommissare Gerd Kramer, Miriam Müller und Sebastian Berthold sind auf dem Weg nach Badenweiler. Ankunft sechzehn Uhr fünf in der Transportfirma Danilo und German Pavkovic (Brüder), zur Befragung derselben. Beide sind nicht zu Hause. Anscheinend sind die Pavkovic-Brüder noch in München, werden angeblich in Kürze zurückerwartet. Anwesend die Tante der Brüder (Staatsangehörigkeit: früher jugoslawisch, heute deutsch). Die Frau ist kooperativ, erzählt, dass ein Mann, vermutlich Pianist, zurzeit wohnhaft im Hotel Römerbad, den Auftrag zum Klaviertransport von der Wohnung der ermordeten Frau von Schubert (Freiburg) nach Badenweiler erteilt hat.

Die Kommissare Gerd Kramer, Miriam Müller und Sebastian Berthold verlassen gegen sechzehn Uhr vierzig die Tante der Brüder und fahren direkt zum Hotel Römerbad. Das Hotel ist derzeit außer Betrieb. Alle Eingänge sind geschlossen. Ein Heizungsmonteur der Firma Albrecht Weisskopf aus Badenweiler, der die kaputte Heizungsanlage im Hotel ausbauen soll, berichtet, dass im Haus ein einziger Gast mit seiner Frau wohne. Der Heizungsmonteur geht auf die Bitte von Kommissar Gerd Kramer in das Hotel und kommt nach circa dreißig Minuten mit dem Gast zurück. Bei dem Gast handelt es sich um einen Mann, fünfundfünfzig Jahre alt, gut gekleidet und freundlich. Name: Thierry Galuppi. Staatsangehörigkeit: deutsch. Wir nehmen seine Personalien auf (siehe Anhang). Es handelt sich um einen Neffen der ermordeten Frau von Schubert, der bis zur offiziellen Schließung des Hotels dort als Barpianist tätig gewesen ist, dem Frau von Schubert schon vor über einem Jahr angeblich ihr wertvolles Klavier versprochen hat, was er jetzt, da seine Tante tot ist, abholen lassen wollte. Um dies zu bewerkstelligen, habe er den Brüdern Pavkovic einen Schlüssel der Wohnung anvertraut und etwas Bargeld gegeben. Der Schlüssel der Wohnung sei schon seit Jahren in seinem Besitz für den Fall, dass er in einer Notsituation zu Frau von Schubert in die Wohnung hineinmüsse. Er habe den Schlüssel von Frau von Schubert eigenhändig erhalten, sei aber bis jetzt noch nie selbstständig in die Wohnung gegangen. Angeblich habe die Polizei die Pavkovic-Brüder am Abholen des Klavieres gehindert, Hauptkommissar Poensgen habe sie weggeschickt (Bericht vom 9. Mai). Die Brüder sind also unverrichteter Dinge wieder nach Hause gefahren und haben den Schlüssel angeblich Thierry Galuppi zurückgegeben. Galuppi behauptet, dass er über den Mord an seiner Tante sehr bestürzt sei. Sie hätten ein gutes Verhältnis gehabt. Frau von Schubert habe ihn sogar gelegentlich mit Geld unterstützt. Thierry Galuppi sagt, er habe für den Todeszeitpunkt seiner Tante, demnach den 5. Mai, ein Alibi. Ebenso für den Zeitpunkt des Todes von Romillo Renato Wolf, also heute, habe er ein Alibi. Er behauptet, seine Frau Olga, die seit Monaten bettlägerig sei, könne auf jeden Fall bestätigen, dass er Tag und Nacht, ausnahmslos, bei ihr ist. Wegen der schweren Erkrankung der Frau, die wir leider nicht befragen konnten, war es uns nicht möglich, dies sofort zu überprüfen …

Poensgen klappt den Laptop zu und reibt sich die Augen.

»Beeile dich«, erinnert ihn Móricz, »du solltest Fessler anrufen. Ich habe ein blödes Gefühl. Und dann steck endlich mal ein Stück Brot in den Mund.«

Fessler nimmt beim ersten Klingeln sofort ab. Das Gespräch mit Poensgen dauert genau viereinhalb Minuten. Poensgen rollt wie benebelt zum Fenster und blickt hinaus.

Tatsächlich. Fessler hat nicht gelogen, draußen steht ein ziviles Fahrzeug der Polizei mit zwei Kollegen.

»Was ist passiert?«, will Andor Móricz wissen, der sich unauffällig hinter Poensgen gestellt hat und nun ebenfalls nach draußen schaut. »Die waren doch vorhin noch nicht da. Bewachen die dich etwa?«

Poensgen nickt und murmelt: »Freitag, der 13. Ein Unglückstag. Sagt man. Ob was dran ist? Da kommt sogar ein Ungläubiger wie ich ins Grübeln.«

»Nun sag schon, was bedeutet das? Warum stehen eure Leute vor der Halle? Was wollte Fessler?«

Poensgen lächelt gequält. »Alles auf Anfang, Alter.«

Móricz schüttelt den Kopf. »Verstehe kein Wort.«

Menschen im Hotel

Ungefähr zur gleichen Zeit steht unter dem weinroten Baldachin des Römerbad-Hotels ein Mann und raucht. Langsam dreht er sich um, läuft auf und ab, ohne den Schutz der Überdachung zu verlassen. Rauchwölkchen klettern ihm aus Mund und Nase. Seine Bewegungen sind zurückhaltend und ruhig. Unauffällig wandert sein Blick zu den schmucken Häusern auf der Straßenseite jenseits des Schlossplatzes sowie rechts über den grünen Hügel, auf dem das ehemalige Palais der Großherzogin Hilda von Baden steht. In den Fensterscheiben spiegelt sich der abendliche Himmel.

Niemand scheint von dem Mann unter dem Baldachin Notiz zu nehmen; einige wenige Spaziergänger schlendern über den Platz, schauen aber nicht herüber.

Er drückt die halb gerauchte Zigarette in einem der Blumentöpfe ohne Blumen aus und geht zurück ins Haus. Sorgfältig sperrt er hinter sich den Haupteingang zu, stopft den dicken Schlüsselbund in seine Hausjacke und läuft mit leisem Schritt über den plüschig roten Teppich den Flur entlang Richtung Hotel-Bar. Der Mann schließt die Knöpfe seiner Jacke und schlägt den Kragen hoch. Gespenstisch still, düster und klamm ist es nicht nur hier, sondern auch in allen anderen Gängen des riesigen Gebäudes. Die Handwerker von der Heizungsfirma sind längst gegangen, haben ihr Material eingepackt und sich verabschiedet.

»Langes Wochenende. Pfingsten. Wir kommen am Dienstag wieder. Auf Wiedersehen, Herr Galuppi.«

Thierry Galuppi erreicht die holzgetäfelte Stube mit der Theke, den Barhockern, dem Arsenal Flaschen und den zierlichen, runden Tischchen.

Auch hier gibt es kaum Licht, lediglich in der Regalwand mit den Spirituosen flackern eine Handvoll Birnchen in einer

Stromschiene, die wahrscheinlich auch bald ausgehen werden.

Seine rechte Hand greift nach der Flasche mit dem achtzehn Jahre alten Single Malt Scotch Whisky; die linke schnappt sich ein passendes Glas. Er spitzt die Lippen, pustet etwas Unsichtbares aus dem Glas und pfeift leise vor sich hin. »Stranger on the Shore«, einen gefühlvollen Ohrwurm von Mister Acker Bilk, den er nicht loswird. Auch Olga liebt diesen Song. Es ist ihr gemeinsames Lied. Wie oft haben sie früher »Stranger on the Shore« gehört und sind dabei übereinander hergefallen? Er überlegt. Während er versucht, sich in ihre hormongesteuerte, total verrückte und irrsinnig verliebte Zeit zu versetzen, merkt er, dass es nicht geht. Er kriegt die Zusammenhänge nicht mehr hin. Außer einigen Brocken, die auf einer inneren Baustelle herumliegen, gibt es nichts mehr, was ihn berührt. Verdrossen rutscht er auf einen der lederbezogenen Barhocker vor der Theke. Er schenkt sich ein. Seine Hand kennt noch kein Zittern. Die Flasche schiebt er in Reichweite.

Jetzt gehört das Hotel ihm. Ihm und Olga. Die gute Olga, oben im Zimmer, so krank. Sie wird hoffentlich schlafen. Und er muss eine Zeit lang für sich sein. Nachdenken. Ein paar Gläser trinken. Der Alkohol entspannt, tut gut. Die bizarre Ruhe des leeren Hotels spüren und sich wie der Kapitän eines Seelenverkäufers fühlen. Als sei er der Besitzer dieses noch immer majestätisch wirkenden, jedoch absaufenden Fin-de-Siècle-Kastens, den schon längst kein Investor mehr auf dem Schirm hat. Zu viele notwendige Investitionen, zu viele Modernisierungen, zu viel Brand- und Denkmalschutz. Schutz, Schutz, immer noch mehr Schutz, am Schluss schutzlos sich selbst überlassen, und ein Bürgermeister, der nicht einschreiten will – oder nicht kann.

Galuppi lacht auf und wischt sich über die Lippen. In seiner Hosentasche drückt der Schlüsselbund. Das ist seiner. Den hat er offiziell bekommen. Für eine Übergangszeit. Wie lang die dauern wird? Er weiß es nicht. Man wird sehen. Vielleicht kommt doch noch mal jemand vorbei, der so richtig liquide ist. Vorläufig darf er das Hotel hüten und hin und wieder einen Handwerker reinlassen. Er weiß nicht so recht, was die Leute im Keller machen. Es interessiert ihn auch nicht.

»Die Anlage ausbauen«, haben sie lediglich gesagt, »weil eines der Hauptrohre leckt.« Sonst erfährt er nichts. Auch nicht von den Herrn in den dunkelgrauen Anzügen, die neulich eine Begehung gemacht haben. Die kamen aus Stuttgart, einer hat was von Flüchtlingen gefaselt, dann ließen sie sich einige Zimmer und auch die Küche zeigen. Olgas und sein Zimmer hat er ihnen natürlich nicht gezeigt. Das war nicht nötig. Es gab schließlich genügend andere Zimmer. Sehr viele schöne Räume und sehr viele schöne Badezimmer. Noch vor gar nicht langer Zeit renoviert und jedes in einem anderen erlesenen Stil eingerichtet. Doch nun stehen sie alle leer, sind staubig und ausgekühlt wie der ganze Palast. Der vergangene Winter hat sich in den Fluren und Hallen eingenistet und denkt nicht im Traum daran, auszuziehen. Von den Fensterrahmen blättert der Lack, und auf den marmornen Fensterbänken schwimmt Feuchtigkeit. Im leeren Swimmingpool stehen übereinandergestapelte Gartenliegen, und im Park steht noch das braune Gras vom letzten Sommer bis zu den Knien. Dass es schon wieder Mai ist, hat das Hotel nicht mitbekommen. Auch sind die Tage der Eisheiligen inzwischen im Schwarzwald angekommen und haben die Situation kurzfristig um ein paar Grad unfreundlicher gemacht. Das Mobiliar in den Salons ist mit Tüchern abgedeckt. Weiß ist dort alles, ist unter schneeweißen, faltigen Segeln versteckt, und die Goldspiegel rechts und links vervielfachen im Widerschein die Tragödie.

Galuppi spürt die Kälte, er schaut auf die Uhr. Die Zeiger schleppen sich dahin. Er zurrt die Jacke enger und füllt sein Glas neu. Seine Socken sind hauchdünn, er bewegt die kalten Zehen in den Slippern. Der Single Malt brennt und wärmt die Brust, seine Lippen pfeifen »Stranger on the Shore.«

Links, mit dem Rücken zur Wand, steht das Piano. Ein dunkelbraunes, graziles Instrument, das bis zuletzt sein Arbeitsplatz gewesen ist. Vor einem Jahr noch hat er an den Wochenenden darauf gespielt. Mit den allgemein bekannten Schmachtfetzen aus einer längst vergessenen Schallplattenzeit hat er für Atmosphäre gesorgt.

»Die Herrschaften, die mir zugehört haben, haben mich und die alten Titel gemocht«, vertraut er weinerlich seinem Glas an. Er nimmt einen langen Schluck und brabbelt: »Wunderbares Gesöff, die einzig wahre Medizin.«

Sein Blick ruht auf dem Piano. Seine linke Hand hüpft über den Tisch und spielt ganz autonom eine Begleitung; er merkt es und ballt die Faust.

»Ja, die Damen und Herrn, die hier herumsaßen und sich genüsslich langweilten ... mein Gott, sie sitzen doch immer noch da, oder nicht? Da, da und da, beinahe alle Plätze sind besetzt. Jette hätte gut dazu gepasst, aber sie wollte ja nicht. Sie wollte für sich sein und immer nur in ihrer Wohnung bleiben. Das hat sie nun davon.« Er seufzt.

Mit einem Blick, scharf wie eine Klinge, sieht er die Hotelgäste allesamt wieder vor sich, das ganze Kabinett würdig gealterter, wunderschöner Mumien; sogar ihr Parfüm und das teure Aftershave kann er riechen, die gekämmten, glänzenden Haarteile, die teuren Zähne ... die eine oder andere Gehhilfe, die sich zwischen Tisch- und Stuhlbeinen verheddert hat, entdeckt er auch.

»Ich liebe sie alle, die reichen Alten. Für sie bin ich kein kleiner, dahergelaufener Tastendrücker, von ihnen werde ich als Künstler wahrgenommen. Die mit Perlen behängten Damen schenken mir ihr Lächeln und wenn ich fertig gespielt habe, warmherzigen Beifall oder ein paar liebliche Whiskys ... und zu später Stunde revanchiere ich mich mit diesem grässlichen Tango, den sie so schätzen, weil er sie an Zeiten erinnert, die kaum noch wahr sind: Man müsste Klavier spielen können, wer Klavier spielt, hat Glück bei den Fraun, weil die Herrn, die Musik machen können, schnell erobern der Damen Vertraun …«

Beinahe übermütig, jungenhaft elastisch, springt er vom Barhocker herunter und schreitet zum Piano. Ein wenig weich sind seine Knie, der Whisky zeigt Wirkung. Sein Glas stellt er auf dem Klavier ab, klappt den Deckel auf und zieht die schmale grüne Filzdecke herunter. Er lässt sich Zeit, rollt sorgfältig den Filz zusammen und legt ihn zur Seite. Seine Fingerspitzen streicheln die elfenbeinfarbenen Tasten, ohne sie zum Klingen zu bringen.

Wie glatt und kühl sie sich anfühlen, denkt er und sieht plötzlich Olgas Rücken vor sich, der damals, als die gute Olga noch etwas schlanker war, unter seinen Händen durch Streicheln, Zupfen und Tätscheln in harmonische Schwingungen geraten war. Wie ein Instrument der Götter war Olga gewesen, und er hatte es zu spielen gewusst.

Die Erregung packt ihn mit Wucht und lässt ihm kein Entrinnen. Es ist das Gefühl unruhigster Leidenschaft. Verwirrung, Ergriffenheit, Spannung und innerer Reiz hauen ihn schier um, wie ein Schlag in den Solarplexus, zwischen dem zwölften Brust- und dem ersten Lendenwirbel an der Hauptschlagader.

Ihm schwindelt, regelrecht übel wird ihm. Er schwankt, stützt sich auf das Instrument, auf die Tastatur. Klirrend geraten die Tasten unter seiner Last in Not und schreien um Hilfe. Ein wüster, kriegerischer Klang füllt den Raum und bohrt sich in Galuppis Herz. Wie ein Verdurstender greift er nach seinem Glas und schüttet den Whisky in sich hinein, bevor seine Beine nachgeben und sein Körper auf die Klavierbank sinkt.

Oh ja, halte mich nur, denkt er, du bist eine tapfere kleine Bank, du wirst mich nicht fallen lassen.

Tatsächlich fühlt er sich aufgefangen und eine Spur besser, kann sich auch erstaunlich rasch wieder aufrichten. Noch geht sein Atem schwer und holprig, noch ist seine Haut kalt und feucht, trotzdem scheint der Anfall überstanden zu sein. Er reißt die Augen weit auf und starrt das Instrument an, das so unschuldig wirkt und geduldig wartet. Wie ein Pferd, das geritten werden will, so fordert das Piano, gespielt zu werden.

Nimm mich, fass mich an, gib mir die Sporen!, scheint jede einzelne Taste zu schreien.

Galuppi atmet durch, setzt sich gerade, ordnet seine Beine, legt die Hände leicht und andächtig auf die Tasten. Seine Wahrnehmung ist jetzt ganz nach innen gerichtet, und er fühlt eine wunderbare Schwerelosigkeit. Wie losgelöst beginnen seine Finger über die weißen und schwarzen Tasten zu gleiten: zart, verspielt, tänzerisch, wissend. Rauf und runter, rauf – und blitzschnell wieder runter. Die rechte Hand wird mutig und mutiger, sie greift über die linke und fliegt wie eine Trapezkünstlerin zurück auf ihren Platz, immer wieder hin und her; seine Finger bewegen sich wie Schwalben in luftigem, tollkühnem Raum. Fünf Minuten nur dauert das Spiel, und die Welt hält ihr garstiges Treiben fünf Minuten lang für ihn an. Berauscht setzt er einen Schlusspunkt in die Luft – Ende – und dann ein Herzschlag Stille.

Galuppi fällt erschöpft in sich zusammen, wartet, erhebt sich und macht eine Verbeugung. Er hört sie klatschen, »Bravo« rufen, und er verbeugt sich ein weiteres Mal. Nein, sie lassen ihn noch nicht gehen. Wieder und wieder klappt sein Oberkörper zusammen, und er küsst seine Knie.

»Danke, vielmals danke«, flüstert er.

Er ist unendlich dankbar, seinem Publikum, sich selbst und dem lieben Gott, denn er beherrscht sie noch, die h-moll-Mazurka Opus 33 Nr. 4 von Chopin, obwohl er sie seit über einem Jahr nicht mehr gespielt hat.

Ich muss Olga davon erzählen, sie wird sich mit mir freuen … oh Olgalein, mein wunderbarer, kranker Engel, ich komme gleich hoch zu dir, denkt er und gießt das Glas noch einmal voll. Gierig schluckt er den Whisky und verlässt endlich, trunken vor Glück und Alkohol, die Bar.

Als Galuppi die Tür des gemeinsamen Appartements mit angrenzendem Badezimmer öffnet und eintritt, wird er von Olga schon sehnsüchtig erwartet. Hellwach liegt sie in den weißen Kissen und streckt ihre weißen, dicken Arme nach ihm aus. Auch ihr Gesicht ist weiß, und die wenigen Haare, die ihr geblieben und seit Monaten nicht gefärbt worden sind, sind ebenfalls weiß. Ihre Lippen, früher voll und blutrot, auch dank eines teuren Lippenstifts von Dior, der ihr ausgegangen ist, haben sich in sich selbst zurückgezogen und zeigen nun auf unschöne Weise die oberen Zähne, die nicht weiß, sondern gelb und locker sind und dringend saniert werden müssten.

»Das können wir uns sparen«, hat Olga neulich gemeint. Sie hat es so kühl und trotzig gesagt, als mache es ihr überhaupt nichts aus, dass ihr keine Lebenszeit mehr bleibt.

»Wir können nicht mehr helfen«, sagen die Ärzte.

»Pankreas-Krebs im Endstadium, mit genügend Morphium vielleicht noch drei Monate«, hat sie selbst ihren Verlauf beschrieben und ihm dabei fest in die Augen geblickt. Galuppi hat die Stimme versagt, dann hat er geweint, und sie hat ihn getröstet. Dabei hat er sie trösten wollen, hat sie in den Arm nehmen wollen, hat sie hin und her wiegen und ihr »Stranger on the Shore« vorsingen wollen.

Schwankend tritt er an ihr Bett und nimmt ihren weißen, dicken Arm. Er führt ihre Hand an seine Lippen und drückt ihr einen Kuss darauf.

»Ich habe etwas Wunderbares erlebt«, flüstert er, jedes Wort einzeln mit zitternden Lippen auf ihre Haut pressend. »Liebling, ich habe gespielt, und es war, als wäre die Bar voll mit Zuhörern, die mir ihre Aufmerksamkeit schenkten. Oh, ich weiß wohl, es passierte nur in meiner Vorstellung, und doch schien es mir unheimlich wirklich zu sein. Ist es nicht phantastisch, dass es der Realität gar nicht bedarf, um dem Glück so nah zu sein?«

Sie lächelt, entblößt ihre Zähne. Er streichelt ihr übers Gesicht und legt für einen kurzen Moment die Hand auf ihren entstellten Mund.

»Und wenn ich eines Tages nicht mehr bei dir bin, dann stellst du dir bitte schön vor, ich ginge noch an deiner Seite, nicht wahr, du versprichst mir das?«, flüstert sie zurück.

Er presst ihre Finger, die jetzt kraftlos auf der Bettdecke liegen. »Hast du Schmerzen?«, will er wissen.

Sie schüttelt den Kopf. »Nein, die Spritzen tun gut. Es ist mir leicht, und ich bin ohne Angst. Wenn nur Lars bald kommt. Ich glaube, er sollte sich beeilen.«

Sie muss zur Toilette. Er hilft ihr aus dem Bett. Olga wiegt trotz ihrer Erkrankung noch neunzig Kilo, ihr Körper ist voll mit böser Flüssigkeit; der Weg ins Bad wird von Tag zu Tag weiter. Er schleppt und zieht sie, und ihre Füße suchen nach Halt. Ihr Hemd klebt am Körper. Er fühlt ihren kranken Leib, den er auch jetzt noch begehrt. Sich in ihr nacktes, breites Fleisch fallen zu lassen ist für ihn mit keinem anderen Zustand von Lust zu vergleichen. Dass er sich in Zukunft diesen Teil seines Lebens nur noch in der Erinnerung vorstellen soll, kränkt ihn. Olgas Körper gehört ihm, jeder Quadratzentimeter davon. Ob krank oder gesund, sie ist sein Weib.

Galuppi zerrt Olga bis vors WC und schiebt ihr das Nachthemd hoch. Sie fällt auf die Brille. Er hilft ihr, sich zu waschen, und dann schleppt er Olga zurück ins Bett. Er öffnet eine Flasche Mineralwasser und hält ihr das Glas hin.

»Kannst du mir einen Lippenstift besorgen?«, bittet sie ihn. »Wenn Lars kommt, will ich schön für ihn sein.«

»Morgen früh gehe ich zur Drogerie und besorge dir alles, was du möchtest«, antwortet er.

Es entsteht eine Pause, in der er Mühe hat, nicht einzunicken. Stumm hockt er neben ihrem Bett, spürt Müdigkeit und körperliche Erschöpfung.

»Wieso war die Polizei hier?«, hört er Olga fragen und wird wieder wach.

»Sie suchen den Mörder von Jette, das weißt du doch.«

»Und wieso kommen sie zu dir?«

»Es geht um das Klavier. Jette hat es mir versprochen, und ich möchte es haben. Also habe ich jemanden nach Freiburg geschickt, der es abholen soll. Leider ist dabei etwas schiefgelaufen.«

»Wohin willst du das Klavier bringen? Hier kannst du es nicht aufstellen. Wir sind nur geduldet. Lass das Klavier doch sein, es wird dir unnötigerweise Mühe machen.«

»Ich will es nicht aufstellen, ich will es verkaufen.«

»Oh mein Liebling, muss das denn sein?«

»Olgalein, wir brauchen das Geld. So ein Blüthner hat einen guten Verkaufswert. Ich habe mich schon informiert und vielleicht sogar einen Interessenten. Ich habe ein Inserat aufgegeben.«

»Du meinst, meine Beerdigung wird so viel kosten?«

»Bitte, mein Liebling, sei nicht zynisch …« Er lächelt verlegen und stockt.

»Ja?«, flüstert sie. »Was wolltest du sagen?«

»Nichts, gar nichts. Ich möchte, dass du deine reine Seele behältst. Du bist ein Engel und sollst ein Engel bleiben. Ich werde dich mit den Schlechtigkeiten dieser Welt nicht belasten. Lass uns von anderen Dingen reden.«

Auf Olgas Stirn und Wangen liegt ein Schatten. Tränen füllen ihre Augen, und ihre Worte kommen jetzt so leise, dass er sie kaum noch versteht. »Gib mir deine Hand und schau mich an, Thierry«, fleht sie.

Er schiebt seine Hand in die ihre und kommt ihr, so gut es geht, entgegen. Fast liegt er auf ihrer Brust, er atmet ihren abgestanden, kranken Geruch. Sein Blick sucht ihren Blick, und sein Kinnbart kratzt über ihre Haut im Ausschnitt des Hemdes.

»Ja? Was willst du wissen?«, murmelt er träge.

Sie hebt ihren Kopf. »Hast du Jette etwas angetan? Du musst es gestehen, ich werde dich nicht verraten. Ich werde alles, was du mir anvertraust, mit in mein Grab nehmen.«

Sein Gesicht liegt weich. Er hört ihren Atem und Herzschlag. Ganz ruhig pumpt der Muskel vor sich hin. Kein Stolpern, kein Aussetzen, keine fiebrige Eile. Er klingt, als wohne er in einem gesunden Körper.

Ihr Herz will noch nicht aufhören, es ist noch stark, denkt Galuppi. Er dreht sich zu ihr und schaut sie an. »Wie kommst du auf so einen verrückten Gedanken? Ich habe Jette seit Jahren nicht gesehen.«

Olga schiebt ihn von sich fort, wendet ihr Gesicht zur Seite und schluchzt. »Du lügst, ich weiß, dass du lügst.«

Sie mit beiden Händen schüttelnd, ruft er: »Kindchen, Olga, nun rede doch keinen Unsinn. Du scheinst es tatsächlich zu glauben.«

So gut sie noch kann, schlägt sie nach ihm. »Du hältst mich wohl für eine dumme Kuh, die von Kopf bis Fuß sediert ist und nichts mehr mitkriegt. Aber du irrst dich, ich habe genau gehört, mit wem du neulich telefoniert hast, dort draußen auf dem Flur, als du nachts hin und her gelaufen bist und dachtest, ich schliefe. Und ich weiß auch, dass du heimlich nach Freiburg fährst. Sehr oft. Ich kriege das mit, verstehst du. Ich kriege alles noch mit!«

Wie versteinert steht er an ihrem Bett und schaut in ihr verzweifeltes Gesicht. Sein Blick wandert über ihren Hals bis zur Brust, weiter über die Bettdecke, die sich über ihrem hohen, aufgedunsenen Wasserbauch spannt, danach in eine Grube fährt und sich aus diesem Jammertal wieder erhebt. Endlich bleibt sein Blick an den aufgestellten Knien hängen. Wie eine Pyramide oder wie ein Zelt aus weißem Leinen sieht die Haltung ihrer Beine aus; er würde sich am liebsten auf die Erhebung draufschmeißen und sie platt drücken. Olga soll gefälligst flach und still und in Erwartung ihres Sterbens auf ihrem Lager hingestreckt liegen bleiben, denkt er und ist sich der Hässlichkeit seines Wunsches vollkommen bewusst. Er stampft mit dem Fuß auf und wendet sich ab.

Olga schluchzt vor sich hin und ruft: »Bleib bei mir, ich habe dir noch mehr zu sagen.«

»Nein«, schreit er wütend, »nein, halt dich da raus, es geht dich nichts an.«

Tatsächlich ist sie nun ruhig. Nur ihre Hände sind unterwegs und suchen. Sie gleiten über die Bettdecke, zupfen herum, streichen eine Falte glatt, wandern über den Bauch und kommen erst zur Ruhe, als sie sich finden und ineinander verschränken. Die langen durchsichtigen Fingernägel krallen sich ins ödematöse Fleisch der Handrücken.

Er reißt ihr die Bettdecke von den Beinen. Darunter kommen ihre beiden blauschimmligen, fleischigen Keulen zum Vorschein, die noch praller und konturloser als am Tag zuvor sind.

»Es muss etwas geschehen«, sagt er ruhig. »Du lagerst zu viel Wasser ein. Hast du deine Tabletten nicht genommen?«

Olga zeigt ihre schrecklichen Zähne und lächelt tapfer. »Ich nehme keine Tabletten mehr«, sagt sie leise. »Aber das ist meine Entscheidung. Nur noch etwas gegen die Schmerzen. Alle anderen Pillen habe ich ins Klo geworfen.«

»Ja«, sagt er nur. »Ich dachte es mir.«

Galuppi fällt in einen der goldenen Louis-quinze-Polstersessel und fährt sich mit beiden Händen durchs Gesicht. Er ist erschöpft, gern würde er noch einmal in die Bar gehen. Es ist gleich einundzwanzig Uhr. Sein Blick ruht auf dem Kissenberg, unter dem sich Olgas kranker Körper versteckt. In der Brusttasche seiner gestrickten Hausjacke vibriert sein Smartphone.

Olga hat es auch bemerkt und wird lebhaft. »Das ist Lars!«, ruft sie enthusiastisch. »Bestimmt, das ist er, ich weiß es. Los, nun geh schon dran, dass er nicht wieder auflegt. Los, Thierry, beeile dich!«

Als er sich meldet und feststellt, dass es nicht Lars, sondern offensichtlich ein Irrtum ist, schüttelt er den Kopf und stellt das Gerät aus.

Olgas Arme gestikulieren wie schlagende Paddel. Sie glaubt ihm nicht. Sie hat drei Tage lang auf einen Anruf von Lars gewartet und glaubt ihm nicht. »Es muss Lars sein, muss«, schreit sie aufgebracht und paddelt weiter. Vollkommen aufgelöst beginnt sie, unter ihrem Kopfkissen herumzugraben.

Galuppi beobachtet seine Frau. Er kann sich nicht vorstellen, worauf die Aktion hinauslaufen soll. Olga wird gleich zusammenbrechen, einen solchen Energieaufwand kann sie sich nicht mehr leisten. Während er noch überlegt, mit was er sie wieder beruhigen könnte, rappelt sich Olga auf, hockt beinahe aufrecht in ihrem Bett und hält eine Pistole in der Hand. Sie richtet die Waffe auf ihn, beißt sich auf die Lippen, macht ein todernstes und gleichzeitig zutiefst betrübtes Gesicht.

Er springt aus dem Sessel, will zu ihr und ihr die Waffe entreißen, sie knurrt und fletscht das Gebiss wie eine Löwin, die ihre Beute verteidigt.

»Mach keinen Scheiß!«, ruft er.

Ihre Hand zittert.

»Mach keinen Scheiß!«, brüllt er erneut und kommt einen Schritt näher.

»Gib mir das Handy und dann setz dich wieder hin«, kommandiert sie ihn ruhig.

»Woher hast du die Pistole?«, will er wissen.

Sie hebt die Schultern. »Geht dich nichts an.«

»Olga«, er holt Luft, »Olga, das ist die Pistole von Jette. Ich kenne das kleine Ding im Samtfutteral. Die Pistole lag immer auf ihrer Frisierkommode. Wie kommst du an die Waffe?«

Sie wird ungeduldig. »Aha, und woher weißt du, was bei Jette auf der Frisierkommode lag?«

Er antwortet nicht, und sie zeigt ihm, dass er sich endlich hinsetzen soll.

Er nimmt Platz, schlägt lässig die Beine übereinander. Er weiß, dass sie das ärgert, denn er gibt ihr damit zu verstehen, dass er sich entschieden hat, ihre Show an sich abprallen zu lassen.

Olga schluckt so laut, dass er es hören kann, dann zischt sie: »Ich spiele nicht, wenn du das meinst. Ich habe mich entschieden, ich nehme dich mit auf meine Reise. Wir werden zusammen sterben. Das haben wir uns doch früher, als wir noch leidenschaftlich ineinander verliebt waren, immer geschworen. Keiner geht ohne den anderen. Wir machen alles zusammen. Also bitte schön. Heute ist Abreise.«

»Woher hast du die Pistole?«, fragt er und übergeht kühl ihre Drohung.

»Von Lars«, sagt sie und drückt ab.

Das Spiegelbild schweigt

Sie hat mich provoziert und bedroht, und ich habe die Aufforderung zum Tanz angenommen, denkt er, während ihm das Kissen aus den Händen gleitet. Nun liegt es auf dem Boden, und vor ihm liegt Olga mit weit aufgerissenem Mund, sogar ihre Augen sind kreisrund. Er beugt sich zu ihr, so tief, dass er jeden Zahn einzeln erkennen kann. Rechts und links in den Backentaschen glitzern Goldbrücken, und vorne stoßen Ruinen von Zahnkronen aus ihrem bläulichen Kiefer. Überhaupt scheint sich das Bläuliche überall auszubreiten. Lippen und Zunge sind ebenfalls verfärbt.

Mein Gott, was ist mit der Zunge?, denkt er und schaut ihr prüfend wie ein Hals-Nasen-Ohren-Arzt in den Mund. Olgas Zunge scheint gewachsen zu sein, so sehr viel länger als sonst kommt sie ihm vor. Gewachsen und dann nach hinten weggeklappt, mit einer Rolle rückwärts im Schlund verschwunden.

»Olgalein, du bist an deiner eigenen Zunge erstickt«, stöhnt er, noch außer Atem vom Kampf mit ihr. Gleichzeitig empfindet er eine neue, ungewohnte Ruhe und auch Entlastung. Ja, nicht am Kissen, sondern an der Zunge, ihrer boshaften Zunge, die sie nicht still halten konnte, ist sie … Er nickt mehrmals heftig mit dem Kopf, um sich selbst zu bestätigen. Endlich streckt er sich und atmet durch. Er schmeckt die Zimmerluft, die ihm viel weniger krank und feucht vorkommt als zuvor.

Galuppi steht noch eine Weile an Olgas Bett, er wirkt unentschlossen und wartet.

Endlich beugt er sich wieder über die Tote und schließt ihr die Augen. Als er auch ihren Mund zuzudrücken versucht, muss er erkennen, dass dieser immer wieder aufklappt.

»Gut, dann eben anders«, flüstert er. Den Nachttisch absuchend, entscheidet er sich für eine Serviette, die voller Obstflecke ist, aber die richtige Größe zu haben scheint. Er faltet das

Quadrat zu einem Dreieck und schlingt es um Olgas Kopf und Kinn. Als Ober- und Unterkiefer zusammenklappen, knackt es. Er zurrt die Serviette fest und macht einen doppelten Knoten.

Er beginnt, das Zimmer aufzuräumen. Er wäscht im Badezimmer das Geschirr ab, das noch auf dem kleinen Tisch steht, dann zieht er die Bettdecke über Olgas Gesicht, stellt ihre Pantoffeln ordentlich, stapelt Bücher und Zeitungen, schließt die Vorhänge und löscht die Tag und Nacht brennende Nachttischlampe. Er zieht die Schublade des Nachttischs auf. Leer. Nur zwei einzelne Patronen rollen ihm entgegen. Im begehbaren Kleiderschrank sucht er nach einem Jackett und einem frischen Hemd und zieht sich um. Die Patronen steckt er in die Tasche seines Jacketts.

Er hält inne.

Soll ich?, scheint er sich zu fragen und nimmt entschlossen eine der Reisetaschen, um Olgas Habseligkeiten darin zu verstauen. Sie hat wirklich nicht viel mitgebracht, aber ihr Lieblingskostüm und ein Mantel mit Fuchskragen hängen im Schrank. Auch ein bisschen Wäsche und ein paar Nachthemden. Er gibt sich Mühe, alles einigermaßen ordentlich zu falten. Als er endlich fertig ist, reibt er sich zufrieden die Hände. Hat er alles? Die Reisetasche ist voll. Er blickt sich um, er weiß nicht recht, wohin damit, also stößt er sie unters Bett.

Er sieht die heruntergefallene Pistole im Schatten des Bettgestells und streckt sich danach. Er lacht erleichtert auf und schaut im Magazin nach. Es ist leer. Er schiebt die Pistole in die Hosentasche. Als er sich aufrichtet, erkennt er seine Gestalt als Zerrbild im Ankleidespiegel neben der Zimmertür. Er geht darauf zu und tritt so nah heran, dass ihn die Kühle und Glätte des Glases schaudern lässt.

»Du hast sie nicht wie ein primitiver Mörder umgebracht, sie hat dich provoziert. Sie wollte sterben, so oder so«, erklärt er seinem Spiegelbild.

Er bleibt ruhig, wartet auf eine Reaktion. Doch das Spiegelbild antwortet nicht.

»Du«, flüstert er jetzt heftig und drückt seine Stirn gegen das Glas, »sag doch was, rede mit mir!«

Er kneift die Augen zu und rührt sich nicht. Langsam, jede Bewegung im Zeitlupentempo auskostend, gleitet sein Körper am Spiegelglas entlang abwärts, bis die Beine in den Kniegelenken zusammenknicken und zu Boden gehen, bis seine Gestalt kleiner und kleiner wird. Nicht größer als ein dreijähriges Kind hockt er nun unten und schluchzt.

Als der Anfall verebbt, versucht er sich wieder aufzurichten. Er taumelt, umklammert einen der Bettpfosten und steht mühsam auf. Im Zimmer ist es zum Gruseln still. Er schaut auf die Uhr. Er hat kein Zeitgefühl mehr und versucht, zu verstehen, wie lang er gebraucht hat, um wieder auf die Beine zu kommen. Er entsichert die Handysperre und stellt das Gerät auf Empfang. Eine gespeicherte Nachricht flutscht herein.

»Siehst du, das ist dein Lars«, sagt er kühl zum Bett hingewandt und erwartet Olgas Antwort. Gleichzeitig ist er sich der ungeheuren Absurdität bewusst. »Verzeih, Olgalein«, er zuckt mit den Schultern, »aber du selbst hast eben noch gesagt: Und wenn ich eines Tages nicht mehr bei dir bin, dann stellst du dir bitte schön vor, ich ginge noch an deiner Seite, nicht wahr, du versprichst mir das?«

Er verlässt das Appartement, schließt die Zimmertür ab und schiebt den Schlüssel in die Hosentasche. Links steckt die Pistole, die ihn ein wenig drückt und nach der er kurz tastet. Der lange, verwaiste Gang mit den vielen Zimmertüren ist ihm inzwischen vertraut, doch jetzt kommt er ihm noch ausgestorbener vor als bisher: noch kälter, noch seelenloser, noch einsamer. Mit festen Schritten strebt Galuppi die Treppen abwärts, er läuft bis zum Ausgang und sperrt die große Glastür auf.

Frische, klare Nachtluft empfängt ihn, und obwohl sich der Tag längst verabschiedet hat, dringt aus dem Park des Hilda-Palais der Gesang eines Vogels zu ihm herüber. Galuppi bleibt stehen und lauscht den Tönen. In der Nähe startet ein Auto.

Er schüttelt den Kopf, denn er bemerkt seinen Irrtum. Der Gesang ist lediglich das Quietschen einer Kupplung.

Quer über den Schlossplatz, am modernen steinernen Brunnen vorbei, der ihn jedes Mal an eine riesige Wäscheklammer oder Beißzange erinnert und außer Betrieb ist, läuft Galuppi zur Pizzeria Bella Sicilia. Die Straße ist menschenleer, weit und breit keine Feriengäste, die vielleicht vor dem Schlafengehen noch Lust auf einen Spaziergang haben.

Es ist kurz vor zweiundzwanzig Uhr, stellt er fest und hofft, dass das Sicilia geöffnet hat. Er sieht Licht und ist erleichtert. Drinnen bewegen sich Gäste, essen und unterhalten sich.

Der Wirt begrüßt ihn herzlich. Galuppi wählt einen kleinen Tisch am Fenster.

»Eine Pizza mit Spargeln und Schinken, bitte«, ruft er, noch bevor ihm der Wirt die Karte bringt.

»Sind Sie das, der zurzeit drüben im Hotel wohnt?«, fragt der Wirt mit freundlicher Neugier.

»Nicht mehr lang, ich soll nur die Handwerker rein- und rauslassen und ein bisschen aufpassen.«

»Und die Signora? Wie geht es ihr?«

»Bringen Sie mir doch rasch ein Pils, ich habe heute noch gar nichts getrunken«, sagt Galuppi und blickt müde zum Fenster raus.

In seinem Hals ist es eng, und es kommt ihm vor, als würge ihn Angst. Er lauscht in sich hinein. Ja, da ist etwas, das sich langsam zu steigern beginnt. Sein Atem geht schneller, auf seiner Brust bildet sich Schweiß, und in seinen Ohren wächst ein dünnes, pfeifendes Geräusch.

Als das Bier vor ihm steht und der Wirt in der Küche beschäftigt ist, holt er sein Smartphone raus und tippt eine SMS: *Lars, Olga ist tot. Bis später. T.G.*

Die Wand

Während Thierry Galuppi in der Pizzeria Bella Sicilia auf sein Essen wartet und ein weiteres Bier bestellt, öffnen Poensgen und Móricz eine Flasche Wein und versuchen die Nachricht, die Fessler per Telefon übermittelt hat, zu begreifen.

»Du hast recht: Freitag, der 13., ›das Dutzend des Teufels‹, sagt man dazu«, murmelt Móricz und füllt Poensgens Glas.

»Ich glaube kein Wort, bevor ich die Sache nicht schwarz auf weiß gelesen habe«, schimpft Poensgen. »Das muss ein Irrtum sein. So etwas Verrücktes habe ich wirklich noch nie erlebt.«

»Logisch, wie solltest du auch. Ziemlich kurios die ganze Geschichte … andererseits … Josef, sie hat dich doch gerngehabt, regelrecht verehrt, meinst du nicht auch?«

»Das weiß ich nicht. Keine Ahnung, ich kenne mich nicht aus mit versponnenen alten Damen. Ich bin freundlich und hilfsbereit, vielleicht kann ich auch gut zuhören, aber mehr nicht. Ich glaube, dass ich bis heute keiner Frau falsche Hoffnungen gemacht habe. So etwas gehört sich nicht. In meiner Situation ist sowieso alles schwierig. Und ich meine, dass ich es wirklich nicht verdient habe, wenn man mein Leben durch bizarre Nähe noch schwieriger gestaltet.«

»Wow, siehst du, da ist es wieder. Du bist doch ein Holzpflock, wehr dich nicht ständig, wenn dich jemand gernhat. Scheinst überhaupt nicht zu wissen, wie du auf deine Mitmenschen wirkst. Du hast Ausstrahlung, bist ein Kerl mit Köpfchen und Individualität, was selten genug vorkommt. Menschenskind, die Lady hatte offensichtlich einen Narren an dir gefressen. Sie hat sich vielleicht sogar in dich verliebt, lass das doch einfach zu.«

»Du spinnst.«

»Von mir aus, dann spinne ich eben. Ich sehe Dinge, die du

sturer Idiot von dir weist. Mit Lissy war es doch ähnlich, oder nicht? Ein einziges Wort von dir und sie wäre jetzt hier.«

»Lass Lissy aus dem Spiel, das ist etwas ganz anderes. Lissy und ich, wir sind auf Augenhöhe. Frau von Schubert und ich, daran ist alles falsch. Ich könnte ihr Sohn sein …«

»Bingo! Jetzt, mein lieber Josef, jetzt hast du's kapiert. Du könntest ihr Sohn sein. Eben. Und weil sie keinen eigenen Sohn hat, hat sie dich dazu auserkoren. Und? Sehr schlimm?«

»Mir ist das peinlich und«, er stockt, »unheimlich.«

»Da spielen mütterliche Gefühle eine Rolle, sie liebte dich wie einen Sohn. Und als Sohn hat man Verpflichtungen. Sohn sein ist ein schwieriger Job. Wenn die Mutter aber ein großzügiges Herz hat, dann denkt sie über ihren Tod hinaus an ihn. Er ist die nächste Generation, ihm will sie das Leben leichter machen, ihm will sie helfen. Selbst wenn er im Gefängnis hockt, oder wenn's noch schlimmer kommen sollte«, Móricz zieht eine Grimasse, »wenn er ein Bulle ist.«

Poensgen hebt empört beide Hände. »Andor, um Gottes willen, was für ein blödes Geschwätz. Werde bloß nicht sentimental und kitschig, Alter. Damit erreichst du gar nichts bei mir. Und überhaupt, es gibt keinen Grund, warum ich mir eine zweite Mutter zulegen sollte. Ich hab schon eine Mum, die wohnt zwar im Himmel, aber ich denke oft an sie. Und jetzt Schluss mit dem Gesäusel.«

Móricz hat sich derweil so in Rage gebracht, dass er auf und ab gehen muss, abrupt stehen bleibt und Poensgen angriffslustig entgegnet: »Stimmt, alles ist Blödsinn, was wir da reden. Deine ehemalige Vermieterin, diese schrullige Alte – sie hat dir ihr Vermögen vermacht, damit es kein anderer bekommt. Kein Aas aus der Familie, wenn es überhaupt eine Familie gibt, soll sich an ihrer Kohle ergötzen, darum hat sie sich einen Erben ausgedacht, der ihr nicht nach dem Leben trachtet und der es für etwas Vernünftiges einsetzen kann.«

»Fessler sagte vorhin am Telefon, im Testament stünde, dass ich mich in den USA operieren lassen soll, damit ich wieder laufen kann. Ich Esel habe ihr einmal erzählt, dass es neue Forschungsergebnisse gibt, um Leuten wie mir zu helfen, und dass auf dem Gebiet enorme Fortschritte gemacht werden. Das alles koste aber Zeit und ein kleines Vermögen. Ja, ich gebe zu, Alter, das habe ich ihr in aller Unschuld erzählt. Ich konnte wirklich nicht ahnen, was das für Folgen haben würde.«

»Und? Wirst du in die USA gehen? Wirst du dich operieren lassen?«

»Nicht mit der Erbschaft einer Frau, die man vielleicht genau deshalb umgebracht hat. Außerdem ist der Inhalt des Testaments bisher nicht offiziell bekannt. Fessler hat die Information von einem Notar, der sich bei ihm gemeldet hat. Na gut, nun wissen wir es. Halleluja!«

»Glaubst du, dass das Vermögen das Mordmotiv sein könnte?«

»Alles ist möglich.«

»Und der Mord an Wolf – gibt es da einen Zusammenhang?«

Poensgen winkt genervt ab. »Ich habe dir schon viel zu viel erzählt, das geht im Prinzip überhaupt nicht. Du weißt, dass ich nicht darüber reden darf. Unsere Ermittlungsarbeit muss so unauffällig im Hintergrund ablaufen wie nur irgend möglich. Ich muss meinen Mund halten. Außerdem ist es für endgültige Schlussfolgerungen noch viel zu früh, und ich bin kein Automat, bei dem man oben den Cent reinsteckt und unten die richtige Antwort rauskommt. Also bitte, vergiss alles, was du gesehen und gehört hast, verstanden?«

Poensgen trinkt aus und rollt zum großen Fenster. Auf dem Parkplatz vor dem Maisfeld parkt noch immer der Wagen mit den beiden Aufpassern.

Er schaut angestrengt hinaus und ist überrascht, was er sieht. Das vertraute Tannenwäldchen mit seinen Spitzen und tanzenden Wipfeln hat sich verändert. Die schwarzen Bäume sehen aus wie eine Wand oder wie ein gewaltiges Sägeblatt, das die schlafende Landschaft durchtrennt.

Merkwürdig, so bedrohlich habe ich den Wald noch nie wahrgenommen, denkt Poensgen irritiert, während er im selben Moment seine eigene Verstörtheit spürt und das Bild des in seinem Blut liegenden alten Mannes nicht aus dem Kopf kriegt. Er hat schon viele übel zugerichtete Mordopfer gesehen, gleichgültig lässt ihn das auch diesmal nicht. Er sieht Wolf auf dem roten Sofa liegen: Hals und Hände rot gefärbt, die Anzugjacke bis zu den Hosenbeinen abwärts – es war sogar in die Schuhe hineingelaufen, das klebrige Rot. Die Haltung jedes Körperteils wie einstudiert, mitten in der chaotisch durchwühlten Wohnung. Überall geschmackloses Rot: Tapeten, Vorhänge, Bilder, Teppiche. Ein roter, toter Salon.

Jemand hat den Greis kaltblütig abgeknallt. Wer hat einen Nutzen davon, dass Wolf tot ist?, fragt sich Poensgen, versenkt seinen Blick in die Dunkelheit und findet keine Antwort.

Auch Móricz mag anscheinend keine Weisheiten mehr von sich geben und hält sich zurück. Minuten des gemeinsamen Stillseins und Grübelns vergehen, lautloses Ticken einer unsichtbaren Uhr. Móricz stellt sich hinter den Rollstuhl, legt seine Hand auf Poensgens Schulter.

»Die Wand dort hinten, siehst du sie?«, flüstert Poensgen mit belegter Stimme, greift nach der Hand auf seiner Schulter und lässt sie sofort wieder los.

»Welche Wand, was meinst du?«

Poensgen schluckt, er will nicht länger an Wolf denken müssen. Er möchte dieses blutrünstige Drama für einen Moment lang loswerden, er muss sich ablenken. Kurz entschlossen schlägt er einen launigen Haken, in der Hoffnung, dass sich Móricz darauf einlässt und ihm folgt.

»Erinnert mich an einen Roman«, sagt er leise.

»Aha, rede! Wie heißt er?«

»›Die Wand‹.«

»Soso.«

»Entschuldige, Alter, ich weiß, es klingt ein bisschen abwegig.«

»Nein, nein, schon recht. Diese Geschichte über das Leben einer Frau, die plötzlich von der Zivilisation abgeschnitten wird …«, zieht Móricz gutwillig mit.

»… durch eine unsichtbare, rätselhafte Wand. Einerseits ist sie dahinter gefangen, andererseits vor Unglück von außen geschützt«, ergänzt Poensgen, erleichtert, dass Móricz auf ihn eingeht.

»Du weißt ja, der Roman ist auch als Kritik an unserer Zivilisation zu verstehen. Zum Überleben braucht man nicht viel. Schon gar kein teures Auto und dergleichen. Alles ist überflüssiger, aufgeblasener Tand«, murmelt Móricz.

»Richtig«, stimmt ihm Poensgen zu. »Außer der Frau mit ihren Tieren, dem Hund, den Katzen und der Kuh, taucht dann doch noch nach Jahren der Einsamkeit ein zweiter Überlebender auf. Ein Mann. Und ich wusste gleich, als ich das las, wenn ein Kerl ins Spiel kommt, dann kann die Geschichte nicht gut ausgehen. Und so war es.«

Móricz schaut ihn überrascht an, und Poensgen nickt eifrig. »Der Mann wird als abstoßend und äußerst aggressiv geschildert und wird von der Frau erschossen. Sie hat mühsam gelernt, mit ihrer Isolation umzugehen, sie hat alles Notwendige getan, um zu überleben und sich in ihrer Welt einzurichten, und plötzlich kommt dieser Fremdkörper und bedroht sie. Nach ihrem Verständnis muss sie ihn beseitigen.«

Móricz geht zum Tisch, füllt sein Glas, kommt damit zurück und nimmt das Gespräch wieder auf. »Stell dir doch bitte einmal den umgekehrten Fall vor – ich meine, nur als Experiment – es hätte anstatt der Frau ein Mann in der Einsamkeit hinter der Wand gelebt, und wenn dann, nach vielen Jahren des Alleinseins, eine Frau aufgetaucht wäre. Na? Meinst du, der Mann hätte sie umgebracht?«

»Oh, vielleicht Tarzan und Jane?«, amüsiert sich nun Poensgen.

»Also, nicht unbedingt, aber von mir aus, wenn du willst, nehmen wir Tarzan.«

Poensgen kommt in Fahrt. »Tarzan verliebt sich in Jane, und gemeinsam finden sie einen Weg, um den Urwald zu verlassen. Doch Jane will von Anfang an über Tarzan bestimmen.« Er schneidet eine Grimasse. »Jane und Tarzan heiraten, gehen nach England in die Zivilisation und bekommen einen Sohn. Na, toll«, seufzt er.

»Jaja, da seufzt du. Aber für viele Menschen ist genau das erstrebenswert und ihre Vorstellung vom großen Glück. Übrigens, wenn ich das mal kurz einfügen darf, ich las neulich, dass ein erwachsener Mensch im Schnitt alle fünf Minuten ein seufzendes Atemgeräusch von sich gibt. Scheint also ganz wichtig zu sein, denn sogar Mäuse können das.«

Poensgen fährt fort: »Tarzan hat sich in der heuchlerischen englischen Gesellschaft nie richtig wohlgefühlt, und Jane ist ihm mit ihren Ansprüchen wahrscheinlich auf die Nerven gegangen. Kurz und gut, eines Tages geht er allein in seinen geliebten Dschungel zurück. Also, umgebracht hat er sie nicht.«

»Wusstest du, im Gehirn gibt es kleine Anordnungen von Neuronen, die unsere normalen Atemzüge in Seufzer verwandeln. Ist doch interessant, findest du nicht?«

Poensgen schüttelt unwirsch den Kopf. »Andor, versteh doch bitte, Tarzan hat erkannt, was für ihn gut ist, er hat eine Entscheidung getroffen. Er musste zurück in die Einsamkeit.«

Móricz' Hände heben sich in gespielter Verzweiflung. »Oh Josef, kommen wir doch lieber wieder zu deiner Wand. Diese Frau, die den Eindringling abgeknallt hat, was ist nun mit der?«

»Sie hat Angst vor dem Kerl, er kommt ihr bestialisch, gierig und verroht vor. Wer weiß, was sie in ihrem bisherigen Leben für Erfahrungen gemacht hat. Frauen können saumäßig brutal reagieren. Es hat schon Frauen gegeben, die ihren Typen mit der Kreissäge zerlegt oder im Schlaf entmannt haben. Es ist doch sowieso ausgemachte Sache, dass Männer und Frauen nicht zusammenpassen.«

»Da bin ich aber anderer Ansicht«, protestiert Móricz, und Poensgen knurrt, dass er sich das schon gedacht habe.

Bemüht, Gereiztheit und Unmut verrauchen zu lassen, beobachten sie nun einträchtig, wie sich der Himmel über dem Tannenwald zu verändern beginnt und rosarote in blauviolette und orangerote Streifen übergehen.

»Himmelsmalerei«, witzelt Poensgen.

»Ein Gemälde von Munch«, meint Móricz. »›Ich fühlte das große Geschrei durch die Natur‹, soll der einmal gesagt haben.«

Und Poensgen stimmt dankbar zu. »Genau. Überall zu viel Geschrei. Siehst du, darum habe ich mir dieses unauffällige, stille Plätzchen ausgesucht.«

»Scheißeinsam. Aber du musst die Einsamkeit aushalten, nicht ich. Werd bloß nicht seltsam. Deine Ansichten über Frauen, Ehe und Glück – ich mache mir Sorgen um dich. Meine Güte, wo soll das bloß enden?« Móricz blickt Poensgen besorgt an, murmelt versöhnlich: »Dein Weinglas?«

»Gern.«

Sie stoßen an.

»Josef, wenn ich dich richtig verstanden habe – verzeih, meine Frage kommt dir vielleicht seltsam vor – aber, bist du zufällig Tarzan?«

»Quatsch. Ich bin ein Kriegsversehrter. Ein Invalide aus dem Zivilisationskrieg und vom Schlachtfeld Fußball. Hooligans, diese hirnamputierten Schweine, haben mich halb tot geprügelt, wie du weißt. Aber ich habe überlebt und inzwischen erkannt, was für mich gut und schlecht ist, und lebe danach.« Er hält inne, fährt kurz darauf fort: »Weißt du, mein Alter, ich habe mich entschieden.«

»Entschieden? Was meinst du?«

Poensgen gibt Móricz sein Glas zurück, rollt zum Tisch und schimpft leise drauflos: »Selbstverständlich werde ich das Erbe ablehnen. Darauf kannst du deine Schwiegermutter verwetten. Geld und Klimbim würden mich garantiert unglücklich machen. Ich wüsste nicht einmal, wie ich damit umgehen sollte. Außerdem steht mir nichts davon zu. Das Testament ist eine granatenmäßige Dummheit. Die alte Frau war verwirrt. Und ich sage dir, irgendwas stimmt da nicht, das flüstert mir meine innere Stimme.«

Móricz schüttelt grinsend den Kopf. »Ich habe keine Schwiegermutter, wie dir hinlänglich bekannt sein dürfte. Aber andere Frage. Wieso hast du vorhin gemeint: alles auf Anfang?«

»Weil mich Fessler aus der Soko entlassen hat. Ich darf nicht mehr mitmachen. Er meinte, als potenzieller Erbe sei ich vielleicht in Gefahr. Außerdem nicht mehr neutral, das hat er jedenfalls gefaselt. Ich sehe das natürlich nicht ganz so, aber er besteht darauf. Also muss ich vorläufig den Schwanz einziehen. Vorläufig, Alter, vorläufig. Ich werde ihn davon überzeugen, dass ich keine Aufpasser brauche. Pure Verschwendung von Steuergeldern, ich kann selbst auf mich aufpassen.«

»Wenn du das Erbe ausschlägst, wer bekommt es dann?«

Poensgen schiebt sich noch ein Stückchen vom restlichen Käse in den Mund. »Andor, du fragst schon wieder zu viel. Na ja, es gibt einen Neffen …«

»Und der weiß, dass die Schubert ihr Vermögen dem tüchtigen Kommissar Poensgen vermacht hat?«

Poensgen zuckt die Schultern. »Keine Ahnung. Ich werde mir den Neffen natürlich genauer anschauen müssen.« Er gähnt und dehnt sich. »Wir sollten endlich schlafen gehen.«

»Genau. Will morgen unbedingt fit sein, muss nach Hamburg. Wenn es dir recht ist, komme ich aber nach den Verhandlungen wieder. Vielleicht können wir dann einen Ausflug ins Elsass machen, da war ich noch nie.«

»Am Sonntag bekomme ich Besuch von Eva-Maria Brettschneider. Sie bedauert übrigens, dass du nicht auch hier bist. Es sieht aus, als hätte ich jede Menge Zeit für sie. Hoffentlich schaffe ich das.«

Obwohl die Nacht kurz war und Poensgen wirres Zeug geträumt hat, wirkt er am Morgen frisch und munter. Keine Ringe mehr unter den Augen und die Gesichtshaut glatt und rosig von der Nassrasur. Poensgen trägt einen leichten hellbeigen Rollkragenpullover und eine bequeme schwarze Cordhose. Sein weißblondes Haar glänzt, die eisblauen Augen blitzen. Die kleinen Fältchen, die von den Augenwinkeln zu den Schläfen klettern, stehen ihm so gut, dass sich Móricz auch welche wünscht, denn sein Gesicht ist glatt und rund wie bei einem Kind.

Während Móricz gegen sechs Uhr früh noch in den Kissen vergraben war und lauthals schnarchte, hatte Poensgen schon eine Einheit Hanteln gestemmt und den Expander gezogen. Móricz hatte irgendwann unauffällig hinübergeblinzelt und gestaunt, wie geschickt sich sein Freund zu helfen weiß.

Poensgen hat außergewöhnliche Methoden entwickelt, die ihn ohne fremde Hilfe auskommen lassen. Sogar einen raffinierten Anziehdiener für Hosen und Schuhe hat er sich anfertigen lassen. Und Móricz muss einsehen, wie kreativ und diszipliniert Poensgen ist. Außerdem kommt es ihm so vor, dass Poensgen gar nicht so schrecklich unglücklich darüber ist, nicht mehr in der Sonderkommission ermitteln zu dürfen. Wie verwandelt ist er und sein Lächeln jung und verwegen. Móricz glaubt, die Erklärung zu kennen: Er lässt sich rausschmeißen und behält seine Souveränität. Ganz schön frech, aber das passt zu ihm.

Poensgen hält sich nicht länger mit dem Frühstück auf, schaut erschrocken auf die Uhr. »Alter, du musst zur Autobahn, du hast einen ziemlich anstrengenden Tag vor dir. Und ich habe auch ein paar Dinge zu erledigen.«

»Du hast dienstfrei, falls du dich bitte schön an deine taufrische Suspendierung erinnerst. Mach bloß keinen Ärger. Fessler hat es ernst gemeint.«

Doch Poensgen ist nicht zu bremsen. »Schau doch bitte nach, ob die Kollegen vor dem Haus noch da sind. Wir könnten ihnen Kaffee bringen.«

Móricz geht zum Fenster. »Sie sind fort. Da ist niemand mehr.«

Sie schauen sich an.

»Wie schön«, ruft Poensgen. »Dann verabschiede ich dich jetzt, Alter, wenn's recht ist.«

»Du willst mich loswerden«, seufzt Móricz. »Meine Tasche ist gepackt. In fünf Minuten ist der Störenfried über alle Berge.«

»War nicht so gemeint, Alter. Du kommst ja wieder, und dann fahren wir ins Elsass oder in die Schweiz, versprochen.«

Vom Fenster aus beobachtet Poensgen das Auspark- und Wendemanöver des Wagens mit dem ungarischen Kennzeichen. Der Parkplatz ist jetzt beinahe leer, nur ein Krähenpaar stolziert am Rand entlang. Poensgens BMW steht in einem weiß gekennzeichneten Feld.

Acht Uhr fünfundvierzig. Nachdenklichkeit kräuselt Poensgens Stirn. Um neun Uhr ist Meeting bei Fessler, dann werden die Kollegen erfahren, dass ich raus bin aus der Soko. Kramer wird sich freuen, natürlich wird er, ich hab ihn nicht gut behandelt.

Er blickt hinüber zum Parkplatz. Immer noch leer. Kein unauffälliges Fahrzeug mit ebensolchen Kollegen. Auch die Krähen sind fort.

Gut so. Sie lassen mich anscheinend in Ruhe, Fessler hat mal wieder unnötig Wind gemacht, denkt er und fährt den Laptop hoch, legt sein Notizbuch, sein Smartphone und zwei weitere Mobiltelefone auf den Tisch.

Konzentriert durchforscht Poensgen das Internet, macht sich Notizen. Endlich greift er zum Festnetztelefon und erledigt noch einige Telefonate. Unter anderem ruft er in Wien bei Eva-Maria Brettschneider an.

Ja, es bleibe dabei, sie komme nach Freiburg, ihr Flug sei gebucht, und sie freue sich. Und dann kommen sie ins Reden, über eine Stunde lang, obwohl er doch gar keine Zeit hat.

Rücke vor bis zum Schlossplatz

Um die Mittagszeit bestellt Poensgen ein Taxi. »Bitte schicken Sie mir Mohamad, ich muss nach Badenweiler.«

Er meldet sich als Rollstuhlfahrer an und wartet ungeduldig auf den Wagen. Mohamad kennt Poensgen von früheren Fahrten. Mohamad quasselt nicht und lenkt ruhig und umsichtig.

Es dauert, bis das Taxi vorfährt, und Poensgen vertreibt sich die Zeit, indem er die einzige Pflanze in seinem Loft, eine kleine japanische Ulme, mit der Schere bearbeitet und ihre wilden Triebe stutzt. Das Bäumchen ist schon zwölf Jahre alt und wächst in einer niederen, ovalen Schale. Nachdem er die Ulme wieder in Form gebracht hat, wäscht er ihr dunkelgrünes Blattwerk mit einem Schwamm ab und besprüht sie abschließend mit feinem Wasserdampf. Die silbrigen Perlchen klammern sich eine Weile an den Blättern fest und tropfen nach und nach herunter.

Poensgen muss sich von Mohamad beim Einsteigen helfen lassen, weil alles ein bisschen anders ist als im eigenen Wagen. Mohamad versorgt den Rolli. Poensgen richtet seine Beine und schnallt sich fest. Als er aus seinem Smartphone die SIM-Karte entfernt und das Telefon wieder in der Lederjacke verstaut hat, setzt er sich bequem hin und nimmt sich vor, die Fahrt nach Badenweiler zu genießen.

Das Taxi fährt nach Freiburg, von dort, auf Wunsch Poensgens, auf der B 31 Richtung Schallstadt, dann nach Staufen und Laufen und biegt nach einigen Kilometern scharf links nach Badenweiler ab. Achtunddreißig Kilometer in fünfundvierzig Minuten. Über die Autobahn könnten sie ein paar Kilometer und etwas Zeit sparen, aber die Strecke über Staufen, die sich durch gepflegte Reb-Terrassen, Obstplantagen und saubere Dörfchen mit alten Winzerkellern und üppigen Gärtnereien schlängelt, ist eindeutig die schönere.

Die kurvenreiche und ansteigende Straße nach Badenweiler führt durch dicht bewaldetes Gebiet. Lichthelles Blattwerk und einige spät blühende Bäume schmücken rechts und links die Strecke. Immer wieder öffnet sich ein neuer verführerischer Ausblick auf das Markgräflerland.

Poensgen schaut aufmerksam zum Fenster raus. Sein Fahrer achtet darauf, die Kurven weich zu nehmen. Selbstvergessen summt Mohamad eine Melodie, die allerdings so traurig klingt, dass Poensgen ein Gespräch über den Weinanbau in der Region und über berühmte Persönlichkeiten, die früher in Badenweiler gelebt haben, beginnt. Poensgen erwähnt René Schickele, Annette Kolb und den Maler Emil Bizer, und Mohamad hört geduldig zu. Hin und wieder blickt der Mann mit dem Vollbart in den Rückspiegel. Der alte Mercedes, der eine Weile hinter ihnen fuhr, ist seit ein paar Minuten verschwunden.

Nach angenehmer Fahrt erreichen sie im Schritttempo die Ortsmitte von Badenweiler, fahren bis zum Schlossplatz und parken unter einem absoluten Halteverbotsschild.

Poensgen bezahlt, Mohamad bekommt ein Trinkgeld.

»Soll ich auf Sie warten?«, will Mohamad wissen.

Poensgen schüttelt den Kopf. Mohamad hilft ihm beim Aussteigen. Poensgen winkt und rollt langsam davon. Wie er so über den menschenleeren Platz zuckelt, wirkt er wie ausgesetzt.

Frierend zieht Poensgen den Reißverschluss seiner Lederjacke hoch und wickelt den Schal enger; eine freche Böe bläst ihm ins Gesicht. Vor ihm erhebt sich ein altertümliches weißes Gebäude, aus dessen Mitte heraus ein weinroter tunnelartiger Eingang wächst.

»Hotel Römerbad«, liest er auf der Schabracke des Baldachins. Sein Blick wandert über die Hausfront und zwischen den hohen Fenstern und verschnörkelten Balkonen auf und ab, hin und her.

Das wäre was nach Andors Geschmack, denkt er. Der verwunschene Kasten im Zuckerbäckerstil würde ihm gefallen, wäre der ideale Schauplatz für einen seiner schaurigen Romane. In Würde gealtert und geheimnisvoll schön. Wie eine reiche, alte Lady mit Lackschuhen. Wie Frau von Schubert.

Er rollt langsam näher. Ob er beobachtet wird? Es kommt ihm so vor, doch rasch schiebt er den Gedanken beiseite. Da ist niemand. Oder doch? Er ist verabredet und wird vielleicht schon erwartet, obwohl er zu früh ist. Er möchte die verbleibende Zeit nutzen, sich umschauen und sich dadurch noch ein bisschen mit seiner Rolle anfreunden.

Poensgen macht ein Gesicht, als habe er sich die Aktion einfacher vorgestellt. Ganz automatisch holt er tiefer Luft. Er sieht die Figur, die er gleich spielen wird, schemenhaft vor sich.

Entschlossen zieht er seine uralte New-York-Yankees-Cap aus der Seitentasche des Rollstuhls und setzt sie auf. Das Schild ragt weit übers Gesicht, versteckt nicht nur seine Augen, sondern auch das weißblonde Haar. Er kommt sich mit der Kopfbedeckung ziemlich albern vor, aber er hofft, dass ihm die Mütze, die er spöttisch seine Tarnkappe nennt, die Inszenierung erleichtern wird. Und sofort wird der Vorzug seiner Schildmütze augenscheinlich, denn nun kann er noch unauffälliger als vorhin seine Blicke über den Schlossplatz und die nähere Umgebung schweifen lassen. Er kann so tun, als interessiere er sich ausschließlich für die Beschaffenheit des holprigen Pflasters, denn ein Rollstuhlfahrer, der ängstlich auf seinen Weg achtet, wirkt authentisch und harmlos, dem gehört vielleicht sogar das Mitleid einiger Passanten.

Während er noch darüber nachdenkt, wie sein Plan erfolgreich umzusetzen ist, löst sich aus dem Schatten des Hotels eine männliche Gestalt, geht langsam, eine frisch angezündete Zigarette im Mundwinkel und Gleichmut im Blick, über den Platz.

Poensgen hört die Schritte, wendet den Rolli um neunzig Grad und fährt ein Stückchen Richtung Kaiserstraße. Der

Mann folgt ihm, geht an ihm vorbei. Doch dann dreht er sich um und bleibt stehen.

Ohne die Zigarette aus dem Mund zu nehmen, stößt er einen Satz hervor, der sich so ähnlich anhört wie: »Haben wir vielleicht eine Verabredung?«

»Wenn Sie der Mann mit dem Inserat aus dem Internet sind, dann ja«, antwortet Poensgen mit kühler Höflichkeit. Seine Stimme klingt rau, ist eine Tonlage tiefer gerutscht und hört sich an, als würde Christian Brückner Robert De Niro synchronisieren.

»Immer dieser kalte Wind hier, sollen wir nicht …? Ich meine, wo es etwas wärmer ist«, fragt der Mann, nachdem er Poensgen peinlich genau gemustert hat.

Poensgen zuckt kaum merklich die Schultern und kratzt weiter auf seinen Stimmbändern herum. »Ich kenne mich nicht aus, brauche eine Rampe. Treppen sind nicht so günstig, wie Sie sich denken können.«

»Natürlich«, sagt der Mann. »Gehen wir doch ins Hotel hinein. Ich schließe Ihnen die Tür zum unteren Seiteneingang auf, dort nehmen Sie den Lift. Es gibt auch im Haupteingang ein paar Metallschienen, die man über die Treppenstufen legen könnte, aber der Anstieg ist steil, vielleicht zu steil. Also, kommen Sie schon.« Er lächelt Poensgen aufmunternd zu und meint: »Wir setzen uns ganz einfach in die Hotel-Bar.«

»Von mir aus«, murmelt Poensgen.

Kurze Zeit später befinden sie sich in der Bar und rücken sich einen der kleinen Tische zurecht. Gemütlich warm ist es hier nicht, und Poensgen ist dankbar für das Glas Whisky, das ihm angeboten wird.

»Ich kann auch einen Tee kochen«, sagt der Mann, der bemerkt hat, dass sich Poensgen die Hände warm reibt. »Heißes Wasser und einen Teebeutel, so etwas gibt es hier auch noch. Sogar ein paar Erdnüsse, wenn Sie welche wollen«, fügt er hinzu.

Weil Poensgen glaubt, dass es keine schlechte Idee sei,

zwecks Annäherung gemeinsam Erdnüsse zu essen, nickt er und sagt freundlich: »Gern, danke.«

Der Mann rückt mit seinem Stuhl näher an den Tisch. »Wie ist noch mal Ihr Name? Schneider? Oder wie?«

»Ja, Johannes Schneider.«

»Richtig, erinnere mich, sagten Sie am Telefon.«

»Und Sie sind Thierry Galuppi«, stellt Poensgen lapidar fest.

»Galuppi, wie meine Frau. Ich trage den Familiennamen meiner Frau.«

»Italienerin?«

»Olga kam mit ihren Eltern 1962 aus Neapel nach Deutschland.«

»Olga klingt aber gar nicht italienisch.«

»Nein, den Namen habe ich ihr gegeben. Ich habe sie immer Olga genannt, nach meiner Großmutter.«

Poensgen klaubt ein paar Erdnüsse heraus und reicht Galuppi das Tütchen. »Danke«, sagt Galuppi, kippt sich eine kleine Menge in die hohle Hand und befördert die Nüsse allesamt auf einmal in seinen Mund. Weil er jetzt mit Kauen beschäftigt ist, sagt er nichts. Auch Poensgen ist still, nimmt aber mit Kennermiene einen großen Schluck Whisky.

»Sie sind vermutlich nicht von hier«, nimmt Galuppi nach einer Weile das Gespräch wieder auf.

»Wieso?«, fragt Poensgen und spürt einen leichten Druck in der Magengegend.

»Sie sprechen Hochdeutsch, ganz ohne regionalen Dialekt. Hier reden doch die Leute, als hätten sie Halsschmerzen. Alemannisch und Markgräflerisch. Als Musiker habe ich ein feines Gehör für Sprache. Anstatt Landkreis sagt man hier Landchreis, und Badenweiler heißt Badewiler. Und wissen Sie, was eine Chilchgmei ist?«

Poensgen verneint, und Galuppi versucht ein Lachen. »Chilchgmei ist die Kirchengemeinde, und der Kindergarten heißt Chinderschuel. Ja, sehr komisch das alles. Kommt es Ihnen nicht auch so vor?«

»Ich bin nicht oft unter Menschen, ich lebe allein. Habe mich nach meinem Autounfall immer mehr zurückgezogen, also fällt mir das nicht so auf«, antwortet Poensgen gedehnt und deutet auf seinen Rollstuhl. »Bin berentet und dank einer kleinen Erbschaft unabhängig. Am liebsten bleibe ich zu Hause.«

»Oh ja, ich verstehe.« In Galuppis Stimme schwingt wenig Anteilnahme mit, aber doch Interesse.

Poensgen, der seine eilig zurechtgezimmerte Biografie nach Möglichkeit gar nicht erst ausbreiten möchte, fährt so betont schleppend fort, dass er sogar die Pausen zu sprechen scheint. »Ich verbringe die meiste Zeit bei mir zu Hause, wo ich mich auskenne. Ich bin tatsächlich zum Einsiedlerkrebs geworden. Außer dass ich im Internet surfe und ein bisschen zocke, mache ich nicht viel. Doch jetzt möchte ich mir ein Klavier kaufen und Unterricht nehmen. Mein Therapeut hat mir dazu geraten, er meinte, ich hätte eine kreative Seite. Das Klavierspielen könnte mir guttun.«

Galuppi lauscht dem rauchigen Singsang von Poensgens Stimme und schaut nachdenklich auf die abgegriffene Sportkappe, die Poensgens Gesicht bedeckt.

»Olga wollte auch immer spielen«, sagt er endlich und seufzt. »Meine Frau hätte Talent gehabt.«

Poensgen schaut auf. »Gehabt?«

Doch Galuppi reagiert nicht.

»Wieso gehabt?«, wiederholt Poensgen, dem ein leichtes Zucken um Galuppis Mund nicht entgangen ist.

Galuppi greift wieder nach den Erdnüssen. »Olga ist schwer krank, sie wird sterben«, sagt er, sich die Nüsse in den weit geöffneten Mund werfend.

Es entsteht eine Pause, in der nur das Zerbeißen der Nüsse zu hören ist.

»Der Whisky ist recht gut«, lobt Poensgen unvermittelt. »Aber dürfen wir den einfach so leer machen? Ist das erlaubt?«

»Ja, richtig, unsere Selbstbedienung ist nicht ganz legal«,

gibt Galuppi zu und schenkt nach. »Ich werde die Flasche demnächst ersetzen, wenn ich das Hotel verlasse. Ich will in Kürze ausziehen. Man soll mir nicht nachsagen, ich hätte die Bar leer gesoffen. Obwohl das beinahe stimmt. Ich bin hin und wieder hier, sitze dann mutterseelenallein an der Theke. Ich sage mir, wer hat schon das Vergnügen, der einzige Gast in einem so berühmten Hotel zu sein? Für mich eine einmalige Gelegenheit. Manchmal führe ich Selbstgespräche, oder ich stelle mir vor, jemand säße neben mir. Mitunter unterhalte ich mich mit dem Barkeeper, der längst über alle Berge ist. Ein aufmerksamer Typ. Der war mehr wert als jeder Therapeut.«

Er reibt sich nachdenklich das Kinn. »Wüsste allzu gern, wo der geblieben ist. Aber alle sind weg, niemand mehr hier. Manchmal höre ich sie noch, die Kellner, die Zimmermädchen, den Mann vom Empfang und den Direktor. Ihre Stimmen geistern durchs Haus, man muss nur ein paar Tropfen zu viel trinken oder eine kleine Brise nehmen, schon sind sie alle wieder da. Früher kamen weltberühmte Musiker und Schriftsteller ins Haus. Großartige Kammerkonzerte wurden aufgeführt und Lesungen. Ihre Töne und Worte hängen noch immer in den Wänden. Wie Motten sind sie in die Tapeten und wollenen Vorhänge gekrochen.«

Er holt Luft und lächelt versonnen. »Und ich hole sie mir wieder hervor. Ich liebe diesen kribbelnden, atemlosen Zustand kurz vor dem Verrücktwerden. Dann setze ich mich hier an dieses kleine, schlichte Klavier und reiße mir die besten Stücke aus der Seele.« In seinem Blick liegt Wehmut. »Selbst das Piano kann sich meiner sonderbaren Herzschmerzstimmung nicht verschließen und gibt sein Bestes, obwohl es wirklich ausgeleiert ist und seine Hämmerchen kaum noch Filz haben.«

»Ich habe gelesen, dass ein neuer Investor im Gespräch sei und dass das Hotel wieder in Betrieb genommen werden soll. Dann könnten Sie auch wieder als Barpianist auftreten«, meint Poensgen.

»Nein, das werde ich ganz bestimmt nicht. Meine Lust darauf hat sich verflüchtigt. Die Zeiten haben sich geändert, den alten, ehrwürdigen Glanz wird niemand mehr hervorzaubern. Auch weil es die Menschen dazu nicht mehr gibt. Die wohlhabenden, eleganten Fossile sind verschwunden. Diejenigen, die nachrücken, sind neureich und langweilig. Die mögen keine Falten und keine grauen Haare, alles muss künstlich jung gehalten werden. Ihre Köpfe sind kulturell ungebildet und ihre Herzen spröde.«

Er klopft sich an die Stirn. »Hier oben haben sie nichts mehr zu bieten. Man hätte den Untergang des Hauses gar nicht erst so weit kommen lassen dürfen. Eine Auferstehung wäre wirklich ein Wunder. Aber manchmal soll es ja auch Wunder geben, nicht wahr?«

Poensgen dreht sein Glas in der Hand. »Und wo steht das Klavier, das Sie zum Kauf anbieten? Sie sagten, dass das Instrument vorläufig noch an einem anderen Ort untergebracht sei.«

»Ja, bitte, ich zeige Ihnen gleich ein Foto davon«, sagt Galuppi lebhaft. Er wischt über sein Smartphone. »Et voilà! Ist dieses Baby nicht traumhaft schön?«

»Wirklich außergewöhnlich«, knarzt Poensgen, auf das Foto starrend.

Er hat es nicht anders erwartet, es ist das Klavier von Frau von Schubert, er erkennt es sofort wieder, und es wird ihm ganz warm unter der Mütze, während Galuppi in Fahrt kommt und das Instrument begeistert beschreibt.

»Sehen Sie nur, was für eine einmalige Optik! Die Blüthners in Leipzig stellten weltweit nur drei Klaviere mit diesem hochwertigen Furnier her: Kampfer poliert. Also, da hätten Sie schon ein Prachtstück, wenn Sie sich dazu entschließen würden. Und Blüthner ist ein sehr berühmter Klavierbauer. Belieferte früher viele Adelshöfe. Richard Wagner, Liszt, Tschaikowski, Schostakowitsch und andere Komponisten hatten einen Blüthner. Rubinstein und Arrau haben ihn gespielt, und wie man weiß, bekam Udo Jürgens einen Blüthner-Flügel als Gage in der ehemaligen DDR.«

»Ich weiß, ich weiß, sogar die Beatles spielten ihr ›Let It Be‹ auf einem«, pflichtet Poensgen Galuppi bei, der vor lauter Eifer rötliche Flecken an Hals und Ohren bekommen hat.

»Herr Schneider, ich habe Ihnen einen wirklich moderaten Preis genannt, das ist Ihnen hoffentlich bewusst. Am liebsten würde ich das Instrument selbst behalten, aber das geht leider nicht.«

»Warum nicht?«

Galuppi steckt sein Smartphone wieder ein. »Ich gehe ins Ausland. Wenn Olga eines Tages nicht mehr unter uns ist, wandere ich aus – mit leichtem Gepäck, das habe ich mir vorgenommen. Ein Klavier kann ich nicht mitnehmen. Ich will auch nicht mehr spielen. Vorbei ist vorbei.«

Poensgen trinkt langsam aus. »Verstehe.«

Es entsteht eine Pause. Ein Hauch alkoholisierter Benommenheit und Schläfrigkeit kreist über ihnen. Doch dann schenkt sich Galuppi nach und richtet neue Aufmerksamkeit auf sein Gegenüber. Poensgen spürt es. Er lächelt höflich. Galuppi beugt sich über den Tisch.

»Mal ehrlich, wären Sie denn wirklich interessiert? In Ihrem Alter noch mit Klavierstunden zu beginnen – ich weiß nicht so recht. Herr Schneider, ich kann meine Zeit nicht vergeuden, ich brauche ein Zeichen, dass Sie es ernst meinen.«

»Selbstverständlich, Sie brauchen ein Zeichen … was machen wir denn da? Ich bin interessiert, sicherlich. Aber mehr kann ich im Augenblick nicht dazu sagen. Natürlich möchte ich das Instrument sehen und ausprobieren, ich kann nicht die Katze im Sack kaufen.«

»Ich wollte das Klavier neulich ins Hotel holen lassen, das hat leider nicht geklappt. Nun steht es noch in einer Privatwohnung in Freiburg.«

In Poensgens Gesicht entsteht bescheidene Freude. »In Freiburg? Nichts leichter als das. Wir können uns verabreden und gemeinsam hingehen. Handelt es sich um Ihre Wohnung?«

Galuppi windet sich. Er sucht nach Worten und kippt sich den Rest der Erdnüsse in den Mund.

»Wie heißt die Straße? In welchem Stadtteil?«, hakt Poensgen nach.

»Sie wollen tatsächlich …?«, stottert Galuppi ungläubig.

»Klar doch«, knurrt Poensgen.

Ohne die geringste Vorankündigung sinkt Galuppi vornüber und bettet seinen Kopf in die Hände. Noch ist er ruhig, zuckt nur leise, doch von Sekunde zu Sekunde wird sein Zusammenbruch deutlicher und greifbarer. Seine Schultern schütteln sich, und aus seiner Kehle hüpfen kurze, klagende Schluchzer.

»Ich kann hier nicht fort, ich muss auf Olga aufpassen«, stöhnt er, während Poensgen ihn nicht aus den Augen lässt. »Ich muss bei meiner Frau bleiben, ich habe es ihr versprochen.«

»Natürlich, Herr Galuppi, natürlich verstehe ich Ihr Problem.«

»Nein, Sie verstehen gar nichts. Wie sollten Sie auch? Sie gehören doch auch zu den Menschen, die sich nur um sich selbst kümmern. Sie wissen nicht, was es heißt, sich um einen geliebten Partner zu sorgen. Tag für Tag kochen, waschen, füttern, zum Klo führen, Kotze fegen, die Haare waschen, Tabletten und Spritzen gegen die Schmerzen geben, das Bett frisch beziehen … was wissen Sie schon davon? Sie lassen sich frühzeitig berenten, und der Rest der Welt ist Ihnen scheißegal. Sie ziehen sich in den Kokon Ihrer elitären Einsamkeit zurück, sind ungebunden und behindert und kokettieren damit. Doch dort, wo der Krieg tobt, dort kommen Sie nicht hin. Das Leben mit seinen kranken Beziehungen ist Ihnen gleichgültig. Ich versichere Ihnen, ein Leben zu zweit, wenn einer davon leidend ist, ist eine kaum lösbare Aufgabe und macht alle Beteiligten zu seelischen Krüppeln. Das ist viel schlimmer als Ihre Malaise.«

In seinen Augen sammelt sich Wasser, seine Nase läuft. Galuppi nimmt den Handrücken für den Rotz, verteilt auch die Tränen übers Gesicht. Er findet kein Taschentuch, sucht fahrig in seinen Taschen. Aufgebracht greift er nach einer Papierserviette. An Wangen und Kinn bebend, starrt er Poensgen an, wartet darauf, dass der ihm antwortet.

Doch der denkt nicht daran und bleibt stumm, auch deshalb, weil ihn das Reden mit verstellter Stimme angestrengt hat.

Galuppi flennt und greift sich an die Brust, ungefähr dorthin, wo sein Herz schlägt. »Hier schmerzt es, ich kann Ihnen gar nicht sagen, wie sehr. Am liebsten würde ich mich umbringen und unter meine tägliche Qual einen Schlussstrich ziehen. Aber dazu habe ich keinen Mut. Nein, keinen Mut, bin ein Feigling, kann doch Olga nicht allein lassen, meine liebste Olga, was wäre sie ohne mich ... nicht einmal Geld hätte sie. Olga ist von mir abhängig. Sie braucht mich, und ich ... ich, ich bin am Ende«, jammert er drauflos.

Heftig von seinem eigenen Leid ergriffen, schmeißt er sich über den Tisch, wirft dabei Poensgens Whiskyglas um und bleibt wie ein gefällter Baum liegen.

Peinlich, denkt Poensgen, tupft vorsichtig die kleine Pfütze Whisky auf und gesteht mit sarkastisch verkniffenem Gesichtsausdruck: »Vielleicht haben Sie recht, es ist nicht mein Ding, mich um andere zu kümmern. Ich habe mit mir selbst genug zu tun, bin hauptberuflich Egoist. Zuerst komme ich, dann lange nichts. Alles, was ich tue, ist nur für mich bestimmt. Ich brauche keine Frau, nicht einmal einen Hund. Kinder mag ich sowieso nicht. Ich benutze keine Straßenbahn, weil ich mir ein Auto mit Chauffeur erlaube. Ich gehe in kein Restaurant oder Geschäft, wenn der Eingang nicht behindertengerecht ist. Ich bestelle alles, was ich zum Leben brauche, im Internet und bin damit sogar modern und am Puls der Zeit. Wenn ich Hilfe benötige, bekomme ich sie, weil ich sie mir leisten kann, weil ich außerdem ein kluges, vorausdenkendes

Kerlchen bin. Und immer öfter genieße ich bewusst die Größe des Verzichts, um meine Unabhängigkeit zu bewahren.«

Er bemerkt, wie sich Galuppi wieder aufzurichten versucht, und fährt unbeirrt fort: »Was erwarten Sie von mir? Mitleid? Soll ich sagen, dass ich Sie bedaure oder dass ich für Sie zur heiligen Muttergottes beten werde? Und Ihre Frau, soll die etwa auf den Knien rutschen und Ihnen die Füße küssen, weil Sie sie pflegen? Blödsinn, wieso frage ich, eine Antwort ist ohnehin überflüssig. Sie sind am Ende. Sie wollen einen Abflug machen, wie Sie selbst sagen.«

Poensgen macht eine wegwerfende Handbewegung und lässt eine Spur Gleichgültigkeit in seine Stimme fließen. »Kommen wir doch einfach zum Punkt. Ich bin an Ihrem alten Klavier interessiert, alles andere geht mich nichts an.«

In Galuppis Augen brodelt Wut, er leckt sich nervös die Lippen. »Sie sind ganz schön arrogant, das habe ich doch gleich gespürt. Gerade von einem Behinderten habe ich mir eigentlich etwas mehr Verständnis und Nächstenliebe erwartet. Aber gut, es muss auch solche Typen geben.«

Er drückt enttäuscht den Kopf auf seine Brust, hebt ihn wieder und nimmt erneut sein Lamento auf. »Und wenn ich Olga von ihrem Leiden erlösen würde, was wäre dann? Wäre ich dann ihr Mörder oder ihr Befreier? Herr Schneider, wenn Sie so viel allein und mit sich selbst beschäftigt sind, haben Sie vielleicht auch Zeit, irgendwann einmal über den Tod nachzudenken? Was bedeutet er Ihnen? Macht er Ihnen keine Angst?«

Poensgen verschränkt die Arme über der Brust, sagt endlich: »Ein bisschen viel, was Sie wissen wollen. Aber ich werde Ihnen antworten. Oh ja, dem Tod begegne ich hin und wieder, vielleicht öfter, als Sie sich vorstellen können. Darüber möchte ich mich aber hier nicht ausbreiten, das ist meine Angelegenheit. Allerdings habe ich den Eindruck, dass Sie nicht Olga von ihrem Leiden befreien wollen, sondern Sie sich von Olga. So kommt es mir vor.«

Galuppi spreizt seine Finger. »Spielt das eine Rolle? Sind Olgas und mein Leidenszustand nicht schicksalhaft miteinander verwoben? Kann man uns noch trennen? Olga wird sterben, und es wird fürchterlich werden. Ihr Herz ist noch stark, das wehrt sich. Ich liege neben Olga, bin gefangen wie ein Tier im Käfig, leide jeden Tag vierundzwanzig Stunden mit ihr und kann nicht fort. Ich habe meine Karriere und alles, was mich als Künstler ausmacht, für sie aufgegeben. Habe ich nicht auch ein Anrecht auf Freiheit und Leben?«

»Ich kenne Sie nicht, Herr Galuppi. Ich weiß nicht, ob Sie vielleicht Alkohol und Drogen zu sich nehmen, die Ihnen die Sinne vernebeln, natürlich weiß ich auch nicht, was Sie unter Freiheit und Leben verstehen. In meinen Ohren klingen Ihre Worte leichtfertig und aufgeblasen, ich befürchte allerdings, dass Sie schon zu sehr in das Sterben Ihrer Frau Olga verstrickt sind. Sie haben sich schon hundert Mal überlegt, auf welche Art und Weise Sie Olga umbringen könnten. Stimmt's?«

Mit Nachdruck schiebt Galuppi seinen Stuhl zurück, kommt auf Poensgen zu, beugt sich herunter, fährt sein Gesicht dicht an ihn heran.

»Sehr wohl, Herr Schneider, oder wie Sie sonst heißen mögen, an Ihnen ist doch auch nicht alles echt, wie? Sind Sie vielleicht ein Gauner oder doch ein wertvolles Mitglied unserer Gesellschaft? Weiß nicht, was ich von Ihnen halten soll. Hochmütig sind Sie allemal, aber das sagte ich schon.« Er lauert vergeblich auf Poensgens Reaktion, redet wie abwesend weiter: »Richtig, ich bin verstrickt, komme aus der Sache nicht mehr heraus.« Er wird so leise, dass Poensgen ihn kaum noch versteht. »Ich bereue nichts, ich habe Olga befreit. Sie hat es von mir erwartet. Ich weiß, dass es meiner Olga gut geht, dort, wo sie jetzt ist.«

»Ah ja, befreit haben Sie sie also? Oder sollte man nicht besser sagen, dass Sie Ihre Frau umgebracht haben?«

Über Galuppis Gesicht huscht ein Lächeln. »Nein, befreit. Ich bestehe darauf. Aber davon verstehen Sie nichts.«

Eingefallen und grau kommt er Poensgen vor. Seine rot umränderten Augen brennen, und die Stimme erlischt.

Poensgen überlegt, wie er mit Galuppis Geständnis umgehen soll. Er möchte ihm Zeit lassen, will mehr von ihm erfahren.

Und Galuppi tut ihm den Gefallen, reißt sich noch einmal zusammen und redet unerwartet weiter: »Herr Schneider, bitte schön, wenn Sie sich kurzfristig entscheiden könnten, das Klavier zu kaufen und mir die Summe bar zu geben, dann hätte ich eine Chance. Ich habe alles für meine Flucht und ein neues Leben vorbereitet. Ich gebe Ihnen das Instrument zum halben Preis. Wir haben uns nie gesehen. Was sagen Sie dazu?«

Angeekelt schiebt Poensgen Galuppi von sich weg. »Bitte, gehen Sie, ich bin allergisch auf fremden Atem. Setzen Sie sich wieder hin, zum Teufel, wir können über Ihren Vorschlag reden, wir können über alles reden.« Mit Entschiedenheit fügt er hinzu: »Über alles, Herr Galuppi, wenn Sie wollen. Ich bin verschwiegen, auch ein arrogantes Arschloch kann seine Klappe halten.«

Hoffnung flackert in Galuppis Blick. »Seltsam, ich hatte irgendwie die Vorstellung, heute könnte mein Glückstag sein. Und siehe da, ich stelle fest, wir verstehen uns besser als erwartet. Vielen Dank, Herr Schneider.«

»Na, na, man soll bekanntlich nicht den Tag vor dem Abend loben«, sagt Poensgen.

Doch Galuppi ist noch nicht fertig. »Übrigens, für einen Behinderten sind Sie ganz schön übermütig. Woher nehmen Sie die Chuzpe, ohne Hilfskraft mit Ihrem Rollstuhl unterwegs zu sein? Immer allein? Brauchen Sie keinen Begleiter? So etwas habe ich noch nie erlebt. Ist Ihre Lähmung, oder was Sie sonst für ein Problem haben, echt? Ein bisschen Theater vielleicht?«

»Leider – an mir ist beinahe alles echt«, erwidert Poensgen und zieht seine Kappe aus, unter der er mächtig ins Schwitzen geraten ist.

Galuppi starrt ihn an. Seine Augen – zwei schwarze Löcher, darin Erkennen und finsteres Entsetzen. »Sind Sie nicht …?« Er schluckt laut. »Habe ich Sie nicht auf einem Foto in der Zeitung gesehen? Verdammte Scheiße. Sie sind Polizist, dieser Typ im Rollstuhl mit dem auffälligen hellen Haar.«

Poensgen hält Galuppis Blick stand und stellt endlich die Frage, die ihm längst auf den Nägeln brennt. Nackt, wie abgenagte Knochen, fallen die Worte aus seinem Mund. Er wirft sie Galuppi vor die Schnauze. Galuppi schnappt danach und wehrt sich trotzig.

»Nein, ich weiß nix von Diamanten und Schmuck. Niemals davon gehört. Bin doch kein Idiot. Habe meine Tante nicht umgebracht, natürlich nicht. Was für ein Schwachsinn. Ich verstehe, Sie wollen mir den Mord an meiner Tante in die Schuhe schieben. Aber nicht mit mir, ich weiß mich zu wehren.« Leise fügt er hinzu: »Ich habe nichts mehr zu verlieren. Wissen Sie was«, sein Blick ist plötzlich lebhaft entschlossen, »ich nehme Sie mit. Das haben Sie nun davon.«

Seine Hand greift in die Hosentasche. Das schwarze Metall der alten Pistole glänzt wie frisch poliert.

»Galuppi, machen Sie sich nicht lächerlich, legen Sie sofort die Waffe weg«, sagt Poensgen ruhig. »Los, Mann, haben Sie verstanden, Waffe runter! Ich weiß ja jetzt, dass Sie Olga getötet haben, aber es nützt Ihnen nichts, wenn Sie auch mich umbringen. Ich bin nur ein kleiner, unbedeutender Ermittler. Sie kommen sowieso vor Gericht.«

Galuppi, ein ganz und gar tristes Bild tiefster Hoffnungslosigkeit, blickt für einen Moment an Poensgen vorbei, kommt umgehend mit seiner Aufmerksamkeit zurück und atmet langsam aus.

»Es soll geschehen«, flüstert er.

Ruhig wie ein schlafendes Kätzchen liegt die Pistole in seiner Hand. Der Schuss donnert durch die Bar. Kaskaden von berstendem Glas rieseln. Danach Stille. Kein einziges lumpiges Geräusch mehr. Bis auf eine einsame Ecke ist nichts mehr von der Spiegelwand hinter Galuppi übrig. Doch auch diese letzte Scherbe fällt und zerbricht.

Poensgen reißt den Mund auf, spürt den Knalllaut in den Ohren, presst panisch seine Hände in den lodernden Schmerz und das anrollende Taubheitsgefühl. Er hört nichts mehr, aber er versucht zu verstehen, was er sieht.

Galuppi liegt in einem Haufen aus Glas und Splittern.

Kramer steht plötzlich im Raum, beugt sich über den niedergestreckten, schmerzzuckenden Körper und schiebt seine Dienstwaffe zurück in den Gurt. Als er sich wieder aufrichtet und zu Poensgen herüberschaut, kann er Stolz und Erleichterung nicht verhehlen. »Das war verdammt knapp!«, ruft er Poensgen zu und grinst unverschämt breit.

Von Poensgen kommt keine Antwort, der hustet gegen die Angst, reißt noch immer an beiden Ohrmuscheln und schleudert verzweifelt seinen Kopf hin und her. Es dauert, bis er sich langsam beruhigt; er hat Glück gehabt. Er kann Kramer wieder hören.

Sichtlich wütend fummelt Poensgen an seinem Smartphone, schiebt die SIM-Karte rein und ruft die Notfallnummer auf: »Römerbad-Hotel, Schlossplatz, beeilen Sie sich, eine Schießerei!« Sein Ohr klebt förmlich an dem Gerät, aufgebracht blafft er: »Nein, kein Irrtum, Sie haben richtig verstanden, wir haben einen Schwerverletzten im Grand Hotel Römerbad in Badenweiler am Schlossplatz.«

Und zu Kramer schreit er: »Los, binden Sie sein Bein ab!«

Kramer reißt Galuppi den Gürtel aus der Hose und schlingt ihn angewidert um den blutnassen Oberschenkel.

Galuppi stöhnt auf. »Ihr Idioten, ihr elenden Idioten, ich wollte doch niemanden erschießen. Die Pistole ist sauber, kein einziger Schuss drin. Schaut nach, nix drin. April, April, schön reingefallen, hab euch reingelegt. Ihr Idioten. Warum habt ihr mich nicht abgeknallt? Nur das wollte ich. Dann wär jetzt Ruhe.« Seine Hand gräbt in der Tasche des Jacketts. »Hier«, sagt er, »hier sind die Patronen.«

Kramer wuchtet Galuppi rum, um ihn notfallmäßig richtig zu lagern. Aus Galuppis Bein blutet es im Schwall, sein Oberschenkel ist zerfetzt. Trotz des Gürtels will das Bluten nicht weniger werden. Und Poensgen, froh, wieder zu hören, brüllt wie erlöst los, will wissen, wieso Kramer hier herumballere, und Kramer plärrt zurück, dass er ihm gefolgt sei, auf eigene Verantwortung.

»Wieso auf eigene Verantwortung? Woher wissen Sie, dass ich hier bin? Wer hat Sie geschickt?«

Kramer wischt sich mit der Hand übers Gesicht, hockt auf dem Boden neben dem winselnden Galuppi. Kramer ist voll Wut und Blut und gesteht, dass Andor Móricz ihn vor seiner Abreise angerufen und ihm gesteckt habe, dass sein Freund Josef etwas im Schilde führe, was bestimmt nicht gut für ihn sei. Also habe er Móricz versprochen, dass er sich drum kümmere, habe sich umgehend auf den Weg gemacht und gerade noch gesehen, wie das Taxi abgefahren sei.

»Seither bin ich in Ihrer Nähe, bin durch ein Kellerfenster ins Hotel eingestiegen und habe alles mit angehört. Und wenn dem Galuppi seine Pistole geladen gewesen wäre, dann wären Sie jetzt nicht mehr unter den Lebenden. Man könnte auch sagen, Sie wären mausetot.«

Poensgen schaut Kramer an, als sähe er ihn zum ersten Mal. »Sie meinen, ich wäre …«

»Bullshit, verstehen Sie denn nicht, was ich meine? Mau-setot. Finito.«

»So schnell gebe ich den Löffel nicht ab, Kramer. Ich hatte nicht vor, durch eine Kugel von Galuppi zu sterben. Sie werden es nicht glauben, aber ich habe –«

»Sie könnten vielleicht einfach mal Danke sagen. Ich supergranatenmäßig blödes Arschloch habe auf Sie aufgepasst, weil Sie wieder einmal allein losziehen mussten.«

»Kramer, beruhigen Sie sich. Ich wollte nur sagen, dass ich … also es kommt ja höchst selten vor, aber heute hatte ich meine Waffe dabei. Und ich hätte nicht gezögert.«

»Sie haben gezögert. Sie wären exakt einen Wimpernschlag zu spät gekommen. Ich habe es genau gesehen.«

Poensgen lächelt versöhnlich. »Gut, Kramer, mein Leben lag einen Wimpernschlag lang in Ihrer Hand. Ich danke Ihnen. Sie waren zur richtigen Zeit am richtigen Ort.«

»Übertreiben müssen Sie jetzt auch nicht. Ich hab schon verstanden.«

»Ich rufe Fessler an«, sagt Poensgen. »Wir brauchen die Kollegen.«

»Natürlich«, sagt Kramer. »Jetzt brauchen wir die.«

Maria mag Prosecco

Poensgen wirkt ernst und in sich gekehrt. Die letzten Tage waren anstrengend und haben ihn viel Energie gekostet. Er vermisst sogar Andor Móricz ein bisschen, besonders die kulinarischen Genüsse, für die Móricz still und unauffällig gesorgt hatte. Ja, er gesteht es sich ein, er spürt so etwas wie Freude, dass Móricz in ein paar Tagen wiederkommen will.

Poensgen fährt mit dem Taxi nach Basel und holt Eva-Maria Brettschneider vom Flughafen ab. Ihre Begegnung in der Ankunftshalle ist außerordentlich herzlich, so, als wären sie sich überhaupt nicht fremd, obwohl sie sich doch erst wenige Male gesehen haben.

Zwei Stunden später sitzen sie in einem kleinen Freiburger Café in der Brombergstraße und müssen sich lange anschauen. In ihren Blicken liegen Neugier und ein Berg voller ungeordneter Gefühle.

Dass sie Eva-Maria heißt, dafür kann sie nichts, und der Name Brettschneider passt auch nicht zu ihr, denkt er.

Dass er behindert ist, passt zu ihm. Es hat ihn stark gemacht. Vielleicht zu stark, denkt sie.

»Maria«, sagt er mit drei Ausrufezeichen in der Stimme.

»Ja, Josef?«

Er nickt und verkneift sich ein Lachen, denn die Situation kommt ihm mehr als verrückt vor. »Hm, ja«, sagt er etwas hilflos, denn etwas Kluges fällt ihm im Moment einfach nicht ein. Sein Gehirn fühlt sich leicht aufgeweicht an. Die Bedienung steht schon eine Weile an ihrem Tisch. Endlich besinnt er sich.

»Trinkst du Kakao, Tee oder Kaffee?«, will er wissen.

»Lieber einen Prosecco.«

»Gut, für mich auch.«

Sie greift in ihre Umhängetasche und zieht einen dünnen

Schnellhefter heraus. »Josef, hier, schau, ich hab dir was Interessantes mitgebracht«, sagt sie ernst. »Nachdem du mir am Telefon den Namen Romillo Renato Wolf genannt hast, da hat's bei mir klick gemacht. Sogleich hab ich nachgeschaut, und na, was soll ich sagen, ich hab gefunden, was mir ins Hirnkastel geschossen is. Den Wolf, du, den kennt die Kripo in Wien auch. Bitte. Ich hab ein paar Kopien durchlaufen lassen.«

Er lauscht dem Timbre ihres Dialekts, sein Blick hängt an ihren Lippen. Hätte ihm gestern oder vorgestern jemand einen so grandiosen Fallhinweis frei Haus geliefert, wäre er ausgeflippt vor Freude. Jetzt kommt er sich wie auf links gedreht vor. Seine berufsbedingte Neugier scheint zu ruhen. Fest und warm liegen seine Hände auf ihrem Mitbringsel und decken die Kopien zu.

»Danke«, sagt er leise.

Doch sie drängt ihn. »Schau halt gleich rein, du wirst dich freun, was das für ein depperter Kerl is. Aber Glück hat er gehabt, immer so ein Sauglück.«

»Erzähl«, fordert er sie auf, weil er sie weiter anschauen und ihr zuhören will und in diesem Moment absolut keine Lust hat, sich die Akte Romillo Renato Wolf reinzuziehen.

Überhaupt, was hat der Bericht über den kleinen, hässlichen Ganoven hier auf unserem Tisch verloren, denkt er. Es ist Pfingstsonntag, Feiertag, ein paar Stunden Abstand zum Fall, nur am Abend ein heikles Vier-Augen-Gespräch mit Fessler wegen gestern, aber jetzt, dieser Augenblick zu zweit, der muss doch festzuhalten sein. Fort mit Frau von Schubert, fort mit Wolf und Galuppi, bloß fort mit der Soko Spargelesserin! Fort mit diesen menschlichen Niederungen, die den kostbaren Augenblick zerstören.

Der Prosecco steht auf dem Tisch. Sie stoßen an. Maria sagt: »Zum Woi.«

Und er nickt. »Zum Wohl.«

Das gekühlte Getränk tut gut, löscht seinen Durst und macht ihn locker. Jetzt kann er Maria ungehemmt studieren:

eine groß gewachsene, kräftige Frau mit weichen, ausladenden Brüsten und hellbrauner, samtig schimmernder Haut. Ihr Gesicht ungeschminkt, alles Natur. Sogar ihre Augenbrauen sind nicht gezupft und gerupft, wachsen dicht und wild wie ein Wäldchen, und das tiefe Dunkelbraun ihrer Augen wurde vermutlich vom Teufel höchstpersönlich ausgewählt. Auch der gelockte Haarschopf, der sich turmartig auf ihrem Hinterkopf erhebt, strahlt in Schokoladenbraun und legt ihre wohlgeformten Ohren frei, an deren Außenrand mehrere Glitzersteinchen, wie Spatzen auf einem Dachfirst, hocken. Während ihre hohe, sanft gewölbte Stirn so glatt und klar in sich ruht, dass er ihr am liebsten ein Gedicht daraufschreiben würde.

Endlich greift Poensgen nach den Kopien. Maria zieht ihre graugrüne Parka aus und hängt sie über die Stuhllehne. Darunter trägt sie einen dünnen braunen Wollpulli, der sie trotz ihres üppigen Busens streng wie eine Nonne aussehen lässt. Sie nimmt Poensgen den Schnellhefter wieder aus der Hand, sucht darin herum und deutet auf eine ganz bestimmte Seite.

»Lies das hier«, befiehlt sie.

Poensgen liest mit Widerwillen, aber er liest und liest und kann nicht anders, als Maria anerkennend zuzunicken. Sie ist durch und durch eine Profifrau. Sie hat ihm unaufgefordert so perfekt zugearbeitet, dass er sich das in seinen kühnsten Träumen nicht besser hätte vorstellen können.

Wolf hat sich nämlich unter anderem auch in Wien aufgehalten, wollte nach einer Theaterrolle Ausschau halten, und in Wien hat er dann dieselbe Masche abgezogen wie in Freiburg und an anderen Orten. Wolf, der erfolglose Schauspieler, der sich in seiner wahnhaften Vorstellung einer geheimnisvollen Regie fügen muss, wie er behauptet, und durch ausgesuchte Höflichkeiten eine wohlhabende, altersverwirrte Dame, bei der er in Wien zur Untermiete wohnte, beinahe um ihr Vermögen gebracht hätte. Wolf wurde also auch in Österreich gesucht. Die Kripo Wien erhofft sich neue Erkenntnisse durch den Fall in Freiburg. Ein naher Verwandter der Wiener Dame, der auf sie aufpassen sollte, wurde im Gartenteich bei den Fischen gefunden. Erschossen. Die Suche nach dem Täter – bis heute erfolglos.

Poensgen klappt den Schnellhefter zu und murmelt: »Vielleicht habe ich Wolf falsch eingeschätzt. Vielleicht ist er ein widerlicher Serientäter. Aber noch weigere ich mich, das zu glauben. Er hat Frau von Schubert einen Papagei geschenkt und sich für das Tier verantwortlich gefühlt. Das ist doch auch eine Seite an ihm, die man bedenken sollte. Auf jeden Fall werden wir das Genmaterial abgleichen. Der Täter in Wien hat doch hoffentlich ausreichend Spuren hinterlassen, nicht wahr?«

Marias Lachen ist kurz und wissend. »He, wofür hältst du mich? Das hab ich längst gemacht. Hab umgehend mit Stuttgart telefoniert, wir haben uns ausgetauscht.«

»Und?«

»Übereinstimmung.«

»Kannst du das präzisieren?«, bittet Poensgen und ist jetzt höchst aufmerksam.

»Klar doch. Die Spurenanalysen in Wien und in Freiburg, die sind identisch. Hier, schau, ich hab dir die Grafik dazugelegt.«

»Trotzdem heißt das nicht, dass Wolf für den Mord in Freiburg zuständig ist.«

»Josef, nun sei endlich vernünftig. Es ist verdammt wahrscheinlich. Solang du keinen anderen Verdächtigen hast, und du sagtest selbst, dass Wolf kein Alibi für die Tatzeit hat.«

»Jaja, ich weiß schon«, schimpft Poensgen grimmig. »Aber Wolf, die alte Ratte, ist nun leider tot und kann uns nichts mehr sagen. Das ärgert mich sehr. Zum Teufel, ich konnte ihn nicht ausstehen, aber ich werde ihm nichts anhängen, was er nicht begangen hat. Wolf ist ein auffallend kleinwüchsiger alter Mann. Eigentlich kann er die Tat nicht ausgeführt haben, sagt unser Kriminaltechniker. Ich bin mir beinahe sicher, dass der Mörder von Frau von Schubert noch herumläuft. Und vielleicht ist auch Wolf von ihm ins Jenseits befördert worden. Andererseits kann das auch zu kurz gesprungen sein. Nein, nein, Maria, ich befürchte, wir suchen nicht einen Mörder, wir suchen zwei.« Er stockt und murmelt: »Entschuldige bitte – vielleicht, alles nur vielleicht. Ich weiß es noch immer nicht.«

Er schiebt sein leeres Glas beiseite und lächelt. »Trinken wir noch was? Sollen wir woanders hingehen? Ich meine, wir können auch zu mir fahren. Meine Wohnung ist entsetzlich ruhig und todlangweilig, irgendwo auf dem Land, nur eine halbe Stunde entfernt.«

Ihre Hand liegt auf der seinen, und sie lacht: »Na servus, also zeig mir deine bombige Höhle, ich bin interessiert.«

Ausgießung des Heiligen Geistes

Fesslers Blick bohrt sich gefährlich liebevoll in Poensgen. »Wissen Sie, was in der Bibel steht, Kollege Poensgen?«

Poensgen antwortet nicht. Und Fessler, der anscheinend gar keine Antwort erwartet hat, zitiert ein paar Sätze aus der Pfingstpredigt des Petrus. Poensgen lässt ihn gewähren und schließt die Augen.

Fessler bricht ab. »Poensgen, schlafen Sie gefälligst nicht ein!«

»Gott bewahre, ich bin hellwach.«

»Sehen Sie, Poensgen, das ist Pfingsten, so ist's in der Heiligen Schrift geschrieben, nur – wer weiß das schon, keine Sau interessiert sich heute noch dafür. Ich jedenfalls glaube an die Auferstehung und auch an die Ausgießung des Heiligen Geistes ... Was meinen Sie? Hallo, Kollege Poensgen! Na gut, es interessiert auch Sie nicht, ich ahnte es doch.«

Auf Fesslers altersschwacher Schreibtischuhr klappt die Neun hoch. Neunzehn Uhr. Fessler nimmt endlich Platz. Sie schauen sich an, Auge in Auge.

Doch Fessler lässt sich Zeit. Immer wieder blättert er in Kramers neuestem Badenweiler-Bericht und hakt sich fest. Er scheint die Vorgänge auswendig lernen zu wollen. Seite für Seite ziehen die Zeilen an seinen Augen vorbei. Er versucht sich zu konzentrieren und beschließt, demnächst doch die Ginkgo-Kapseln auszuprobieren, die ihm Bernadette besorgt hat.

Fessler blättert und reißt sich zusammen. Dass sein bester Mann schon wieder aus dem Ruder gelaufen ist, kränkt ihn. Er spürt die Kränkung wie einen giftigen Pfeil im Fleisch und kann ihn nicht herausziehen. Er weiß, dass er sich beruhigen sollte und sich alles noch ein wenig setzen und im Filter seines Bewusstseins ankommen muss. Dort toben noch immer die Kinder und Bernadette herum, sie verlangen seine uneingeschränkte Aufmerksamkeit, die er ihnen nun leider vorenthalten muss. Pfingstsonntag, Feiertag. Ja, toll, Papi muss abends noch mal ins Präsidium fahren und für Ordnung sorgen. Schließlich ist er der Chef der Kripo. Konzentrierte Arbeit ist angesagt. Er kann nicht anders, Pfingsten hin oder her. Ausschüttung des Heiligen Geistes ebenfalls hin oder her. Und vor allem Kollege Poensgen, der sowieso an nichts zu glauben scheint außer an seinen eisernen Willen, den Mörder, oder gleich mehrere Mörder, von der Witwe und ihrem seltsamen Hausfreund zur Strecke zu bringen. Und es gibt ein weiteres Opfer, diese Olga Galuppi, die Poensgen in Badenweiler aus dem Hut gezaubert hat. Eine Tote im alten Grandhotel, in ihrem Bett erstickt, von ihrem eigenen Mann. Einfach schrecklich. Was haben die Leute für Einfälle. Früher ging man ins Grandhotel zum Tanztee, heute bringt man die Gemahlin mit ihrem Kopfkissen um. Als Täter ein Pianist, Thierry Galuppi, ihr Gatte, der gleichzeitig der Neffe der ermordeten Witwe ist und deren Klavier verkaufen will. Absurder geht's wirklich nicht.

Womit habe ich das verdient? Eine undurchsichtige Situation nach der anderen. Da hilft auch keine Kur mit Ginkgo-Kapseln mehr, ahnt Fessler und spürt, wie ihm die Enttäuschung das Gesicht verzerrt.

Sicherlich, diesem Poensgen sind für seine Ziele alle Mittel recht. Auch gegen Recht und Ordnung zu verstoßen. Da fährt der Kerl doch tatsächlich auf eigene Faust los, gerät wie selbstverständlich in eine obskure Schießerei und liefert der Polizei Thierry Galuppi frei Haus, der reumütig flennend den Notarzt und die Polizei ans Bett seiner toten Frau Olga führt. Das arme Weib war von Kopf bis Fuß blau.

Fessler fühlt die Enge in seiner Brust und denkt an sein Asthma. Am liebsten würde er Poensgen an die Gurgel gehen. Dieser Krüppel, dieser Lahme, der unverschämt sportlich schlank und selbstbewusst in seinem Rollstuhl thront. Dieser arrogante Typ.

»Sie wissen, dass Ihnen ein Disziplinarverfahren droht«, giftet Fessler drauflos.

»Von mir aus. Sie können mich auch für immer rauswerfen. Ich kann's nicht ändern.«

»Sie machen es mir verdammt schwer. Ich will Sie behalten, aber Sie sind unberechenbar. Das geht so nicht weiter.«

»Ich weiß. Tun Sie, was Sie tun müssen.« Poensgen legt den Kopf schief. »Es musste vielleicht dazu kommen. Manchmal geschehen Dinge, die zunächst niemand versteht. Erst später ist man klüger.«

»Nun reden Sie nicht so kryptisch daher«, blafft Fessler und schielt wieder in den Bericht. »Besonders perfide ist doch, dass Sie auch Kramer in die Sache mit hineinziehen mussten. Der Mann steht am Anfang seiner Laufbahn. Für ihn kann das fatale Folgen haben, auch wenn Sie alles auf Ihre Kappe nehmen sollten, wovon ich natürlich ausgehe.«

»Wenn sich Kramer nicht eingemischt hätte, wäre die Aktion anders verlaufen. Aber so können wir jetzt nicht denken, das weiß ich auch, immerhin hätte er mir das Leben gerettet, wenn ...«

»Richtig. Kramer kommt übrigens nachher hinzu, ich habe ihn ebenfalls einbestellt. Das werden Sie hoffentlich einsehen.«

»Also gut, legen wir auf den Tisch, was wir haben«, sagt Poensgen. »Es ist nicht viel, aber wenig ist es auch nicht. Ich beginne: Thierry Galuppi, der einzige Angehörige von Frau von Schubert, von dem wir bisher Kenntnis haben, hat gestanden, dass er seine Frau Olga mit einem Kissen erstickt hat. Wir haben eine Tote mehr, womit wir nun wirklich nicht gerechnet haben.«

Poensgen umklammert die Armstützen seines Rollstuhls, senkt die Stimme und fährt fort: »Hat Galuppi auch seine Tante umgebracht? Nach dem Motto: Einmal Mörder, immer Mörder? Wenn ja, was soll er für ein Motiv gehabt haben? Habgier? Ist er wegen der Diamanten zu einem kaltblütigen Killer geworden? Was weiß er denn überhaupt über die Schubert'sche Vermögenslage im Allgemeinen und die Juwelen im Besonderen?«

»Ich gehe davon aus, dass er den Mord an der Schubert wie auch den Mord an Olga seit Langem geplant hat. Er will abhauen, will raus aus seinem ärmlichen, erfolglosen Klavierspielerdasein. Und ausgestattet mit dem Schubert'schen Vermögen und endlich befreit von seiner sterbenskranken Frau ... Donnerwetter, Poensgen, nun machen Sie endlich die Augen auf, das liegt doch auf der Hand: Nach dem Tod beider Frauen kann er ein neues Leben beginnen.«

Poensgen betrachtet nachdenklich seine Hände. »Unser Pianospieler ist ein gequälter Mensch, der seine sterbenskranke Frau erlösen wollte, weil sie ihm leidtat. Von der Tante hat er die Finger gelassen. Diesen brutalen, blutrünstigen Mord trau ich ihm nicht zu. Galuppi ist letztendlich ein Künstlertyp, ein weicher Bursche.«

»Was?«, faucht Fessler, »ich höre wohl nicht recht. Kollege Poensgen, Sie trauen ihm die Bluttat nicht zu? Und dass er Sie mit seiner Pistole umlegen wollte, das beeindruckt Sie wohl gar nicht?«

»Ich gebe zu, das war eine Scheißsituation. Ich weiß das. Aber ich frage mich: Woher hatte er die Waffe, mit der er mich bedroht hat und, vergessen Sie bitte nicht, die nicht geladen war? Ich betone – nicht geladen! He, die Absicht, die dahintersteckte, ist doch vollkommen eindeutig.«

»Sie verteidigen ihn? Ist ja interessant.«

»Galuppi behauptet, er habe die Pistole von Olga und die wiederum habe sie von ihrem Sohn, einem Mann namens Lars Lendle.«

»Also gut, erzählen Sie mir etwas über Herrn Lendle. Ich bin auf alles gefasst.« Fessler seufzt ergeben.

»Dieser Lars Lendle«, beginnt Poensgen, »ist vielleicht eine wichtige Person, mit der wir uns intensiver beschäftigen müssen. Er ist Olgas Sohn aus erster Ehe.« Fessler blickt gelangweilt auf, und Poensgen fährt in ruhigem Ton fort: »Der Mann ist sechsunddreißig Jahre alt, arbeitet als Zahnarzt in Herbolzheim, hat eine eigene Praxis. Wir kennen ihn bisher nicht, es gibt keinerlei Einträge in unserer Kundenkartei, der Mann ist bei uns nie zuvor aufgefallen. Wir haben ihn trotzdem gefunden, er hat gerade eine neue Zahnarzthelferin im Internet gesucht. Er führt sogar eine respektable Praxis-Homepage, und darauf präsentiert er Teile seiner Behandlungsräume und die Einrichtung der Anmeldung. Alles wirkt teuer, Hightech und von Profis designt.«

Poensgen kratzt sich hinterm Ohr, lächelt sanft. »Es ist übrigens nicht die erste Helferin, die er sucht, er sucht ständig neue. Die Damen bleiben nicht lang in seiner Praxis. Eine der Damen schreibt in einem Forum, dass sie ihr Gehalt nicht bekommen habe. Das ist aber schon alles, was wir so schnell über ihn herauskriegen konnten.«

Fessler sieht aus, als schliefe er. Langsam öffnet er die Lider einen Spalt und blinzelt zu Poensgen. »Keine Sorge, ich schlafe nicht, ich höre Ihnen zu. Ein junger Zahnarzt mit eigener Praxis … was noch?«

»Lendle besaß also angeblich diese alte Pistole, die er großzügig seiner Mutter Olga überlassen hat, wozu und weshalb, das wissen wir noch nicht. Besagte Pistole kommt nach Olgas Tod in die Hände von Galuppi, der wiederum behauptet steif und fest, es sei die Waffe von Frau von Schubert. Olga habe ihn damit bedroht. Galuppi behauptet außerdem, Frau von Schubert habe die Pistole von ihrem verstorbenen Mann geerbt und habe sie lediglich aufbewahrt, weil sie alles aufheben musste. Ein Waffenbesitzschein wurde natürlich auch noch nie einer ausgestellt. Punkt.«

Poensgen macht eine Pause.

»Weiter, nun machen Sie schon weiter, wir wollen hier nicht übernachten.«

»Gut«, sagt Poensgen ohne Eile. »Wir müssen uns fragen: Wie kommt der Zahnarzt an die Waffe? Hat Frau von Schubert ihm die Pistole geschenkt, wenn ja, warum? Oder hat sie der Zahnarzt aus der Schubert'schen Wohnung mitgehen lassen? Wenn ja, bei welcher Gelegenheit, wann und wie? Wie eng ist seine Beziehung zu Frau von Schubert überhaupt gewesen? Wie gut kannten sich die beiden? Nichts davon wissen wir. Noch nicht.« Endlich hält Poensgen inne, schickt Fessler lediglich noch einen kühlen, mitleidigen Blick.

Und Fessler knurrt: »Die Pistole liegt im Labor. Ich weiß nicht, wie lang es noch dauern wird, bis wir wissen, was damit los ist. Georg Fetze und seine Crew waren auch schon mal schneller. Einige seiner Leute sind in den Pfingstferien, und krank sind auch ein paar. Fetze ist nicht zu beneiden. Egal. Kommen wir zu Galuppi. Der Mann ist notfallmäßig operiert worden und wird in ein paar Tagen zur Nachbehandlung ins Justizvollzugskrankenhaus Hohenasperg verlegt. Dort werden wir ihn dann weiter vernehmen.«

»Gern dürfen Sie auch dem Zahnarzt an die Wurzel gehen, der wird uns ein paar Kleinigkeiten zu erklären haben.«

»Ja, was denn noch?«

»Ich gehe davon aus, dass er der Drogenbeschaffer von Wolf ist. Von Wolf weiß ich, dass er einen guten Freund hat, einen Lars, der ihm Beruhigungscocktails beschafft. Ich selbst habe davon kosten dürfen. In Form einer Spritze.«

Fessler reibt sich die Augen, ist plötzlich wieder hellwach und sagt eifrig: »Jawohl. Also für mich gehört dieser Lendle ab sofort zum Kreis der Verdächtigen. Ich werde ihn umgehend herholen lassen.«

Poensgen wendet den Rollstuhl Richtung Ausgang. Fessler steht auf, hockt sich auf seinen Schreibtisch, verschränkt die Arme. »Was ich noch sagen wollte: Was machen Sie so in nächster Zeit? Nur damit wir wissen, wo wir Sie finden, wenn wir über Ihre Zukunft nachdenken müssen. Sie sind raus aus dem Fall, nur zur Erinnerung.«

»Ich?« Poensgen wirkt erstaunt und abweisend zugleich. »Das geht Sie zwar nix an, aber ich fahre jetzt nach Hause, ich habe noch Besuch. Wenn ich mich etwas erholt habe, werde ich an der Beisetzung von Frau von Schubert teilnehmen. Auch wenn ich der einzige Mensch sein sollte, der sie auf ihrem letzten Weg begleitet. Ich gehe mit – ich fahre mit, um genau zu sein. Und zu Ihrer Information – das mache ich ganz privat.«

»Soso. Das hoffe ich doch.«

»Sonst noch was?«

»Poensgen, Sie sind bei mir auf dem Schirm. Sie machen nichts, was ich nicht erfahre.«

»Wieso?«

»Ignorant. Weil Sie leichtsinnig und gefährdet sind. Sie wissen, wie ich das meine, wir haben darüber gesprochen, also löchern Sie mich nicht wie die Maus den Käse, es bleibt vorläufig dabei. Denken Sie an die Sache mit dem Testament.«

»Ach. Wollen Sie vielleicht damit andeuten, dass ich unter Verdacht stehe, mich bereichern zu wollen? Vielleicht trauen Sie mir ja auch einen kleinen Mord zu?«

»Lieber Kollege Poensgen, dieser Verdacht käme nur auf, wenn ich wüsste, dass Sie Ihre Beine benützen könnten. Ein Behinderter wie Sie tut sich schwer, einer alten Dame den Schädel einzuschlagen. Für solche Scherze sind Sie gänzlich untauglich.«

In Poensgens Miene ringen Staunen, Empörung, Wut und Erheiterung miteinander. Wortlos richtet er seinen Rolli aus und pullt sich Richtung Ausgang, gerade als die Tür aufgestoßen wird und Kramer hereingeschossen kommt.

Poensgen stoppt. Kramer und er stehen sich gegenüber. Kramer ist verschwitzt und bärbeißig, doch Poensgen bleibt gelassen.

»Hallo, Kramer«, sagt er freundlich. »Auch wenn ich immer noch der Meinung bin, dass Ihre Aktion in Badenweiler unnötig war, ich bedanke mich trotzdem. Es hätte eine scharfe Waffe sein können, ich wusste es wirklich nicht. Aber keine Sorge, jetzt sind Sie mich erst einmal los. Alle können wieder ruhig schlafen. Der ungehorsame Poensgen nimmt für eine Weile Urlaub.« Er steuert zum Ausgang, Kramer hält ihm die Tür auf. »Noch etwas – Kollege Kramer – Sie dürfen mich anrufen, wenn Sie einen Rat brauchen.«

Kramer umklammert noch immer die Türklinke, er öffnet den Mund, als wolle er etwas sagen, doch Fesslers Frettchenblick hält ihn zurück. »Danke«, murmelt Kramer stattdessen.

Der kleine Dienstweg

Selbstverständlich hat Poensgen den Brief mit den aufgeklebten Zeitungsschnipseln, der dubiosen Telefonnummer und der YouTube-Adresse seinem Freund und Kollegen Georg Fetze zur Analyse gegeben und ihn gebeten, die Sache vorläufig diskret auf dem kleinen Dienstweg zu behandeln. So viel Spielraum muss sein, hat sich Poensgen ohne schlechtes Gewissen gedacht. Fetze arbeitet seit bald vierzig Jahren bei der Spurensicherung im Innendienst und hat inzwischen ein derart kantiges und ausgemergeltes Gesicht, als habe das Elektronenmikroskop seinen Abdruck darauf hinterlassen.

»Himmel, Arsch und Zwirn, Hans-Josef, so was mach ich ungern«, hat Fetze geknurrt und mit den Ohren gewackelt. »Aber ich tu's. Weil du's bist. Bringst mich in Teufels Küche und überhaupt. Aber Spinner müssen zusammenhalten.«

Ein paar Tage später treffen sich Fetze und Poensgen in der kleinen fensterlosen Putzkammer neben Fetzes Labor. Fetze rührt verdrossen ein paar Löffel Instantkaffee in einen Becher mit heißem Wasser. Einige Nachtsitzungen liegen hinter ihm.

Poensgen versucht ihn aufzumuntern. »Danke, Fetze, ich weiß ja, du bist einer der Kollegen, auf die immer Verlass ist. Wenn ich dich nicht hätte.«

»Nee, Hans-Josef, bloß keine Lobhudelei. Bin da ganz empfindlich. Grade eben bin ich nämlich unzufrieden. Personalnotstand. Muss alles selbst machen. Kann auf deinem blöden Brief nur die Pfoten von Wolf finden, beim besten Willen, mehr ist nicht.«

»Schade. Ich hatte gehofft ... Na ja, kann man nix machen.«

Poensgen schaut Fetze enttäuscht an, wehrt entschieden ab, als der ihm einen Instantkaffee anbietet. »Danke, du, lass mal.«

Fetze zündet sich eine Gauloises Blau an, inhaliert und

hustet, meint: »Speichel, Haut und Nagelspuren, eine abgebrochene Wimper und alles Übrige … eben eindeutig, alles von Wolf.«

»Gibt für mich keinen Sinn«, murmelt Poensgen.

»Ja, zum Kuckuck, was hast du denn Sensationelles erwartet?«

Poensgen grübelt, nimmt jetzt doch einen Becher von der lauwarmen Plörre. In Fetzes Augen glüht Ironie, und Poensgen möchte den vertrockneten alten Kerl am liebsten umarmen.

»Ach, Fetze, ich habe nichts Sensationelles erwartet, keine Ahnung, was ich erwartet habe.« Poensgen streckt den rechten Daumen hoch. »Vorerst mal danke!«

»Moment«, sagt Fetze und hält Poensgen ein paar zerschnittene Zeitungen hin. »Also, dieser Wolf hat das seltsame Briefchen an sich selbst geschickt. Das ist mal klar. Ein Stapel vergilbter Zeitungen, es handelt sich dabei ausschließlich um Exemplare der Badischen Zeitung aus den Jahren 2008 bis 2010, ordentlich im Abfallkeller in der Talstraße aufbewahrt, wurde von meinen Leuten entdeckt, und ich habe sie höchstpersönlich durchgeschaut.«

Poensgen trinkt und verzieht angeekelt das Gesicht, gießt den Rest in den Spülstein. Fetze kichert in sich hinein, bis ihn sein Raucherhusten richtig fertigmacht. Noch immer röchelnd und hustend, wirft er seinen Kopf hin und her und versucht krampfhaft, sich verständlich zu machen. »Ja, es ist halt so: selbst geklebter Unsinn, an sich selbst adressiert, ohne Marke, ohne Datum und bei der Schubert im Kasten aufbewahrt.«

»Was soll man dazu sagen?«, meint Poensgen nachdenklich.

»Ich würde sagen – Erpresserbriefchen. Es müssten aber noch mehrere solcher Collagen vorhanden sein, wenn man von der Anzahl der Löcher in den Zeitungen ausgeht«, keucht Fetze und zündet sich eine neue Zigarette an der alten an, schnippt einen Krümel Tabak mit dem Zeigefinger fort. »Und? Was machst du jetzt mit dem beschissenen Ergebnis meiner beschissenen Untersuchung?« Doch ohne Poensgens Antwort abzuwarten, drückt er die Zigarette wieder aus und öffnet die Tür der Putzkammer.

»Übrigens«, sagt er, als er sich noch einmal umschaut, »die Telefonnummer haben wir auch überprüft … es tut mir leid, dir sagen zu müssen, dass du mit einer Mailbox telefoniert hast. Auf der war nur ein einziges Wort drauf: Ja. Sonst nix. Das Telefon war früher einmal auf die Schubert angemeldet.«

»Ich habe es befürchtet.«

»Hans-Josef, ein allerletztes Wort. Nächsten Monat geht der alte Fetze in den Ruhestand. Falls du noch was von mir brauchst, dann beeile dich.«

»Ja, warte! Was ist mit dem Schmuck? Kannst du dazu was –«

»Bin ich Jesus? Das ist eine Sauarbeit. Die muss jetzt einfach mal warten. Unser Spezialist für alte und neue Preziosen sonnt seinen Bauch zurzeit auf Mallorca. Ich habe diesbezüglich aber noch etwas anderes angeleiert. Musst halt Geduld haben. Aber wer hat die schon, gell?«

Da geht er dahin, denkt Poensgen und weiß nicht recht, ob er sich über Fetzes Auskünfte freuen oder ärgern soll, denn sehr viel weiter bringt ihn das alles nicht.

Die Locke

Seine Bewacher vor dem Loft sind wieder da. Der VW mit den beiden Polizisten parkt hinter seinem BMW. Poensgen sieht sie, sie sehen ihn, er winkt, sie winken zurück. Er nimmt die Rampe in Schussfahrt und lacht übermütig wie ein kleiner Junge auf seinem Bobbycar.

Er klopft ans Fenster des Volkswagens. Die Seitenscheibe geht auf, und Poensgen teilt den Kollegen freundlich mit, dass er auf dem Weg zum Friedhof sei.

»Sollen wir Ihnen helfen?«, fragt der hinterm Lenkrad.

»Nein, natürlich nicht«, sagt Poensgen und deutet mit dem Kopf zu seinem Wagen. »Bin gleich weg.«

Im Weiterrollen ruft er ihnen noch zu, dass sie ihm bitte nicht folgen sollen, wobei ihm klar ist, dass sie das nicht scheren wird. Sie werden sich ihm an die Fersen heften. Fessler wird es ihnen eingehämmert haben.

Poensgen schaut auf die Uhr. Er kann nicht länger warten. Als sein BMW den Parkplatz verlässt, schiebt sich auch der VW aus der Parklücke und bleibt mit etwas Abstand hinter ihm.

»Also gut«, murmelt Poensgen und gibt Gas. Er fährt riskant und überholt trotz Gegenverkehrs einen Traktor mit Anhänger und einen Lastwagen mit lebenden Schweinen. Die Straße ist ländlich schmal, der Zubringer zur Stadtautobahn noch fünf Kilometer entfernt. Der VW gerät hinter dem Schweinetransporter außer Sicht, und Poensgen biegt scharf in ein enges landwirtschaftlich genutztes Seitensträßchen, das sich gleich darauf durch die hellgelbliche Lösswand eines Weinbergs bohren wird.

Durchfahrt verboten. Er kennt die Strecke. Kleiner Umweg, aber dort entlang geht's. Mit Andor ist er auch schon hier herumgekurvt, neulich, als sie sich in der Nacht ihrer Ankunft verfahren hatten. Andor hatte geschimpft und überall Gefahren gewittert: »Wo sind wir bloß hingeraten? In dieser elenden, gottverlassenen Einsamkeit wohnst du? Bist du wahnsinnig? Hier leben garantiert Hexen und böse Geister.«

Frau von Schubert wird auf dem Bergfriedhof in Emmendingen beigesetzt. Zwanzig Minuten später fährt Poensgen im Schritttempo durch Emmendingen und biegt in die Gartenstraße Richtung Krankenhaus und Friedhof ein. Der BMW zieht im ersten Gang den Anstieg zum Parkplatz des Bergfriedhofs hoch. Auf dem abschüssigen Gelände vor der Leichenhalle parken ein silbergrauer Renault Kombi mit Freiburger Kennzeichen, ein mintfarbiger Fiat Uno und ein schwarzer Porsche mit Emmendinger Nummer. Unter dem Reservierungsschild fürs seelsorgerische Personal lehnt ein gelbes Sportfahrrad.

Hier auszusteigen und in den Rollstuhl zu kommen wird schwierig werden. Poensgen erkennt die Situation und parkt den BMW noch einmal um. Er darf auf gar keinen Fall an dem steilen Terrain scheitern.

Vorsichtig, sich auf jede einzelne Bewegung und Gewichtsverlagerung konzentrierend, hievt er sich aus dem Autositz. Hauptsache, der Rolli hat festen Stand und bricht nicht aus. Die Aktion kostet Kraft. Schweiß steht ihm auf der Stirn.

Als er sicher sitzt, zieht er seine Sonnenbrille auf, verschließt den Wagen und pullt sich langsam zum roten Sandsteingebäude, von dem er annimmt, dass die Urne dort aufgestellt ist und auf die bevorstehende Beisetzung wartet.

Hell und warm empfängt ihn der menschenleere Vorplatz. Ein Wägelchen zum Transport von Blumen und Pflanzerde steht neben einer Parkbank. Gießkannen hängen kopfüber an einem Galgen über dem Wasserbecken. In der Ferne brummt ein Bagger.

Poensgens Blick wandert zu den Gräbern, die entlang eines gerade verlaufenden Weges liegen und wie handtuchgroße Blumenbeete aussehen. Stiefmütterchen in allen Farben haben Konjunktur. Schlanke Zypressen zeigen wie Finger gen Himmel. Lichtgrüne, luftige Lebensbäume, Eiben und Schwarzwaldtannen gedeihen prächtig zwischen den Gräbern, machen aus dem bergigen Gelände ein buntes Waldstück. Soweit er erkennen kann, sind die meisten Gräber überaus akkurat gepflegt.

Er studiert den schrundigen, aber sauber gefegten Weg, der steil aufwärtsführt und den er gleich mit seinem Rollstuhl wird bewältigen müssen.

»Guten Tag«, sagt eine männliche Stimme hinter ihm, und bevor er sich verrenken muss, steht der Mann vor ihm. »Entschuldigung, wissen Sie zufällig, um welche Uhrzeit die Urnenbeisetzung von Frau von Schubert beginnt?«

»Jetzt«, sagt Poensgen leise.

Im selben Moment tritt eine Gruppe hell gekleideter Menschen aus der Halle und versammelt sich um ein dreibeiniges Tischlein, mehr Hocker als Tisch, auf dem ein Stück Spitzenhäkelei liegt. Ein junger Mann in einem Beerdigungsanzug, drei Kleidergrößen zu weit für ihn, trägt die in der Sonne aufblitzende metallene Urne heraus. Vorsichtig stellt er sie auf den kleinen Tisch. Eine Frau löst sich aus der Gruppe und legt eine dunkelrote Rose auf den Urnendeckel.

Als sich Poensgen nähert, weichen die Leute zur Seite und machen ihm Platz. Sie mustern ihn eindringlich und ohne Scheu. Plötzlich reichen sich alle die Hände und lächeln sich an. Auch das noch.

Poensgen muss also Hände drücken, während er in bekümmerte und traurig lächelnde Gesichter blickt.

»Sollen wir?«, fragt der junge Mann im schwarzen Anzug. Er ist ein Angestellter des Bestattungshauses Böhler und trägt ein dezentes Namensschild am Revers: Patrik.

Nachdem sich alle noch einmal herzlich zugenickt haben, geben sie dem jungen Mann zu verstehen, dass sie bereit seien.

Patrik fragt mit ernster Stimme, wer denn die Urne tragen möchte. Schnell ist man sich einig, dass Poensgen am besten dazu geeignet sei. Also setzt ihm der junge Mann die Urne in den Schoß und erklärt ihm, wie er sie zu halten hat. Und ehe sich Poensgen versieht, fühlt er sich mitsamt der Urne den Berg hochgeschoben.

Er muss die Urne festhalten und kann sich nicht umschauen. Wer schiebt ihn? Alles sträubt sich in ihm bei dem Gedanken, dass er von einem Fremden geschoben wird. Dass er überhaupt geschoben wird. Er will das nicht. Andererseits ist ihm klar, dass er den Berg nicht ohne Hilfe hochkommen wird. Dazu reicht seine Kraft nicht. Schon gar nicht mit Urne. Niemand könnte das. Seine Hände umklammern das kupferne Gefäß, auf dem das Röschen wackelt und gleich herunterfallen wird.

Der Rolli holpert über den Weg, über den täglich die Pickups der Gärtner, Bagger, Steinmetzfahrzeuge und Transportbaren mit Särgen fahren, um an die Gräber zu kommen. Armdickes und zu Stein gewordenes Wurzelwerk durchbricht den Asphalt und Poensgen wird mit Schwung darübergeschubst. Nur endlich hoch auf den Berg, scheinen alle zu denken und schreiten mit tapferen Schritten vorwärts.

Der Weg kostet Zeit und führt zum Teil unter finsteren Baumriesen hindurch, die ihre Äste so tief hängen lassen, dass sie die Köpfe der Männer und Frauen berühren. Nur Poensgen bleibt unberührt. Am liebsten würde er die Asche unter die Bäume kippen und ihre Wurzeln damit düngen. Das wäre nur natürlich und logisch, denkt er.

Er fühlt sich gefangen. Er ist wütend auf sich selbst. Wie konnte er sich bloß in diese Situation begeben? Wieso hat er sich nicht geweigert, die Urne im Schoß zu transportieren? Wie kommt er aus der Sache wieder heraus? Er wird durchhalten müssen, er muss sich zusammenreißen.

Vorsichtig dreht er sich um, um sich zu orientieren. Endlich sieht er, wer ihn schiebt. Es ist der Mann, der ihn vorhin angesprochen hat. Ein fremdes, verschlossenes Gesicht, sportlich hager, gebräunt und pechschwarze Zopffrisur. Der Kerl im teuren gelben Anzug und in hellbraunen Mokassins läuft wie auf Katzenpfoten hinter seinem Rollstuhl und schiebt. Er wirkt nervös. Poensgen hört ihn atmen und umklammert die Urne, deren kühler Metallmantel unter seinen Händen wärmer wird.

Für Poensgens Geschmack zieht sich der Trauermarsch unnötig in die Länge, man könnte schneller gehen. Außer der überschaubaren, vor sich hin schweigenden Gruppe ist niemand sonst auf dem Friedhof unterwegs. Lediglich ein Eichelhäher schickt seinen krächzenden Balzlaut über den Hügel, und sein Weibchen antwortet. Das Locken und Antworten wird heftiger und eindringlicher. Die Frauen und Männer bleiben stehen, sie drehen ihre Köpfe in die Richtung, aus der das Geschrei kommt, und lächeln verständnisvoll. Frühling, auch bei den Vögeln auf dem Friedhof, soll ihr Lächeln bedeuten. Ein Mann mit besonders dicken Augengläsern meint eifrig, wie traurig die Welt wäre, wenn es keine Vögel mehr gäbe. Ein stummer Friedhof ohne Hoffnung und Trost durch die Kreatur, das wäre unerträglich. Überhaupt, spazieren zu gehen ohne Vogelgezwitscher, das ginge doch gar nicht. Viele Vogelarten seien schon ausgestorben, und es höre nicht auf.

Erleichtert, sich über Vögel unterhalten zu können, wandert der Trauerzug endlich weiter den Berg hoch. Die Unterhaltung plätschert dahin. Poensgen hört zu und fragt sich, was das für Leute sind. Frau von Schubert wird ihm immer rätselhafter.

Endlich deutet der Junge im schwarzen Anzug, der ein paar Meter vorneweg gelaufen ist, auf eine Grasfläche und auf ein vorbereitetes Loch.

»Dort«, ruft er, ebenfalls atemlos vom Anstieg.

Sie laufen hinüber. Ein Häuflein helle, bröselige Erde liegt neben dem Loch. Es ist der Aushub, in dem ein Spaten steckt. Sie stellen sich in einer Art Halbkreis auf und schauen überrascht in die winzige Höhle. Auch Poensgen muss zugeben, dass es wirklich ein sehr kleiner Platz ist. Ob die Urne hineinpasst?

Egal, Hauptsache, der Kerl hinter ihm lässt endlich den Rolli los. Poensgen dreht sich um und sagt: »Es geht jetzt, Sie dürfen loslassen.« Dann knurrt er noch: »Danke.«

»Möchte jemand was sagen?«, fragt der Junge im schwarzen Anzug. »Es ist üblich, dass einer was sagt, bevor ich das Loch zumache.«

Er nimmt Poensgen die Urne ab, stellt sie vorsichtig ins Gras. Als die Urne in seinem Schoß fehlt, fühlt sich Poensgen plötzlich allein. Er hat sich auf den letzten Metern mit der Vase angefreundet, wenn sie ihm auch immer schwerer wurde, wie in der Geschichte vom heiligen Christophorus, der das Jesuskind auf seinen Schultern über den Fluss trug und unter der wachsenden Last beinahe zusammenbrach. Zum Glück war Frau von Schubert kein Jesuskind. Der Gedanke amüsiert ihn. Diese Frau hatte nichts mit Religion und Glauben und Kirche am Hut, auch wenn sie sich nicht von ihrem blöden Weihnachtsbaum trennen konnte und ihn das ganze Jahr über als Staubfänger aufstellen musste. Er bedauert, dass er nie mit ihr darüber gesprochen hat.

»Wie es aussieht, war sie ein Freigeist«, murmelt er. »So wie ich.«

Erst jetzt bemerkt Poensgen, dass der Junge im schwarzen Anzug fast noch ein Kind ist. Ein melancholisches Kind mit wissenden, traurigen Augen. Wer mag den Jungen zu diesem Job überredet haben?, überlegt Poensgen. Wie viele Urnen mag er schon in kleinen Löchern versenkt haben? Wie hält er das aus?

Der Junge hat Poensgens Gemurmel über den Freigeist gehört und seinen Blick bemerkt. Jetzt grinst er herüber, hebt leicht Schultern und Hände und sagt so leise, dass Poensgen die Worte mehr ahnt als hört: »Meinem Vater gehört der Beerdigungsladen, ich helfe in den Ferien aus, verdiene mir ein Taschengeld. Manchmal wasche ich auch die Toten.«

Eine Frau mit hellblonden Locken und Stirnband tritt nah heran an das Loch, wischt sich nervös die Handinnenflächen an ihrem weiten Rock trocken, blickt mit leuchtenden Augen in die Runde. »Ich werde meiner lieben, einzigartigen Freundin Jette ein Lied zum Abschied singen«, sagt sie und beginnt mit glasklarer Sopranstimme zu singen.

Es ist ein französisches Lied. Poensgen versteht kein Wort, aber es gefällt ihm, und auch die anderen sind offensichtlich beeindruckt. Die Töne fliegen über die Gräber und verklingen. Es ist der reinste und unschuldigste Gesang, der Poensgen je zu Ohren gekommen ist. Als die Sängerin endet, spricht ihr Poensgen ein Kompliment aus, auch die anderen nicken Beifall, und die Frau bedankt sich, indem sie einen schüchternen Knicks macht.

Nachdem sich die Sängerin wieder zurück in den Halbkreis gestellt hat, tritt ein untersetzter Mann mit grau melierter wilder Mähne und buntem Strickpullover nach vorne. Er ist etwas aufgeregt und überlegt anscheinend noch, wie er beginnen soll. Doch dann kommen erste Worte, purzeln aus seinem Mund wie Kieselsteine.

»Ich bin's, Martin. Kennst mich ja. Jette, du. Wollte heute unbedingt dabei sein. Auf deinem letzten Weg. Hast mich ganz schön durcheinandergebracht mit deinem Tod. Ja, gut, wir müssen alle irgendwann gehen. Dass dich aber einer umbringt, das war nicht gut. Du warst ein feiner Mensch. Das hätte nicht passieren dürfen, Jette.«

Er hält inne und schaut einem Schmetterling zu, der verspielt über der Urne gaukelt. »Du, ich denk an dich. Gell, bleibst immer in meiner Erinnerung. Versprochen.« Der Mann putzt sich die Nase. Sein Kinn zittert, er hebt den Kopf, um ausgiebig in den Himmel zu schauen. »Ich glaub schon dran, dass du jetzt dort oben bist. Vielleicht guckst du herunter zu uns. Vielleicht siehst du von oben auch deinen Mörder. Von oben hat man den Überblick. Wir hier unten sind blind. Wir sehen nur bis zum nächsten Eck«, sagt er mit Tränenstimme.

Wieder schnäuzt er sich, kratzt sich hinterm Ohr und murmelt: »Mehr sag ich jetzt nicht. Wenn ich den kriege, der dich fertiggemacht hat, dann kann er was erleben. Mach es gut. Jette, du. Adieu.« Er will zurückgehen, besinnt sich aber und holt noch einmal Luft. »Fast hätt ich's vergessen, ich geb dir die Hand drauf. Ich, der beste Spargelbauer vom Kaiserstuhl, von dem du Jahr für Jahr auf dem Markt deine Spargeln gekauft hast, immer zu deinem Todestag will ich dir ein Pfund vorbeibringen.«

Der nächste Redner trägt ein sandfarbenes Jackett, Hemd mit hohem weißen Kragen, königsblaue Krawatte mit kleiner Wappenstickerei, die Hosenbeine in scharfen Bügelfalten, am Finger einen auffälligen Siegelring. Zuerst legt er einen Strauß Babyröschen neben die Urne, dann räuspert er sich, nimmt Haltung an und klappt leise die Hacken zusammen. Poensgen, der vor seiner Polizeiausbildung einige Jahre in der Bundeswehr gedient hat, blickt interessiert auf den Mann und seine antiquiert wirkenden Manieren.

»Es war mir eine Ehre, Frau von Schubert. Leben Sie wohl. Am Ende wird die Gerechtigkeit siegen«, sagt der Mann und betont dabei das Wort Gerechtigkeit, richtet seinen Blick ebenfalls gen Himmel und schreitet wieder zu den anderen.

Interessanter Typ, sieht aus wie ein Vertreter des Adels, der mir vielleicht etwas mehr über die Familie von Schubert erzählen kann, denkt Poensgen und rollt ein Stück näher, sagt leise: »Können wir nachher ein paar Worte reden?«

Der Mann zuckt zusammen, flüstert zurück: »Von mir aus. Wenn Sie meinen.« Höflich macht er einer kleinen Frau mit Strohhut Platz, die als nächste Rednerin vortreten will. Er lässt sie so zuvorkommend an sich vorbeigehen, dass sie nicht über den Erdaushub stolpern muss. Als Poensgen wieder zu dem Mann hinschaut, ist er verschwunden.

Es stellt sich heraus, dass die Frau über vierzig Jahre lang die Friseurin war, die das prächtige Haar der Verstorbenen gepflegt hat, denn sie sagt mit schwankender Stimme: »Ja, ich bin ihre Friseuse gewesen. So schönes Haar hatte keine meiner Kundinnen. Und wenn ich dran denke, dass der Mörder ihr den Kopf zerschlagen hat, dann möcht ich laut schreien. Ihr weißes Haar war ein Traum. Nun ist er ausgeträumt, der Traum vom Schnee. Frau von Schubert hat es geliebt, wenn ich gesagt hab, ihr Haar sähe aus wie Schnee. Darum habe ich eine weiße Rose mitgebracht. Die Rose heißt Schneewittchen. Wenn mir Frau von Schubert auch in vierzig Jahren kein einziges Mal ein Trinkgeld gegeben hat, sie hatte trotzdem ein gutes Herz.«

Der Strohhut beugt sich nach unten, die Hände der Frau kramen in den Fächern ihrer Handtasche, und als der Strohhut sich wieder aufrichtet, hält die Frau eine zusammengebundene weiße Haarlocke in der Hand. »Sehen Sie, bei ihrem letzten Besuch in meinem Salon habe ich eine Locke aufgehoben. Ich weiß nicht, warum ich das getan habe. Vielleicht habe ich geahnt, dass etwas passieren würde. Bitte, wenn Sie die Locke anfassen wollen, ich lasse sie rumgehen.«

Sie reicht Poensgen die Locke. Schnell gibt er sie weiter. Neben ihm steht der Mann im gelben Anzug. Der Mann will ein Stück zur Seite gehen, aber Poensgen streckt ihm die Locke hin. Nun muss er sie nehmen. Mit fahriger Hand, sodass die Locke beinahe zu Boden fällt, reicht er sie rasch der Sängerin, und die beginnt zu schluchzen.

Als die Locke durch alle Hände gewandert ist, steckt die Frau sie wieder in ihre Handtasche.

Der Junge im schwarzen Anzug hat die ganze Zeit danebengestanden und war mit seinem Smartphone beschäftigt. Auch Poensgen wendet sich ab, nimmt sein Handy und tippt eine Nachricht.

Als von den Trauergästen keiner mehr Anstalten macht, noch etwas zu sagen, steckt der Junge sein Smartphone weg, nimmt die Urne hoch, hält sie einen Augenblick lang gegen seine Brust gedrückt und legt ein Geflecht aus Schnüren um das Gefäß. Wie eine Marionette hängt die Urne straff in den Fäden und wird langsam von ihm in das Loch heruntergelassen. Die Fäden erschlaffen, die Urne mit der Asche von Henriette von Schubert ist versenkt. Der Junge zieht die Fäden heraus und knüllt sie in seine Anzugtasche.

Dann nimmt er den Spaten und reicht ihn der schluchzenden Sängerin. »Bitte«, sagt er, »Sie dürfen jetzt Erde draufwerfen.«

Einer nach dem anderen wirft eine winzige Portion Dreck hinein, Steinchen lassen das Metall der Urne erklingen; am Schluss kommt der Spaten zu Poensgen.

Ein Tiefflieger tost über ihre Köpfe hinweg Richtung Osten. Die Luft bebt und beruhigt sich nur langsam. Irgendwo in der Ferne jammert ein Martinshorn und eilt näher. Am Himmel ballen sich erste Wolken zusammen, die Sonne zieht sich dahinter zurück. Über den Friedhof wandert ein kalter Schatten.

Der Junge füllt mit dem Rest Erde das Loch auf. Er tritt den aufgeworfenen Hügel mit seinen Schuhen platt und legt die Blumen drauf.

Poensgen dreht seinen Rollstuhl in Fahrtrichtung. Er weiß, dass er jetzt trotz Handbremse fremde Hilfe brauchen wird, der Weg bis zum Auto ist verdammt abschüssig. Einer muss den Rollstuhl halten.

Er bittet den Jungen. »Patrik, wären Sie so nett.«

Poensgen sieht aus dem Augenwinkel, wie ihm der Mann im gelben Anzug einen gehässigen Blick zuwirft.

Der Rückweg geht schneller. Blumenbestückte Gräber huschen an Poensgen vorbei. Engel, Quader, Stelen, Kreuze, alles gerät in eine rasche Bewegung. Grabinschriften verwandeln sich in Hieroglyphen.

Nach wenigen Minuten erreichen sie das rote Sandsteingebäude der Leichenhalle. Der Parkplatz liegt direkt vor ihrer Nase und ist jetzt komplett belegt. Drei Einsatzfahrzeuge der Polizei stehen quer. Kramer und die uniformierte Mannschaft der Soko Spargelesserin warten breitbeinig vor ihren Wagen. Kramer kommt auf Poensgen zu, läuft jedoch an ihm vorbei, ohne ihn anzusprechen. Die anderen Polizisten schließen auf.

Sie umkreisen den Mann im gelben Anzug, der mit großen Schritten zu seinem Porsche strebt, und blockieren ihm den Weg.

»Sind Sie Lars Lendle?«, brüllt Kramer.

Der Mann gibt keine Antwort, will in seinen Wagen einsteigen, doch Kramer fasst ihn grob an. »Sie stehen unter Verdacht, Frau von Schubert heimtückisch ermordet zu haben, wir müssen Sie verhaften.«

Die Friseurin stößt einen Schrei aus. Die anderen rühren sich nicht. In ihren Augen liegen Neugier und Entsetzen.

Wenn der Sturm bläst und die Post abgeht

Schon seit Tagen werden Gerüchte und Vermutungen in sämtlichen Medien verbreitet. Die Badische Zeitung versucht, korrekt zu bleiben, trotzdem blühen überall, wo sich Leute treffen, die krausesten Spekulationen wie der Gemeine Löwenzahn der Gattung Taraxacum auf den Maiwiesen der Region.

Bei Poensgen klingelt das Telefon. Im ersten Moment scheint Fessler ruhig und gefasst zu sein, doch mit jedem weiteren Wort gibt er Gas, und Poensgen spürt, wie er langsam, aber sicher hochdreht.

»Könnten Sie nicht ein paar Sachen einpacken und für ein paar Tage verschwinden? Ich meine, bis sich der Sturm gelegt hat. Wir können Sie nicht rund um die Uhr im Auge behalten. Sie sehen ja, was da draußen los ist. Die Leute sind unbeherrscht und machen ein Politikum aus der Sache. Bei dieser Aufregung können wir nicht unauffällig ermitteln. Jeder unserer Schritte wird kommentiert, bewertet, interpretiert. Es ist zum Wahnsinnigwerden. Poensgen, tun Sie mir den Gefallen und hauen Sie ab. Irgendwohin, wo sie keiner kennt. Von mir aus ins Allgäu in irgendein gottverlassenes Bergdorf. Ich rate es Ihnen dringend. Sie haben uns genügend Scheiße eingebrockt. Seien Sie endlich mal einsichtig. Im Netz gibt es ziemlich unfreundliche Einträge, auch gegen Sie.«

Poensgen lacht. »Blödsinn, mir passiert nichts. Die Meinungen im Internet ziehe ich mir nicht rein. Haben Sie schon Galuppi interviewt?«

»Poensgen, das geht Sie einen feuchten Kehricht an. Sie sind raus aus dem Fall, werden Sie vernünftig, sonst lasse ich Sie zwangseinweisen. Ich schicke Sie in die Psychiatrie nach Emmendingen. Geschlossene Abteilung. Ehrenwort.«

»Gehen Sie zu Georg Fetze und fragen Sie ihn, ob seine

Leute inzwischen den Inhalt und die Herkunft der Schmucktasche analysiert haben. Er sagte mir, es dauere noch, er ersticke zurzeit in Arbeit. Inzwischen könnte es aber ein Ergebnis geben.«

»Poensgen, Kramer ist jetzt am Drücker, der macht seine Sache sehr gut. Morgen ist sein großer Tag. Er wird die Vernehmung von Lars Lendle leiten. Er bereitet sich schon vor. Dann wird die Post abgehen, das sage ich Ihnen. Kramer ist absolut scharf drauf.«

»Wer hat eigentlich seine Klappe nicht halten können und hat rumerzählt, dass ich im Schubert'schen Testament stehe? Sie behaupteten neulich, dass außer Ihnen und mir niemand davon Kenntnis habe.«

»Oh, jaja, das tut mir leid, wirklich ein Unglück. Ich habe Kramer informiert und habe nicht bemerkt, dass fremde Ohren mitgehört haben.«

»Na, großartig. Und jetzt soll ich mich unsichtbar machen und von der Bildfläche verschwinden, weil Ihnen ein Fehler unterlaufen ist und Sie angeblich Angst um mich haben? Ich denke gar nicht daran, ich bleibe.«

»Lieber Kollege Poensgen, ich habe die Sache sofort dementiert, aber sie war nicht mehr einzufangen. Sie wissen doch, wie einem so was davonläuft. Ich wollte mich auch bei Ihnen entschuldigen, aber ständig wird man abgelenkt.«

»Und was hat Kramer dazu gesagt?«

»Kramer hat gesagt, besser der Poensgen als der Lendle oder sonst wer.«

»Na gut. Grüßen Sie ihn schön von mir.«

»Wen? Den Lendle?«

Poensgen lacht. »Nein, Kramer. Grüßen Sie Kramer von mir. Ich komme ihm nicht mehr in die Quere. Er soll den Lendle vernehmen, ich wünsche ihm viel Glück. Richten Sie ihm aus, der Störenfried Poensgen habe sich ein Handbike gekauft und sei unterwegs. Ab sofort ziehe ich mit dem Rad los. Ich freu mich schon drauf.«

Fessler schnappt nach Luft. »Verunglücken Sie nicht. Es könnte Sie einer über den Haufen fahren.«

»Ich habe nicht vor, mein Leben auf einer badischen Landstraße auszuhauchen. Ich erwarte in der frischen Luft neue Inspirationen, habe noch einiges vor.«

»Nicht bei der Soko Spargelesserin. Verstanden?«, brüllt Fessler ins Telefon.

»Beruhigen Sie sich. Ich bin ganz brav. Sollten Sie nicht weiterwissen, dann gehen Sie einfach in mein Büro und reden ein paar Worte mit den Affen. Die freuen sich. Das sind ziemlich schlaue Tierchen. Wie soll's auch anders sein, sind schließlich unsere Vorfahren.«

»Scherzkeks! Ich muss gleich zur Pressekonferenz. Dort gibt es genügend Affen. Ich muss mal wieder für alle Beteiligten die Kohlen aus dem Feuer holen und mich von eifrigen Rosinenpickern ausfragen lassen. Das habe ich nur Ihnen zu verdanken«, knurrt Fessler.

Poensgen seufzt. »Ich glaube, Sie wissen überhaupt nicht, *was* Sie mir alles zu verdanken haben.«

»Wie? Was denn noch?«

»Lars Lendle. Ich konnte Kramer während der Beisetzung unauffällig eine Nachricht schicken, ein einziges Wort nur: Zugriff!«

»Poensgen, ich will Ihren Erfolg ja nicht schmälern, aber wir waren schon unterwegs. Selbstverständlich war die Beerdigung in Emmendingen auch für uns eine Option. Und nachdem Sie die Kollegen auf dem Hinweg so unfein abgehängt hatten, haben wir uns ein bisschen beeilt.«

Neue Freiheit

Noch am selben Tag bekommt Poensgen sein nagelneues Rollstuhlfahrrad mit Handpedalen geliefert. Er erhält eine ausführliche Einweisung und macht erste vorsichtige Manövrierversuche. Die Sitzfläche ist bequem und die Mechanik der Rollen, Räder und Pedale ein Wunderwerk der Technik. Er radelt auf seinem Parkplatz herum, und trotz neuer, noch ungewohnter Bewegungsabläufe fühlt er sich sehr schnell bestätigt, dass das Handfahrrad eine Bereicherung seiner Fortbewegungsmöglichkeiten sein wird und somit ein gewaltiges Stück dazugewonnener Freiheit. Seit Monaten hat er sich auf diesen Augenblick vorbereitet, hat zusätzlich zu seinem täglichen Trainingsprogramm Arme, Brust- und die obere Rückenmuskulatur aufgebaut.

Auch das Wetter spielt mit, der Tag bleibt freundlich und warm. Alles scheint perfekt zu sein, um auf eine erste große Fahrt zu gehen. Er packt Wasserflasche, Banane, Traubenzucker, Nüsse, ein Verbandspäckchen sowie ein Katheter-Set für den mobilen Gebrauch, Telefon und Geldbörse ein. Gerade sperrt er die Tür von seinem Loft zu, als das Smartphone vibriert.

»Kann ich vorbeikommen?«, fragt Kramer. »Muss mit Ihnen reden.«

»Wann?«

»Jetzt gleich.«

Poensgen schließt wieder auf.

Eine halbe Stunde später hockt Kramer breitbeinig auf Poensgens einzigem Stuhl, vor sich eine Tasse Kaffee. Erst einmal sagt er gar nichts. Er scheint unsicher zu sein, ob es überhaupt richtig war, zu kommen. »Dass wir uns treffen, darf niemand wissen, vor allem Fessler nicht«, beginnt er endlich.

Poensgen guckt einigermaßen unfroh aus der Wäsche, und

Kramer erzählt, dass er am nächsten Tag die Vernehmung von Lars Lendle leiten soll.

»Ja, gratuliere, ich weiß. Das machen Sie bestimmt gut«, antwortet Poensgen lakonisch.

»Und wie soll ich vorgehen? Haben Sie einen Tipp? Der Lendle ist so ein luxuriöser Typ mit Porsche, Anwalt und Doktortitel, wie pack ich den an seinen Eiern?«

Poensgens Blick ruht auf Kramers Tätowierung, einer Raubkatze mit gelben Augen und ausgefahrenen Krallen. Das Bild ist perfekt gestochen.

Kramer streichelt die Katze. »Ich weiß, das wird bei den Vorgesetzten nicht so gern gesehen, aber die meiste Zeit ist die Mieze unter meinem Ärmel versteckt«, meint er verlegen.

Poensgen ignoriert Kramers Bemerkung und neigt sich zu ihm. »Ganz wichtig – reden Sie nicht zu viel. Lassen Sie Herrn Lendle und seinen Anwalt kommen, die werden hoffentlich nervös sein und Fehler machen. Geben Sie ihnen also Zeit und Gelegenheit dazu.«

»Ja, verflucht, mache ich das, aber die werden auch eine Strategie haben. Kenne doch die Gestalten vom Schlage Ich-kann-mir-alles-leisten.«

Poensgen betrachtet seinen Kollegen nachdenklich. »Kramer, da stehen Sie doch drüber. Seien Sie einfach so, wie Sie immer sind. Dann klappt das schon.«

In Kramers Augen steht Verwunderung und die Frage, ob Poensgen dies als Kompliment gemeint haben könnte. Etwas hilflos bohrt er sich im Ohr, meint endlich: »Lendle ist der Stiefsohn von dem Klavierheini, die haben garantiert gemeinsame Sache gemacht. In meinen Augen sind die beiden das perfekte Verbrecherpärchen.«

»Also, dann kriegen Sie raus, wie eng Lendles Verhältnis zu Frau von Schubert war.«

Kramer bohrt noch immer im Ohr, lässt sich Zeit. Überhaupt scheint er heute weit weniger dynamisch zu sein als sonst. Und irgendwie lahm kommt auch die nächste Frage aus seinem Mund gekrochen. »Wieso haben wir denn keine Spuren von Lendle? Oder hab ich da was nicht mitbekommen? Irgendwo muss der sich doch verewigt haben.«

»Nein, leider. Nichts. Bisher keine DNA, und auch sonst wurden keine kriminalistisch relevanten Spuren von Lendle entdeckt. Da hat jemand richtig gut aufgepasst und außerdem akribisch geputzt, vielleicht haben wir es mit einem ganz besonderen Saubermann zu tun. Georg Fetze hat jede Menge Spuren von Wolf in der Wohnung sichergestellt, außerdem Fingerabdrücke von Galuppi und Olga auf der Pistole. Er hat auch andere Spuren gefunden, die er aber bisher niemandem zuordnen konnte. Gehen Sie zu Fetze und reden Sie mit ihm. Er ist zurzeit unser wichtigster Mann im Mordfall Schubert wie auch im Mordfall Wolf. Wenn überhaupt jemand Lars Lendle spurenmäßig überführen kann, dann Georg Fetze.«

Kramer bläst die Backen auf und stöhnt anhaltend, lässt die Schultern hängen. »Was machen wir bloß, wenn unser oberster Spurenleser demnächst Rentner wird und nur noch seinen Schrebergarten nach Maulwurffährten absucht? So einen wie den gibt's kein zweites Mal.«

»Hm, wir werden ihm nachheulen, das sehe ich auch so.« Und Poensgen drängt: »Kramer – dieser Lendle – ist er in die Wohnung eingestiegen? Hat er Henriette von Schubert umgebracht? Wenn Sie das rauskriegen und ihm nachweisen können, dann verleihe ich Ihnen einen Orden.«

»Bullshit. Wie ist er in die Wohnung reingekommen? Hat die Schubert ihren Mörder am Ende selbst reingelassen?«

»Sollte uns Lendle für den Zeitpunkt des Mordes ein Alibi servieren, haben Sie aktuell nichts in der Hand, um ihm den Mord nachzuweisen.«

»Ich weiß. Und was halten Sie persönlich von der Scheiße? War Lendle die Sau?«

»Möglicherweise. Es ist einfach noch zu früh. Wir haben – nichts. Wir brauchen einen genialen Zufallstreffer. Ein paar Hautzellen würden ja schon genügen. Ich glaube, wenn er einen gewieften Anwalt und ein halbwegs haltbares Alibi hat, dann kommt er aus der Sache raus. Unsere Anschuldigung steht auf äußerst tönernen Füßen. Kramer, versuchen Sie Ihr Glück. Ich drücke Ihnen die Daumen.«

»Alles Bullshit«, flüstert Kramer und schlürft den kalt gewordenen Kaffee in sich hinein.

Poensgen wirft einen Blick auf die Armbanduhr. Mit dem Handbike kann er nun nicht mehr los.

Kramer steht auf, schaut sich unauffällig in Poensgens Loft um, sagt aber nichts. Ob ihm der helle, luftige Raum mit der sparsamen Möblierung gefällt, ist ihm nicht anzusehen. Doch gleich darauf setzt er sich wieder und grinst Poensgen verlegen an.

»Könnten wir den ungefähren Ablauf der Vernehmung vielleicht kurz durchspielen? Ginge das?«

»Aber ja.«

Als Kramer endlich gegangen ist, wählt Poensgen die Nummer des Emmendinger Bestattungsunternehmers Böhler und fragt nach Patrik. Kurz darauf ist Patrik am Apparat.

»Hallo, hier Poensgen. Vielleicht erinnern Sie sich, ich bin der Mann mit dem Rollstuhl und der Urne im Schoß.«

»Hm, ja, natürlich. Erinner mich.«

»Habe auf dem Friedhof ein gelbes Fahrrad gesehen ... gehört das Ihnen?«

»Hm, ja.«

Poensgen hört tausend Fragezeichen aus Patriks Stimme. »Tolles Rad«, lobt Poensgen. »Ich habe auch ein Rad.«

»Okay.«

»Mit Handpedalen«, sagt Poensgen. »Können wir nicht mal zusammen fahren?«

»Sie und ich?«, stößt Patrik hervor.

»Ja. Wir könnten es versuchen«, sagt Poensgen. »Ich brauche für den Anfang einen Begleiter, das Handfahrrad ist nagelneu, und ich möchte auf eine größere Tour gehen, vielleicht den Kaiserstuhlradweg, der einer der schönsten Radwege in Süddeutschland sein soll.«

Einen kleinen Augenblick bleibt es still am anderen Ende. »Klar doch, cool, machen wir. Kenne den Rundweg. Super Idee.«

»Wann?«

»Am Sonntag, ich kann nur am Sonntag, da haben wir keine Beerdigungen.«

»Sehr schön. Wo und um welche Zeit treffen wir uns?«

»In Riegel, an der ehemaligen Brauerei. Dort können wir starten. Sagen wir, um zehn Uhr?«

»Fein. Ich komme. Vielen Dank, Patrik.«

Poensgen legt auf und wählt die Taxizentrale. Er bestellt Mohamad und seinen Kombi auf Sonntagmorgen, halb zehn.

»In Ordnung, Herr Kommissar, machen wir, Mohamad holt Sie ab«, sagt die freundliche Stimme der Taxifirma.

Poensgen legt auf und wählt die Nummer von Georg Fetze. Wie immer dauert es, bis sich Fetzes verrußte Stimme meldet.

Doch Fetze ist wenig erfreut. »Nein, nein, nein, Hans-Josef, keine Zeit«, sagt er mürrisch und hustet.

Und Poensgen meint, er solle sich nicht so anstellen, es ginge schließlich um größere Dinge, nicht um Fesslers Kleinkrämerei. Selbstverständlich arbeite er insgeheim weiter an dem Fall und müsse Kramer unterstützen, der bei ihm gewesen sei. »Behalte es aber für dich, sag es niemandem. Verstanden?«

Fetze lacht, so grässlich er kann, dann knurrt er: »Was ist los? Welche lausige Laus krabbelt dir über die Hutschnur und in den Hemdkragen?«

»Wie könnte der Täter in die Wohnung reingekommen sein? Hast du wirklich keine Idee? Über den Balkon, die Balkontür stand offen, oder schlicht und ergreifend mit einem Schlüssel durch die Wohnungstür? Oder hat Frau von Schubert selbst geöffnet? Kannst du bitte noch einmal alle Befunde checken, ob es nicht doch einen Hinweis gibt, dem wir bisher keine Beachtung geschenkt haben? Irgendwann werden wir doch alle betriebsblind.«

»Hans-Josef, Pfoten und Hufe sind von diesem Wolf, das weißt du. Sonst – nix gefunden und nix übersehen. Da muss ein Engel geflogen sein. Wir haben das zigmal durchgespielt, die Sache ist unergiebig. Und ein Fetze wird niemals betriebsblind, lass dir das gesagt sein. Dein Anliegen ist unverschämt und kränkt mich bis auf die Knochen.«

»Geflogen? Wie meinst du das?«

»Das ist ein Witz. Ich meine gar nichts.«

»Vielleicht ist es kein Witz. Über der Wohnung befinden sich einige leer stehende Zimmer, in denen früher eine Studenten-WG gehaust hat. Die Zimmer sind in einem denkbar schlechten Zustand, die sind längst unbewohnbar, aber es gibt einen Balkon, der sich direkt darüber befindet.«

»Du meinst, dass sich von dort einer abgeseilt haben könnte?«

»Fetze, schick doch bitte noch einmal einen von deinen Leuten in die Talstraße. Vielleicht findet sich was. Ich wäre für die kleinste Kleinigkeit dankbar.«

»Du?« Fetze lacht.

»Ja.« Poensgen hält einen Moment inne. »Kramer muss beweisen, dass Lars Lendle in der Wohnung war. Wie soll er das machen? Von mir aus erfinde halt irgendwas.«

»Du bist komplett verrückt.«

»Ich weiß. Danke, Fetze.«

Ein Zufall ist wie ein Schnupfen

Wir mussten den Arsch laufen lassen, teilt Kramer ihm zwei Tage später per SMS mit, und aus der Kürze dieser Nachricht entnimmt Poensgen, wie stinksauer Kramer ist. Kurz darauf kommen noch ein »Bullshit« und ein explodierendes Smiley angeflattert. Poensgen antwortet nicht. Dass Lars Lendle wieder auf freiem Fuß ist, gefällt auch ihm nicht.

Poensgen hat jetzt mehr Zeit, als ihm lieb ist, darum ruft er Karl Obrist, den Mann aus dem Pförtnerhaus an: »Habe zufällig nichts zu tun, sollen wir nicht endlich mal ein Bier zusammen trinken?« Obrist freut sich und wiegt bedauernd sein vernarbtes Boxerhaupt, als er erfährt, was passiert ist. Poensgen ist raus aus der Soko. Das ist ein Ding! Hätte er nicht für möglich gehalten.

Obrist hat einen guten Zug und ist schon bei der zweiten Halben. In der Kneipe läuft das Fernsehgerät. Nachrichten. Ein Flüchtlingscamp irgendwo in Europa. Matsch und Zelte, spielende, schmutzige Kinder, Frauen und Männer mit Angst und Hilflosigkeit in den Augen. »Die Lage explosiv. Tausende Menschen unterwegs. Hilfsorganisationen am Rand ihrer Kapazitäten. Täglich kommen Hunderte Flüchtlinge dazu …«, berichtet der Nachrichtensprecher.

Obrist fühlt sich angesprochen und beginnt, über die gescheiterte Flüchtlingspolitik Brüssels und besonders der Bundesregierung zu schimpfen. Poensgen hört ihm halbherzig zu, doch als Obrist ihm verrät, dass er beabsichtige, in eine Partei einzutreten, die etwas gegen die Einwanderung unternimmt, und dass man endlich Mut für die Wahrheit haben und aktiv werden müsse, rastet Poensgen aus. Er schimpft Obrist einen Idioten, was Obrist mit triumphierendem Lachen hinnimmt. Ein Doppelmord wie der in der Talstraße wäre früher nicht möglich gewesen, knurrt Obrist gereizt und übellaunig. Als er jedoch sieht, dass Poensgen den gemeinsamen Abend abbrechen will und die Geldbörse zieht, um die Rechnung zu bezahlen, gibt er sich versöhnlich. Er wolle noch mal über alles nachdenken. Poensgen möge doch bitte bleiben, ihm endlich einmal von Wien berichten.

Doch Poensgen ist verärgert. »Wieso glauben Sie, dass die Morde in der Talstraße etwas mit Flüchtlingen zu tun haben?«

»Na, weil ich einen von denen gesehen habe«, ruft Obrist empört.

»Wen? Wo?«

»Einen Kerl am Baum. Bei der dicken Kastanie, neben dem Flieder zwischen Straße und Haus.«

Ganz ruhig bleiben, verordnet sich Poensgen, ganz ruhig bleiben. Es wird sich herausstellen, dass nichts an der Sache dran ist. Ein Zufall ist wie ein Schnupfen, also selten. Aber es gibt ihn. Und ein Zufall mag zwar unwahrscheinlich wirken, ist aber nicht unrealistisch. Habe ich nicht die ganze Zeit auf einen Zufall gewartet? Oder ist ein Zufall, auf den man gewartet hat, gar kein Zufall mehr?

Poensgen schließt die Augen und atmet tief durch. Dann schaut er Obrist durchdringend an. »Wann haben Sie jemanden zwischen Kastanie und Haus gesehen?«

Obrist plustert sich auf, wird um zwei Zentimeter größer. »Na, Vatertag! Bin mit meinem Sohn und ein paar jüngeren Leuten durch unser Viertel geradelt, hatten uns das Partyfahrrad einer Brauerei ausgeliehen, und wir waren alle gut dicht, will sagen, hatten ganz schön getankt und wussten nicht recht, wohin wir damit fahren sollen. Jeder wollte in eine andere Richtung, wie's halt so ist. Wir haben gesungen und gegrölt und uns gegenseitig Bier in den Kragen gekippt. Zufällig kamen wir auch an dem Haus in der Talstraße vorbei.«

»Zufällig. Um welche Uhrzeit?«

»Genau weiß ich das nicht mehr, aber es war am frühen Nachmittag. Einer von unseren Jungs sieht dort einen Kerl, der irgendwas an der Kastanie rummacht. Er hat ihm zugerufen, ob er mitfahren wolle, es sei noch ein Platz frei. Es hat dann beinahe Zoff unter uns gegeben, weil die anderen keinen Fremden dabeihaben wollten.«

»Aha.«

Obrist schiebt sein Bierglas hin und her. »Zum Glück hat der Kerl nicht reagiert, und wir sind weitergestrampelt. Wie gesagt, wir waren nicht mehr ganz zurechnungsfähig.«

»Und wieso meinen Sie, dass der Kerl ein Flüchtling war?«

»Weiß nicht. Sah halt so anders aus. Dafür habe ich eine Nase.«

»Würden Sie ihn wiedererkennen?«

»Oh je, eher nicht. Aber vielleicht der Freund von meinem Sohn, der ihn zuerst gesehen hat. Besoffen war der Junge natürlich auch.«

»Obrist, wieso erzählen Sie mir die Sache mit dem Mann erst jetzt? Können Sie sich nicht vorstellen, dass das eine wichtige Beobachtung gewesen sein könnte?«, zischt Poensgen und kann Zorn und Unverständnis nur mühsam unterdrücken. »Wir haben mehrfach in der Zeitung und im Internet die Bevölkerung aufgerufen, sich zu melden und uns auch die kleinste Kleinigkeit mitzuteilen. Unsere Leute sind tagelang von Haus zu Haus gelaufen, haben Nachbarn und Anwohner befragt. Die müssen doch auch bei Ihnen gewesen sein.«

»Ich habe nicht mehr dran gedacht, erst jetzt in diesem Moment, wo wir davon sprechen, da kommt's mir wieder«, gesteht Karl Obrist zerknirscht. »Als wir den Kerl an dem Baum stehen sahen, konnten wir doch nicht wissen, dass im Haus ausgerechnet an dem Tag ein Mord passieren würde. Ehrlich gesagt, ich habe gedacht, dass das vielleicht einer ist, der von dem alten Fliederbusch nebendran Zweige klauen will. Das kommt ständig vor. So genau habe ich mir das alles nicht ansehen können, habe auf unserem Fahrzeug mit dem Rücken zum Haus gesessen und musste mich umdrehen. Fragen Sie den Freund von meinem Sohn, der hat mehr mitgekriegt, der hatte den Typen genau im Blick.«

Poensgen läuft rot an. »Und obwohl Sie angeblich fast nichts gesehen haben, reden Sie von … also, das ist doch ziemlich heftig. Finden Sie nicht auch? Sie glauben doch nicht im Ernst, dass ein Flüchtling bei uns Flieder klaut. Die Leute haben garantiert andere Probleme. Was für ein Schwachsinn, Obrist!«

»Kennen Sie Bülent Ceylan, der mit Zopf oder Dutt im Fernsehen auftritt? Vom Typ her ein klein wenig wie der sah der Kerl aus, nur viel dünner, ich möcht sagen, auch sportlicher.«

»Bülent Ceylan ist Deutscher und kommt aus Mannheim, aber ist egal, ich hab verstanden«, ärgert sich Poensgen und versucht mit seinem Rolli an den Leuten vorbei aus der voll besetzten Kneipe herauszukommen.

Wenn einer aus der Haut fährt

»Du schon wieder. Hans-Josef, geh mir nicht auf den Sack«, keift Georg Fetze.

Aber Poensgen ist nicht zum Spaßen aufgelegt. »Fetze, sperr deine Ohren auf und wirf den Motor an!«

»Ja, was is?«

»Schau dir die Kastanie, die Hausfassade und den Garten an, Millimeter für Millimeter, wir haben es vielleicht mit einem Kletterer zu tun. Wenn man einigermaßen geschickt ist, kommt man von der Kastanie zum Schubert'schen Balkon rüber. Informiere bitte umgehend Kramer darüber und melde dich erst wieder, wenn du mindestens zwei wasserdichte Spuren hast.«

»Spinnst du? Es hat inzwischen mindestens fünf Mal geregnet wie Sau. Außerdem waren wir dort schon unterwegs, wir sind doch auch nicht blöd. Garten und Umgebung gehören zu unserem Standardprogramm.«

»Ist mir scheißegal. Es könnte der Beschreibung nach Lars Lendle gewesen sein. Du bist der beste Spurenleser von ganz Baden-Württemberg, also leg dich ins Zeug. Von dir hängt jetzt alles ab.«

»Weißt du was, Hans-Josef? Mein Job kotzt mich an. Ich habe keine Lust mehr. Du bist der beste Ermittler von ganz Baden-Württemberg und lässt dich aus der Soko rausschmeißen, und ich soll das ausbaden. Mach doch deinen Laden allein. Wir haben hier unsere Vorschriften, und an die halte ich mich. Kapiert?«

»Na, mach ich doch.«

»Also gut, ich schicke jemanden raus, soll sich alles noch mal anschauen. Ist 'ne lammfromme Frau, mit der man das machen kann.«

»Danke.« Poensgen holt Luft. »Habt Ihr die Waffe identifiziert, mit der Wolf erschossen worden ist?«

»Leck mich doch, du weißt ganz genau, dass ich dir das nicht sagen darf.«

»Dann sag nur Ja oder Nein. War es die Mauser?«

»Blödsinn, natürlich nicht.«

»Und habt ihr inzwischen etwas über den Schmuck und die Diamanten herausbekommen?«

»Wir sind dran. Ich glaube, das kann spannend werden. Aber jetzt lass mich verdammt noch mal in Ruhe!«

»Gute Nacht, Fetze. Wenn du demnächst in deinem Schrebergarten Kürbisse züchtest, komme ich dich besuchen, versprochen.«

Es braut sich was zusammen

Das Wetter druckst herum. Noch zeigt sich die Sonne, aber sie schwächelt. Der Himmel wirkt schon grau und schmuddelig, für den Nachmittag sind Schauer und Gewitter angesagt. Poensgen packt seinen Regenschutz ein. Mohamad kommt pünktlich, bewundert das neue Gefährt und verstaut es gewissenhaft im Taxi-Transporter. Pünktlich um zehn Uhr erreichen sie den vereinbarten Treffpunkt in Riegel.

Patrik, der von Emmendingen kommend an sein Fahrrad gelehnt auf Poensgen wartet, blickt skeptisch. »Vielleicht werden wir eingeseift«, sagt er und deutet zum Himmel.

Poensgen lacht. »Macht nichts, wir sind nicht aus Pappe.«

Sie beschließen, den Weg den Umständen anzupassen und zuerst von Riegel nach Endingen zu fahren, von dort einen Abstecher nach Wyhl zu machen. Später dann von Wyhl nach Sasbach, nach Burkheim über Breisach, über Ihringen, Merdingen und Bötzingen nach Eichstetten und wieder zurück nach Riegel. Insgesamt etwas mehr als sechzig Kilometer. Dauer: vier bis fünf Stunden.

Patrik grinst verlegen. Er habe einen Freund, der jederzeit bereit wäre, sie unterwegs einzusammeln, falls es aus irgendwelchen Gründen ganz schlimm käme, sagt er.

Poensgen versteht den Hinweis, wehrt aber ab und meint, das sei bestimmt nicht nötig, die Sache mit dem Regen sei noch nicht entschieden.

Insgeheim wundert sich Poensgen über so viel Umsichtigkeit bei dem jungen Mann. Er selbst war mit siebzehn Jahren nicht so. Patrik scheint reifer zu sein. Ein Junge, der Leichen wäscht und auf dem Friedhof ein und aus geht, als sei dort sein Sportplatz, ist ihm noch nie begegnet.

»Was willst du mal werden?«, fragt er ihn.

»Na, Bestatter. Zuerst mache ich Abi, und danach geh ich in

die Firma. Wir sind das größte Bestattungsunternehmen in der Region. Und wir haben eine lange Tradition. Der Großvater hat schon mit Leib und Seele Beerdigungen gemacht.«

»Und es macht dir nichts aus, immer mit Toten zusammen zu sein?«

»Daran gewöhnt man sich. Sie haben doch auch gelernt, es mit Kriminellen und Mördern zu tun zu haben. Der Job als Bestatter ist jedenfalls krisensicher. Tote gibt's immer. Und Mörder wahrscheinlich auch, oder? Im Sarg sind alle Menschen gleich. Tote zu waschen ist mir hundertmal lieber, als Mörder zu jagen.« Ein wenig nachdenklich geworden fährt er fort: »Manchmal wollen die Leute sparen und keine traditionelle Beerdigung. Aber dann kriegen sie schnell ein schlechtes Gewissen und möchten doch eine schöne Leich, so mit allem Drum und Dran.«

»Eine schöne Leich, das klingt gut.«

»Fahren Sie vor mir her, dann kann ich meine Geschwindigkeit anpassen. Später kommen wir auf einen landwirtschaftlichen Weg, dort können wir auch nebeneinander fahren, nur auf der Landstraße ist es zu gefährlich«, ruft Patrik über die Schulter und lässt Poensgen vor.

Für Poensgen ist sein neues Gefährt eine Herausforderung. Er muss sich daran gewöhnen und seinen Rhythmus finden, dabei locker bleiben. Er spürt nach den ersten Kilometern, wie es in seinen Schultern zieht, und ignoriert den Schmerz.

Auf der Straße fließt nur mäßiger Verkehr. Die Grün- und Brauntöne der eleganten, sanften Kaiserstuhl-Landschaft fliegen nur so an ihnen vorbei: Terrassen mit Weinstöcken und gezogenen Drähten, alte Obstbäume, akkurat gepflügte Felder, erdige Zufahrtswege, geschlagenes Holz, Komposthaufen, Holzhütten und Regentonnen.

Patrik hält sich dicht hinter Poensgen. Schon nach fünf Kilometern stehen sie vor dem Ortsschild von Endingen.

Trinken, verschnaufen, die Handschuhe ausziehen und

nach der ersten Druckstelle schauen. Poensgens Hände sind rot und heiß. Patrik stellt sich an einen Baum und pinkelt.

Der Himmel wird dunkler und hängt auffallend tief, doch über dem Rhein, Richtung Wyhl, leuchtet noch ein breiter, ausgezackter Flecken Blau.

Poensgen will durch den Ort fahren, Patrik schüttelt den Kopf. »Nein, wir nehmen die Umgehungsstraße, zu viel Kopfsteinpflaster, das ist nicht gut für Sie.«

Poensgen will protestieren, hält aber die Klappe und nickt Patrik zu. »Gut, ich füge mich, du bist der Chef.«

»Klarer Fall«, sagt Patrik, »bin ich.«

»Und ich heiße Hans-Josef«, murmelt Poensgen, worauf Patrik lacht.

»Wieso lachst du?«, will Poensgen wissen.

»Komischer Name, ich sag mal so, Josef tut's auch.«

»Einverstanden.«

»Wieso sitzt du im Rollstuhl, hattest du einen Unfall?«

»Kann man so sagen.« Poensgen zieht die Handschuhe wieder an. »Los, machen wir Tempo, sonst erwischt uns doch noch der Regen. Ich will unbedingt nach Wyhl.«

»Ah ja, wieso?«

»Sag ich dir nachher, los jetzt!«

Sie umfahren Endingen, finden den richtigen Einstieg nach Wyhl und fädeln sich in einen landwirtschaftlichen Seitenweg, der in eine Straße ohne Anstieg mündet. Poensgens Gefährt zeigt sich von seiner gutlaunigsten Seite. Das Vorderrad hat den richtigen Abstand zur Lenkung, und die Federung schluckt alle Unebenheiten. Die Radspeichen summen und schnurren. Poensgen greift herzhaft in die Pedale. Ihm ist schwindelig vor Anstrengung und Glück. Ein leichter Wind streift über die Felder und verfängt sich in den Haaren der beiden Radler. Poensgen setzt die Sonnenbrille auf. Der Fahrtwind singt ihm die Ohren voll.

Spargelfelder mit exakt aufgeworfenen Reihen kommen und gehen, menschliche Gestalten kriechen über den Boden und sind wieder fort, grüne Plastikwannen schwimmen auf schwarzbraunen Folienwellen; vereinzelt schieben sich Verkaufsstände am Straßenrand ins Bild. Frauen, deren Gesichter im Schatten verborgen liegen, bieten den frisch gestochenen Spargel vom Morgen an. Eimerchen mit violetten und rosafarbigen Bartnelken schmücken die improvisierten Theken. Die ersten Erdbeerplantagen liegen wie ausgerollte Teppiche in der Landschaft und warten auf ihre Pflücker. Leere Obstkistchen stapeln sich mannshoch übereinander, ihr helles, leichtes Holz schimmert wie Elfenbein. Anhänger von Landmaschinen stehen gummibereift und breitbeinig im Gelände.

Je schneller Poensgen und Patrik radeln, umso rascher gleiten die Landschaft und ihre Möblierung an ihnen vorüber, ebenso eine Baumschule und Glasdächer einer Gärtnerei, die sich schon von Weitem angekündigt hatten. Bäume, sehr hoch, sehr dunkelgrün, schlank und anmutig, sind angetreten zum Grüßen.

Die Räder drehen sich munter, Steinchen spritzen rechts und links in die Luft. Augenblicke der Wahrnehmung flitzen vorbei, ephemere Bilder der Harmonie; die Zeit saust und die Männer mit ihr.

Eine Stunde, was ist das schon? Nichts.

»Wow, so schnell sind wir gewesen?«, ruft Poensgen erschöpft, als er auf seine Uhr schaut. Er ist stolz und froh, und sein Kopf ist endlich frei. Er hört auf zu denken. Die Schubert, der Wolf, Galuppi und Olga, Kramer und Fessler und das ganze Präsidium sind mit einem Mal wie weggeblasen. Er spürt schon jetzt, wie ihm der Ausflug guttut und die Leere im Kopf eine Freude ist.

Plötzlich sind die ersten Häuser da. Dorfidylle pur, sauber gefegte Gehwege, Tomatenpflanzen im Vorgarten, Oleanderkübel neben der Haustür. Raiffeisenbank und Friseur, ein Gasthaus, ein neuer Verkehrskreisel und ein ramponiertes Schild: »Atomkraft? Nein danke!«

Sie machen einen Zwischenstopp am Straßenrand. Wasser

trinken und kurz ausruhen, das muss sein. Ein Stück Schokolade langsam auf der Zunge zergehen lassen und dabei die Augen schließen.

»Wir sind in Wyhl«, sagt Patrik.

Poensgen kann nur noch nicken, ganz und gar kaputt ist er. »Wir müssen weiter, ich will bis zum Rhein«, sagt er wild entschlossen.

Patrik steigt wieder aufs Rad. »Klar, machen wir. Ist der Rhein für dich wichtig?«

Poensgen seufzt und lacht. »Und ob. Ich komme aus Köln. Hin und wieder muss ich mein Heimweh in den Fluten versenken.«

»Okay!«, ruft Patrik. »Verstehe. Wenn ich mal hier aus der Gegend wegmüsste, ging's mir auch so.« Er strampelt los und feuert Poensgen an: »Vorwärts! Das Wetter hält. Wir haben Glück.«

Schon bald darauf nähern sie sich ihrem nächsten Etappenziel. Die Zielgerade macht ihrem Namen alle Ehre. Ohne Abzweige läuft die Straße, die den Wald in rechts und links teilt, direkt auf einen Parkplatz zu. *NATO-Rampe bei Wyhl*, verkündet ein kleines Hinweisschild inmitten eines bunt blühenden Wiesenstücks. Mit letzter Kraft rollt Poensgen die breite Rampe hoch auf den Damm.

Dort unten liegt der Fluss, still wie ein silbernes Band, und bewegt sich doch. Poensgen schließt für einen Glücksmoment die Augen. Eine Kolonie Schwäne belagert das Rheinufer und döst. Gegenüber, wo Frankreich zum Greifen nah ist, hocken drei Fischer. Ihre Angelschnüre schwimmen im Strom.

»Am 19. Juli 1973 gab die Landesregierung Baden-Württembergs diesen Platz als Standort für ein Kernkraftwerk bekannt«, meint Poensgen, noch ganz außer Puste, und saugt die würzige Luft ein. »Entlang des Rheins sollte eine Industriezone entstehen, ein Ruhrgebiet am Rhein, so hatte sich das der damalige Ministerpräsident Filbinger vorgestellt. Aber da sind die Wyhler Bürger, Leute aus dem Elsass und aus der

Schweiz, sogar Studenten aus Freiburg, auf die Barrikaden gegangen und haben protestiert und mobilgemacht.«

Patrik lehnt sein Fahrrad an eine der Bänke. »Das weiß doch in der Gegend jedes Kind. Ich kenne mich hier aus. Mein Opa, also der Papa von meiner Mama, der war damals auch dabei, als die Bauern gegen den Bau protestierten. Mein Opa saß im Baum, monatelang. Meine Oma hat ihm und den anderen das Essen gebracht.«

»Ja, und jetzt stell dir vor«, fährt Poensgen fort, sich den Schweiß von Armen und Nacken streifend, »Polizeihauptkommissar Hans Weide verweigerte im Februar 1975 als Einsatzleiter den Befehl zur Räumung des besetzten Baugeländes. Man sagt, dass letztendlich Weides Befehlsverweigerung einer der Gründe war, warum das Atomkraftwerk nie gebaut wurde.«

»Weiß ich, mein Opa hat mir davon erzählt. Der Kommissar war echt mutig. Ein guter Bulle, das haben alle gesagt.«

»Ja, stimmt«, sagt Poensgen. »Ein beherzter und weitsichtiger Mensch, es müsste mehr davon geben. Ich weiß, wie schwer das ist. Man wird nicht immer verstanden.«

»Aber das ist alles lange her. 1975, ha, da war ja noch Steinzeit.« Patrik lacht.

»Stimmt, das ist sehr lange her. Ich war damals fünf.«

Patrik schaut ihn an und grinst. »Bist schon ganz schön alt, Josef.«

Auf Poensgens Gesicht spielen ein Rest Sonne und ein zufriedenes Lächeln. Er fühlt sich wohl mit dem Jungen. Er könnte sein Sohn sein. Poensgen erschrickt und radiert den Gedanken sofort wieder aus.

»He, wo ist denn der Gedenkstein? Da muss doch irgendwo ein Stein sein«, ruft er.

Patrik hat den grauen Findling längst entdeckt und liest laut vor: »Nai, hämmer gsait! 25. Februar 1975.«

»Wenn wir Pech haben, dann fängt es gerade an zu regnen«, sagt Poensgen, der einen Tropfen abbekommen hat.

Kurz darauf gießt es wie aus Wasserwerfern. Poensgen und Patrik sind im Nu durchnässt. Es gibt keine Möglichkeit, sich irgendwo unterzustellen. Sie teilen sich Poensgens Regenumhang. Patrik kniet neben dem Handbike, doch die Plastikhaut hilft ihnen wenig. Geduldig warten sie auf Patriks Freund, der sie abholen wird.

»Gleich, er kommt gleich, auf den ist Verlass«, sagt Patrik und wischt die Nässe aus seinem Gesicht.

Es stellt sich heraus, dass der Freund eigentlich Patriks Cousin ist und ebenfalls in der Firma arbeitet. Der Cousin ist Schreiner und für die Herstellung und Beförderung der Särge zuständig.

Als Poensgen ein Fahrzeug, dunkelgrau und lang gestreckt, auf der kerzengeraden, regenüberfluteten Straße auf sich zukommen sieht, schließt er kurz die Augen und murmelt: »Na Prost!«

Der in die Jahre gekommene Leichenwagen stoppt unmittelbar vor ihnen, die Fahrertür klappt auf, und der Cousin, ein breitschultriger Riesenkerl wie einer der Klitschko-Brüder, klettert heraus. Dann geht alles blitzschnell. Ohne Tamtam fassen Patrik und sein Cousin den triefenden Poensgen unter den Armen, hieven ihn aus seinem Gefährt, lüpfen ihn auf den Beifahrersitz und schnallen ihn fest. Ebenso rasch und professionell zerlegen sie Poensgens Handbike und das gelbe Fahrrad, verstauen alle Teile dort, wo sonst die Särge liegen. Der Wagen bietet Platz zum Transport einer Doppelbelegung und ist entsprechend geräumig.

Patrik klemmt sich mit angezogenen Beinen zwischen Räder und Rahmen; die Ladeklappe schließt. Der Leichenwagen verlässt die Rheinauen und Wyhl. Die Scheibenwischer zuckeln drauflos, und es sieht aus, als sei ihr Wischen für die Katz. Eine immer wilder werdende Regenflut stürzt über die Front. Von innen beschlagen die Scheiben. Gutmütig gleitet das altgediente Dieselfahrzeug durch Pfützen und Wasserlöcher.

»Ein Sonntag ist ein Sonntag ist ein Sonntag«, fabuliert der Radiosprecher. Und kurz darauf: »Fünfzehn Uhr. Unsere neuesten Nachrichten und der Wetterbericht.«

Bei Poensgen läuft das Küchenradio. Das Gerät rauscht und knattert und meldet, dass sich eine Sturmfront im Laufe der zweiten Tageshälfte Baden-Württemberg nähere.

Poensgen ist zurück in seinem Loft und müht sich, in trockene Klamotten zu kommen. Das Telefon läutet. »Ja«, sagt Poensgen und fühlt sich gestört.

»Ich bin's nur, Andor. Bin auf der Rückreise. Habe meine Angelegenheiten in trockenen Tüchern. Es gibt was zum Feiern. Wenn's dir recht ist, kann ich am späteren Abend bei dir sein.«

»Gern. Ich freue mich. Und bring was zu essen mit, mein Eisschrank ist wie immer leer.« Poensgen legt das Telefon weg, schlürft heißen Tee und löffelt Müsli, macht es sich auf dem Sofa bequem. Er muss an den Ausflug denken; seine Augen leuchten und fallen gleich darauf vor Erschöpfung zu.

Auch Thierry Galuppi ist erledigt. Man hat ihn gestern zum zweiten Mal operiert; ein mühsamer Versuch, das angeschossene Bein zu erhalten. Seither weigert er sich, die Augen aufzumachen, liegt wie ein Brett in seinem Krankenhausbett und stellt sich tot. Nichts sehen, nichts hören, mit niemandem sprechen, hat er sich vorgenommen. Jede Form der Kommunikation mit ihm ist ausgeschlossen. Seine Gedanken sind so intensiv bei Olga, dass es ihn regelrecht wütend macht, wenn ihn jemand stört. Olga steht neben seinem Bett, Olga ordnet das Hemd auf seiner Brust, Olga legt ihre Hand auf sein geschientes und mit Gewichten stabilisiertes Bein, Olga reicht ihm Tee und Brot, Olga nimmt den vollen Urinbeutel ab und hängt einen neuen dran, Olga misst Temperatur. Sie ist so gegenwärtig wie lange nicht mehr in seinem Leben. Sie hat sich seine Seele geschnappt und hält sie fest.

»Du hast mich umgebracht«, flüstert Olga. »Aber das macht nichts. Es war gut so. Du siehst, ich bin immer noch bei dir. Lass dich nicht auf die Ärzte ein, sie wollen dir das Leben zur Qual machen, sie lassen dich nicht in Ruhe sterben. Also ignoriere sie. Ignoriere alles, was dich von mir ablenkt. Deine Gedanken und meine Gedanken sind eins. Wir sind eins, für immer und ewig. Bald darfst auch du dieser kranken Welt den Rücken kehren.«

Einer der beiden Polizisten, der einen rotblonden Schnauzbart trägt und mit dem Kollegen vor dem Krankenzimmer sitzt, kommt herein.

»Alles in Ordnung?«, fragt der Schnauzbart und kriegt keine Antwort.

Die beiden Beamten sollen auf Galuppi aufpassen, der angekündigt hat, aus dem Leben scheiden zu wollen.

Eine halbe Stunde später kommt der Polizist wieder. »Alles in Ordnung?«

So geht das, seit er hier liegt. Alles in Ordnung? Was soll das eigentlich heißen? Galuppi findet die Frage lächerlich angesichts seines Dilemmas. Vierundzwanzig Mal am Tag und vierundzwanzig Mal in der Nacht kommen sie und fragen diesen Unsinn. Auch wenn es viel weniger ist, aber es kommt Galuppi so vor. Seine Umgebung nimmt er kaum noch wahr. Sein Kopf ist voll mit Schmerzmitteln und schmerzlicher Erinnerung. Seine Droge heißt Olga. Mit Olga im Kopf könnten sie ihm glatt das Bein abhacken, er würde es nicht merken.

»Ich habe ihr die Luft genommen«, murmelt er mit trockenen Lippen. »Sie ist unter meinen Händen erstickt. Ohne Olga werde auch ich ersticken. Sie war mein Sauerstoff.«

Irgendwann, als es dämmert und draußen der angekündigte Sturm tobt, steht der Polizist wieder vor dem Bett, und Galuppi öffnet ein Auge.

»Alles in Ordnung?«, rattert der Mann seine Pflichtfrage herunter und bemerkt zufällig Galuppis Auge. »Alles in ...?« Er nähert sich.

Galuppi nickt und flüstert: »In meiner Hose ist meine Geldbörse. Bitte.«

Der Polizist wirkt überrascht und hilflos. Er holt seinen Kollegen. Gemeinsam beugen sie sich über Galuppi und erklären ihm, dass er keine Hose mehr habe. Die habe man bei seiner Einlieferung entsorgt. Nein, keine Hose mehr. Pech. Er brauche im Krankenhaus keine Hose, und im Gefängnis bekäme er sowieso Anziehsachen vom Staat.

Galuppi wispert: »Siehst du, Olgalein, ich habe keine Hose mehr. Entsorgt, Olgalein, entsorgt, alles ents–«

»Hier, ihr Geldbeutel ist im Nachtschränkchen«, erklärt ihm der Polizist mit dem Schnauzer bereitwillig und öffnet die Schublade. »Hier, bitte.«

»Danke. Lassen Sie mich allein.«

Die Polizisten gehen und sehen aus, als seien sie erleichtert.

Seine Hände umschließen die schweinslederne Geldbörse. Alles an ihr ist vertraut, jede Naht und jede Ecke ist den Fingern bekannt, sie können blind darin herumsuchen, kennen jedes Fach und jeden Druckknopf, die Bankkarten, den Personalausweis, Belege von Einkäufen, das Kleingeld, ein paar Scheine, die Aussparung für ein Foto.

Olgas Porträt steckt hinter einem Stückchen Plastikfolie. Uraltes Bild. Olga blutjung. Forever young und unsterblich. Ihr ewiges Lächeln. Er zieht das Foto heraus und hält es dicht vor seine Augen: Sie hatte damals schon schlechte Zähne. Merkwürdig, dass mir das nicht aufgefallen ist. Und ein bisschen schwammig und dick war sie als junge Frau auch schon. Seltsam, dass mich das nie gestört hat, denkt er, und dieses blasse Kleid, das ich absolut nicht leiden konnte, verrückt, dass sie es ausgerechnet auf diesem Foto tragen musste. Komisch, alles komisch, die ganze Sache mit Olga von Anfang bis Ende. Auch Erdbeeren mit Senf schmecken komisch. Und Olga und ich waren immer wie Erdbeeren mit Senf.

»Olga, was mache ich nur mit dir?«, sagt er sehr leise. Olga antwortet nicht, und er kann nicht verhindern, dass seine Finger das Foto zerreißen. Der erste Riss geht mitten durch ihr Gesicht. Und weiter, Stück für Stück, Riss um Riss, arbeiten seine Finger. Augen, Lippen, Ohren, Haare, die Fetzen liegen wie Schmetterlingsflügel auf der Bettdecke verstreut.

Eine halbe Stunde ist um, der Polizist kommt, will wissen, ob alles in Ordnung sei, und geht.

Galuppis Finger öffnen den Druckknopf und das Fach fürs Kleingeld. Geldstücke klappern. Es sind nur wenige. Er sucht zwischen den Cents und Euros. Der Schlüssel ist an seinem Platz. Ein ganz normaler, unauffälliger Schlüssel, wie es Millionen gibt.

Der Polizist steht schon wieder da.

»Wann kommt der Kommissar?«, fragt Galuppi.

»Bald«, antwortet der Polizist und ist fort.

Ich werde ihm den Schlüssel geben und ihm alles sagen, dann ist die Sache klar und ich kann gehen, denkt Galuppi.

Als der Polizist das nächste Mal an seinem Bett steht, schläft Galuppi; seine Lippen zucken.

»Du bist aber spät«, sagt Poensgen, als Andor Móricz kurz vor Mitternacht müde von der Fahrt und vom Weg vom Parkplatz bis zum Haus pudelnass zur Tür hereinkommt. Móricz hört den leisen Vorwurf genau. Doch nach wenigen Minuten ist der Rauch verflogen, und Poensgen schaut fasziniert zu, wie Móricz im Handumdrehen den Tisch deckt und den Inhalt seiner Kühltasche ausbreitet. Lauter leckere Köstlichkeiten.

»Mein lieber Andor, wenn du mich weiter so gut versorgst, werde ich eines Tages einen Bauch haben wie du.«

»Na gut, wenn du dann auch so ein gelassener und romantischer Typ sein wirst wie ich«, antwortet Móricz, und sie müssen lachen. »Und was war bei dir los?«, fragt Móricz.

Poensgen schüttelt unwirsch den Kopf. »Zuerst habe ich mit dir ein Hühnchen zu rupfen.«

»Wieso?«

»Du hast mich verraten.«

»Ich? Das musst du mir erklären.«

»Du hast Kramer auf mich gehetzt, du weißt, am Morgen deiner Abreise. Das war nicht gut.«

»Das habe in der Absicht getan, dich vor dir selbst zu schützen. Ich nehme an, dass ich recht hatte und du wieder mal allein losziehen wolltest.«

»Jawohl. Nach Badenweiler. Aber das war meine Sache. Du bist nicht mein Kindermädchen«, sagt Poensgen verstimmt, und der aufgewärmte Ärger darüber ist ihm anzusehen.

»Tut mir leid«, sagt Móricz. »Oh ja, störe meine Kreise nicht! Ich weiß. Aber es wird nicht wieder vorkommen. Ich bleibe sowieso nur noch zwei Tage, und dann geht's nach Hause.«

»Du sagtest, du hättest etwas zu feiern?«, fragt Poensgen steif.

»Hm, ja.«

»Nun sag schon, was ist es?«

Móricz schaut ihn traurig an und schweigt eine Weile. »Ich weiß nicht, ob es dich wirklich interessiert. Du hast mich noch nie nach meiner Arbeit gefragt. Wir reden über alles Mögliche, aber nie über das, was das Wichtigste in meinem Leben ist.«

Poensgen rollt zum Fenster und stoppt vor dem Fernrohr. »Willst du nicht nach den Sternen gucken?«, fragt er etwas hilflos.

Móricz fährt sich mit den Fingern durch seine schwarze Mähne und lacht bitter. »Ich habe einen neuen Roman geschrieben, habe das Manuskript einem renommierten Verlag gebracht und eine Zusage bekommen. Mehr kann ich dazu nicht sagen. Für mich ist das sehr essenziell. Aber vielleicht waren daran die Sterne schuld. Kann sein.«

Poensgen wirkt betroffen. »Entschuldige, Andor, so unaufmerksam wollte ich nie werden. Aber meine Gedanken kreisen ständig um meinen Job. Ich werde mich bessern. Versprochen. Und jetzt feiern wir deinen Erfolg. Einverstanden?«

»Draußen toben die Gewalten, das Unwetter, ich habe es mitgebracht«, stammelt Móricz, öffnet eine Flasche Wein, gießt mit unruhiger Hand die Gläser voll, und Poensgen erzählt ihm, dass er mit Patrik am Rhein war und dort schon nass geworden ist. Sie trinken und essen, und dann trinken sie nur noch.

Das Unwetter ist längst abgezogen, als sie betrunken und hundemüde in ihre Betten kriechen. »Und was ist mit Maria?«, will Móricz noch wissen, bevor er die Decke über sich zieht.

»Nichts«, brabbelt Poensgen. »Sie ist eine schöne Frau, eine großartige Kollegin, aber sonst ist da nichts.«

»Und dein Fall? Weißt du jetzt, wer die alte Lady auf dem Gewissen hat?«

»Gute Nacht, Andor.«

Cowboystiefel an den Füßen und Mozart auf der Tasse

Auf der gemeinsamen Montagmorgen-Soko-Sitzung ordnet Fessler an, dass Kramer, MM und Berthold am Dienstag ins Krankenhaus fahren, um Thierry Galuppi zu vernehmen. Der behandelnde Arzt hat sich gemeldet und einer ersten Befragung durch die Kripo Freiburg zugestimmt.

Fessler rekapituliert: »Galuppi hat zwar den Mord an seiner Frau Olga zugegeben, hat aber darauf bestanden, der Schubert und dem Wolf nichts angetan zu haben. Seine Alibis sind wertlos, die ist er durch Olgas Tod nämlich los. Olga kann nicht mehr für ihn aussagen. Galuppi hat sich sein eigenes Grab geschaufelt. Er ist ein Lügner.«

Fessler bläut seinen Leuten ein, sich mit allen bisherigen Erkenntnissen und Analysen noch einmal vertraut zu machen und die kurze Vernehmungszeit, die ihnen von den Ärzten gewährt wird, zu nutzen, um die richtigen Fragen zu stellen und von Galuppi ein Geständnis zu bekommen.

»Ich bin überzeugt, der hat die beiden Alten umgelegt. Motiv: Habgier. Und kein Alibi. Also, Leute, zeigt, was ihr gelernt habt, er soll gestehen, klopft den Klavierheini weich«, beschwört Fessler Kramer und MM und haut Kramer beinahe verzweifelt auf die Schultern. »Und ganz wichtig, der Schauspieler wurde mit einer P 30, 9 mm x 19 von Heckler & Koch umgelegt, was wir nun endlich auch wissen«, fügt er erleichtert hinzu.

Am nächsten Morgen stehen Kramer, MM und Berthold in Galuppis Krankenzimmer. Draußen knattert der Helikopter des ADAC, der gerade über dem Landeplatz der Universitätsklinik schwebt und langsam runtergeht. Sie hören den Lärm der Rotorblätter durchs geschlossene Fenster, sogar die Fensterbank vibriert.

Galuppi linst unter schlaffen Lidern hervor. Dicht neben ihm steht Kramer, macht einen auf dicke Hose. Lederzeug, Stiefel, Waffe am Gürtel – gut sichtbar. Mit deutlich mehr Abstand der gute Berthold, freundlich und beinahe schüchtern. Berthold scheint mit seinen Gedanken ganz woanders zu sein und schaut sehnsüchtig zum Fenster raus.

MM läuft währenddessen auf und ab. Die Absätze ihrer Cowboystiefel klappern so exakt wie die Schläge eines Metronoms.

Eine Krankenschwester – Madonnengesicht und doppeltes Piercing in der Nase – bringt um elf Uhr das Mittagessen und stellt es auf den Nachttisch. Im Zimmer riecht es jetzt nach Bratensoße, Hühnchen, Blumenkohl und Suppe – alles durcheinander. Galuppi schüttelt den Kopf, will nichts essen, liegt teilnahmslos im Bett.

Kramer redet auf ihn ein, faselt etwas von einem Anwalt, den sich Galuppi nehmen müsse, es sähe für ihn gar nicht gut aus. Er würde ihm dringend einen juristischen Beistand empfehlen, die Fakten sprächen allesamt gegen ihn. Dann beginnt Kramer aufzuzählen, wieso Galuppi als Mörder von Henriette von Schubert und Romillo Renato Wolf verdächtigt wird.

MM blickt in Galuppis unbeteiligtes Gesicht, sieht ihn plötzlich unscharf, irgendwie leicht verschwommen, sieht aber auch Berthold und Kramer durch einen Schleier. Von dem Krankenzimmergeruch, einer unheilvollen Mischung aus Desinfektionsmitteln, Mittagessen und Patientenausdünstung, wird ihr übel. Sie hat heute noch nicht einmal gefrühstückt. Sie hört gerade noch, wie Galuppi zu Kramer sagt, er wolle ausschließlich mit dem Kommissar reden, worauf Kramer ihm zum zweiten Mal seinen Dienstausweis vors Gesicht hält und wütend erklärt, dass er Kommissar Kramer sei. Er wisse das, mault Galuppi, Kramer habe ihm schließlich das Bein zerschossen. Er habe aber eine wichtige Aussage zu machen, und die wolle er nur in Gegenwart des Kommissars im Rollstuhl machen.

»Der hat zurzeit dienstfrei«, sagt Kramer mit eisiger Stimme.

»Schade, Leute«, sagt Galuppi. »Dann habt ihr eben Pech. Ich rede nur mit dem Behinderten, ihr wisst schon, wen ich meine.«

MM, mittlerweile kotzgrün im Gesicht, muss raus, sie braucht frische Luft. Sie telefoniert mit zu Hause. »Alles in Ordnung, Miriam. Ich war mit den Babys zum Impfen beim Kinderarzt. Jetzt schlafen sie«, sagt MMs Mutter.

Kurz drauf kommen Kramer und Berthold. MM hält sich tapfer.

»Wir müssen Poensgen holen, es geht nicht anders. Da muss Fessler jetzt durch«, schimpft Kramer. »Galuppi hat sich auf Poensgen fixiert. Ich möchte wirklich mal wissen, wieso.«

Poensgen telefoniert unterdessen per Skype mit Maria. Der Wurstbudenmord sei jetzt definitiv aufgeklärt, berichtet sie und lacht erleichtert.

Poensgen hat davon schon aus der Presse erfahren. Eine ziemlich peinliche Geschichte. Die Täterin – eine junge Polizistin namens Geli Mittermeier, die gestanden hat, den Wurstbrater erschossen zu haben. »Ein Fremder im Zentrum der Stadt – was für ein Schandfleck!«, soll Geli Mittermeier bei ihrer Verhaftung unter Wuttränen gerufen haben. Hintergrund war, dass sich der Freund der jungen Frau um die Lizenz der Wurstbude beworben hatte, diese aber dem Jungen aus Pakistan zugesprochen worden war. Hätte Gelis Freund die Lizenz bekommen, hätten sie heiraten und eine Familie gründen können.

Maria meint, man müsse »dem gachzornigen Ganserl« unbedingt professionelle Hilfe zukommen lassen, man dürfe die Geli nicht verloren geben. Ganz anders dieser Schauspieler, der sich als Witwentröster und Erbschleicher durchs Leben gelogen und gemordet habe, bei dem sei alles für »die Würscht«, der gehöre bis an sein Lebensende ins Loch.

Schade, dass der schon tot und somit seiner gerechten Strafe entkommen sei.

»Ja«, sagt Poensgen. »Ich bedaure auch sehr, dass Wolf nicht mehr aussagen kann. Er ist meiner Meinung nach der Schlüssel zu unserem ganzen Mord-Komplex. Eitel, wie er war, hätte der längst ausgepackt, schon um sich seine schauspielerische Begabung bestätigen zu lassen. Jetzt liegt alles bei uns. Ein paar Untersuchungsergebnisse fehlen noch, die Soko wird in den nächsten Tagen neue Ergebnisse bekommen. Engpass bei den Kriminaltechnikern. Die haben inzwischen aufgeholt, durften zwei neue Leute einstellen.«

Er nimmt einen Schluck Kaffee, und auch Maria bekommt gerade einen frischen, eine Kollegin stellt ihr eine Tasse mit einem Mozartporträt hin. »Es geht schließlich auch um das Vertrauen der Bevölkerung«, fährt Poensgen fort. »Die Leute müssen wissen, dass wir jederzeit für sie da sind, mit all unseren Abteilungen. Die Situation ist ohnehin schwieriger als früher. Na ja, wir tun, was wir können. Und Fessler steht hinter seiner Mannschaft, auch wenn er manchmal etwas schwerfällig wirkt. Im Prinzip ist auf ihn Verlass.«

Er sieht, dass in Marias Büro Leute herumlaufen, dass sie dringend gebraucht wird und die Skype-Verbindung beenden muss. Poensgen verabschiedet sich beinahe heiter. »Ich glaube, wenn uns der Beelzebub nicht in die Suppe spuckt, können wir die Fälle Schubert und Wolf in absehbarer Zeit abschließen.«

»Ich drück dir beide Daumen«, sagt Maria herzlich. »Und komm einfach mal wieder nach Wien.«

Als Poensgen kurz darauf seine E-Mails checkt, findet er auch eine Nachricht von Fessler. *Egal, wo Sie gerade rumhängen, morgen fahren Sie zu Galuppi. Ohne Kramer. Gruß, Fessler.*

Es reizt Poensgen, Fessler nicht darauf zu antworten und ihn im Ungewissen zu lassen. Dafür ruft er umgehend bei Georg Fetze an.

Natürlich hustet Fetze mal wieder wie eine alte Hyäne und klingt außerdem, als sei er sehr weit weg. Wahrscheinlich hat er das Telefon in seinem Hemdkragen verloren, was ihm schon öfter passiert ist.

»Kannst vorbeikommen, hab was Sensationelles für dich«, krächzt Fetze.

Poensgen hört Stolz aus Fetzes Stimme und freut sich, dass er den alten Indianer aus der Reserve hat locken können. Wenn Fetze zugibt, dass er etwas Neues gefunden hat, dann lohnt sich das in der Regel.

Fronleichnamstag und Olga wartet

Poensgen macht sich auf den Weg ins Krankenhaus.

Vielleicht bringt mich das Fest des heiligsten Leibes und Blutes Christi dem Drama ein Stück näher. Galuppi will ausschließlich mit mir reden, das kann er haben, denkt Poensgen und überlegt kurz, welche Uhrzeit für die Vernehmung am günstigsten ist.

»Endlich!«, seufzt Galuppi, als sich Poensgen fünf Minuten vor zwei ins Krankenzimmer schiebt. »Warum kommen Sie erst jetzt? Ich habe vor, mich von dieser schnöden Welt zu verabschieden, also sputen Sie sich.«

»Verabschieden? Sie bleiben! Sie kommen vor Gericht. Sie haben Ihre Frau Olga umgebracht«, ruft ihm Poensgen zu, verärgert über so viel Chuzpe.

Kann kaum sprechen der Kerl, aber labert mich dumm an, denkt Poensgen, während seine Gummireifen über den frisch gewienerten PVC-Boden schliddern. Poensgen rangiert noch ein bisschen hin und her, um sich eine Position zu verschaffen, bei der sein Gefährt einigermaßen aufgeräumt im Zimmer steht. Ein schwieriges Unterfangen in einem engen Raum mit zwei Betten, eines leer, das andere belegt, zwei Nachttischchen, zwei Besucherstühlen und einem kleinen Esstisch, zugestellt mit Nierenschalen, Verbandsmaterial, Bettunterlagen et cetera.

Galuppis Klinikbett steht frei im Zimmer, also Zugang von rechts und links.

»Hm?«

Galuppi schüttelt kaum merklich den Kopf. »Olga wartet auf mich. Ich muss mich beeilen.«

Poensgen parkt den Rolli endgültig vor dem Fenster und stellt die Bremse fest. »Olga? Lassen Sie mich mit Olga in Ruhe, ich kann's nicht mehr hören!«

Die beiden wachhabenden Polizisten kommen ins Zimmer,

stehen aufrecht und entschlossen nebeneinander und signalisieren Präsenz. Natürlich wollen sie schon wieder wissen, ob alles in Ordnung sei.

Poensgen nickt. Ihm tun die beiden Jungs leid, die den ganzen Tag vor Galuppis Tür hocken müssen und nicht fortgehen dürfen. Pinkeln, Kaffee holen, ein Sandwich essen, eine Zigarette rauchen, natürlich immer nur einer von ihnen; alles ganz kurz und umgehend zum Standort zurück, auf ihren Smartphones spielen, dem Personal nachschauen, sich über Beine und Hinterteile der Krankenschwestern unterhalten, mehr ist nicht drin. Die nahtlose Personenwache muss sein, und die beiden sind sich ihrer Pflicht bewusst. Man sieht es ihnen an, als sie sich wieder nach draußen begeben.

Halt! Noch etwas – sie würden ab und zu reinschauen, ob er damit einverstanden sei, fragen sie Poensgen, und der bedankt sich artig.

»Wir müssen Meldung machen, dass Sie jetzt hier sind«, meint einer der beiden.

»Natürlich, machen Sie das – unbedingt!«

Endlich ist Ruhe. Bis auf eine dunkelhäutige Krankenschwester, die Galuppis Temperatur messen will, stört niemand mehr. Die Schwester trägt, ohne ein Wort zu verlieren, den Wert in eine Karteikarte ein, die sie auf dem Tisch ablegt, lächelt flüchtig und geht. Unter ihrer Schürze trägt sie weiße Wäsche, die sich abzeichnet. Ihr mächtiges Gesäß schwankt bei jedem Schritt – wie zwei Höcker, die noch relativ fest sind, weil die Frau jung ist.

Poensgen blickt ihr nach, dann hinüber zum Bett, streift über das käsige Gesicht Galuppis, das ihm wie ein Ersatzteil aus Madame Tussauds Wachsfigurenkabinett vorkommt. Seinen Bart hat Galuppi abrasiert, was ihn ein paar Jahre jünger aussehen lässt.

Poensgen wartet, bis sich die Tür hinter der Frau schließt. »Herr Galuppi, können wir anfangen? Was haben Sie mir zu sagen?«

Durch Galuppis Körper, der hinter seiner geschienten Beinskulptur beinahe verschwindet, geht ein Ruck, vielleicht ist es auch nur ein heftiges Schlucken. Jedenfalls sind Bewegung und Reaktion festzustellen, sodass Poensgen einen halben Meter näher rückt, um ihn besser beobachten zu können.

Er ist überrascht, in Galuppis Augen schimmert fiebriger Glanz, als er sagt: »Ich war einmal Thierry Galuppi.« Er stockt, denkt nach, seufzt und wiederholt: »Ja, ich war einmal Thierry Galuppi, und nichts von dem, was Sie hier vor sich sehen, hat mit dem Menschen zu tun, der ich einmal war. Also scheint es mir richtig, zunächst aus der Vergangenheit zu berichten.«

»Von mir aus, beginnen Sie, wo Sie wollen. Wir werden schon in der Gegenwart ankommen, so oder so.«

Galuppi befeuchtet seine Lippen, gönnt sich noch eine kleine Kunstpause, um dem nächsten Satz mehr Raum zu geben. »Mutter kam 1930 zur Welt und erhielt den schönen Namen Amalia.« Dann schweigt er. Seine Lippen bewegen sich lautlos. Nach einer Weile redet er weiter, streicht dabei das Leintuch glatt. »Sie war die Schwester von Henriette, die ein Jahr zuvor geboren worden war.« Seine Hände sind jetzt mit den Falten in der Bettdecke beschäftigt. »Der Vater der Mädchen war ein einfacher Schafhirte vom Niederrhein.«

Er lauert auf Poensgens Reaktion, doch der gibt sich unbeeindruckt, zeigt ihm lediglich, dass er weiterreden soll.

Galuppi blickt vorsichtig zur Zimmertür. Sie bleibt verschlossen. Die Polizisten halten sich offenbar zurück. Er atmet auf, kommt in Fahrt. »Der Schäfer zog mit den kleinen Kindern und seiner Herde übers Land. Bei Wind und Wetter. Wie gesagt, ein Schafhirte. Ein harter Mann. Die Mutter der Kinder war gestorben, Typhus. In die Schule durften die Kinder nur, wie's gerade in den Schäferalltag passte, meistens im Winter, wenn der Vater mit den Tieren sesshaft war.«

Wieder dreht Galuppi den Kopf zur Tür. »Die Mädchen hatten kaum Schulbildung. 1944, als sie ungefähr vierzehn waren, starb auch ihr Vater. Man erzählte sich, er sei von einem Kerl, der ihm drei Schafe rauben wollte, erschossen worden.«

Im Zimmer ist es stickig und still. Auch Galuppi schwitzt und ist still. Das Reden fällt ihm schwer. Er wirft einen Blick auf Poensgen, prüft die Situation der Tür, fährt irgendwann mühsam fort: »Die Mädchen waren«, er glättet wieder die Falten der Bettdecke, »ja, man kann sagen, dass sie sehr, sehr arm waren. Sie klauten Kartoffeln und Rüben, verdingten sich mal hier und mal dort.«

»Und weiter?«, drängt Poensgen.

»Henriette, die den Namen, den man ihr gegeben hatte, nicht leiden konnte, sich deshalb Jette nannte und außerdem immer hübscher wurde, hatte Glück. Jette nahm noch ein paar Umwege, kam dann aber einige Jahre später zu einer Familie in den Haushalt. Die Leute waren richtig vornehm, waren adlig und hatten angeblich sogar Verwandtschaft in einem bekannten Königshaus. Das nützte ihnen natürlich gar nichts, die Familie hatte mehr schlecht als recht den Krieg überstanden und besaß keinen Pfennig. Aber sie waren Besitzer von einer Menge Wald und Land, und einige ihrer Grundstücke waren in der Nachkriegszeit sehr gefragt.«

Galuppi greift zum Wasserglas, trinkt und stellt das Glas vorsichtig zurück.

»Ja, also, wie ich schon sagte, Jette hatte endlich einmal Glück, weil sich der einzige Sohn der Familie ganz fürchterlich in sie verliebte. Ich glaube, er war fünfzehn Jahre älter als sie. Natürlich gab's dicken Ärger mit den Eltern. Versteht man irgendwie. Jette, ein armes, dummes Schäfermädchen, eine Hausangestellte! Aber der Sohn setzte seinen Kopf durch, er heiratete sie und zog mit ihr nach Freiburg in das Haus in der Talstraße. Möglichst weit weg von den Eltern und nah an der Schweiz. Als die Eltern kurz hintereinander starben, erbte er den schönen herrschaftlichen Haushalt und einiges mehr. Das war's eigentlich schon. Kinder konnte Jette keine … sie hatte einmal bei einer obskuren Adresse abgetrieben, glaube ich.«

Nachdenklich beobachtet Galuppi die weiß lackierte Tür mit dem metallenen Griff.

»Wieso interessieren Sie sich ständig für die Tür?«, platzt Poensgen heraus.

Doch Galuppi übergeht die Frage, lässt Poensgen zappeln. »Nun komme ich zu Amalia. Die hatte weniger Glück. 1960 erwartete sie ein Kind. Der Mann lief ihr noch vor der Geburt davon. Das Baby war ich.« Er deutet mit dem Finger auf seine Brust und bringt ein trauriges, fast entschuldigendes Lächeln zustande. »Mutter bekam noch ein zweites Kind, von einem anderen Mann. Das Kind … leider, es war behindert, starb früh, und auch dieser Mann machte sich auf die Socken.«

Er versucht sich aufzurichten, wendet den Kopf wieder zur Tür, zupft nervös an der Bettdecke. »Mutter ging putzen, bei allen möglichen Leuten ging sie putzen, manchmal drei verschiedene Putzstellen an einem Tag. Trotzdem, sie hat mich liebevoll … es stellte sich heraus, dass ich musikalisch begabt … auch das noch, möchte man sagen.«

In seinen Augen schimmern Tränen. Er schluckt, sein Kinn flattert. Erst als er das Wasserglas leer getrunken hat, fasst er sich wieder. »Mutter setzte Himmel und Hölle für ein Stipendium in Bewegung. Ein paar Jahre Studium für mich. Klavier. Toller Lehrer und jeden Tag mindestens acht Stunden üben.«

Seine Finger spielen jetzt Klavier auf der Bettdecke, bewegen sich auf der Stelle. »Ein eigenes Instrument? Hatte ich nie.« Er seufzt. »Ein Traum. Bis heute. Ja, bis heute … später, als ich das Konservatorium verlassen musste, weil wir kein Geld mehr auftreiben konnten, ein paar Auftritte, etwas Anerkennung.« Er lächelt leise. »Mein Honorar? Ach, was soll ich sagen, immer alles bescheiden. Große Karriere? Von wegen. Na gut, den Rest kennen Sie ja.«

»Sie haben in den letzten fünf Minuten sieben Mal zur Tür geschaut, erwarten Sie jemanden? Wieso diese Unruhe?«, will Poensgen wissen.

»Olga wird kommen. Gleich. Ich erwarte sie. Ich hoffe, dass die Polizisten sie durchlassen.«

»Blödsinn. Olga ist tot. Sie haben sie eigenhändig ins Jenseits befördert. Lassen Sie die Spielchen. Sie können sie nicht mehr lebendig reden.«

»Olga ist unsterblich. Sie kommt. Vielleicht in einem anderen Gewand.«

»Richtig. In einem anderen Gewand. Aber bis sie kommt, erzählen Sie einfach weiter.«

Galuppi schüttelt den Kopf, braucht eine Pause. Sein Blick wandert abwechselnd zu Poensgen, zur Tür, zu Poensgen. »Nun denn, es war dann so … wie soll ich sagen … wie es halt so ist, Jette und Amalia verloren sich mit der Zeit aus den Augen, jede ging ihren eigenen Weg.«

Galuppi stockt erneut, greift wieder nach dem Wasserglas, stellt fest, dass es leer ist, und schielt zu Poensgen, der jetzt unmissverständlich ein genervtes Gesicht zieht. »Klingt irgendwie nach Michael Köhlmeiers Fernsehsendung ›Ich wünsche Ihnen eine märchenhafte Viertelstunde‹. Vielleicht können wir einen kleinen Zeitsprung machen. Ginge das auch ohne Wasser, oder sollen wir der Schwester läuten?«

»Nein, keine Schwester und keinen Zeitsprung«, wehrt sich Galuppi.

»Na gut. Erzählen Sie weiter. Was passierte mit Aschenputtel?«

»Jette trug jetzt einen Siegelring am Finger, legte Wert auf gute Kleidung und reiste mit ihrem Göttergatten durch die halbe Welt. Sie lernte lesen und schreiben, endlich, und sie interessierte sich für alles, was in ihrem früheren Leben nicht möglich gewesen war.«

»Aha, davon wissen Sie von wem? Von ihr selbst, oder wie kommen Sie darauf?«, will Poensgen wissen.

»Was Jettes Mann gearbeitet hat, weiß ich nicht, aber er war wohl immer reich genug, um keinen normalen Job ausüben zu müssen. Er besaß, so hieß es, Vermögen von den Grundstücksverkäufen der Familie und legte das Geld an. Als er starb, das ist ungefähr zwanzig Jahre her, war Jette eine wohlhabende Frau. Jedenfalls glaubte sie es. Ob's wirklich stimmte, wer weiß das schon.«

»In Ordnung«, ruft Poensgen. »Und jetzt kommen Sie ins Spiel, oder nicht?«

Galuppi nickt und blickt zur Tür. »Ja, gewissermaßen.«

»Na, wunderbar, dann schießen Sie endlich los!«

»Vor ungefähr acht Jahren erinnerte sich Jette plötzlich an ihre Schwester. Nur leider lag die inzwischen auf dem Friedhof, was Jette nicht wusste. Sie suchte nach Amalia und fand mich. Sie lud mich zu sich nach Hause ein. Sie kochte für mich. Ich spielte ihr auf ihrem Klavier vor. Wir unterhielten uns freundlich ... Sie wissen, welches Klavier ich meine, dieses wunderbare alte Instrument. Ich war natürlich sofort darin verliebt. Sie bot mir auch Geld an. Nicht der Rede wert. Eine kleine Summe nur. Aber sie drängte es mir regelrecht auf. Sie war ganz gerührt, dass es da noch jemanden gab. Ich sei ein echter Neffe, ihr einziger Blutsverwandter. Der Sohn ihrer geliebten Schwester.«

»Wie schön für Sie, da haben Sie sich doch bestimmt gefreut?«

»Sie behauptete, dass es ihr sehr leidtäte, dass man sich nie mehr gesehen habe, sie denke beinahe täglich an die gemeinsame Kindheit am Niederrhein zurück. Arm, aber glücklich sei sie damals gewesen. Irgendwann sagte sie auch, dass der Blüthner für mich bestimmt sei, später einmal. Sie hat mir sogar die Hand darauf gegeben und hat mir das Instrument versprochen. Ich sah ihr an, dass sie ein schlechtes Gewissen hatte. Ich glaube, sie wollte sich mit dem Versprechen auch selbst etwas Gutes tun. Ich bin mir sicher.«

»So gut kannten Sie sie doch gar nicht.«

»Doch, ich weiß es. Dann erzählte sie noch, dass sie ja schon alt sei und bald einmal ihr Testament aufsetzen müsse. Ich sei ihr Haupterbe, niemand sonst.«

»Klarer Fall. Und von nun an hing ein fetter Wurm am Angelhaken«, knurrt Poensgen.

»Zunächst nicht. Erst Jahre später, als meine gute Olga mit ihrem missratenen Sohn aus einer missratenen Beziehung daherkam, den sie über alles liebte – ein verzogenes Bürschchen mit Zahnarztpraxis und tausend Hobbys. Als über seinem Porsche und der Praxis der Pleitegeier kreiste, da kam Olga auf die Idee, dass ich Jette um Geld bitten könnte.«

»Prächtig. Ihre Tante wird sich gefreut haben.«

»Richtig. Das kam gar nicht gut bei ihr an. Sie war stinksauer. Prompt gab es eine handfeste Auseinandersetzung.«

»Kann man verstehen.«

»Jette hatte sich gerade einen Liebhaber zugelegt.«

»Wie kann sie nur! In ihrem hohen Alter. Dachten Sie das?«

»Natürlich. Ihr Lover, das war ausgerechnet dieser laufende Meter, dieser Romillo Renato Wolf. Jette sprach von ... sie meinte es tatsächlich ernst und sprach von ›Liebe im Alter‹. Oh Santa Maria! Und ich Idiot lachte sie aus.«

»Ihrem Freund kaufte Ihre Tante also teure Klamotten und machte sich mit ihm ein schönes Leben, was Ihnen überhaupt nicht gefiel, nicht wahr?«

»Genau. Ich sagte ihr, ihr Lebensstil, auf den sie doch immer so stolz gewesen sei, der sei einfach nur krank. Und peinlich und unwürdig sei das alles auch, das gab ich ihr sogar schriftlich. Sie sei das Schäferkind vom Niederrhein geblieben, nicht mehr und nicht weniger. Daraufhin versprach sie mir, und sie war dabei entsetzlich aufgeregt, dass sie mich nicht mehr im Testament ...«

Galuppi bricht ab. In seinem Gesicht steht die nackte Enttäuschung.

Poensgen beugt sich vor und zieht an Galuppis Bettdecke. »Und? Schlafen Sie nicht ein. Wie ging die Sache weiter?«

»Dass ich sie als peinlich bezeichnet hatte, hat sie irgendwie doch wachgerüttelt. Sie warf Wolf raus. Es kann aber auch sein, dass sie einfach Krach hatten, das weiß ich nicht. Gestritten haben sie sich ständig. Wolf hat ihr angeblich jeden Tag eine andere Tragödie vorgespielt. Der hatte einige Nummern drauf. Und immer ging's um Geld. Er war unglaublich gierig. Einmal soll er behauptet haben, er würde mit einer alten Geschichte von früher erpresst. Wenn er nicht umgehend zahlen würde, wäre sein Leben, und auch ihr Leben, verwirkt.«

»Weiter. Was ist dann passiert?«

»Mit Wolf stimmte einiges nicht. Er war ein Schurke, der reiche Frauen abzockte. Aber Jette machte die Augen zu und fand ihn lustig und unterhaltsam. Ich behaupte mal, sie selbst war auch ganz schön schräg. Vielleicht ging ihr sein Theater eines Tages dann doch auf die Nerven. Keine Ahnung. Wolf schenkte ihr einen Papagei, den er irgendwo hatte mitgehen lassen. Den Papagei hasste sie, der rief unanständiges Zeug. Sie drohte, sie würde Frikassee aus ihm machen – aus dem Papagei.«

»Ach ja, der Papagei. Ein sympathisches Kerlchen, ich mochte ihn.« Poensgen muss plötzlich lächeln, steckt aber seinen Anflug von Heiterkeit sofort wieder weg, als er Galuppis starren Blick bemerkt.

Galuppi, noch bleicher als zuvor, glotzt zur Tür, die sich fast lautlos öffnet und gleich darauf wieder schließt. Ein Mann steht im Zimmer, trägt einen weißen Arztkittel, weiße Hosen, weiße Schuhe und hat sein schwarzes Haar zu einem Zopf gebunden. In der Hand hält er eine Pistole.

Galuppi reißt die Hände hoch. Poensgen duckt sich.

Zwei kurze Schläge fegen hintereinanderweg durch den Raum, nicht viel mehr als das trockene Plopp-plopp aus einem Schalldämpfer.

Poensgen sieht, wie aus Galuppis Brust eine hellrote Fontäne schießt, wie sich Galuppis Körper aufbäumt und das Bettzeug nass wird. Galuppi hustet. Ein verebbendes »Olga, ich komme« flieht aus seinem Mund, dann liegt er regungslos. Nur sein gesundes Bein zittert noch einen Moment, bis es Ruhe gibt.

Die beiden Polizisten stürmen ins Zimmer, ihr Schreien und Brüllen zerreißt die Luft, ihre Pistolen halten sie im Anschlag.

»Waffe runter, los, Waffe weg, fallen lassen, auf den Boden, auf den –«

»Nein«, sagt der Mann im Arztkittel seelenruhig. Seine Hand wandert weiter, die Pistole zeigt jetzt dorthin, wo Poensgen sitzt.

Ohne weiteres Kommando, die Waffe fallen zu lassen, schmeißen sich die Polizisten auf den Mann, und im Nu stürzen alle ineinander und übereinander. Und wieder gibt es dieses Geräusch, das eine gedämpfte Pistole nun mal von sich gibt und das sich lächerlich harmlos anhört. Plopp, plopp.

Umgehend folgt der donnernde Knall aus einer HK P2000. Ihr anständiger, brutaler Schuss klingt nach Erlösung. Alle drei Männer liegen auf dem Boden: ein Haufen Beine und miteinander ringende Körper.

Zwei der Männer versuchen sich zu lösen und aufzustehen. Beiden scheint es einigermaßen gut zu gehen. Der eine blutet am Hals, der andere ringt nach Luft.

Poensgen hört ihn würgen und hebt hilflos die Hände. Eiskalt ist ihm, dann wird ihm schlecht. Poensgen kämpft gegen ein unsichtbares Karussell.

Menschen drängen herein. Wie ein Schwarm Hornissen stehen alle um den Mann im Arztkittel, der in einem Blutsee liegt und plötzlich wieder zu atmen beginnt.

»Wer ist das?«, fragt jemand.

»Oh, das ist Dr. Lars Lendle«, kommt es lahm von Poensgen, bevor ihm sein vegetatives Nervensystem endgültig einen Streich spielt.

»Schnell, einen Arzt für Hauptkommissar Poensgen!«, hört er eine Stimme rufen.

Als Poensgen die Augen wieder öffnet, sind die tanzenden Nebel, der lästige Schwindel und der Druck im Magen verschwunden. Er sieht einigermaßen klar, spürt die Infusionsnadel in seinem rechten Arm und die kühle, feste Hand der Ärztin, die seinen Puls kontrolliert.

Die Frau mit dem grauen Haarknoten und der Goldrandbrille nickt und tätschelt ihm die Wange. »Na, Kommissar, wie geht's? Da haben wir wohl ein bisschen schlappgemacht. Aber das kriegen wir wieder hin, eine feine isotonische Kochsalzlösung und etwas Ruhe, und schon sind wir wieder auf den Beinen!«

Poensgen versucht ein Lächeln. Es will ihm nicht gelingen. Endlich murmelt er, dass er heute zu wenig getrunken habe, das sei alles.

Die Ärztin schüttelt den Kopf, seufzt und sagt: »Natürlich, zu wenig getrunken.«

»Was ist mit Lars Lendle?«, will Poensgen wissen.

»Wird gerade operiert. Sieht nicht gut aus, die Kugel steckt in seiner Schulter, ging knapp am Herz vorbei. Aber das sollte Sie jetzt nicht interessieren. Wir ruhen uns jetzt erst einmal eine Weile aus, nicht wahr.«

»Und Galuppi?«

»Bei seiner Olga.«

»Und mein Rollstuhl?«

»Steht draußen.«

»Oh, ja. Gut.«

»Wir brauchen heute keinen Rollstuhl mehr. Später, lieber Herr Poensgen, später. Für heute ist Feierabend, verstanden?« Endlich lässt die Frau seinen Arm los und legt ihn ihm auf den Bauch. »Schlafen Sie«, sagt sie leise.

Und Poensgen gibt auf. Er schließt die Augen. Er will einen Moment lang abschalten. Die Ärztin hat recht. Wenn bloß die Stimmen fort wären, die von draußen hereindringen und ihn am Einschlafen hindern. Er erkennt eine der Stimmen und weiß, dass das Unheil bereits vor der Tür des Behandlungszimmers steht.

Die Ärztin ruft: »Bleiben Sie, bleiben Sie draußen, Sie können jetzt nicht rein, der Patient braucht Ruhe!«

Doch Fessler ist schon da und beugt sich über Poensgen. »Kollege Poensgen, was machen Sie für Sachen?«

Poensgen antwortet nicht. Seine Augen bleiben geschlossen. Er hasst Fessler und würde ihn am liebsten auf den Mond schießen.

»Raus«, brüllt die Ärztin und reißt an Fesslers Jacke.

»Moment bitte«, sagt Fessler störrisch. »Ich gehe gleich, will dem Kollegen nur einen Brief übergeben, den wir heute entdeckt haben und der an ihn adressiert ist. Hier, Poensgen, ich stecke das Ding in Ihre Lederjacke, hängt am Stuhl hinter Ihrer Liege, und wenn Sie wieder klar im Kopf sind, sollten Sie reinschauen. Ich glaube, dass es etwas sehr Wichtiges ist. Ihre Stromrechnung ist es vermutlich nicht.«

»Sofort raus jetzt!«, schimpft die Ärztin und schiebt Fessler vor sich her.

»Ja, bloß raus hier«, murmelt Poensgen und meint nicht Fessler, sondern sich selbst.

Ekel

Zwei Tage später trägt Lendle, stundenlang operiert und jetzt totenbleich, wie blutleer im Gesicht, einen Brustverband, aus dem sich Kanülen und Schläuche winden.

Am Morgen hat man ihn von der Intensivstation in ein normales Krankenzimmer verlegt. Seither liegt er steif und unbeweglich im Bett. Sein Blick ist trüb, gleichzeitig noch wach genug, um zwischendurch teuflisch aufzublitzen und zu zeigen, dass er halbwegs ansprechbar ist. Kramer hockt breitbeinig auf einem Stuhl daneben, betrachtet Lendles mageren, durchtrainierten Körper, der bis auf die Unterhose ausgezogen ist. MM sitzt neben dem Waschbecken auf einem Hocker. Es ist ihr Wunsch gewesen, dabei zu sein, wenn Kramer zu Lendle geht, um ihn zu vernehmen.

»Also«, sagt Kramer, »reden Sie. Machen Sie es kurz, sagen Sie ganz einfach die Wahrheit, dann haben wir's hinter uns. Wäre mir ganz recht.«

Lendles Stimme klingt wackelig, aber er nickt und beginnt, als habe er darauf gewartet. »Ich weiß, Sympathie kann ich von niemandem erwarten. Dabei wollte ich lediglich ein bisschen Knete.«

»Ah so«, meint Kramer lapidar und schiebt seinen Kaugummi von einer Backentasche in die andere.

»Nun mal ehrlich, Kommissar Kramer, das ist noch kein Verbrechen. Das Verlangen nach einem kleinen, bescheidenen Vermögen, das kennt bestimmt jeder. Schulden zu haben oder womöglich arm zu sein, das ist ja so was von langweilig. Wer hat denn nicht den Wunsch, mal gehörig auf den Putz zu hauen? Sie doch auch, wenn Sie ehrlich sind.«

»Es geht nicht um mich, verstanden? Schleimen Sie hier nicht rum.«

»Verdammt, ich meine das ernst. Gehen Sie auf die Straße

oder ins Internet und fragen Sie die Leute. Glauben Sie, Sie finden einen einzigen, der es ablehnen würde, reich zu sein?«

Kramer kaut das Kaugummi jetzt mit den Vorderzähnen und zischt: »Lendle, kommen Sie bitte zur Sache. Meine Zeit ist kostbar, sonst drücke ich Ihnen meinen Kaugummi in die Nase.«

»Gut, ich erklär es Ihnen: Ich habe es mit redlicher, angesehener Arbeit versucht. Ich habe studiert und bin Zahnarzt geworden. Ich dachte, für einen ungezogenen Jungen aus beschissenen, ungeklärten Verhältnissen sei das ein Aufstieg. Jawohl, sozial bin ich ein paar Stufen höher gefallen. Doch diese läppischen Stufen aufwärts, die kosten. Prestige ist teuer. Verstehen Sie? Da kommt schnell was zusammen: Wohnung auf Sylt, ein Sportwägelchen, ein paar Hobbys, Partys. Die ganze Palette eben. Gern hätte ich mir auch eine Cessna gekauft, aber leider, es sollte nicht sein.«

»Natürlich, ein Flugzeug. Merkwürdig, was manche Leute für Träume haben. Ich wäre schon mit einem gebrauchten Motorrad glücklich«, unterbricht Kramer und ist froh, dass Lendle nicht darauf eingeht. Die Sache mit dem Motorrad passt nicht und ist ihm aus Versehen entschlüpft.

Lendle versucht, sich im Bett zu bewegen, was aber nicht geht. »Olga, also meine göttliche Mutter, die hatte leider immer Beziehungen zu Männern, die nichts in ihrem Leben zustande brachten. Sie hat sich immer wieder in irgendeinen Loser verliebt und hat sich gewundert, wenn sie Federn lassen musste. Sie hat mir zwar Geld zugesteckt, sooft es ihr möglich war, aber sie hat dann doch auch gemeint: ›Lars – entweder sechs Richtige im Lotto oder 'ne dicke Erbschaft.‹ Und ich dachte: Lotto ist dummes Zeug, lieber eine Erbschaft.«

»Na klar, beim Lottogewinn braucht man sechs Kreuze, beim Erben nur eines«, lästert Kramer.

Lendle macht eine wegwerfende Handbewegung, fährt düster fort: »Echt Scheiße – in unserer italienischen und deutschen Verwandtschaft gab's eben nix zu erben. Bis auf Jette, die Tante von Galuppi, die war nun wirklich nicht arm. Die hatte den Kram auch geerbt, von ihrem Mann.«

»Aha, die Schubert war also richtig fett reich? Wie?«, fragt Kramer.

Lendle verzieht sein Gesicht, geht nicht auf Kramer ein, meint nur: »Olga hatte ihren kleinen Pianisten geheiratet und natürlich – zuerst war da wieder mal gar nichts auf dem Konto. Galuppi, ein popliger Barpianist in irgendwelchen abgehalfterten Hotels, war ständig auf Wanderschaft. Olga und er lebten von der Hand in den Mund und angeblich von ihrer Liebe. Dann wurde Olga krank. Die gute Olga kostete nur noch Geld, Geld, Geld. Jeder Cent ging drauf, und Galuppi kam wie zufällig auf die Idee mit seiner Tante.«

Kramer verschränkt die Arme über der Brust. Um seinen Mund liegt ein verdrossener Zug. Bullshit, Scheißkerl, Mörder, Wichser, Idiot, Arschloch, fliegen die Worte nur so durch seinen Kopf.

MM beobachtet Kramer, ahnt, wie sehr er sich gerade zusammenreißt.

Auf Lendles Bitte, Kramer möge ihm doch die Schnabeltasse reichen, er habe Durst, rührt sich Kramer keinen Millimeter.

»Stellen Sie sich vor, Sie seien in der Wüste. Da gibt's auch keine Schnabeltasse.«

»Verstehe. Ich dachte nur, ich bin Patient in der Chirurgie der Universitätsklinik. Verdursten lassen kann man mich nicht. Trotzdem, hab verstanden … jetzt habe ich den Faden verloren. Total vergessen, was ich erzählen wollte. Seltsam. Loch im Hirn. Alles weg.«

»›Galuppi kam plötzlich auf die Idee mit seiner Tante‹, lautete Ihr letzter Satz«, zischt Kramer und tritt mit dem Stiefel gegen Lendles Bett.

»Ja? Mag sein. Es war Galuppis Idee, dass wir die Tante ein bisschen erleichtern. So eine reiche Witwe, die nix hergibt und auf dem besten Weg ist, das Sterben zu vergessen, kurbelt die

Phantasie an. Und geizig war sie auch. Hat jeden Tag ihren Zaster gezählt, hat ihn auf dem Bett ausgebreitet.«

»Haben Sie das gesehen?«

»Nein. Hat Wolf berichtet. *Der* Wolf. Sie wissen, welchen Wolf ich meine? Den Schauspieler. Habe ich von dem schon erzählt? Wie? Hören Sie mir überhaupt zu?«

»Jaaaa!«, brüllt Kramer, nimmt den Kaugummi aus dem Mund und klebt ihn an Lendles Bettgestell.

Lendle blinzelt triumphierend. »'tschuldigung. Verstehe, Ihre Nerven. Wolf hatte es auch an den Nerven. Ich habe ihm die Zähne gerichtet. Hatte ein stinkendes Maul, und die Alte hat sich geekelt. Also hat sie mich gebeten, ich solle ihrem Wölfchen ein neues Gebiss verpassen. Auf ihre Rechnung – sie hat bis heute nicht bezahlt. Wochenlang hockte er bei mir im Stuhl und flennte. Mein Gott, was hatte der für eine Angst. Der dachte, ich bringe ihn mit dem Bohrer um. Hm, so war das. Wir kamen uns näher. Unsere Interessen lagen gar nicht weit voneinander entfernt.«

Lendle hält inne, Schwächeschweiß perlt auf seiner Stirn. Draußen landet der nächste Rettungshubschrauber. Schrapp, schrapp, schrapp, tönt es ins Zimmer herein. MM steht auf, drückt ihre Nase gegen die Fensterscheibe und schaut dem Hubschrauber zu. Striche fallen aus dunklen Wolken, es regnet schon wieder.

Kramer knipst das große Licht an. »Sie sollen nicht pennen, Sie sollen verdammt noch mal die Klappe aufmachen. Lendle, wie war das mit Wolf?«

»Wo ist mein Anwalt? Wird mein Zimmer bewacht? Es steht mir zu, dass man mich bewacht. Falls einer reinkommt, der mich abknallen will. Soll's ja geben.«

Kramer zieht die Schultern hoch. »Witzbold. Außer mir ist niemand mehr da, der Sie abknallen könnte, alle anderen sind in den ewigen Jagdgründen. Sie haben gesiegt. You are the winner.«

»Zwei Polizisten für mich? Oder nur einer? Was bin ich

dem Staat wert? Kann man sich einen wie mich überhaupt leisten? Am besten totmachen. Den Lendle totmachen. Kramer, können Sie sich vorstellen, dass Sie mich abknallen? Haben Sie Ihre Waffe dabei?«

Kramer nickt. »Ja, kann ich mir sehr gut vorstellen. Ganz einfach. Ohne zu zögern. Meine Kollegin schicken wir aber vorher raus, die hat das nicht so gern.«

»Hm, schön zu wissen. Sie können das. Ein Tier macht das nicht, nur der Mensch. Ein Tier tötet, um sich und seine Nachkommen zu ernähren und um sein Rudel zu beschützen. Was wollte ich sagen? Hab's vergessen.«

Kramer blickt gequält zur Zimmerdecke. »Weiß ich doch nicht. Lendle, reißen Sie sich am Riemen. Ihre Show ist sterbenslangweilig.«

»Kramer, ich sage Ihnen, der Galuppi hat den Schauspieler eiskalt abgeknallt. Mal eben so. Die Schubert hat zu ihm gesagt: ›Du bekommst alles, was ich habe, aber schaff mir den Wolf fort, ich halte ihn nicht mehr aus. Er stiehlt. Stiehlt alles, was ihm in die Finger kommt, und demnächst bringt er mich um.‹«

»Galuppi hat Wolf erschossen? Also, ich bitte Sie, das ist doch höherer Blödsinn.«

»Na ja, könnte doch sein, wäre doch möglich. Vielleicht habe ja auch ich ihn … ehrlich, ich habe es vergessen.«

Kramer wickelt einen frischen Kaugummi aus, schiebt ihn in den Mund, bietet auch MM einen an, die den Kopf schüttelt, knüllt aus dem Silberpapier eine kleine Kugel und schnippt sie Richtung Bett.

»Lendle, hören Sie endlich auf, dummes Zeug zu reden. Sie kriegen keine verminderte Schuldfähigkeit. Wenn Sie sich noch so anstrengen und einen auf hirnamputiert machen. Ihr Affentheater geht mir am Arsch vorbei. Kapiert? Die Heckler & Koch, mit der Sie vor zwei Tagen Galuppi auf dieser Station, nur zwei Zimmer nebenan, umgelegt haben, ist dieselbe Waffe, mit der Wolf erschossen worden ist. Wir wissen das. Also, woher hatten Sie die Pistole?«

Lendle schließt die Augen und tut, als denke er nach. »Was für ein Tag ist heute?«

»Samstag, 28. Mai. Ich wiederhole für Sie und Ihre Tränensäcke: Sie haben vor zwei Tagen Galuppi in seinem Krankenbett erschossen, Sie haben außerdem die Waffe auf Hauptkommissar Poensgen gerichtet, und Sie haben einen unserer wachhabenden Polizisten angeschossen. Kapiert? Wieder im Kopf angekommen?«

»Und wer hat auf mich geschossen, in die Schulter, knapp am Herz vorbei?«

»Unsere Männer. Sie können froh sein, dass Sie noch leben. Das sind bestens ausgebildete Schützen, die hätten auch ihr Herz treffen können, wenn sie gewollt hätten.«

»Ekelhaft!«

»Ja, ekelhaft. Was meinen Sie mit ekelhaft?«

»Kramer, kommen Sie näher, bitte, ich kann's nicht laut sagen. Es ist so ekelhaft, dass ich reihern muss. Je länger ich darüber nachdenke, umso schlimmer wird es. Ich habe nicht gewusst, dass man den Ekel nicht mehr loswird. Jeden Augenblick kann es wieder losgehen mit dem Ekel, und dann kann ich nicht mehr denken. Mein Ekel saugt alles auf, wird größer und größer. Wie ein Tumor, der wuchert. Können Sie mir den Tumor nicht aufschneiden und den Ekel abfließen lassen? Ich wäre Ihnen sehr dankbar.«

Kramer zieht sein Schweizer Taschenmesser aus der Lederjacke und klappt es langsam und genüsslich auf. »Ja, kann ich. Ich schneide Ihnen den Ekel raus. Wo?«

»Im Mund.«

Kramer beugt sich über Lendle. »Strecken Sie die Zunge raus, ich werde sie abschneiden, der Ekel sitzt immer auf der Zunge.«

»Wirklich?«

»Wirklich.«

Lendle klammert sich an Kramers Arm und fleht: »Stellen Sie sich doch bitte vor, Galuppi hat ein Kissen genommen und hat es Olga auf ihr Gesicht gedrückt. Mit ganzer Kraft. Mit seinen verkommenen, stinkenden Pianistenfingern. Sie hatte null Chance, seiner Attacke zu entkommen. Wissen Sie eigentlich, wie schön meine Mutter war? Früher, versteht sich. Eine natürliche, aufreizende Schönheit … da nimmt der Kerl ein Kopfkissen und deckt sie damit zu, es wird dunkel und eng um sie herum, und sie wehrt sich … natürlich hat sie sich gewehrt. Sie war schwach, aber sie hat sich gewehrt, hat gezappelt und sich unter seinen Händen gewunden. Vielleicht hat sie noch an etwas gedacht, bevor sie nichts mehr denken konnte. Vielleicht hat sie an mich gedacht. Ich bin ihr Sohn. Ihr letzter Gedanke, der ihr durch den Kopf schoss, galt ihrem Sohn. Olga war eine großartige Mutter. Sie hat an mich gedacht, und ich habe ihr nicht geholfen. Das verzeihe ich mir nie.«

»Darum haben Sie Galuppi erschossen?«

»Hab ich das? Ich kann mich nicht erinnern.«

»Eindeutig.«

»Na gut, wenn Sie das sagen. Er hat es nicht anders verdient. Ich habe es für Olga getan. Für meine Mutter. Ich habe meine Mutter gerächt. Darauf bin ich natürlich stolz.«

»Bullshit, elender Schleimscheißer, Lügner!«

Kramer gibt MM ein Zeichen. Gemeinsam verlassen sie das Krankenzimmer. Kramer braucht einen Kaffee. Die Kollegen stehen vor der Tür. Sie holen ihm irgendwoher einen Becher Kaffee. Der Krankenhausflur ist wie ausgestorben. Niemand läuft herum, niemand schiebt ein Bett, niemand geht zum Aufzug, und niemand rennt zur Notaufnahme.

»Wieso ist es hier so leer? Ist die Abteilung geräumt worden?«, will MM wissen.

»Ja. Alle haben Angst«, sagt jemand.

»Es ist vorbei. Außer dem Lendle lebt keiner mehr, und der wird vom Ekel auf sich selbst aufgefressen«, sagt MM, schaut auf die Spitzen ihrer Stiefel.

»Gibt es das?«, will ein anderer Kollege wissen.

»Glaube ja, das gibt es«, sagt MM und ordnet ihr Haar.

Zehn Minuten später betreten sie wieder das Krankenzimmer. Lendle ist eingeschlafen.

Kramer rüttelt ihn wach, tritt wieder gegen Lendles Bett, jetzt deutlich heftiger. »Los, Sie sagen mir sofort, ob Sie die Schubert erschlagen haben, und es wäre sehr nett, wenn Sie nicht wieder ablenken würden.«

»Ich sage alles, was Sie wollen. Dann lassen Sie mich in Ruhe. Okay?«

»Arschloch!«

»Haben Sie schon mal Holz gespalten?«

»Was?« Kramer starrt ihn an und keucht: »Lendle, du bist doch eine Sau!«

»Ihr Schädelknochen war trocken wie Holz, und es hat sich genauso angehört. Ein merkwürdiges Geräusch, das mir aus irgendeinem Grund bekannt vorkam. Ja, ich glaube, ich dachte an Kaminholz.«

Kramer schluckt und wirft MM einen gequälten Blick zu. Sie zeigt keine Regung, weicht Kramer aus, hilft ihm nicht. Kramer fasst sich. »Lendle, wie sind Sie in die Wohnung reingekommen?«

»Scheißeinfach. Schlüssel. Galuppi hatte einen und Wolf natürlich auch. Ich bekam den von Galuppi. Den hatte ihm die Alte gegeben, für den Fall, dass sie mal hilflos sei. Damit bin ich rein. Habe mir vorher Handschuhe und Überzieher angezogen, man weiß ja nie. Den Fehler darf man nicht machen, freiwillig seine Spuren zu hinterlassen.«

»Natürlich, das versteht sich. Immer vornehm, immer mit weißen Handschuhen.«

»Ich dachte, die Wohnung sei leer. Ich wusste nicht, dass die Alte zu Hause war.«

»Wo sollte sie denn sein?«

»Es war mit Wolf abgesprochen, dass er mit ihr einen Ausflug macht.«

»Also Wolf und Galuppi wussten, dass Sie in die Wohnung gehen?«

»Natürlich. Sicher. So war unser Plan.«

»Was wollten Sie dort?«

»Ja, was wohl? Den Schmuck und die Steine, was denn sonst? Wir wollten teilen. Das hätte sich für jeden von uns gelohnt. Wolf kannte das Zeug und hat erzählt, es sei mindestens drei Mille wert.«

»Drei Mille? Ganz schöne Summe.«

»Eben. Davon rede ich doch die ganze Zeit.«

»Und die Waffe, die alte Mauser?«

»Klar, so ein Spielzeug lässt man doch nicht liegen, wenn man zufällig drüberstolpert.«

»Aber die Schubert war zu Hause und kochte Spargeln.«

»Ja. Sie klapperte in der Küche. Und sie sang. Oh Mamma mia! ›Weiße Rosen aus Athen‹ hat sie gesungen, ich hab's genau gehört.«

»Aha! Alles am Arsch, dachten Sie sich, die Alte ist zu Hause …«, knurrt Kramer und kaut schneller. »Das kann ich mir sehr gut vorstellen. Und was geschah dann?«

»Plötzlich hörte sie auf zu singen, kam in den Flur – ich war total überrascht, habe mir die nächstbeste Eisenstange aus einem Ständer geschnappt und dann eben … sie fiel vor die Eingangstür. Bums. Da lag sie. Die dumme Kuh lag so dicht davor, dass die Tür nicht mehr aufging.«

»Und, was dann?«

»Sie bewegte sich noch, vor allem ihre Beine und Hände. Das Zucken dauerte. Zuerst dachte ich, dass sie noch lebt und wieder aufsteht, dann sah ich, wie sie steif wurde. Mit einem Mal war sie still. Ich hatte sie doch nur k.o. schlagen wollen, damit sie mich nicht erkennt und ich in Ruhe suchen konnte.«

»Nur! Glaube Ihnen kein Wort. Was passierte dann?«

»Dann kam der Ekel.«

»Der Ekel.«

»Ich konnte sie nicht anfassen, aus ihrem Kopf sprudelte Blut wie aus einem Gartenschlauch, das Zeug war klebrig und widerlich warm. Und es stank. Ich konnte ihren Körper einfach nicht wegziehen, ich musste sie liegen lassen. Eines ihrer Beine lag wie ausgerenkt und kippte leicht. Ich war wütend und gab dem Bein einen Tritt, dann lag es richtig. Anschließend habe ich die Wohnung durchsucht, Stück für Stück. Eine beschissene Wohnung. So viel Plunder, aber nichts für meinen Geschmack. Meine Sucherei war Schwerstarbeit. Danach ging ich in die Küche.« Lendle stockt und versucht ein Grinsen. »Und später bin ich über den Balkon raus in den Garten. Einfach einen Sprung gewagt und sicher gelandet.«

»Und in der Küche, was wollten Sie in der Küche?«

Lendle hebt entschuldigend die Hände. »Mein Gott, ich hatte halt Hunger. Ein Duft von brauner Butter zog die ganze Zeit durch die Wohnung. Die Alte hatte ihr Spargelessen stehen gelassen – für mich. Behaupte ich jetzt mal so. Ich fühlte mich jedenfalls eingeladen und aufgefordert, das Essen zu würdigen.«

»Natürlich, man soll ja nichts umkommen lassen.«

»Sie müssen wissen, die Spargeln waren vorzüglich und auf den Punkt gegart. Mit Schinken und allem Drum und Dran. Wirklich sehr gut. Kochen konnte sie ja, die Alte. Das hatte mir Wolf schon erzählt. Der wurde von ihr verwöhnt. Ich ließ mir also Zeit und habe alles aufgegessen.«

Während Kramer Lendle anstarrt und sich die Szene vorzustellen versucht, pumpt Lendle nach Luft. »Habe nach dem Essen die Küche sauber gemacht, gespült und gewischt. Auch die Eisenstange, die zu einem Kaminbesteck gehörte, wie ich da erst feststellte.«

»Trotz des Ekels konnten Sie putzen?«

»Aber ja! Es ging mir nach dem Essen sehr viel besser. Putzen tut gut. Ich putze gern.«

»Und die Juwelen?«

»Weiß nicht. Die Klunker waren nirgendwo, hab nix gefunden. Die ganze Scheißaktion war umsonst, alles umsonst! Ich war so stinksauer, das dürfen Sie mir glauben. Wenn man für seine Arbeit keinen Lohn bekommt, das ist ziemlich frustrierend. Ich überlegte kurz und kam drauf. Es war Wolf. Ich wusste, jetzt war er fällig. Er hatte mich ausgetrickst, das Schwein.«

»Hatte er nicht.«

»Nein? Glaube ich nicht.«

»Nein. Verdammt.«

»Sie wissen, wer das Zeug hat? Nicht Wolf?«

»Ich sagte doch, Wolf nicht.«

»Lassen Sie mich jetzt in Ruhe. Ich bin müde und durcheinander, habe außerdem Herzschmerzen und kriege kaum Luft. Bin mir nicht sicher, ob das alles so stimmt, was ich sage. Meine Erinnerung ist futsch. Ich glaube allmählich auch, dass ich wirres Zeug rede. Wenn mein Anwalt kommt, werde ich alles widerrufen. Bin bis unters Dach voll mit Betäubungsmitteln. Habe die ganze Geschichte phantasiert.«

Kramer steht auf. »Von mir aus. MM, los, wir sind fertig. Mir reicht's.«

Kramer und MM verlassen das Klinikgebäude, gehen zu ihrem Wagen.

»Bis an mein Lebensende werde ich keine Spargeln mehr essen können«, sagt MM und schreitet weit aus.

Kramer bleibt stehen, spuckt seinen Kaugummi in den Rasen und knurrt: »Habe mich noch nie für dieses Leichenfingergemüse erwärmen können. Und den stinkenden Spargelurin hinterher, den kann ich schon gar nicht leiden. Lieber ein Steak mit selbst gemachter Knoblauchbutter und dann einen kräftigen …« Er schielt zu MM, die nur kurz auflacht.

Auf dem Parkplatz kommt ihnen Poensgen entgegen.

»Was haben Sie vor? Geht es Ihnen wieder besser?«, will Kramer wissen.

Poensgen nickt. »Lendle interessiert mich. Hat er gestanden?«

Kramer zuckt die Schulter. »Er macht auf plemplem, sagt, er sei voll mit Pillen und Spritzen, will alles widerrufen …«

»Danke, Kramer, ich gehe gleich mal zu ihm.« Poensgen

zwinkert in Richtung MM. »Na? Lust, mitzukommen? Ist ganz aufschlussreich, bei Vernehmungen dabei zu sein. Jeder hat so seinen eigenen Stil.«

Sie gibt Kramer einen leichten Klaps auf die Schulter und sagt: »Sorry.« Sie dreht sich Poensgen zu. »Ja, ich komme noch mal mit.«

Kramer blickt ihnen nach und murmelt: »Schrecklich, der Kerl. Er kann es nicht lassen. Hätte sich jetzt wirklich mal krankschreiben lassen können.«

Lügenbestie

Die beiden Polizisten lassen Poensgen und MM ins Krankenzimmer, halten ihnen die Tür auf und versichern, dass sie zum Schutz bleiben werden. Poensgen bedankt sich. Dann stehen sie am Bett vor Lars Lendle, der wieder eingeschlafen zu sein scheint.

»Los, wachen Sie sofort auf«, sagt Poensgen laut. »Wir müssen reden.«

»Ich hab alles gesagt«, murmelt Lendle, ohne die Augen zu öffnen.

Poensgen rollt noch näher ans Bett. »Ich will von Ihnen hören, was Sie meinem Kollegen erzählt haben.«

Lendle stöhnt böse, macht endlich die Augen auf und schaut Poensgen hasserfüllt an. »Ich hätte Sie damals im Keller eigenhändig umlegen sollen. Ich hatte Wolf befohlen, dass er Ihnen eine Überdosis spritzen soll, aber der Idiot hatte die Hosen voll, meinte, dass die Polizei sofort auf ihn käme, und dann wäre alles aus. Aber genau das hatte ich ja im Sinn. Wolf sollte verschwinden, am besten im Knast. Schade, dass er meinen kleinen hinterhältigen Scherz, mit dem ich ihn aus dem Spiel kegeln wollte, durchschaut hatte. Wirklich schade.«

»Wolf war Ihnen hörig?«

»Wenn Sie es so nennen wollen, von mir aus. Ich habe Wolf eingeredet, er habe *die* Chance, er könne ein letztes Mal die Rolle seines Lebens spielen und anschließend als reicher Mann von der Bühne abtreten. Haha, das hat der eitle Scheich geglaubt.« Lendle blickt amüsiert an Poensgen vorbei zum Fenster, wo MM steht. »Ach, haben Sie Ihr Bond-Girl mitgebracht? Die Tussi war doch eben schon mal hier und hat kein Wort geredet. Müsst ihr euch die Dame teilen?«

»Meine Kollegin lernt, sich nicht provozieren zu lassen und

wie mühsam es ist, aus einem widerlichen Haufen Lügen die Wahrheit herauszufinden«, sagt Poensgen.

Lendle lacht. »Wahrheit? Es gibt keine Wahrheit. Das ganze Leben ist eine einzige Lüge.«

»Das Leben? Quatsch. Sie sind doch die Lügenbestie«, zischt MM und wendet sich angewidert ab.

»Machen wir weiter«, sagt Poensgen barsch. »Galuppi, Wolf und Sie? Sie haben also gemeinsame Sache gemacht?«

»Genau genommen war auch Olga mit im Boot.«

»Olga, Ihre kranke Mutter? Wie sollte das denn gehen?«

»Ich habe Olga heimlich die Pistole, die ich bei der Alten habe mitgehen lassen, ins Hotel gebracht. Ich behauptete, die Waffe sei scharf, habe aber nur zwei Schuss. Olga solle sich gut überlegen, was sie damit mache. Ich wusste, wie krank und lebensmüde sie war. Ich hoffte, dass sie ihren idiotischen Ehemann Thierry Galuppi mit ins Jenseits nimmt, denn zu dritt teilt es sich nicht so gut.«

»Interessant.«

»Aber aufgepasst, jetzt kommt's! Indem Olga ihrem Mann drohte, hat sie ihn gezwungen, sich zu wehren und sie umzubringen. Mit einem Kissen. Grandios! Galuppi wollte gar nicht mit Olga zusammen sterben, er wollte leben, ohne sie. Natürlich wusste ich nicht, wie er sie umbringen würde, aber er hat das prima hingekriegt. Galuppi hat ein kreatives Köpfchen. Besser hätte ich mir das nicht ausdenken können. Er hat sie erstickt. Alles ganz ohne Blut zu vergießen. Oh, lá, lá – und jetzt war er ihr Mörder und hatte Angst. Perfekt!«

»Und Sie haben Frau von Schubert erschlagen. Also hatten auch Sie Angst.«

»Galuppi hatte Angst, und darum tat er, was ich ihm auftrug. Ich gab ihm meine Heckler & Koch und beschwor ihn, Wolf umzulegen. Wolf sei ein Falschspieler, der nur seine Haut retten wolle, der habe sich schon vor Monaten die Juwelen unter den Nagel gerissen. Der wollte doch nur, dass ich die Drecksarbeit für ihn mache und die Alte umlege. Der wusste ganz genau, dass ich in der Wohnung nichts finden würde.«

»Ah ja. Interessant. Und wie war das mit Ihrer Angst?«

»Ach, wissen Sie, für mich bedeutet Angst – Lust. Je aufregender die Gefahrensituation ist und die Mechanismen der Bewältigung, umso mehr genieße ich den Kick. Ich liebe die Angst, sie ist für mich das Höchste. Angst ist eine Art Lebenselixier und besser als jeder Fick.«

»Verstehe. Darum sind Sie auch auf den Friedhof gegangen.«

»Sie haben es erfasst. Es hat mich wahnsinnig auf Touren gebracht, zur Beerdigung der Alten zu gehen. Es hat mich die ganze Zeit gejuckt – wenn Sie sich überhaupt etwas darunter vorstellen können. Bei Ihnen ist vermutlich mit Stimulation nichts mehr los.«

»Und die Hyperstimulation war für Sie, als Sie mich den Berg hochgeschoben haben?«

»Richtig. Das war doch einfach eine riesige Kiste. Ich dachte die ganze Zeit, was die anderen machen würden, wenn ich Sie umkippen oder den Berg runterrollen ließe ... diese Gutmenschen, die zur Beisetzung gekommen waren, wären vor Schreck davongelaufen. Es wäre eine filmreife Szene geworden.«

»Sie wussten also, wer ich war.«

»Selbstverständlich. Ich hatte hundertpro mit Ihnen gerechnet.«

»Ich enttäusche meine Kunden nur ungern.«

»Ich hatte auch beobachtet, dass Sie eine Nachricht geschrieben haben, und dachte mir, dass das auf einen Polizeieinsatz hinausläuft. Fragte mich, ob Sie vielleicht eine Knarre in Ihrem Rollstuhl versteckt haben könnten. Habe mich schier totgelacht, als Ihre Leute auf dem Parkplatz standen, ihre schönen Klamotten und Waffen zur Schau stellten, die frisch polierten Fahrzeuge ... oh, es war ein erhebendes Gefühl. Alle kamen nur wegen mir. Großartig! Hat nur noch ein Kamerateam gefehlt. Tatsächlich war mir durch den Kopf gegangen, ob ich zuvor bei einem Sender anrufen soll.«

»Ach ja?«

Über Lendles Gesicht tanzt Triumph. »Ich wusste schließlich, dass Sie mich wieder laufen lassen mussten. Sehen Sie – egal, welche Story ich Ihnen erzähle, die ich jederzeit widerrufen kann, ich habe natürlich ein Alibi und einen guten Anwalt. Und Sie haben keine Beweise.«

»Dass Sie einen guten Anwalt haben, mag sein, was das Alibi angeht, bin ich mir nicht so sicher. Aber das klären wir dann vor Gericht, nicht wahr?«, murmelt Poensgen, der sich für Lendles angebliches Alibi überhaupt nicht interessiert.

Er wendet den Rolli, hält noch einen Moment inne. »Galuppi hat also Wolf erschossen? Mit Ihrer Heckler & Koch?«

»Na klar.«

»Woher hatten Sie die Heckler?«

»Von Wolf. Er hat sie mir geschenkt. Er wollte sie unbedingt los sein.«

»Galuppi hat demnach Wolf mit seiner eigenen Pistole erschossen?«

»Nicht wahr, das ist wirklich der Gipfel, finden Sie nicht auch? Man könnte sich totlachen über diese verrückte Welt.«

»Oh ja, wirklich sehr lustig. Und es kommt noch viel lustiger. In Wien wurde vor einiger Zeit ein Verwandter einer verwitweten Frau mit exakt dieser Heckler umgebracht. Wolf hat sich dort herumgetrieben, er hat auch in Wien seine Spuren hinterlassen. Leider ist Wolf jetzt tot, und wir können ihn nicht mehr anklagen. Aber gottlob gehört jetzt Ihnen die Pistole, da lässt sich vielleicht noch was draus machen. Was meinen Sie?«

»Puh, schämen Sie sich, Kommissar Poensgen. So eine dumme Unterstellung haben Sie doch nicht nötig. Wenn Wolf in Wien einen mit seiner Heckler umgelegt hat, dann geht mich das nichts an. Aber zugegeben, es wäre eine spaßige Variante.«

Poensgen steht jetzt in der Nähe der Tür. »Auf Wiedersehen, Lendle, ich hab genug von Ihrem zynischen Geschwätz. Wir sehen uns vor Gericht. Bis dahin können Sie sich noch ein bisschen mit der Wahrheit beschäftigen, Sie haben in Zukunft sehr viel Zeit. Über Ihre verkommene Moral zu reflektieren ist zum Glück nicht meine Aufgabe.«

»Kommissar, wenn ich so richtig Angst vor Ihnen gehabt hätte, hätte ich Sie … na, Sie wissen schon. Auf dem Friedhof – ich sah Ihren Rollstuhl, und es kam einfach keine rechte Angst bei mir auf. Ich fragte mich: So ein gut aussehender Typ, was hat der eigentlich vom Leben? Nein, nein, glauben Sie mir, es kam sogar eine gewisse Sympathie für Sie bei mir auf. Ich dachte, da wühlt der Kerl in der Kloake anderer Leute herum und freut sich, wenn er jemanden einsperren darf. Hat keine Familie, keine Frau, keinen Mann und keine Füße, die laufen können … der führt doch ein trauriges Leben.«

Poensgen hebt bedauernd die Hände. »Hm, ich freue mich tatsächlich, wenn ich etwas dazu beitragen kann, dass gewisse Leute ihre gerechte Strafe bekommen.«

Lendle lacht trocken.

Auch Poensgen verzieht seine Lippen zu einem Lächeln. »Man wird halt bescheiden.«

Lendle knabbert nachdenklich an seiner Unterlippe. »Wolf meinte einmal: ›Lars, täusche dich in dem Bullen nicht, der ist aus Marderhaar gestrickt. Der hat ein Scherengebiss, mit dem er harte Schalen aufbrechen kann, sein Geruchssinn ist äußerst ausgeprägt und dient dem Finden von Beute, und als Marder ist er ein Einzelgänger, der sein Revier mit dem Sekret seiner Analdrüse markiert.‹«

»Soso, das meinte Wolf. Schade für Sie, dass Sie nicht auf Wolf gehört haben«, knurrt Poensgen und zieht vernehmbar Luft durch die Nase. »Was hatten Sie für ein Verhältnis zu Ihrer Mutter? Haben Sie –«, er stockt, denn seine Frage kommt ihm plötzlich überflüssig vor. Er muss sie nicht stellen, er kennt die Antwort.

MM tippt Poensgen auf die Schulter, sagt: »Ich geh schon

mal, warte draußen auf Sie. Muss mal mit meiner Mutter telefonieren und brauche frische Luft.«

Poensgen sieht aus, als brauche auch er Sauerstoff. MM lässt die Tür leise ins Schloss gleiten.

Lendle verzieht angewidert den Mund, meint endlich: »Fragen Sie ruhig weiter. Ich weiß, die Frage nach der Mutter gehört dazu. Ist aber lächerlich, verstehen Sie?« Er verschluckt sich, muss sich beruhigen, wird seltsam ernst. »Wie Sie sich denken können, hatten wir ein ganz spezielles Verhältnis, Olga und ich. Ich habe ihr immer übel genommen, dass Sie mich geworfen … mich armes Schwein, wie die Katze ihr Junges, in diese Scheißwelt hineingeworfen hat. War das wirklich nötig? Nein! Sie hätte besser daran getan, mich der Welt zu ersparen und umgekehrt. Olga war eine Egoistin, sie hat immer nur an sich gedacht. Sie wollte unbedingt Mutter sein. Mich hat sie nie gefragt, ob ich Sohn sein wollte.«

Poensgen wirkt betroffen, murmelt vor sich hin: »Ja. Schwierig. Aber so ist es eben. Das Leben ist nichts – und wir müssen etwas daraus machen.« Endlich blickt er wieder zu Lendle. Als ob ihm eben noch etwas eingefallen sei, wendet er seinen Rolli und kommt näher. »Da ist noch eine Sache, beinahe hätte ich's vergessen.«

»Ja? Was denn noch?«

»Ich möchte Ihnen etwas vorlesen. Es könnte Sie interessieren.«

»Nein, mich interessiert überhaupt nichts mehr. Aber schießen Sie los. Mir ist alles recht und alles gleichgültig. Nur machen Sie rasch, ich bin erschöpft«, flüstert Lendle mit leerem Blick.

Poensgen zieht ein Briefkuvert aus der Jackentasche, entnimmt ihm zwei Blätter Papier.

»Von Wolf«, sagt er zu Lendle, »an mich adressiert. Unsere Leute haben den Brief in Wolfs Unterlagen gefunden. Versehentlich ist er in einer anderen Abteilung gelandet. Ich musste mich also ein bisschen gedulden. Aber jetzt ist er bei mir. Es geht nichts verloren.«

»Von mir aus. Lesen Sie. Wolf war ein Märchenonkel, der wird einen Misthaufen voll Hirnquark zusammengeschrieben haben. Ich kann Ihnen schon jetzt sagen, dass nichts davon stimmt. Aber bitte schön! Sie dürfen mich gern ein bisschen unterhalten«, murmelt Lendle.

Poensgen rollt zum Fenster, sucht sich einen Platz mit ausreichend Licht, faltet die Schriftstücke auseinander und beginnt vorzulesen: *»Ich, Romillo Renato Wolf, rechne damit, nicht mehr lange zu leben. Ich erwarte, dass man mich umbringen wird.«*

Poensgen hält inne, hört, wie Lendle zufrieden in sich hineinlacht, fährt dann mit monotoner Stimme fort: *»Darum, und davon ausgehend, dass es Menschen gibt, die mich verachten und mich nicht ernst nehmen, weil sie meinen, dass ich ein bösartiger und geistig verblödeter Kerl bin, will ich mich jetzt hier erklären und schwören, dass ich meiner herzallerliebsten Freundin Jette keines ihrer silberweißen Härchen gekrümmt habe. Es kann sein, dass Lars Lendle und sein Anwalt mir den Mord an Jette in die Schuhe schieben werden …«*, wieder kichert Lendle, als habe er gerade einen guten Witz gehört, *»jawohl, auch damit rechne ich, und dass ich vor Gericht keinen Auftritt mehr bekommen werde, weil man mich zuvor beseitigt hat. Diese Bühne wird mir also wahrscheinlich verwehrt sein. ›Wegen plötzlichen Todes des Hauptdarstellers heute keine Veranstaltung!‹, könnte es dann heißen. Ich sehe das Plakat schon vor mir, natürlich mit meinem Porträt. Die Leute werden überrascht stehen bleiben, werden mich betrachten und überlegen, in welchen Rollen sie mich erlebt haben. Es wird ihnen wie Schuppen von den Augen fallen: Hamlet, Othello, Macbeth, Faust, Mephisto, Tasso, Don Carlos, Nathan. Alle! Der große Mime Romillo Renato Wolf – tot! Und Korte, George, Quadflieg, Voss, Minetti und Balser waren seine Kollegen –«*

»Sehen Sie, ich sagte doch, ein Verrückter, aber bitte, Sie müssen ja selbst wissen, ob Sie den Aufschneider ernst nehmen.«

»Hören Sie doch einfach noch einen Moment zu, Herr Lendle. Und unterbrechen Sie mich nicht dauernd, da stehen nämlich noch ein paar Zeilen.« Poensgen schaut Lendle eindringlich an. »Also?«

Lendle ergibt sich. »Von mir aus, ich halte meine Schnauze, aber es fällt mir schwer.«

Und Poensgen liest weiter: *»Darum will ich ein paar Dinge zurechtrücken und meine Zeilen an Kommissar Poensgen adressieren, in der Hoffnung, dass der sie zum passenden Zeitpunkt verwenden wird. Nun will ich aber beginnen. Schließlich bin ich nicht nur Gottes ärmster Sünder, sondern auch ein großartiger Geschichtenerzähler, und ich weiß nicht, wie viel Zeit mir noch bleibt. Meine liebe Freundin Jette konnte mir stundenlang zuhören, besonders, wenn ich über die legendären Theateraufführungen der Vergangenheit sprach. Wir lagen im geheimen Zimmer und redeten und redeten. Sie zog ihr violettes Negligé an und schminkte sich wie Cleopatra. Ich trug den seidenen Morgenmantel ihres verstorbenen Mannes und einen vergoldeten Lorbeerkranz. Wir naschten Pralinen und tranken Mokka aus edlen Tässchen, wir schlürften Champagner und fütterten uns gegenseitig mit Pastetchen. Wir wurden von Minute zu Minute jünger und vergaßen das Alter und unsere Gebrechen. Und ich vergaß in ihren Armen, dass mich die Natur zu keinem groß gewachsenen blonden Siegfried gemacht hatte.«*

Poensgen blättert um. *»Ich habe in meinem langen, wilden Leben viele Frauen geliebt, war so etwas wie ein Nachkomme des großen Casanova und hatte Affären, die mich, zugegeben, beinahe das Leben gekostet hätten. Aber eben nur beinahe. Mit Jette habe ich die kürzeste, aber auch schönste Zeit erlebt. Sie war eine Frau mit Stil, sie hatte Humor, und sie spielte bei allem mit. Ich bin überzeugt, aus ihr wäre eine wahre Künstlerin geworden, wenn sie nicht geheiratet hätte. So versandeten im Laufe der Jahre ihre Fähigkeiten und wurden erst durch mich wieder zutage gefördert.«*

Lendle kann nicht mehr an sich halten, er unterbricht Poensgen und ruft: »Köstlich, dieses Missverständnis. Die Schubert hatte überhaupt keinen Humor, die war trocken wie der Sand in der Wüste. Wolf hat sich alles nur eingebildet.«

Poensgen übergeht Lendles Bemerkung und fährt fort: *»Ich sagte zu ihr: ›Du bist meine Königin‹, und sie sagte: ›Romillo, mein König!‹ Ach, aber wie sie das sagte! Es liefen mir tausend Schauer über den Rücken. Manchmal holte sie die Stofftasche mit dem Familienschmuck und den lieblichen Diamanten aus der Kommode, und ich schmückte sie damit, breitete das Geschmeide auf ihrem Körper aus. ›Mein liebes Wölfchen, stell dir vor, drei Millionen soll das alles wert sein – mindestens‹, sagte sie dann kichernd, als könne sie es nicht fassen, und es juckte mich jedes Mal in den Fingern. Ich bekam Ausschlag und Niesanfälle und bat sie, die Juwelen nicht mehr aus der Kommode zu nehmen. Sie verstand. Oh ja, sie war sensibel. Ihr Schatz blieb fortan in der Schublade. Eines Tages erzählte ich ihr, dass ich erpresst würde und etwas Geld bräuchte. Ich bastelte wunderschöne, phantasievolle Erpresserbriefe, brach in Tränen aus und zitterte am ganzen Leib. Sie konnte meinen Tränen nicht widerstehen. Sie glaubte mir. Aber sie blieb hart. ›Ich lasse nicht zu, dass du erpresst wirst, von nichts und niemandem auf dieser Welt. Wir gehen zur Polizei‹, sagte sie, ›ich bin mit einem sehr netten Kommissar bekannt.‹ Mon Dieu! Ich konnte diese Dummheit gerade noch verhindern.«*

Lendle seufzt. »Stimmt. Das war eine seiner liebsten Beschäftigungen. Erpresserbriefe. Darin war er ein Künstler. Aber der Trick funktionierte nicht. Die Alte durchschaute ihn. So blöd war sie nicht.«

»Lendle, lassen Sie mich bitte zu Ende lesen«, knurrt Poensgen.

»Von mir aus.«

»Leider gab es nach einer gewissen Zeit zwischen Jette und mir immer öfter kleinere, völlig unbedeutende Unstimmigkeiten. Irgendwann durfte ich nicht mehr in ihr geheimes Zim-

mer. Auch der Papagei, den ich ihr als Versöhnungsgeschenk machte, konnte sie nicht umstimmen. Sie ließ mich nicht mehr herein. Das war wirklich sehr schade, und ich wurde um Haaresbreite melancholisch.

Eines Tages sagte sie, dass ich meine Zähne richten lassen müsse, sie kenne da jemanden: den Stiefsohn ihres Neffen. So lernte ich also den Zahnarzt Dr. Lars Lendle und den Barpianisten Thierry Galuppi kennen. Wir kamen uns näher, und ich erzählte aus Versehen von dem Inhalt der Schublade. Drei Millionen. Drei! War das nicht ein Fingerzeig der Götter? Ein Schatz unter dem Regenbogen. Wir beschlossen, den Schatz gemeinsam zu bergen, in unseren Besitz übergehen zu lassen und gerecht aufzuteilen. Jette hatte den Inhalt der Schublade bestimmt längst vergessen, sie vergaß neuerdings immer mehr.«

Lendle muss erneut lachen. »Wahrlich, eine göttliche Fügung.«

Poensgen kommt zur vorletzten Seite. *»Man muss wissen, Galuppi, ihr Neffe, das ist eine arme Sau. Der Mann hat keinen Cent in der Tasche und möchte nach dem Tod seiner Olga auswandern, so sagt er. Und Lendle ist sowieso pleite, der kann nicht einmal mehr sein Personal bezahlen. Aber, und das ist nicht zu verachten, Lendle kennt eine Top-Adresse für Diamanten und alten Schmuck. Vor allem für Gold. Der Kurs steht gerade günstig. Ich möchte mich in eine Seniorenresidenz einkaufen, mit vielen reizenden Ladys, die sich über einen galanten Begleiter freuen. Habe da auch schon etwas ins Auge gefasst. Lendle sollte also Jettes Wohnung einen Besuch abstatten und die Juwelen an sich nehmen, während ich mit ihr einen Ausflug machte. Die Angelegenheit war schrecklich einfach und hätte klappen können, wenn Lendle ein zuverlässiger Partner gewesen wäre. Jetzt mache ich mir Vorwürfe, ich hätte es wissen müssen. Dieser Lendle, der mich inzwischen kränkt und ständig herumkommandiert, hat ein viel zu großes Maul, ist gierig, brutal, primitiv und nicht raffiniert genug.*

Die Rolle des Bösewichts ist zu anspruchsvoll für ihn. Er ist unprofessionell, unbegabt und ein Versager.«

»Na ja, bekanntlich wird erst am Schluss abgerechnet. Wolf hatte damals noch keine Ahnung, wie gut ich bin«, meint Lendle gekränkt.

Poensgen hebt die Stimme und liest schneller: *»Die Sache mit dem Ausflug ging daneben. Jette sehnte sich ausgerechnet an dem Tag nach einem Spargelessen und wollte lieber Spargel kochen. Darum überraschte sie Lendle, der in ihrer Wohnung auf Schatzsuche ging. Der Idiot schlug zu. Zertrümmerte ihren Kopf. Also wirklich, das war nicht die feine Art. Aber es war nicht mehr zu ändern, und wir mussten umdisponieren. Ich kam etwas später dazu, leider zu spät. Da Jette nun schon mal tot war, überwand ich mich und half ihm, unseren Schatz zu suchen. Schade, wir konnten ihn nicht finden. Die Schublade in der Kommode war leer, die Juwelen fort. Bestimmt hatte Jette alles bestens versteckt. Ich spürte, dass unser Schatz noch in der Wohnung war, nur wo? Es war zum Verzweifeln. Lediglich Jettes alte Pistole lag herum; das war alles, was Lendle gebrauchen konnte. Ich hätte sie so gern an mich genommen, zum Andenken und weil ich Waffen liebe, aber er steckte sie einfach ein, also habe ich sie ihm gelassen, sie taugte sowieso nichts mehr. In der Küche entdeckte er einen Rest Spargel, den er unbedingt aufessen musste. Er hockte am Küchentisch auf Jettes Stuhl und stopfte sich in aller Ruhe das Gemüse mit Soße und Schinken und Kratzete ins Maul. ›Los, setz dich und bedien dich, schmeckt einzigartig!‹, rief er mir zu, und ich dachte still: Ach, meine liebste Freundin, verzeih mir, ich habe immer gern bei dir gegessen, aber heute geht es nicht. Dabei kann ich nicht mitmachen. Auch ein Lump hat ein Ehrgefühl.«*

»Ich weiß wirklich nicht, warum die Leute so scharf auf Spargeln sind, eigentlich sind sie fad und sterbenslangweilig«, murmelt Lendle.

»Natürlich«, sagt Poensgen, »sterbenslangweilig. Aber hören Sie sich den Rest des Briefs an, der keineswegs sterbenslangweilig ist.«

Er räuspert sich und fährt fort: »*Die ganze Angelegenheit ist wirklich dumm gelaufen. Jette war selbst schuld. Wäre sie nicht so stur gewesen und wäre mit mir ausgegangen, wäre das alles nicht passiert. Wir hätten uns einen angenehmen Tag im Seepark gemacht, und Lendle hätte gemütlich nach den Diamanten suchen können. Nichts wäre passiert, niemand hätte etwas bemerkt. Es hätte so einfach sein können. Im Nachhinein denke ich auch, dass ich meine Scham hätte überwinden müssen, der arme Spargel konnte nichts dafür, dass er übrig geblieben war. Es war in Ordnung, dass Lendle ihn gegessen hat. Das will ich ihm nicht länger übel nehmen. Zufällig lernte ich Jettes netten Kommissar kennen, der schnüffelte nach ihrem Tod im Haus herum. Lendle verlangte, dass ich den Mann beseitige, aber ich wollte das nicht. Es bestand doch gar kein Grund. Außerdem, einen Behinderten umlegen? Also, ich fühlte mich irgendwie nicht wohl bei dem Gedanken. Bestimmt wäre es auch Jette nicht recht gewesen. Ich habe das alles nicht verstanden. Da bekam ich Zweifel, ob ich mit Lendle weiter zusammenarbeiten soll. Ich sagte ihm, der Bulle sei ein kluger Kopf, der kenne sich sogar mit Shakespeare aus. Als Polizist! Den dürfe man nicht umbringen. Aber Lendle war zu blöd. Natürlich gab es Krach zwischen uns. Er verdächtigte mich, dass ICH unseren Schatz genommen hätte. Ich erkannte, dass ich ihn nicht vom Gegenteil überzeugen konnte. Leider hatte ich mal wieder meinen großzügigen Tag und wollte ihm eine Freude machen. Ich schenkte ihm mein über alles geliebtes Baby, meine Heckler & Koch, die mir schon bei früheren Gelegenheiten gute Dienste erwiesen hat. Ich hatte meine Gründe, warum ich sie loswerden wollte. Ich habe noch genügend andere Waffen, zumeist Theaterwaffen, aber auch die eine oder andere echte, richtige. Ich äußerte mich zufällig dahingehend, dass es Galuppi sei, der die Juwelen an sich genommen haben könnte. Immerhin sei er der leibliche Neffe und besuche Jette hin und wieder.*«

Poensgen senkt den Brief und schaut stumm zum Fenster.

»Los, weiter jetzt, will auch den beschissenen Rest hören!«, fordert Lendle plötzlich.

»Aber gern«, sagt Poensgen. *»Ich komme zum Ende. Ich hatte und habe ein aufregendes Leben, es war nie langweilig, ich habe viel erlebt und bin dankbar für jeden Tag, den ich noch erleben darf. Eine innere Stimme sagt mir, dass es nicht mehr viele sein werden. Es war ein Fehler, Lars Lendle meine Pistole zu schenken. Ich weiß, er wird sie eines Tages gegen mich richten. Sollte also mein Lebenslicht ausgeknipst werden, dann bitte ich darum, dass man mir ein Plätzchen neben meiner geliebten Jette besorgt. Etwas Kleingeld liegt unter den Polstern meines roten Sofas, es wird dafür reichen. Ich weiß nicht, wer den Schatz unterm Regenbogen finden wird. Aber die Hoffnung stirbt zuletzt, darum bleibt mir, während ich diese Zeilen schreibe, ein winziger Rest Zuversicht, dass doch ICH es bin, der den Schatz findet. Zu dumm, dass ich das Geschmeide und die Diamanten nicht von Anfang an für mich behalten habe. Die Gelegenheiten waren schließlich günstig. Man möge mir zugutehalten, dass ich teilen wollte. Ich habe es gut gemeint, doch Gott weiß, ich will kein Engel sein. Romillo Renato Wolf.«*

Poensgen faltet den Brief zusammen und schiebt ihn zurück ins Kuvert. »So weit unser Freund Romillo Renato Wolf. Lendle, was sagen Sie dazu?«

»Nichts. Ein Irrer. Jedes Wort gelogen. Wolf hat mich für seine Zwecke missbraucht. Das gibt er natürlich nicht zu. Also, lassen Sie mich in Ruhe!«

Poensgen blickt Lendle lange nachdenklich an. »Ich überlege gerade, wie Sie zur Ruhe kommen wollen, mit drei Morden auf dem Gewissen.«

»Gewissen? Dass ich nicht lache. So ein Aufwand. Ich habe keines. Muss ich Ihnen denn wirklich erklären, dass es in der Natur eines jeden Menschen liegt, zum Mörder werden zu können? Kommissar, jeder Mensch trägt die sieben Todsünden in sich.« Er bricht ab, lacht röchelnd, blinzelt dabei aus schlitzschmalen Fieberaugen. »Auch Sie.«

»Stimmt, Lendle, Gier ist eine menschliche Kraft, die jeder mehr oder weniger in sich trägt und aus der alle Leidenschaften und Begehren hervorgehen.«

»Oho, sieh mal an, da kennt sich einer aus«, tönt Lendle mit letzter Anstrengung.

Poensgen hebt die Braue. »Viele Menschen haben Sehnsucht nach Liebe, sind aber unfähig, ihre Wünsche auszudrücken. Das unbefriedigte Verlangen sucht sich ein Ventil. In der Gier liegt letztendlich der Wunsch verborgen, außergewöhnlich zu sein.«

»Kommissar, nun geben Sie's endlich zu. Lars Lendle ist außergewöhnlich! Los, ich will es von Ihnen hören, wo Sie angeblich so ein Schlaumeier sind. Bin ich nicht einzigartig?«

»Ich frage mich die ganze Zeit, wie es kommt, dass Sie dem Auge des Gesetzes bisher nicht aufgefallen sind? Ich gehe doch recht in der Annahme, dass Sie nicht erst seit dem 5. Mai als gewissenloses, ungezügeltes Subjekt unterwegs sind.«

Lendle versucht sich aufzurichten, fällt auf seine Matratze zurück. »Oh, die Sache ist ganz einfach. Ich habe eine Lebensversicherung mit dem Teufel abgeschlossen.«

Aus Lendles halb offenem Mund läuft der Speichel. Sein Atem kommt stoßweise. Mühsam hebt er die Hand und schielt zu Poensgen.

»Ach so, ich verstehe. Und wenn Sie ums Leben kommen, muss der Teufel die Prämie bezahlen«, ätzt Poensgen.

»Genau«, keucht Lendle. »Darum passt er auf mich auf.«

Überraschung

Auf ausdrücklichen Wunsch Fesslers nimmt Poensgen an der letzten Sitzung der Soko Spargelesserin teil.

»Wir können es heute kurz machen«, sagt Fessler, »den Fall werden wir ab jetzt der Staatsanwaltschaft überlassen, damit sie die Anklage vorbereitet. Es gibt noch offene Detailfragen, die aber der Prozess klären wird. Wir haben unser Bestes getan. Dank an alle, das war eine elende Geschichte, an der wir wirklich keine Freude hatten.«

»Ich muss widersprechen«, meldet sich Poensgen. »Das mit den Detailfragen ist doch leicht untertrieben. Wir haben von Lars Lendle und Wolf sehr stark unterschiedliche Versionen. In jeder Fassung steckt ein Stück Wahrheit, der Rest ist Lüge. Außerdem will Lendle alles widerrufen. Da er tatsächlich noch unter Medikamenten steht, könnte ihm das per Gutachten sogar gelingen, wenigstens teilweise.« Poensgens Blick ruht auf Fessler. »Dass er es war, der Frau von Schubert erschlagen hat, scheint doch immerhin gesichert zu sein. Der Nachweis war kompliziert, aber Fetze kann ihm das inzwischen aufgrund der Spurenlage beweisen. Auch am Balkon, im Garten und neuerdings durch einen minimalen und trotzdem eindeutigen Abdruck am unteren Rand des Küchenstuhls. Die Story, dass es Galuppi war, der Wolf umgelegt hat, wird ihm kein Richter abkaufen. Ich möchte daran erinnern, was Lendle behauptet hat.«

Er zieht einen Zettel hervor und liest: »Hier ein Zitat aus seiner Vernehmung: *Galuppi hatte Angst, und darum tat er, was ich ihm auftrug. Ich gab ihm meine Heckler & Koch und beschwor ihn, Wolf umzulegen. Wolf sei ein Falschspieler, der wolle nur seine Haut retten und habe sich längst das Vermögen der Alten unter den Nagel gerissen.* Lendle wollte damit besonders raffiniert sein und uns weismachen, dass er Galuppi wegen Olga in der Hand hatte, was aber nicht sein kann. Wolf ist am 13. Mai um elf Uhr dreißig und Olga am selben Tag um einundzwanzig Uhr umgebracht worden. Also, Lendle kann Galuppi, nachdem der Olga getötet hatte, nicht gezwungen haben, auch Wolf umzulegen, denn Wolf war schon tot.«

Fessler nickt eifrig. »Genau! Hab ich doch gleich gesagt. Ich gratuliere uns.«

»Und Wolf?«, fährt Poensgen unbeirrt fort, »Wolf ahnte, dass Lendle ihn umbringen wird. Warum? Weil er selbst Lendle eingesetzt hat, um Frau von Schubert loszuwerden. Wolf hat die Sache mit den Juwelen eingefädelt, nicht weil er großzügig teilen wollte, wie er behauptet, sondern weil Lendle, der finanziell unter Druck stand und ein gewissenloser, kaltschnäuziger Kerl ist, für ihn die Drecksarbeit machen sollte. Wolf hat nie vorgehabt, mit Frau von Schubert spazieren zu gehen. Er wusste genau, dass sie sich in ihrer Wohnung aufhielt und ein Spargelessen kochte und dass sie dem skrupellosen, gierigen Lendle in die Hände fallen musste. Nicht Lendle war der Regisseur, sondern Wolf selbst. Doch als Lendle keine Beute findet, weil Frau von Schubert die Juwelen und Diamanten hinter dem Klavier versteckt hatte, hat Wolf ausgespielt. Lendle dreht durch. Er ist sich sicher, dass Wolf ihn reingelegt hat und längst im Besitz der edlen Steine ist. Er sucht ihn am 13. Mai in seiner Wohnung auf. Lendle erschießt Wolf mit seiner eigenen Waffe. Ich komme zum Schluss: Lendle wird wegen dreifachen Mordes angeklagt werden. Ob er die Schussverletzung überleben wird, ist noch nicht ausgemacht, es geht ihm zurzeit, laut ärztlichem Bericht, äußerst schlecht.«

Fessler spielt mit seinem Kugelschreiber und kratzt sich damit am Kopf. »Und warum hat der Lendle den Galuppi umgebracht?«

»Aber, aber, lieber Herr Fessler, darauf dürften Sie nun aber selbst kommen.«

Fessler ringt sich ein Lächeln ab. »Kollege Poensgen, Sie

wissen hoffentlich, Sie haben zu jeder Zeit mein hundertprozentiges Vertrauen.«

»Das Thema wollen wir jetzt lieber nicht vertiefen«, sagt Poensgen. »Aber ich habe noch eine nette Überraschung.«

»Poensgen, ehrlich, ich kann Ihre Überraschungen auf den Tod nicht leiden, das wissen Sie. Und wenn Sie auch noch behaupten, dass Ihre Überraschung nett sei, dann kann's nur besonders schlimm werden«, protestiert Fessler.

»Na gut, dann eben nicht. Dann warte ich bis zum Prozess«, knurrt Poensgen und packt seine Unterlagen zusammen.

»Menschenskind, Poensgen!«

»Ja bitte?«

»Spielverderber.«

»Gern. Habe kein Problem damit. Mein Geheimnis behalte ich vorläufig für mich.«

»Das ist nicht fair. Außerdem, mein lieber Kollege Poensgen, Sie sind verpflichtet, alle Informationen an Ihren Vorgesetzten weiterzugeben.«

»Mein lieber Herr Fessler, sollte ich mein Geheimnis auspacken, werden Sie feststellen, dass unser Fall nicht nur tragisch, sondern auch ziemlich verrückt ist.« Als er Fesslers gekränktes Gesicht sieht, lenkt Poensgen ein. »Na gut, ich bin ja kein Unmensch, ich übergehe großzügig Ihre Bemerkung, dass Sie Überraschungen meinerseits nicht mögen.«

»Seien Sie nicht so stur, an Ihnen kann man sich wirklich die Zähne ausbeißen. Nun sagen Sie schon, um was es geht.«

»Wie wir alle wissen, hat es bei der Beurteilung der Beute, also der Schmuckstücke und Diamanten«, er hält inne, schaut ernst in die Runde, »Schwierigkeiten gegeben. Die dafür zuständige Stelle war zeitweise unbesetzt, außerdem mussten wir warten, bis wir Amtshilfe aus Antwerpen bekamen. Insgesamt ist es dann aber doch rascher gegangen, als ich befürchtet hatte. Fetze hat ziemlich Druck gemacht, weil er demnächst in Pension gehen will.« Fesslers Kopf läuft vor Aufregung puterrot an. Auch die übrigen Kollegen warten gespannt. Poensgen kann nicht anders, er muss in sich hineingrinsen.

»Aber eins nach dem anderen. Also, die Münzen und die alte Rolex stammen sehr wahrscheinlich aus dem Schubert'schen Familienvermögen, auch der Schmuck gehört wohl dazu. Leider ist der Schmuck nicht echt, es sind Repliken, teils angefertigt in den dreißiger, aber auch in den fünfziger Jahren. Die Stücke sind gut gemacht, aber eben nur nachgearbeitet. Es ist anzunehmen, dass die adlige Familie dringend Geld gebraucht hat.«

»Soll das etwa heißen, dass Lendle, Wolf und Galuppi einem Fake hinterhergerannt sind?«, tönt Kramer ungläubig in die Stille.

»So ist es«, sagt Poensgen und fährt fort: »Höchst interessant ist jedoch die Herkunft der Diamanten.« Er schnäuzt umständlich die Nase.

»Wenn Sie nicht gleich vorwärtsmachen, bringe ich Sie um«, stöhnt Fessler.

»Ja, also, die Diamanten, die stammen sehr wahrscheinlich aus einem spektakulären Juwelenraub in den siebziger Jahren.«

»Wie bitte? Die Schubert'schen Diamanten?«, platzt Fessler heraus.

»Die Diamanten, es handelte sich um ungeschliffene und geschliffene Steine, gehörten einem bekannten Händler aus Antwerpen, der sie 1978 zu einer Ausstellung nach Cannes mitnehmen wollte. In Frankfurt machte er Zwischenstation, um einen russischen Kunden zu treffen, und dabei wurde ihm die komplette Ware geraubt – nachts, im Hotel, trotz Safe und Sicherheitsmann. Kein einziges Steinchen ist je wiederaufgetaucht und der Dieb für immer verschwunden. Man weiß nur so viel: Es soll ein Einzeltäter gewesen sein. Ein Mann reiferen Alters mit grauen Schläfen, vornehm gekleidet. Anzug, Fliege, weiße Handschuhe. Vor dem Gesicht eine venezianische Maske. Fetze hat den Fall herausgesucht, die Presse war damals voll davon.«

»Und wie kommen die Dinger in den Besitz von Frau von Schubert?«, keucht Fessler.

»Moment! Nicht alle. Wir haben ja nur eine kleine Menge davon gefunden, aber die gehören offenbar zu der damaligen Beute. Die Experten sind sich so gut wie sicher. Bitte fragen Sie mich nicht, woran die das feststellen können, die haben ihre eigenen Methoden und Geheimnisse.«

»Ja, aber wie kommt die Schubert an die Diamanten? Die hatte doch garantiert nichts mit dem Raub zu tun.«

Poensgen hebt die Schulter. »Keine Ahnung. Vielleicht ihr verstorbener Mann? Wer weiß. Die venezianische Maske bringt mich irgendwie darauf. Frau von Schubert hat mir einmal erzählt, dass sie mit ihrem Mann viel gereist sei, unter anderem auch nach Venedig. Das ist alles sehr lange her. Fetze jedenfalls wittert einen Fall, den man neu aufrollen müsste, wie er mir sagt. Vielleicht hat ja sogar die alte Mauser-Pistole damals beim Raub eine Rolle gespielt, meint er. Das könnte ein interessantes Nachspiel geben. Ich glaube, Fetze braucht als zukünftiger Pensionär eine Beschäftigung.«

Nach einer Weile der Stille reden alle durcheinander, und Poensgen versucht mühsam, sich durchzusetzen. Erst als sich die Gemüter einigermaßen wieder beruhigt haben, gelingt ihm noch ein Wort in eigener Sache.

»Übrigens«, fährt er fort, »wie ich vom zuständigen Notariat erfahren habe, gibt es so gut wie nichts zu erben. Auf dem Schubert'schen Konto liegt zurzeit eine unbedeutende Summe, die nicht einmal für eine Reise in die USA ausreichen würde. Frau von Schubert hatte ihr Vermögen aufgebraucht.«

»Was für ein Drama«, sagt MM leise. »Alle tot wegen nix. Viel Mord und keine Beute. Ob die Schubert gewusst hat, dass ihr Schmuck falsch und die Diamanten gestohlen waren? Und ob ihre blöde Pistole möglicherweise bei dem Diamantenraub dabei war? Ich meine, die Schubert hat immer alles zur Erinnerung aufgehoben, so ganz unwissend kann sie nicht gewesen sein. Vielleicht hat sie ihren Mann gedeckt? Sie hat einfach den

Mund gehalten. Nur bei Wolf, da hat sie plötzlich mit ihren Klunkern angeben müssen und ihre Geschwätzigkeit mit dem Leben bezahlt.«

»Ja, das geht mir alles auch durch den Kopf«, sagt Poensgen. »Wir können nur spekulieren, eine Antwort bekommen wir möglicherweise nie.«

Kramer haut sich erleichtert auf die Schenkel und brüllt: »Bullshit, und wir dachten doch tatsächlich, Poensgen sei als zukünftiger Millionär an Leib und Leben gefährdet, und haben auf ihn aufgepasst. Chef, war das nicht Ihre Idee? Hab Ihnen doch von Anfang an gesagt, es lohnt nicht. Den Kerl soll man doch einfach in sein Unglück rennen lassen, wollt sagen, fahren lassen! Schön reingefallen.«

»Richtig.« Poensgen lächelt zufrieden. »Ich widerspreche Ihnen nicht.«

Guten Abend, Maestro

Ein neuer steht auf Poensgens Schreibtisch. Gestern stand er noch nicht dort. Ein Geschenk? Von wem? Poensgen überlegt, wer in seinem Büro gewesen sein könnte. Ihm fällt vor allem Fessler ein. Ob Fessler tatsächlich zu den Affen gegangen ist, um sich Rat zu holen? Und einen neuen dazugestellt hat? Als Abbitte? Unwahrscheinlich. Fessler hat keine Zeit und keinen Sinn für Scherze dieser Art. Einer der Kollegen? Kramer? Vielleicht MM? Nein, auch nicht. Obwohl …

Auch der kleine Affe von Andor Móricz macht sich gut in der illustren Schar. Hm, Móricz. Wie war das? Was hat er neulich in Wien behauptet? »Josef, alte Damen sind niemals harmlos.« Jaja, dieser Móricz, der alte Sternengucker, hatte womöglich recht. Poensgen öffnet die Schreibtischschublade und entnimmt ihr eine Schachtel mit Zigarillos. Sie liegen schon eine Weile dort. Er klaubt sich eines der Zigarillos heraus, prüft, ob es krümelt, schnuppert, dreht es in den Fingern und steckt es zwischen die Lippen. Vertrauter Duft, Erinnerung an vergangene Zeiten. Mit dem Rauchen aufgehört und nicht mehr angefangen. Gesundheitsrisiko. Wegen der Nieren. Er stöhnt leise auf und betrachtet den neuen Affen. Der kleine Kerl gefällt ihm. Hat ein Dirigentenstöckchen in der Hand. Streckt und reckt sich und dirigiert. Ein Orchester? Poensgen rückt ihn vor die Gruppe. Es kommt ihm vor, als stünden alle auf und verbeugten sich. »Guten Abend, Maestro!«

Das Zigarillo wandert zwischen seinen Lippen von rechts nach links. Kann denn Liebe Sünde sein? Rauchen kann tödlich sein. Wer nicht raucht, stirbt auch, denkt Poensgen. Früher oder später.

Das Streichholzbriefchen liegt immer am gleichen Platz. Er klappt es auf und liest die hingekritzelte Telefonnummer.

Er bricht ein Streichholz heraus, zündet das Zigarillo an. Er zieht und schmeckt den herben Tabak.

»Gut, sehr gut. Nur dies eine Mal noch«, erklärt er der Affenbande.

Als es klopft, ruft er mürrisch: »Ja?«

Fesslers Sekretärin reicht ihm einen unverschlossenen, länglichen Umschlag rein.

»Wie, schon wieder Post für mich? Es reicht jetzt«, sträubt sich Poensgen, und die Frau mit den Sommersprossen kichert.

»Einen Gruß von Lissy. Sie ist in Freiburg. Gestern Abend angekommen.« Sie stutzt. »Oh, seit wann rauchen Sie wieder?«

Poensgen antwortet ihr nicht, zieht zwei Billetts aus dem Umschlag. Es sind zwei Eintrittskarten für ein Konzert des SWR-Sinfonieorchesters. Dienstag, 31. Mai, Konzerthaus Freiburg, zwanzig Uhr. Dirigent: Teodor Currentzis.

Es ist Poensgen peinlich, aber er spürt, wie er rot wird. »Woher?«, stammelt Poensgen, und die Frau gesteht, dass sie selbst die Konzertkarten gekauft habe, im Auftrag von Lissy. Lissy leide noch unter ihrem Jetlag und müsse sich erst einmal ausschlafen, aber sie freue sich auf ein Wiedersehen und auf das Konzert.

Poensgen murmelt ein Dankeschön und schiebt den Umschlag in die Schreibtischschublade. Der Affe mit dem Dirigentenstöckchen sei ebenfalls von Lissy, erklärt ihm die Frau. Und wieder ringt sich Poensgen einen Dank ab. Er wolle noch ein bisschen arbeiten, beendet er die Unterhaltung. Dann drückt er das Zigarillo aus und konzentriert sich auf seinen Computer.

Sie steht noch immer unter der Tür, Poensgen schickt ihr ein aufmunterndes Lächeln. »Sie sind doch eine kluge Person ...«

Sie kommt einen Schritt näher. »Stimmt. Ich weiß nicht, was unser Chef ohne mich täte.«

»Kennen Sie zufällig die sieben Todsünden?«

»Na, klar doch! Stolz, Neid, Zorn, Gier, Trägheit, Völlerei, Wollust.«

»Schade, dass Sie nicht meine Sekretärin sind«, meint Poensgen.

»Danke«, sagt sie ernst und schließt die Tür.

Poensgen beschließt, sich aus dem Staub zu machen, fährt den Rechner wieder runter und verlässt sein Büro. Draußen lockt die Sonne. Eine kleine Tour mit dem Handbike. Ganz ungestört durch den Kaiserstuhl, in einen Landgasthof einkehren, Spargel mit Schinken und Kratzete, einen trockenen Weißwein … Offiziell hat er schließlich noch Urlaub, auch wenn Fessler bestimmt nichts mehr davon wissen will.

Als er über den Flur zum Lift rollt, laufen ihm Kramer, MM und Berthold entgegen. Die beiden Männer haben ihre Kollegin in die Mitte genommen, marschieren so unternehmungslustig daher, als seien sie die drei Musketiere. Ihr Lachen klingt übermütig, sorglos, aufgeräumt. Sie biegen ab und nehmen die Treppe.

Als Poensgens BMW zehn Minuten später aus der Tiefgarage sticht, sieht ihn Fessler, der gerade zum Fenster rausschaut.

»Dieser verdammte Poensgen, gäbe es ihn nicht, man müsste ihn glatt erfinden.«

Dann wählt er die Nummer von Bernadette. »Schätzchen, ich glaube, ich komme heute ausnahmsweise etwas früher nach Hause. Ich nehme mir einfach einen halben Tag frei.«

»Kurti, die Kinder sind bei deiner Mutter, ich habe heute Jour fixe mit meinen Freundinnen, also wirklich – ich habe absolut keine Zeit für dich.«

Sinfonie

Als er sie auf sich zukommen sieht, erschrickt er. Er hatte sie sich die ganze Zeit vorgestellt, er hätte sie jederzeit beschreiben, locker ein Fahndungsfoto von ihr anfertigen können – mit ihren mandelförmigen blauen Augen, der geraden Nase, den vollen Lippen, dem hohen Haaransatz, der Natürlichkeit ihrer Haut und dem schmalen, hochgewachsenen Körper. Jawohl, selbst im Schlaf hätte er das geschafft.

Lissy ist schnell. Ihre Schritte sind wie immer zu weit, ihre Beine zu lang, ihre Füße zu groß, die Jeans zu eng, die Schultern zu aufrecht, die Haare zu wild und die schwarze Lederjacke zu sportlich, das Lächeln ihrer Lippen zu breit und die blitzenden Augen zu frech. Ja, das ist sie – und doch auch nicht. Sie ist viel besser, als er sie in Erinnerung hatte. Sehr viel besser.

Seine Hände umklammern die Armstützen des Rollstuhls, sein Blick verfolgt einen jeden ihrer Schritte. Weil sie so schnell ist, lässt sie ihm kaum Zeit, sich zu fassen, und als sie sich zu ihm beugt und mit ihrem warmen Atem dieses vertraute »Hallo, Capitano« von damals in sein Ohr haucht, ist er vollkommen geflasht.

»Du siehst gut aus«, sagt sie.

»Das wollte ich eigentlich zu dir sagen«, sagt er und bemerkt, dass sie sich zum ersten Mal wie selbstverständlich duzen.

Befangen, beinahe schüchtern und doch wie auf Flügeln getragen, gehen sie ins Konzerthaus. Poensgen lässt sich von ihr durch die wogende Menge aus Konzertbesuchern schieben. Gemeinsam finden sie ihre Plätze. Lissy sitzt neben ihm und lächelt ihn an. Er legt seine Hand auf ihren Arm; es fällt ihm nichts ein, was er zu ihr sagen könnte.

Zum Glück gibt es das Programmheft, und Poensgen liest

aus dem kurzen Text von Torsten Möller vor: »*Zum Andenken an einen Engel. Alban Bergs Violinkonzert von 1935* …«

Er hält inne und versichert sich, dass es ihr auch recht ist, wenn er vorliest. Sie lächelt voller Zustimmung und sagt, dass sie ihm gern zuhöre, er habe eine schöne Stimme. Wieder erschrickt Poensgen. Er soll eine schöne Stimme haben? Das kommt ihm liebevoll unpassend vor, und er muss lachen. Leicht zu ihr geneigt, liest er weiter, während sich nun ihre Hand auf seinen Arm legt. »*Zwischen April und August des Jahres 1935 schrieb Berg sein Konzert, das zu den bekanntesten zwölftönigen Werken zählt* …«

Er schaut auf. Sie müssen Platz machen, ein älteres Paar durchlassen, das sich für die Störung entschuldigt, vor allem bei ihm, da die Frau an seiner Fußstütze hängen geblieben ist.

»Weiter«, drängt Lissy, »bitte, lies weiter!«

Poensgen klappt das Heft wieder auf. »*Durch die tonalen Beziehungen gelingt Berg eine bruchlose Verbindung zeitgemäßer Techniken mit älterer Musik. Ludwig van Beethovens Klaviersonate ›Les Adieux‹ taucht auf, es folgen Zitate diverser Volksweisen wie des Kärntnerliedes ›Ein Vogerl auf dem Zwetschgenbaum‹ oder der deutlich zu hörende Sterbechoral von Bach ›Es ist genug‹ aus der Kantate ›O Ewigkeit, Du Donnerwort‹. Die Begegnung von kindlichem Lied und sakraler Sphäre hat Gründe: Nach dem Auftrag durch den Geiger Louis Krasner im Februar 1935 entstand das Werk ›Im Andenken eines Engels‹. Manon Gropius, die Tochter von Alma Mahler und Walter Gropius, starb mit neunzehn Jahren an Kinderlähmung – ein erschütterndes Ereignis, das Berg mit dem Violinkonzert in Töne setzte* … Immer wieder läuft mir diese Alma über den Weg«, schimpft Poensgen lachend.

»Du hattest doch am 5. Mai Geburtstag, nicht wahr?«, flüstert Lissy.

»Hm, am Todestag von Frau von Schubert, aber das erzähle ich dir später. Jetzt müssen wir zuhören.«

Die Musiker des SWR-Sinfonieorchesters Baden-Baden

und Freiburg strömen auf die Bühne und nehmen ihre Plätze ein; das Freiburger Publikum fällt für sein geliebtes Orchester in tosenden Beifall.

»Wieso klatschen die jetzt schon so wild?«, will Lissy wissen.

Poensgen erklärt ihr, dass das einerseits Zorn, andererseits Abschiedsschmerz sei, weil über das Orchester verfügt wurde, mit dem Radiosinfonieorchester Stuttgart des SWR zu fusionieren, und es zukünftig seinen Sitz in Stuttgart habe.

Sie zuckt die Schultern, weil ihr das in dem Moment gleichgültig ist. »Sollen wir nicht einfach abhauen? Ich habe viel zu erzählen, und auch du musst unbedingt berichten.« Sie lehnt ihren Kopf an seine Schulter. Er riecht ihr Haar und fühlt sich wohl.

Kurz entschlossen beginnt er, den Rollstuhl zurückzusetzen, um sich aus der Enge zu befreien. »Du hast recht. Wir lassen das Konzert sausen. Wir gehen. Jetzt gleich. Los, komm!«

Eine Spargelmousse zur Spargelzeit für meine Leser, geeignet als Vorspeise

Zutaten:
500 g frische weiße Spargeln
300 ml Kalbsfond
5 Blatt eingeweichte Gelatine
Salz, Zucker, Vanille zum Abschmecken
200 ml Sahne
2 Eiweiß
6 Jakobsmuscheln
frische Basilikumblätter

Zubereitung:
Spargeln schälen, die Köpfe abschneiden und separat legen. Die Spargelstangen in Stücke schneiden und im Kalbsfond garen, eingeweichte Gelatine ausdrücken und hinzugeben. Alles im Mixer pürieren, vorsichtig mit Salz, Zucker und Vanille abschmecken. Danach passieren und auf Eis kalt rühren. Wenn die Masse zu stocken beginnt, geschlagene Sahne und das geschlagene Eiweiß unterziehen. Masse in sechs Glasschälchen füllen.
Die Spargelköpfchen bissfest garen, Jakobsmuscheln in Butter anbraten, Basilikumblätter fein hacken und alles auf der Spargelmousse dekorieren.

Guten Appetit!

Alexa Rudolph
DAS SCHWEIGEN DER SCHWEINE
Broschur, 272 Seiten
ISBN 978-3-95451-951-4

Auf einem Bauernhof im Schwarzwald ereignet sich Besorgniserregendes: Ein Kind wird entführt, einem Schaf fehlt der Kopf, ein Hühnerfuß liegt in der Wäsche und die Bäuerin schließlich tot im Stall. Kommissar Poensgen, der seit einer Hooligan-Attacke im Rollstuhl sitzt, und seine Assistentin Lissy stoßen auf mysteriöse Rituale, liebenswürdige Badener und mehr kriminelle Energie, als sie es sich je hätten träumen lassen.

»Dass eine echte Schwarzwälderin hinter diesem kriminell guten Buch steckt, lassen die vielen – auch kulinarischen – Insiderinformationen vermuten.« Badisches Tagblatt

www.emons-verlag.de